人文社科
高校学术研究论著丛刊

高运荣 赵瑞青 杨姝琼 著

嬗变的文体——中国现当代文学创作研究

中国书籍出版社
China Book Press

图书在版编目(CIP)数据

嬗变的文体：中国现当代文学创作研究 / 高运荣，
赵瑞青，杨姝琼著. —北京：中国书籍出版社，2019.6
ISBN 978-7-5068-7357-4

Ⅰ.①嬗… Ⅱ.①高… ②赵… ③杨… Ⅲ.①中国
文学－现代文学－文学创作研究②中国文学－当代文学－
文学创作研究 Ⅳ.①I206.6

中国版本图书馆 CIP 数据核字(2019)第 140577 号

嬗变的文体——中国现当代文学创作研究

高运荣　赵瑞青　杨姝琼　著

丛书策划	谭　鹏　武　斌
责任编辑	尹　浩
责任印制	孙马飞　马　芝
封面设计	东方美迪
出版发行	中国书籍出版社
地　　址	北京市丰台区三路居路 97 号(邮编：100073)
电　　话	(010)52257143(总编室)　(010)52257140(发行部)
电子邮箱	eo@chinabp.com.cn
经　　销	全国新华书店
印　　刷	三河市铭浩彩色印装有限公司
开　　本	710 毫米×1000 毫米　1/16
印　　张	19
字　　数	340 千字
版　　次	2020 年 7 月第 1 版　2020 年 7 月第 1 次印刷
书　　号	ISBN 978-7-5068-7357-4
定　　价	88.00 元

版权所有　翻印必究

目 录

绪 论 ……………………………………………………………… 1

上篇　中国现代文学进程中文体的嬗变与文学创作

第一章　中国现代诗歌的文体嬗变与文学创作 ………………… 15
 第一节　白话的兴起与白话新诗的创立 ………………………… 15
 第二节　开创和奠定一代诗风:郭沫若的《女神》……………… 22
 第三节　小诗派与"湖畔派诗人" ……………………………… 27
 第四节　"三美"与诗歌的格律化探索:新月派诗人的追求 …… 34
 第五节　新诗史上的一支异军:象征主义诗歌 ………………… 46
 第六节　对初期象征诗派象征品格的继承与超越:
     现代诗派的崛起 ………………………………………… 55
 第七节　时代精神的表现与艺术审美追求的统一:艾青 ……… 61

第二章　中国现代散文的文体嬗变与文学创作 ………………… 65
 第一节　新文化运动中"随感体"的诞生 ……………………… 65
 第二节　"为人生"的文学研究会及其散文创作 ……………… 69
 第三节　"为艺术"的创造社及其散文创作 …………………… 75
 第四节　任意而谈"语丝体"的诞生 …………………………… 79
 第五节　战争背景下的报告文学 ………………………………… 87

第三章　中国现代小说的文体嬗变与文学创作 ………………… 91
 第一节　中国现代小说的奠基人:鲁迅 ………………………… 91
 第二节　现代小说的新探索 ……………………………………… 97
 第三节　左翼作家群的创作 ……………………………………… 105
 第四节　现代小说五大家的杰出贡献 …………………………… 108

第五节　"乡下人"与"城里人":文坛上京派与海派的对立 …… 118
　　第六节　文学与文化的双重意蕴:东北作家群 …… 127

第四章　中国现代戏剧的文体嬗变与文学创作 …… 132
　　第一节　"世界文化"与五四话剧 …… 132
　　第二节　"爱美剧"和"国剧运动":早期中国戏剧的探索 …… 136
　　第三节　多幕剧的成熟:曹禺的戏剧贡献 …… 145
　　第四节　左翼戏剧的崛起:夏衍等的戏剧民族化努力 …… 150
　　第五节　战争时期大后方话剧的多重奏 …… 157
　　第六节　解放区戏剧的新天地 …… 164

下篇　中国当代文学进程中文体的嬗变与文学创作

第五章　中国当代诗歌的文体嬗变与文学创作 …… 167
　　第一节　中华人民共和国成立初期的"欢乐颂" …… 167
　　第二节　抒情叙事诗与政治抒情诗的创作 …… 173
　　第三节　朦胧诗的崛起与退潮 …… 183
　　第四节　新生代诗人对诗歌现代化的探索 …… 188
　　第五节　世界之交的狂欢:新世纪诗歌 …… 195

第六章　中国当代散文的文体嬗变与文学创作 …… 200
　　第一节　歌颂时代的合唱与报告文学的崛起 …… 200
　　第二节　老作家散文的新收获与中青年作家群的崛起 …… 205
　　第三节　"大散文"概念的提出与"文化散文"
　　　　　　"学者散文"的发展 …… 212
　　第四节　杂文与报告文学的复兴 …… 217

第七章　中国当代小说的文体嬗变与文学创作 …… 224
　　第一节　延安文艺精神的延续与推广 …… 224
　　第二节　长篇小说的史诗化 …… 229
　　第三节　文学创作对社会改革的呼吁与改革小说的兴起 …… 234
　　第四节　从个体意识到生命意识转移:先锋小说的崛起 …… 240
　　第五节　重建凡俗的人生世界:新写实小说 …… 249
　　第六节　写作空间的拓展:女性小说的飞跃 …… 252
　　第七节　个性各异的新生代小说 …… 259

目 录

第八章 中国当代戏剧的文体嬗变与文学创作 ………………………… 263
  第一节 话剧的盛衰沉浮与民族歌剧的兴盛 ………………………… 263
  第二节 从传统现实主义到新现实主义戏剧 ………………………… 270
  第三节 探索剧与小剧场实验 ………………………………………… 275
  第四节 新式戏剧的高品格追求 ……………………………………… 280
  第五节 戏剧多元的艺术生态 ………………………………………… 283

参考文献 …………………………………………………………………… 291

绪 论

一、中国现代文学的文体嬗变

中国传统文学将古典的诗、词、文作为正宗,但这种单调、呆板、拘谨的文学体式和僵化、陈腐、艰涩的文学语言在清末民初时根本无法对急剧变化且错综复杂的社会现实和社会生活进行表现,对大多数普通人的生活状态和精神状态进行反映,对现代文学作家多样的艺术个性进行展示。于是,中国现代文学作家顺应时代和广大民众的要求,以前所未有的气度和魄力,揭开了现代文学创作的序幕。在现代文学发展的三十多年中,诗歌、散文、小说、戏剧这四种文体都逐渐摆脱了传统文体的束缚,焕发出新的生机,下面分别对其进行具体分析。

(一)现代诗歌的文体嬗变

"五四"时期,在寻求中国现代化的思想启蒙运动——新文化运动的影响下,知识分子逐渐意识到,由唐诗沿袭而来的旧体诗,从内容到形式都已陈旧僵化,无法适应时代的变化。为此,他们提出改革诗歌创作,如黄遵宪等提出"诗界革命"。但这些改革不过是旧瓶装新酒,并没有太大的变化。

五四运动爆发后,知识分子逐渐认识到只有在意识形态上尤其是价值观领域开展一场彻底的反对旧思想的启蒙运动,才有助于改变中国半封建半殖民地的贫穷落后命运。为此,他们发出勇敢地与以儒家伦理道德为核心的传统封建文化做斗争,争取人的解放的呼声。这一思想也影响到国内的文学创作,而诗歌历来被视为正统文学,自然也深受这一思潮的影响。具体来说,五四运动对诗歌创作的影响最大的便是白话文的引入,其推动了中国现代诗歌的诞生。

在现代诗歌诞生的初期,由于认知能力有限、传统文化根深蒂固等原因,当时的诗歌只是语言通俗而已,其格式仍未完全摆脱旧诗的樊笼。为了改变这一状况,以陈独秀、李大钊、胡适、鲁迅、周作人、刘半农等为代表的先驱纷纷提倡进行诗体革命,提倡诗歌创作应破坏旧韵、增多诗体、纳入白话文。在他们的倡导下,以白话文写诗成为一时的潮流,很快就有不少白话诗歌作品诞生。这些诗歌在吸取中国古典诗歌、民歌和外国诗歌有益营养的基础上,对新诗的表现方法和艺术形式进行了多方面的探索,产生了现实主义、浪漫主义、象征主义等多种艺术潮流,出现了自由体、新格律体、十四行诗、阶梯式诗、散文诗等多种形式。众多诗人的探索和一些杰出诗人的创造,使新诗探索逐渐走向多样化。

在现代诗歌尤其是白话新诗的发展过程中,胡适首先提出"作诗如作文"的主张。周作人、刘半农、沈尹默等都赞同胡适的观点,并积极践行。为了提高白话新诗的表现力,郭沫若主张白话新诗创作要强调"情感"与"想象",并将新诗的艺术概括为一个公式,即"诗＝(直觉＋情调＋想象)＋(适当的文字)"。他的《女神》便是其"绝端的自由,绝端的自主"精神的集中体现,内容天马行空,无所依傍,充分展现了其对诗歌自由发展的倾向。与郭沫若主张诗歌的绝对自由发展不同,前期新月派诗人虽然也主张诗歌发展应将"情感"与"想象"作为重点予以强调,但更多的是试图为新诗确立新的艺术形式与美学原则,使新诗走向"规范化"的道路。例如,闻一多主张"新诗格律化",提出诗歌的"三美"——音乐美、绘画美和建筑美:音乐美强调诗歌"有音尺,有平仄,有韵脚";绘画美强调辞藻的讲究;建筑美强调"节的匀称"和"句的均齐"。

随着白话新诗的发展,不少诗人又提出反对意见,如早期象征派诗人穆木天认为白话诗可能会与白话散文混淆,为此他提出创作"纯粹的诗歌",认为诗歌应有不同于散文的思维方式与表现方式。周作人认为"象征"为东西方诗歌的联结点:"这是外国的新潮流,同时也是中国的旧手法;新诗如往这一路去,融合便可成功。"可见,随着新诗的发展和诗人的探索,早期所推崇的仅以白话文入诗,打破古典诗歌格律的观点和做法已然不符合新诗发展的要求,人们对新诗进行了更客观的、深入的分析,这也在一定程度上为新诗的进一步发展奠定了良好的基础。

在不断地论争与分析讨论的基础上,现代诗歌分离成诸多流派,如湖畔诗派、新月派、早期象征诗派、现代派、七月派、九叶派等,这些流派的产生实际上是现代诗歌逐渐走向形式自由的表现。而在其发展的历程中,"时代精神"是推动中国现代诗歌不断向前发展的内在动力。现代诗人紧跟时代发展的潮流,要求发出"时代的声音",他们的这一要求就成为推动现代诗歌不断向前演变的基础。例如,由于国事衰微,知识界普遍表现出很强的救亡意识,引发了中国知识分子的文化反思,并很快掀起了反传统意识。古典诗歌作为传统意识的产物,自然也受到了知识分子的反对,因此在现代诗歌发展的初期,引介外国诗歌、引进外国文学思潮便成为当时不少知识分子革新中国的措施,从而吸引了一些作家在创作中进行模仿与尝试,推动了新诗的进一步发展。

(二)现代散文的文体嬗变

新文化运动中,《新青年》开辟的刊发短小的时评或者杂感的"随感录"栏目成为中国现代散文诞生的基石。当时在这一栏目上刊登文章的多是一些积极分子,他们用形式灵活、自由随意、畅达明白的随想、杂感、短评等样式批判旧文化、旧道德,采用的文体形式主要是为适应变法、革新需要而创立的"报章体",这些文章大多具有较强的新闻感,可以看作是现代散文的雏形。

受《新青年》的启发,不少报刊纷纷增设"杂感""评论""乱谈"等栏目刊登短评和杂感等,一时间杂文创作蔚然成风,从而催生了一大批撰稿人。陈独秀、李大钊、刘半农、钱玄同、鲁迅等人均发表了大量的文艺性短评和杂感,这些文章都是以随感的形式对现实作敏锐的反映,不见得如何漂亮缜密,却充分体现了时代精神和个人风格。例如,李大钊的《今》把革故鼎新的精神推向极致,"不仅以今日青春之我,追杀今日白首之我,并宜以今日青春之我,豫杀来日白首之我",与陈独秀《一九一六年》所高扬的思想一脉相通。

现代散文诞生以后,不同作家在对文学的性质和功用的理解上,在接受和提倡哪些外来文艺思潮和创作方法上,有不同的看法或侧重点,这就导致了散文的不同发展方向。其中,对现代散文建树最大、影响最多的便是文学研究会、语丝社和创造社这三个社团。

文学研究会倡导"写实主义"的文学精神,因而在文学创作中常常会将传统文学的虚拟性斥为"瞒和骗",并因此呼唤"血和泪"的散文创作形式。其散文关注和思考人生的切身问题,领略和品味人生的甜酸苦辣,体察和同情下层人民的不幸,揭露和批判黑暗社会的罪恶,探究人生的意义和出路,追求合理、健全、充实的人生,表现出肯定人生、积极处世、脚踏实地、执着现实的思想特色。语丝社提倡"自由思想,独立判断",其内容注重社会批评和思想批评,以文艺性短论和随笔体散文为主要形式,配合当时党所领导的中国人民的革命斗争,诸如声援支持女师大学生的斗争,抨击"现代评论派"某些人之反对群众的革命运动等。语丝社在战斗中,旗帜鲜明,袭击猛烈,在当时产生了很大的影响,并且形成了一种泼辣幽默的"语丝文体",它对以后的杂文、散文的发展产生了良好的影响。创造社强调文艺表现内心的要求,并由此强调注意自我表现和感情自然流露,注重直观、灵感、神会等。在这种理论主张和外国作品的影响下,创造社成员在散文创作上形成了与文学研究会不同的风格。他们反对封建专制,蔑视一切旧传统,暴露封建礼教教义,富有强烈的革命精神,但强调内心世界,侧重表现自我,并不强调通过描绘现实来反映社会罪恶,因而主观抒情色彩较浓厚,往往是直抒胸臆,或表现为大胆的诅咒,狂飙突进的革命精神;或表现为坦率的自我暴露,浓重的哀痛苦闷,甚至流露出伤感、颓唐的情调。在这三大社的推动下,现代散文迅速走向成熟。

抗战时期,由于大环境的影响,散文成为不同政治主张表述的一个重要工具,诞生了以沈从文、何其芳为代表的政治态度较为超然的京派散文,以周作人、林语堂为代表的幽默闲适的小品文,以鲁迅为代表的左翼散文三种不同的散文风格。其中,"鲁迅风"散文表现得尤为突出,大大拓展了现代散文针砭时弊的功效。同时,在战争的影响下,本时期的散文在语言形式的大众化、民族化等方面取得了进展。解放区的散文家,大都朴实清新,较少书卷气和欧化现象,而国统区的散文家则逐渐摆脱散文初期文白掺杂、过分欧化的缺点。可以说,现代散文在战争的硝烟中呈现出新的风貌。

(三)现代小说的文体嬗变

1918年,鲁迅率先在《新青年》上发表白话小说《狂人日记》,揭开了中国现代小说的序幕。这篇小说在发表后,因其"表现的深切和格式的特别",受到了当时文坛和读者的广泛关注。除了鲁迅,陈独秀、周作人、沈雁冰、郑振铎等"五四"文学革命的倡导者,也纷纷撰文提倡现代小说意识。这为这一时期的小说家们进行新小说创作提供了重要的理论支持,并促使中国现代小说尤其是短篇小说的创作出现了空前繁荣的状况。具体来说,这一时期出现了众多的现代小说流派,其中影响较大的有以冰心、王统照等为代表的问题小说,以叶绍钧、王鲁彦、许杰、台静农等为代表的人生派写实小说,以郁达夫、郭沫若、陶晶孙、冯沅君等为代表的浪漫派抒情小说。

自1927年以后,在社会形势以及时代思潮的影响下,中国的知识分子特别是从事文学创作的知识分子,开始对社会革命中文学应承担的使命进行重新思考。而他们最终思考的结果是,提倡文学要为革命服务,倡导无产阶级文学。在其影响下,出现了革命小说的创作热潮。在革命小说的创作中,影响较大的作家有蒋光慈、洪灵菲、楼建南、华汉等。在他们的革命小说中,逐渐由对自我的关注转向了对大众的关心、由对自我个性解放的执着转向了对大众解放的促进。从这一角度来说,革命小说在促使社会发展、促使大众解放方面发挥了一定的作用。而且,革命小说所进行的一些新的艺术实验与探索,使得中国现代小说与中国传统小说的距离进一步拉大。

到了20世纪30年代,中国现代白话小说从各个方面来说,都获得了长足的发展。1930年,"左联"成立,促进了社会剖析小说创作潮流的出现。

社会剖析小说创作的代表作家有茅盾、沙汀、吴组缃等,他们不仅始终关注着20世纪二三十年代中国社会的政治状况,而且以自己的小说创作实践参与了社会政治活动。同时,他们在进行小说创作实践时,以马克思主义文艺观为指导对中国社会进行剖析,运用革命现实主义的创作手法,通过截取社会生活的横断面对整个社会进行再现,从而揭示出中国社会的性质。客观来说,社会剖析小说作家的创作,尤其是茅盾的小说创作,极大地促进了中国现代小说的发展。

在这一时期,除了"左联"的小说家坚持现实主义创作道路,巴金、老舍等一些进步的作家,也始终以现实主义为指导进行小说创作。其中,巴金的《家》对"五四"以后封建大家庭的衰败以及青年一代的觉醒与成长进行了生动展现;老舍的《骆驼祥子》通过描写祥子悲剧性的一生,对旧社会和旧制度进行了沉痛的控诉。

在这一时期,还出现了新感觉派小说、京派小说和东北作家群小说的创作。其中,新感觉派小说创作的代表作家有刘呐鸥、穆时英、施蛰存等,他们在进行小说创作实践时,以弗洛伊德精神分析学说为基础,竭力将自己的主观感觉客体化,并常常运用意识流等现代主义创作手法,因而可以说他们的小说创作极大地促进了心理分析小说的发展;京派小说创作的代表作家有沈从文、凌叔华、萧乾等,他们在进行小说创作实践时,注意与社会现实保持一定的距离,并追求冲淡、恬静、含蓄、超脱的小说创作风格;东北作家群小说创作的代表作家有萧军、萧红、舒群、罗烽等,他们在进行小说创作实践时,始终满怀着对东北沦陷故土的深切思念以及对日本侵略者的满腔仇恨。

抗日战争爆发以后,中国原有的文学空间随着时局变化出现了与政治格局对应的分裂变化。正是在这种特殊的背景下,中国原有的形式上相对稳定和统一的文学空间逐渐被打破,形成了和政治上的格局相对应的话语空间:解放区(即共产党领导的边区和敌后抗日根据地)、国统区(即国民党政府统治区域)、沦陷区(即被日本侵占的东三省等区域)。由于时局动荡不安,在文学创作上,生活于不同话语空间的作家们以日益高涨的抗日情绪,迅速反映着现实斗争,创作了大量的小说作品,而由于文化格局的分裂,解放区、国统区与沦陷区的小说也表现出各自不同的特征。

解放区的小说创作主要是在农村环境中发展起来的,最开始的代表性作家是丁玲,她发表了《在医院中》《我在霞村的时候》等不少适应时代发展趋势的小说作品。此后,在毛泽东发表了《在延安文艺座谈会上的讲话》后,小说的创作逐渐形成了繁荣之势。赵树理的《小二黑结婚》《李有才板话》《李家庄的变迁》等为广大农民群众喜闻乐见的小说作品,促使解放区的小说创作形成了一定的气候。而在赵树理之后的柳青、孙犁、康濯、秦兆阳、马烽、西戎、束为、马加、王希坚等一批新成长起来的小说家通过他们的小说创作,对群众生活和斗争进行了生动表现,并促使中国现代小说逐渐走向了民族化和大众化。

在国统区,出现了大量鼓动抗日和争取民族解放的小说作家和作品。其中,以七月派尤其是成员路翎的小说创作最为突出。在这一时期,国统区也出现了对国民党以及日本侵略者的黑暗统治进行深入揭露的长、短篇小说作品,如巴金的《寒夜》、茅盾的《腐蚀》、张天翼的《华威先生》、沙汀的《还乡记》、张恨水的《八十一梦》、沙汀的《淘金记》、黄谷柳的《虾球传》、艾芜的《山野》等。这些小说作品都对国民党以及日本侵略者的暴行进行了淋漓尽致的暴露与讽刺,还有一些作品已经显示出人民斗争的最终胜利。在这一时期,国统区还出现了钱锺书的《围城》、老舍的《四世同堂》、姚雪垠的《长夜》等有着独特的艺术成就的长篇小说作品;出现了沙汀、艾芜等作家的兼具思想性与艺术性的短篇小说作品。总的来说,国统区在这一时期的小说创作逐渐走向了成熟。

在沦陷区,出现了新浪漫派和社会言情派小说的创作。其中,新浪漫派小说创作中融入了很多现代主义因素,因而又被称为"后现代派"小说创作,代表作家作品有徐訏的《鬼恋》《风萧萧》、无名氏的《北极风情画》《野兽·野兽·野兽》等;社会言情派小说的创作,表面上好像更多的是传统的、民族的质素,但实际上许多作品都是中西文化相互交融的产物,而且这种交融不仅是思想认知层面上的,更是的是艺术技巧层面上的,最有代表性的作家作品是张爱玲的《金锁记》。

(四)现代戏剧的文体嬗变

鸦片战争以前,中国只有戏曲,还没有话剧,也就是还没有西方的戏剧。鸦片战争后,中国被迫开通了上海、福州、宁波、广州等沿海城市为通商口岸,西方经济文化随之传播到中国,包括戏剧,一些知识分子有机会了解认识西方戏剧,并思考其与中国戏曲的差异。这时,日本一些新派剧团也常常来中国沿海城市观光演出。日本新派剧是以西方近代戏剧为模式对其传统歌舞进行改造加工出来的一种话剧。1906年冬,中国留日学生成立了"春柳社"。其后,"春阳社"和"进化社"等许多话剧团体也相继在国内成立,演出了许多意译和改编的外国剧及模仿创作的话剧。自此,中国戏剧开始走上了现代化道路。

现代戏剧最初萌芽时主要是在借鉴和模仿外国话剧的基础上确立的,大致有写实型话剧、抒情话剧和心理话剧三种类型。写实型话剧主要是借鉴和模仿易卜生等人的社会问题剧而形成的。它把戏剧当作"传播思想,组织社会改善人生的工具",揭示各种社会问题。这种主张不但动摇了旧戏在戏剧界的垄断地位,而且还给新文学戏剧创作带来了强大的思想武器和崭新的创作观念和借鉴形式。在五四新文化运动时期,写实型话剧从内容到形式都是借鉴易卜生的社会问题剧,和当时的"问题小说"同步,一起在中国文坛形成了一股"易卜生热"。胡适的《终身大事》、熊佛西的《我到哪里去》、欧阳予倩的《泼妇》、叶绍钧的《恳亲会》和陈大悲的《幽兰女士》都是这种类型的话剧。抒情话剧主要是借鉴和模仿歌德、王尔德等人的浪漫主义剧作而形成,它追求写实和写意的交融,以人物自身的性格冲突为结构中心,但更注重抒写剧中人物的精神生活和情感变化。因此,在抒情话剧里,一般不会出现冲突高度浓缩集中、人物关系和情节线索错综复杂的结构,而是一种"渐叙式"结构(田汉语),人物纠葛平缓,情节单纯,顺时推进。在语言方面,抒情话剧借鉴的是饱含情感的浪漫主义的语言风格,主要是为了追求一种诗意的审美效果。田汉的《咖啡店之一夜》《获虎之夜》,郭沫若的《三个叛逆的女性》等体现了抒情话剧的这些特点。心理话剧主要是受西方的现代派戏剧影响而产生的。这种类型的戏剧并不注重舞台外部时空的人物冲突,而将人物冲突转移到心理时空里,将人物的意识流动作为构成作品的结构线索,以显示人物的内心世界和灵魂的隐微,代表作品如高长虹的《一个神秘的悲剧》、陶晶孙的《黑衣人》、向培良的《沉闷的戏剧》等。

1927年以后,由于前期的发展,我国现代戏剧领域出现不少剧作家,如田汉、欧阳予倩、洪深、熊佛西、谷剑尘、白薇等,他们在思想和创作上都有了新的发展。另外,也涌现了一批引人注目的新剧作家,如曹禺、夏衍、李健吾、阿英、左明、袁牧之等,或一鸣惊人,或崭露头角,推出了一批优秀剧作,如曹禺的《雷雨》《日出》、夏衍的《上海屋檐下》。这一时期的抒情话剧已经有衰微的趋势,而心理话剧基本上消失了,只有写实型话剧继续发展。在结构方式上,写实型话剧剧作家仍然把人物性格作为结构的中心,但就如何理解性格、处理性格冲突以及与性格冲突密切相关的情节的关系上,则有较大的发展和变化。这主要表现在以下两方面。第一,在前一个时期,剧作家注重性格外部因素,而到了这个时期,剧作家不但把性格视为行为方式,而且视为心理方式。例如,在"周朴园""繁漪""陈白露""匡复""杨彩玉"等形象的塑造上就很好并具体地体现了这个变化。第二,在前一个时期,不少的写实型话剧有以情节淹没个性的弊病,到了这个时期,剧作家则竭力避免这个缺陷,转而寻求情节和人物个性的辩证统一。例如,《雷雨》就浓缩了冲突和情节,而《日出》和《上海屋檐下》则淡化了冲突和情节,从而使人物性格得以鲜明起来。

抗战时期,戏剧创作受社会环境的影响被分裂成国统区、解放区和沦陷区三大类型。在国统区,抗战初期,为唤起民众挽救危机,投入抗战,各式各样的小型通俗的戏剧样式一度非常兴盛,如独幕短剧、街头剧、茶馆剧和活报剧等,而集体创作的大型多幕剧也很引人注目。剧作家更加注重的是宣传效果,很少从文体的角度自觉进行创作。抗战进入相持阶段,尤其是皖南事变后,国民党当局消极抗日、积极反共,收紧了言论自由的空间,进行了严密的新闻检查,抗日言论也因此受到压制。剧作家失去了公开抨击时弊的自由,只好转而创作以历史生活为题材的历史剧,借古讽今,旁敲侧击,历史剧一度空前繁荣。在解放区,戏剧主要面向的是农民大众,剧作家的使命是动员农民大众投入民族解放事业,因此使现代戏剧发展出了两条路径:一是旧剧形式的现代化,二是现代戏剧的民族化。前者主要是发掘传统戏剧财富,如中共中央党校和大众艺术研究社集体编写的新编历史剧《逼上梁山》被延安平剧研究院搬上舞台,以京剧的形式排演,由此也拉开了旧剧形式现代化的帷幕。后者则是适当运用民歌、小调和地方戏曲的曲调来表现剧中人物的感情,借鉴西洋歌剧利用音乐曲调变化表现人物性格发展的艺术处理方法,利用富有民族味的音乐曲调来表现剧中人的性格特征,代表作品如《白毛女》。该剧也借鉴了中国戏曲歌唱、吟诵、道白三者结合的传统手法,恰当地处理对话与歌唱的转换关系,或用吟诵、道白来回忆历史,叙述事件的发展过程。唱词的设置高度诗化,洗练而富于感情,具有强烈的艺术感染力。沦陷区的戏剧创作由于政治生态的限制,无法在暴露和歌颂这两个方面展开,使得剧作大多缺少政治色彩,很难具备激发民族救亡热情的启蒙作用。因而沦陷区的剧作更多呈现商业化或艺术化的特征,题材也趋于世俗化,表现人生非政治的一面。

二、中国当代文学的文体嬗变

中华人民共和国成立以后,随着社会形态的变化,文学的内容与形式都发生了根本性的转折而呈现出新的品格,正式迈入当代文学的阶段。当代文学是现代文学在当代的延伸,它受到始于1919年的新文学革命确立的目标的规约,但同时致力于中国文学的现代化,即通过现代社会和人的意识情感的加入,以改变中国古典文学造成的封闭和隔绝,使文学在内容和表达上与当代中国人的实际有更多的联系和契合。在此过程中,当代诗歌、散文、小说、戏剧也有很大的变化,下面分别对其进行分析。

(一)当代诗歌的文体嬗变

中华人民共和国成立以后,社会欣欣向荣,现实生活普遍存在着一股具有现实依据的浪漫激情，诗坛也相应地凸现出一股积极向上的浪漫主义精神。因此，诗人们在创作诗歌时，都习惯在现实的规范里作梦幻式的抒情。例如，七月派的诗人们就是如此：胡风的《时间开始了》、天蓝的《中华人民共和国像太阳般升起》都显示出了这种鲜明的特点。从七月派起步后来投身革命队伍的诗人田间的《马头琴歌集》，在字里行间就蔓延着一股昂扬亢奋的时代精神和豪迈气概。政治抒情诗群中贺敬之、郭小川的诗歌虽然受到特定政治命题的制约，但也体现出了鲜明的理想倾向和时代豪情，如《放声歌唱》《向困难进军》《投入火热的斗争》等诗歌。当然，这一阶段的现实主义诗歌也有突出的发展，其表现出了鲜明的"应该是这样"的写实特征。诗人们基于一个个新生活的画面，在诗歌创作中大大扩展了现实主义的抒情空间，表现出了自己对生活现实的前瞻性把握和社会人生的理想式描绘。

然而，好景不长，政治抒情诗群图解政治现实的诗风越来越膨胀，大大压制了诗歌的自由发展，诗歌创作也逐渐步入迷途。这种情况直到十一届三中全会以后才有好转，随着思想解放运动的深入，我国迎来了改革开放的"迷人的春天"。相应地，中国诗坛也迎来了崭新的春天。

进入新时期后的前十几年，活跃在诗坛的诗人队伍主要有两支：一支是"复出"（或"归来"）的诗人，另一支是"崛起"的诗人。"复出"的诗人包括两批诗人：一批是中华人民共和国成立前就已活跃于诗坛的诗人和20世纪五六十年代活跃于诗坛的诗人，如艾青、苏金伞等老一辈诗人，七月派的鲁藜、邹荻帆、彭燕郊、绿原、曾卓、牛汉等，九叶派的辛笛、陈敬容、唐湜、郑敏、唐祈等。他们曾陆陆续续从诗坛消失，但后来终于"归来"，纵情歌唱。另一批是中华人民共和国成立初期步入或活跃于诗坛，但很快因特殊的政治形势而消失的一批诗人，如蔡其矫、张志民、梁南、丁芒、公刘、孔孚、田地、白桦、岑琦、胡昭、孙静轩、流沙河、邵燕祥、林希、昌耀、赵恺、任洪渊、彭浩荡等。总的来说，"复出"的诗人的诗歌具有强烈的社会责任感和历史使命感，现实主义精神浓烈，不过，风格技巧各异，有现实主义的、浪漫主义的，也有现代主义的。"崛起"的诗人主要指的是青年诗人。他们从年龄上大致分为两类：一类是出生于中华人民共和国成立前、40岁以下的青年诗人，如雷抒雁、张学梦、杨牧、叶文福、叶延滨、周涛、曲有源、章德益等，他们在20世纪60年代前已步入青春年华，对社会已经形成了较为固定的认识，大都能继承中华人民共和国成立初期建立起来的文学精神和传统，同时又能以真诚之心对新时代及其开拓者唱出赞歌。另一类是中华人民共和国成立以后出生的年轻诗人，如北岛、江河、林莽、李发模、李松涛、熊召政、李小雨、李钢、骆耕野、舒婷、杨炼、顾城、王小妮、梁小斌等。他们的青春起步于20世纪60年代，这一时期的社会环境和传统观念叠印在他们成长的年轮中，使他们既怀有不同程度的社会责任感和历史使命感,又具有一定的超越传统观念、独立思考生活、自我判断政治现实的精神。例如,一些诗人一方面真诚地歌唱新时期祖国振兴的新貌,一方面又旗帜鲜明地揭露新社会中的黑暗现象。

其中,以北岛为代表的朦胧诗派在当代诗坛占据十分重要的地位,他们善于通过一系列琐碎的意象来含蓄地表达出对社会阴暗面的不满与鄙弃,开拓了现代意象诗的新天地。然而进入20世纪80年代中期以后,社会生活的"世俗化"程度加快,人们高涨的政治情绪、意识有所滑落,因而对诗歌的功能也产生了不同的看法,尤其认为诗歌可以不必承受政治动员、历史叙述责任的压力。这就促使对中国新诗有更高期望的更年轻的一代诗人出现了,他们认为,朦胧诗虽然开启了探索的前景,但远不是终结,在诗歌的表现领域和语言上应当有更为广阔的追求。于是,后朦胧诗派迅速诞生。这一诗派打出诗歌平民化的旗号,进行了诗歌的话语实验。这一派也有两个分支:一是面向社会人生的现实抒情的"生活流诗群",以宋琳、柯平、伊甸为代表;二是追求人的本体的抒情,主要是"他们""非非"等派。"他们"派以韩东、于坚等人为代表。该派从表现普通人的日常生活深入到表现人最合于本色的生活,追求一种纯感觉的、客观的因而显得卑微琐碎的、人之为人的生命存在形式。"非非"派以周伦佑、蓝马等人为代表。该派从表现人最合乎本色的生活深入到表现人本能的活动,追求一种纯直觉的、主观的、因而显得混沌一片的前文化存在形式。

20世纪90年代,随着经济领域改革开放步伐的加快,诗歌创作也充满了新的活力。80年代后期那种建立在共同社会理想上的抒情已然发生变化,开始向个人抒情立场转变。这种个人立场的诗歌抒情,既拓宽了个人心理空间,也促使整个诗坛出现种种贴近生活本身的个人抒情方式,从而形成了一个诗歌美学形态多元共存的创作格局。在20世纪90年代末的时候,"个人化写作"产生分化,诗界更是产生了"知识分子写作"和"民间写作"之间的激烈论争。前者以柏桦、西川、王家新、臧棣为代表,后者以韩东、于坚、杨克、梁晓明等为代表。他们的诗歌创作促使整个中国诗歌朝着更为多元化的方向发展。

进入21世纪后,当代诗歌文体的多元化发展格局已然形成。当然,为了促使这一文体的健康发展,人们还是应当总结经验,接受教训,不使诗歌失去其应有的文学价值。

(二)当代散文的文体嬗变

中华人民共和国成立之初,散文同其他文学样式一样被要求做"文艺上的轻骑兵",做时代政治忠实的"鼓手"和"号角"。报告文学在创作总量中占优势,但因其艺术表现形式相对粗糙而被称为通讯报告。杂文遭遇冷落,而艺术性散文在"为政治服务"的总体格局中逐渐淡化了创作主体的自我——"小我",逐渐为"大我"所置换、代替。

改革开放以后,感应着变革时代的社会生活,报告文学充分发挥真实快捷反映现实生活的文体优势,赢得了广大作家和读者的喜爱。发表于1978年第1期《人民文学》上的《哥德巴赫猜想》是新时期报告文学崛起的标志性作品。以此为先导,形成了知识分子题材的报告文学热。这个时期的报告文学题材更加广泛,既叙写改革开放时代发生的重大事件、涌现的各式人物,也披露现实生活中各种令人关注的社会问题;既关注国内题材的报告,也放眼世界,以域外人事为题材。报告文学作家不仅从文学、新闻的视角去反映生活,而且也从哲学、社会学、生态学、文化学等角度去观照对象,代表作如《挑战与机会》(陈祖芬)、《世界大串联》(胡平、张胜友)、《走出神农架》(李延国)等,表现出明显的视角多元形态特征。这些作品的结构也有了相应的变化。其中,《世界大串联》写到的人物有十多位,各取其片断的生活故事连缀成篇。《走出神农架》采用卡片式结构,全篇共100节,犹如100张卡片的组合。这些作品的信息量密集,生活容量博大,思想力度强劲。

此外,这一时期的散文找回了久已失落的文体精神——真实与真诚。在这一形势下,杂文作家开始有了自由言说的激情和可能。夏衍、林放、严秀、邵燕祥等一批具有思想者气质的杂文家,写出了许多体现着当代杂文精神的有影响的作品,思想深刻、尖锐老到。杂文集的出版也蔚然成风,如三联书店出版的"杂文丛书",中国青年出版社出版的《全国青年杂文选》,百花文艺出版社出版的《中国杂文大观》等。而这个时期的杂文的重要收获是巴金晚年创作的《随想录》(共有《随想录》《探索集》《真话集》《病中集》《无题集》五集)。《随想录》的价值主要在于作家具有震撼力的批判与自我批判的精神。

与真实观照社会形势的报告文学和杂文相比,改革开放以后的艺术性散文发展则相对平静。散文作者既关注重要的人物事件,又更多地叙写日常生活场景或私人化的故事;既观照外在的人事物象,又表现主体丰富复杂的心灵世界。巴金《随想录》中有的篇章较早地将个人生活引入散文创作,由此对宏大叙事作了反拨。杨绛的《干校六记》,叙写"大背景的小点缀,大故事的小插曲"。史铁生的《几回回梦里回延安》,表现人生的苦难给人类带来深刻的、难以逃避的悲剧,并赋予面对悲剧的审美价值。冰心、巴金、孙犁、刘白羽、秦牧、韦君宜、杨绛、郭风、柯灵、黄裳、何为、袁鹰、碧野等老一辈作家,由生活酿造的情思被新的时代所激活,散文写作成为他们反思历史、观照现实、探索人生与社会意义的一种得心应手的方式。其中,巴金的《随想录》曾在当时产生相当大的影响。这些作家多数既受过五四新文化运动的洗礼,也受过外国文化的教育与熏陶,人生经历及学养的丰厚,其在散文这一文体上显示出一种先天的优势,被称为"老生代"作家。中青年作家成为20世纪80年代散文创作的主力,如宗璞、姜德明、韩少功、那家伦、刘成章、谢大光等中年或近于中年的散文作家,在继承和超越中实现着散文审美的调整;贾平凹、赵丽宏、王英琦等一批20世纪50年代出生的青年作家,思维趋变,创作活跃,以独特的风格成为80年代散文中引人注目的新星。其中,贾平凹的散文擅长表达古典情致与乡土情结,具哲理而有趣味。赵丽宏的创作景清新,情真挚,人事质朴。女性作家的散文创作在20世纪80年代表现突出,并显示出一种集团优势,代表性作家如张洁、陈慧英、马瑞芳、李佩芝、斯妤、梅洁、苏叶、王英琦、唐敏、叶梦、韩小蕙等。

20世纪90年代以后,社会文化生态相对宽松,写作主体情志自由,各种形态的散文纷纷呈现。这个时期,旧作重印明显,周作人、梁实秋、林语堂等现代散文名家的作品,更为读者所青睐。这也从一个方面反映了90年代的读者认同并追寻散淡、闲适、谐趣类散文的审美文化取向。这个时期,散文的抒情又开始淡出,散文家的创作从"审美"向"审智"转变,最受出版家、评论家和读者欢迎的是文化大散文、学术小品,以及各种各样的思想随笔。具体而言,20世纪90年代以后的散文是众声喧哗,开放多元,从这一阶段有关散文的各种命名中就可以得到印证,如"大散文""艺术散文""小女人散文""文化散文""新生代散文"等。

(三)当代小说的文体嬗变

到20世纪40年代,由鲁迅先生开创的中国现代小说已发展得相对成熟,这为此后小说的创作奠定了坚实的基础。然而当代小说并没有沿着现代小说的道路前进,而是随着中国历史这一文学赖以生存的社会文化语境的变化,发生了重要的转变。

在中华人民共和国成立后的三十年,当代小说走上了一条坎坷发展的道路,从最初受"双百方针"的影响而大胆地干预现实,勇敢地揭露生活中的矛盾和问题,逐渐变成为政治服务,甚至是为具体的政策服务的道路,小说的文学功利性不断加强。十一届三中全会以后,小说创作领域思想的禁锢被打破。对于现实主义问题的论争,使小说创作回到现实主义的道路上,如刘心武的《班主任》、卢新华的《伤痕》、从维熙的《大墙下的红玉兰》等小说从不同的角度揭露人们从肉体到心灵因各种事件造成的伤痕。20世纪80年代初开展的关于文学中人性、人情、人道主义问题的讨论,既反思批判了特殊政治形势对人性、人道的摧残践踏,也促进了小说创作对人性、人情、人的价值与尊严的深入关注,如茹志鹃的《剪辑错了的故事》、张贤亮的《灵与肉》、王蒙的《布礼》《蝴蝶》等作品,从历史反思的视角对党和国家走过的曲折道路进行了深刻的反思。这些创作基本上仍处在政治文化的规范下,有的对特殊的政治事件给人们造成的伤痕进行了控诉,有的对民族灾难的历史教训进行了反思,都呈现出浓郁的政治色彩。作家在创作中努力运用现实主义的艺术手法对生活进行真实展现,企图深刻地思考民族、历史等重大的问题,使小说创作回归到现实主义路途上。

进入20世纪80年代后期,随着改革开放的深入发展,对西方文化思潮的引进与借鉴为我国小说创作注入了新的活力。可以说,从1985—1989年,中国的文化总体上呈现出以西方文化为指归的现象。由于西方思想与理论的介绍与借鉴大都以中国知识界的召唤与行动为前提,追慕新奇排斥平实、推崇经典关注精致,使国内此时期的文化表现出一种精英文化的意味,文学创作也形成了另一种追求:以域外文化为模本,在模仿借鉴中解构传统;以探索创新为目的,在求新求变中超越世俗;以形式实验为主,在走向世界中追求个性。

受到拉美魔幻现实主义文学的启迪,一些作家在小说创作中融入了"寻根"意识,如王安忆的《小鲍庄》、韩少功的《爸爸爸》、阿城的《棋王》、贾平凹的"商州系列小说"等,他们在对民族文化之根的探寻中,一定程度上表现出对于传统的解构与批判。受到欧美"黑色幽默"小说的影响,一些作家以一种对传统反叛的姿态,刻画了一群看破红尘、玩世不恭的中国当代"嬉皮士"形象,表现出对于传统的道德观念、行为规范的不满与颠覆,如刘索拉的《你别无选择》、徐星的《无主题变奏》等。在文学创新的过程中,一些作家有的注重细腻生动的生命体验与感觉的表达、有的注重叙事方式革命、有的注重语言实验,他们的作品中表现出一种"先锋精神",如莫言的《透明的红萝卜》、马原的《冈底斯的诱惑》、余华的《现实一种》等。

这一时期需要注意的还有女性小说的创作,在人道主义和人性的美好因素得到普遍重视和珍惜的文化环境里,一些女性作家在创作中表现出鲜明的女性意识,她们几乎都对男性权力世界进行了反抗,努力确立女性自己的话语方式,以期达到对男权中心话语的颠覆。西方女性文学理论的传入,对女性作家的创作进行了直接的指导,她们的作品都流露出对西方女性理论和女性话语的图解,理论与创作相辅相成,共同促进了女性小说创作的繁荣。

进入20世纪90年代之后,小说创作呈现出面对当下人生碎片的写实色彩,把对真实生活与感受的叙写置于首位,不追求创作的史诗意味,不营构作品的宏大构架,常常在人生碎片的真实叙写中展示当下人生。90年代文学对于日常琐碎生活的关注,使文学充满了独特的生活情趣,展示出现代人新的生活观念。

(四)当代戏剧的文体嬗变

戏曲是中国传统的剧体,它在近千年漫长而又从未间断的历史发展中逐渐形成了三百多个剧种,这在全世界都是绝无仅有的,并且创造出了灿烂而又辉煌的艺术。只是在近百年来,因为列强的入侵、内外战争的频发,社会动荡不安导致了人们生活水平下降,才促使戏曲在半殖民地半封建社会的商业演出中逐渐走向了衰落。

中华人民共和国成立后,为了改造和振兴戏曲,中央人民政府根据毛泽东的指示,发起了一场轰轰烈烈的戏曲改革运动,并提出了"百花齐放,推陈出新"的戏曲改革方针。在这一方针的指导下,戏曲得到了一定的发展,并逐渐完善成为如今的当代戏曲。

此外,伴随着西方思想的入侵,话剧逐渐取代戏曲登上了戏剧的舞台,并在经历了近半个世纪的演变后,逐渐成为现在比较成熟的当代话剧。在这个演变过程中,话剧的文体形式也在发生着变化。从一开始的"独幕剧"到后来的"第四种剧本",再到"历史剧"和"社会主义教育剧",紧接着出现了"样板戏"。在改革开放之后,话剧又重新焕发了活力,开始出现了"现实主义话剧",并逐渐改革发展成后期的"新现实主义话剧"。而"实验话剧"的兴起,更是为话剧的演变注入了无限的动力,一步步推动话剧发展趋向成熟。至此,当代话剧在这种文体形式的不断演变下已基本完善成形,并处于不断的发展和改革的提升中。

上篇 中国现代文学进程中文体的嬗变与文学创作

第一章 中国现代诗歌的文体嬗变与文学创作

　　现代诗歌的主流是新诗,也包括现代人写的旧体诗(包括诗、词、曲)。新诗是五四新文学运动的产儿,反映新生活,表现新的思想感情。新诗形式上采用白话,打破了旧体诗格律的束缚,创造出不少样式。其中,有两种样式影响较大:一种比较自由,即自由诗;一种讲究格律,谓之格律诗。自由诗形式自由,诗行可长可短,行数可多可少,可以押韵也可不押韵,可用标点也可不用标点。格律诗在格律方面比较讲究,但不像旧诗那样有固定的格式,大体说来,诗行要求有比较整齐和谐的节拍,双数诗行的末一字要求押大致相同的韵;有的诗不分节,有的诗分为若干节,分节的诗,各节的行数要大致相等。本章就中国现代诗歌的文体嬗变及相关创作进行阐述。

第一节 白话的兴起与白话新诗的创立

一、白话的兴起

　　所谓白话,是以口语为基础的书面语,包括古白话和现代白话。古白话是在唐代、宋代兴起的一种书面语言,现代白话就是我们今天日常使用的书面语言。现代白话是在五四新文化运动中形成并迅速发展起来的。
　　中国现代新文学以白话为媒介,并且以"国语的文学,文学的国语"为指归。"白话"这个概念,在它最初出现时是很难找到它的现实对应物的,是近代以来一系列话语实践的生成物。历时地看,作为中国近现代一个重要的文化实践领域,白话是受"维新"背景下域外语言文化的启示而产生的。在中国近代的社会文化和知识语境中,"白话"并不是一个确定的语言学实体,而是社会文化实践所要寻找和建构的目标和对象:一种普及教育、开启民智的工具,一个富国强民的良方。这个目标经过一系列的转换和过渡,最终落定在"白话"这个概念上。

1887年5月,黄遵宪完成了全面记述日本自明治维新以来社会政治和文化变迁的《日本国志》的纂述。书中也记述了日本语言的近代变化,从借鉴日本维新经验的角度出发,著者在记录这些变化的同时,还时有对西方新知识的整理以及在此基础上的有限议论和发挥。其中,有下列一段关于语言文字较为系统的表述:

> 外史氏曰:文字者,语言之所从出也。虽然,语言有随地而异者焉,有随时而异者焉;而文字不能因时而增益,画地而施行。言有万变而文止一种,则语言与文字离矣。居今之日,读古人书,徒以父兄师长递相授受,童而习焉,不知其艰。苟迹其异同之故,其与异国之人进相胥舌人而后通其言辞者,相去能几何哉?

这段有关语言史的知识表述准确,但著者的用意显然还不止于此,他接着援举近代西方的语言变迁为例,说明语言文字运行状况与人的智识状况的关系。然后将话题完全转到了中国的语言文字的历史和现况,他在书中这样写道:

> 盖语言与文字离,则通文者少;语言与文字合,则通文者多,其势然也……泰西论者谓五部洲中以中国文字为最古,学中国文字为最难,亦谓语言文字之不相合也。然中国自虫、鱼、云、鸟屡变其体,而后为隶书为草书,余乌知夫他日者不又变一字体为愈趋于简、愈趋于便者乎!自凡将《训纂》逮夫《广韵》《集韵》增益之字,积世愈多则文字出于后人创造者多矣,余又乌知乎他日者不有孳生之字为古所未见,今所未闻者乎!周、秦以下文体屡变,逮夫近世章、疏、移、檄、告、谕、批、判,明白晓畅,务期达意,其文体绝为古人所无。若小说家言,更有直用方言以笔之于书者,则语言文字几几乎复合矣。余又乌知夫他日者不更变一文体为适用于今,通行于俗者乎?嗟夫!欲令天下之农工商贾妇女幼稚皆能通文字之用,其不得不于此求一简易之法哉!

黄遵宪的这段记述和相当有限的推论,重要的不在于它包含了多么准

第一章　中国现代诗歌的文体嬗变与文学创作

确和重要的专门知识与专业判断,而在于它的这种语言观照方式背后那种寻找社会改良启示的思想视域。而引文当中"语言与文字合,则通文者多""欲令天下之农工商贾妇女幼稚皆能通文字之用,其不得不于此求一简易之法"的相关表述则具有很大的启示意义,并在此后的中国近代的社会文化实践中得到了众多的回应。这些回应中有的虽然并不直接,但共同参与了对这种"适用于今,通行于俗"的语言工具,或者更确切地说是对启蒙工具的寻找。

1892年4月,中国近代另一位启蒙思想家宋恕在他阐述维新变法的著作《六斋卑议》中,出于对中国语言文字和智识状况的认识,最早提出了"造切音文字"的主张。他提出语言革新的目的首先就在于"便幼学",让更多的人能"通文字之用",而最终的目的又在于它能解"民之疾困"。同年,福建同安人卢戆章所编著的清末第一种切音字方案和切音学著作《一目了然初阶》(中国切音新字厦腔)在厦门出版。他在自序中说明了他创制切音字的目的,即方便于男妇老幼学识理,可省10年光阴,而"将此光阴专攻于算学、格致、化学以及种种之实学,何患国不富强"[①]。此外,他还将中国语言文字的状况,置于一个视野更为开阔的对比中,首先提出中国文字不应"自异于万国"的主张,表达了他的"思人风云变态中"的紧迫感和忧患意识。靠着这种紧迫感和使命感,1893年他的又一部切音字书《新字初阶》在厦门出版。

甲午战争失败后,知识界在对现实的深入反省中,开始进一步将目光转向教育与国民整体素质的提高。在普及教育、开通民智的思想要求之下,汉字作为思想启蒙和文化传播工具的弊端更是暴露无遗。此后,"语文革新"作为一项重要的社会实践内容,在各个层面日渐引起人们更大的关注。1895年,康有为在他的"大同"世界的设计中,也勾画了一个世界语文大同的理想:"全地语言文字皆当同,不得有异言异文。考各地语言之法,当制一地球万音室。"承接这一思想,1896年谭嗣同在他的《仁学》一书中也提出"尽改象形字为谐声,各用土语,互译其意"的主张。在这一时期,各种语文革新的思路和实践也在各地广泛展开。1896年,蔡锡永的《传音快字》在武昌问世,沈学的《盛世元音》也在这年8月的《申报》和12月的《时务报》上发表。又一年以后,另一位近代政治改革的领袖梁启超在其所拟的变法纲领《变法通议》中称:"古人文字与语言合,今人文字与语言离,其利病既缕言之矣。"足见当时对言文分离问题的重视已相当普遍。梁启超还说:"今人出话皆用今语而下笔必效古言,故妇孺农氓,靡不以读书为难事……但使专用今之俗语,有音有字者以著一书,则解者必多,而读者当亦愈夥。"故他提出:

---

① 倪海曙.清末汉语拼音运动编年史[M].上海:上海人民出版社,1959:21.

"今宜专用俚语,广著群书:上之可以借阐圣教,下之可以杂述史事,近之可以渊发国耻,远之可以旁及彝情……其为补益,岂有量耶!"俚语就这样被整合进了近代政治变革的纲领之中。1898年,康有为在为上海大同书局所撰写的《日本书目志》中,则从通俗性和感化作用的角度着眼,对俗话小说大加提倡。

至此为止,在近代知识分子对启蒙工具的寻找过程中,拼音化一直被视为主攻的目标。而此时民间的白话报刊开始大量出现,更为这一实践的推进创造了新的契机。但康有为、梁启超对俗语、俚语社会功能的发现,已预示着一个新的实践方向的出现。1898年8月,近代白话文运动的前驱裘廷梁在《中国官音白话报》上发表了2500余字的著名论文《论白话为维新之本》。此文第一次将上述关于语言变革的陈述系统地纳入了一个新的范畴"白话",并将这一概念隆重地推上了中国政治变革的前沿和中心位置。一年以后,另一位白话文的先驱陈荣衮也发表了《论报章亦改用浅说》一文,明确主张报纸改用白话。

确切地说,中国的古汉语作为"问题"出现,其实要远早于黄遵宪《日本国志》的面世。1605年,意大利传教士利玛窦在北京出版的《西字奇迹》为用拉丁字母拼注汉语提供了第一份系统性的方案。1625年,法国传教士金尼阁在利玛窦方案的基础上完成了用罗马字注音的汉字字汇《西儒耳目资》。拼音文字的简易方便因此就引起了中国语言学者的关注。可以确认,在众多拼音化的汉语文字改革方案中,不乏上述历史实践资源的有益启示。戊戌变法运动前后的语文革新实践在新的思想和现实背景下对这些资源进行了重新组织和利用,使其与白话一起汇入了近代社会改造的启蒙实践之中。继福建的卢戆章、蔡锡永之后,广东的王炳耀、浙江的劳乃宣等,也都开始了汉字拼音化的尝试。王照在变法失败后,则发愤要创造一种统一中国语言文字的官话字母,用两拼之法"专拼白话"。1900年,他出版了《官话合声字母》一书,参照日本的假名,创制了一种以北京音为标准的、采用双拼制的"合声字母"。此时,甚至连晚清古音韵学家劳乃宣这样的旧学统文人,在向清廷进献的《进呈简字谱录折》中,也提出了"今日欲救中国……非用拼音之法不可"的主张。在这种时代意识背景下,白话所引领的语文革新实践得以迅速地向各个具体专门的实践领域延伸,形成了支脉繁多的近代知识实践的启蒙话语谱系。

二、白话新诗的创立

白话新诗是在特定的历史条件下兴起的,也是我国新诗发展的必然产

第一章 中国现代诗歌的文体嬗变与文学创作

物。我国古典诗歌经过漫长的封建社会,发展到清末已渐趋衰落、僵化。为另求新路继续发展中国的诗歌,黄遵宪、梁启超等倡导了"诗界革命",主张新诗应通过诗人的感受来表现自己的时代。这场诗界革命对早期白话新诗产生了深远的影响。在胡适的尝试下诞生了中国的现代白话诗,众多响应者促成了早期白话新诗运动的迅速兴起。郭沫若《女神》的出现,从思想内容到艺术形式,进一步发展了白话新诗。其后的"湖畔"诗歌、"小诗"创作热都为白话新诗注入了活力。

白话新诗的创立具有里程碑的重要意义,它标志着中国源远流长的诗歌历史进入了现代社会的新诗里程。1917 年 2 月,《新青年》第二卷第六号发表了陈独秀的《文学革命论》,明确提出了文学革命的"三大主义",号召推倒雕琢的阿谀的贵族文学,建设平易的抒情的国民文学;推倒陈腐的铺张的古典文学,建设新鲜的立诚的写实文学;推倒迂晦的艰涩的山林文学,建设明了的通俗的社会文学。随后,胡适积极支持,首创《白话诗八首》。1918 年 1 月,《新青年》全面改用白话的四卷一号上,刊出白话新诗 9 首,正式宣告了中国现代诗歌的诞生。继《新青年》之后,《每周评论》于 1918 年 12 月刊出新诗,北京《晨报》副刊于 1919 年 2 月、《新潮》于 1919 年 3 月先后刊登白话新诗。在新诗的作者阵容中,除胡适、刘半农、沈尹默,还有李大钊、陈独秀、鲁迅、周作人、俞平伯、陈衡哲、常惠、沈兼士、李剑农、叶绍钧、罗家伦、顾诚吾、傅斯年、康白情、骆启荣、程裕清、裴庆彪等一大批学者和诗人。到五四运动前夕,新诗形体已具雏形,新诗运动声势颇大。在五四运动的当年,有上百种的白话报刊争先恐后地刊登白话新诗,由此产生了广泛的影响,推动了白话新诗运动的迅速发展。在白话新诗的创立发展过程中,胡适、刘半农、康白情、俞平伯等都是早期白话新诗的代表诗人。

(一)胡适的诗歌

胡适(1891—1962),字适之,安徽绩溪人,封建官僚家庭出身。幼年就读于家乡私塾,19 岁考取庚子赔款官费生,留学美国,师从哲学家约翰·杜威,1917 年夏回国,受聘为北京大学教授。1918 年加入《新青年》编辑部,大力提倡白话文,宣扬个性解放、思想自由,与陈独秀同为新文化运动的领袖。1920 年代办《努力周报》。1930 年代办《独立评论》。1940 年代办"独立时论社"。1938—1942 年出任中华民国驻美大使。1946—1948 年任北京大学校长。1949 年前往美国。1952 年返回台湾。1962 年在台北病逝。

1917 年初,胡适发表《文学改良刍议》后,自誓"三年之内专作白话新诗词"。1920 年 8 月正式出版《尝试集》,这是白话新诗运动最早的成果。胡适的白话诗揭露了当时政治的腐败和现实的黑暗,从一个侧面反映了"五

四"前后的时代内容,如《威权》写道:

>奴隶们做了一万年的工,
>头颈上的铁索渐渐地磨断了。
>他们说:"等到铁索断时
>我们要造反了!"
>
>奴隶们同心合力,
>一锄一锄的掘到山脚底。
>山脚底挖空了,
>"威权"倒撞下来,活活地跌死!

这首诗是在作者听到了"陈独秀在北京被捕"和"日本东京有大罢工举动"(《威权·跋语》)的消息后写的,鲜明地表现出对封建军阀统治的强烈不满。《四烈士冢上的没字碑歌》《双十节鬼歌》等诗,热情赞颂人民群众敢于"造反"的精神,并发出"大家合起来,赶掉这群狼,推翻这鸟政府;起一个新革命,造一个好政府"的召唤。这些诗在一定程度上体现了五四精神。胡适"喜欢以乐观进取入诗,多说理之作。"例如,《鸽子》《老鸦》等是对自由与美好未来的向往;《上山》《朋友篇》表达积极进取的愿望;《一颗遭劫的星》和《乐欢》表现乐观精神。

胡适的白话诗从旧诗脱胎而来,虽然最初改用白话,并大胆使用外语译音字,但大多为五七言。他回国后的创作又前进了一步,形式上突破了整齐划一的限制,语言更接近口语,言韵节奏也趋于和谐自然,体现了初期白话诗的一般特点。

胡适"是第一个'尝试'新诗的人"(朱自清语)。他的白话诗虽然在表现形式或思想内容上还存在着若干缺点,但在当时对创造新诗还是产生过较大的影响,是开风气的尝试。

(二)刘半农的诗歌

刘半农(1891—1934),原名寿彭,后名复,初字半侬,后改半农,晚号曲庵,江苏江阴人。他曾参加辛亥革命,1912年后在上海以向报刊投稿为生。1917年到北京大学任法科预科教授,并参与《新青年》杂志的编辑工作,积极投身文学革命,反对文言文,提倡白话文。1920年到英国伦敦大学的大学院学习实验语音学,1921年夏转入法国巴黎大学学习。1925年秋回国,任北京大学国文系教授,讲授语音学。1934年在北京病逝。

刘半农在白话诗创作方面做过许多有益的探索,他大力鼓吹诗的改革,提出用"自造"和"输入"两个办法来"增多诗体",提倡向民歌学习,并且积极实践,创作了有韵诗、无韵诗、散文诗和民歌体诗,后多收入《扬鞭集》和《瓦釜集》中。刘半农的诗歌注重揭露黑暗的现实,反映劳动人民的疾苦。工人、农民、小手工业者、小商贩等,是他经常描述的人物。例如,《学徒苦》反映学徒受老板虐待的悲惨生活;《游香山纪事诗(八)》揭露官府压迫农民的罪行:"公差捕老农,牵人如牵狗。"五四运动后,刘半农的创作有所发展,《铁匠》《敲冰》等诗主要歌颂创造和乐观进取精神,从中可以明显地看到五四精神的影响。刘半农的诗具有清新、自然、朴素的特点,如《一个小农家的暮》《教我如何不想她》,以画面优美、节奏鲜明、旋律柔和而为读者所称赞。刘半农"是《新青年》里的战士",在白话诗的开创时期,他向民歌学习,抒写了人民的疾苦,为新诗的创建作出了贡献。

(三)康白情的诗歌

康白情(1898—1957),字洪章,四川安岳县人,毕业于北京大学。1918年秋,他与傅斯年、罗家伦等人组织新潮社,创办《新潮》月刊。1919年,五四运动开始,康白情及新潮社成员召开少年中国学会成立大会。同年,创办《少年中国》月刊。1920年留学美国。1926年回国,先后在山东大学、中山大学、厦门大学任教。中华人民共和国成立后,康白情先后在中山大学、华南师范大学担任教授。1957年病逝。

康白情"五四"时期写了不少白话诗,出版有诗集《草儿》。康白情的诗歌在内容上比较广泛,注意"剪裁时代的东西"。《草儿》集有些诗篇描写劳动人民的疾苦,慨叹世道的不平。例如,诗歌《草儿》通过对耕牛犁地艰辛的描写,表现了劳动者如牛马一般的悲苦命运,并流露出深切的同情。《和平的春里》,在一片春色的描写中,点出"穷人底饿眼儿也绿了",反映了穷苦人民在饥饿线上挣扎的现实。五四运动后,康白情的诗歌题材有所扩大。《送许德珩杨树浦》抒写了"热血少年"们参加五四运动的战斗情景;《慰孟寿椿》控诉了反动派的罪行,并赞扬青年人"揩干眼泪笑"的坚强意志;《别少年中国》抒写"我"与"少年中国学会"的依依惜别之情,表现了诗人炽热的爱国主义情感。康白情写诗注重创造,其诗形式自由,语言明快,口语化,具有真率、质朴的特色。

(四)俞平伯的诗歌

俞平伯(1900—1990),原名俞铭衡,字平伯,浙江德清人。1918年,以白话诗《春水》崭露头角。至抗战前夕,先后结集的有《冬夜》《西还》《忆》等。1990年,病逝于北京。

20世纪初,在新思潮的启迪下,俞平伯激烈地宣称要建立诗的共和国,呼唤诗的平民化。为彻底打破旧的束缚,他曾声言写诗"不受一切主义的拘牵",但实际上,他是一个有几分典型意义的人生主义者。俞平伯认为,老老实实地表现人生是文学家唯一的天职,新诗的革命就在于它含有浓厚的人生意义,诗以人生为它的血肉。诗不是离开人生,而是去批评或者描写人生,诗是人生所表现出来的一部分,其"诗以人生的圆满而始圆满,诗以人生的缺陷而终于缺陷"(《〈冬夜〉自序》)。这种对于诗与人生关系的理解,带着鲜明的"为人生派"的色彩,也体现了鲜明的五四时代精神。在五四白话新诗创作中,许多诗人都以"为人生"为创作宗旨,俞平伯诗歌中也有不少直接表现社会人生的作品。他的《他们又来了》与周作人的《偶成》记录的是同一事件;他抒写对下层人民的同情,歌颂赞美劳动与劳动人民。他的《绍兴西郭门头的半夜》描绘出了打铁人劳动的动人情景;《草里的石碑和赑屃》一诗则更明显地体现了诗人对人生的思索,体现了他的平民化感情与愿望。赑屃是传说中一种似龟的动物,旧时多将它的形象刻为大石碑的碑座。诗人沿此意,将赑屃作为忍辱负重、承受历史压力的象征,批评历史的不公平,为受压迫者鸣不平,并试图鼓动起他们的反抗情绪。

　　初期白话新诗的开拓者们建立了比较完整的诗歌观念,进行了认真的创作尝试,理论和实践的统一为白话新诗奠定了初步的基础,得到了受众的拥护,为中国新诗的发展开创了道路。为了实现自己的诗学理念,白话新诗人对白话新诗这一新的文体有着独特的期待视野,共同创造了早期白话新诗的风格与面貌。不过,五四白话新诗终究处于新诗的初创阶段,其幼稚和不成熟是明显存在的事实。它在内容上所表现的新思想,不少体现为浅薄的人道主义,不少作品内容肤浅,未能触及当时深刻的社会现实。俞平伯也在《社会上对于新诗的各种心理观》中坦率地谈到白话诗"工具的缺点"和"用工具的人的笨拙",十分明白地说明了创作白话诗的艰难。白话新诗作为古典诗歌的直接对立物出现,刻意对古典诗歌传统采取反叛的姿态,过多地注意运用白话,对诗之为诗的特质及艺术原理缺乏认识,为以后新诗的生长和发展埋下了隐患。

第二节　开创和奠定一代诗风：
郭沫若的《女神》

　　郭沫若的《女神》是中国现代新诗的真正奠基石。郭沫若于1918年夏在日本福冈开始试作新诗,一年左右时间内写了十余首诗歌,按他自己的说法,这是他诗歌创作的"觉醒期"。正在这时候,标志着中国革命根本转变的五四运动爆发了。新时代的曙光引导郭沫若对民族解放作了十分乐观的展望,同时也极大地激发了他为祖国献身和对旧世界叛逆、反抗的革命激情。1919年9月,他的新诗开始在上海宗白华编辑的《时事新报》副刊《学灯》上发表,接着在1919年下半年和1920年上半年,便得到一个诗的创作爆发期。《女神》中的绝大多数诗篇,便是这个"爆发期"的产物。1921年8月,他的诗集《女神》出版,诗集以对五四时代精神的充分表现、对现代浪漫主义艺术风格的开创和对自由体新诗形式的创造而开一代诗风,真正成为中国诗歌现代化的光辉起点,确立了郭沫若作为新诗开拓者和奠基者的地位。

郭沫若(1892—1978),原名郭开贞,出生于四川乐山县沙湾镇。1906年入新式学堂,其间,他多次参与反帝反封建的爱国运动,逐渐养成了叛逆的性格。1914年赴日本留学,就读医学专业。这期间,郭沫若的兴趣转向文学,阅读了一批西方文学以及哲学作品,形成了浪漫主义文艺观,接受了泛神论的影响。1921年,与郁达夫等组建创造社。同年,《女神》结集出版。1927年,参加中国共产党领导的南昌起义,后为躲避国民党政府缉捕而再次赴日。1937年,归国参加抗战。中华人民共和国成立后,历任中国文联主席、中国科学院院长等职。1978年,病逝于北京。他出版的诗集有《女神》《星空》《瓶》《前茅》等。

如果说胡适一代新诗创建者对旧体诗的批判是要寻求如何突破旧格局的话,那么新一代诗人则已经开始着手探索新诗到底应有怎样的艺术建树。1923年5月,《创造周报》第一期发表了成仿吾的《诗的防御战》,文章对早期白话诗的理性色彩和"不重想象"的平实化倾向进行了猛烈的抨击,认为"诗也要人去思考,根本上便错了",同时还反复地强调了诗与文学的抒情本质。郭沫若在《论诗三札》里把"诗的艺术"概括成为一个公式:"诗=(直觉+情调+想象)+(适当的文字)。"而创造社把"情感"和"想象"作为诗歌的基本要素加以突出和强调,这对新诗内部艺术结构的调整起到了进一步的推动作用。

郭沫若的《女神》正是充分地体现了创造社诗人的上述理论主张。《女神》在新诗发展上的主要贡献表现在两方面:一方面,它把五四新诗运动的"诗体解放"推向了极致;另一方面,诗的抒情本质与诗的个性化得到充分的重视与发挥,再加上奇特大胆的想象让诗的翅膀真正飞腾起来了。这样,不仅使五四时代的自由精神在新诗里得到了更为充分的体现,而且诗人也开始更加重视诗歌本身的艺术规律。也正是由于这两个重大的意义,《女神》成为我国现代新诗的奠基作。

《女神》除《序诗》外共收诗56首,其中最早的诗写在1918年初夏,大部分写于诗人留学日本期间,只有一小部分为1921年诗人归国后所作。《女神》对于封建藩篱的勇猛冲击,对于改造社会的要求以及追求和赞颂美好理想的无比强烈,都鲜明地反映了五四运动的时代特征,传达出五四时代精神的最强音。这种破旧立新的精神贯穿在《女神》的绝大多数重要篇章中,反映出郭沫若在"五四"时期所持的彻底革命的而非改良的文艺态度。在艺术上,奔腾的想象、急骤的旋律、宏伟的气势、瑰丽的色彩、自由的诗体形式等构成了《女神》的浪漫主义特色。五四时代精神赋予了诗人激越的情调,《女神之再生》《天狗》《晨安》《凤凰涅槃》《炉中煤》等《女神》中的代表性作品,从时代的制高点上,对古老民族在五四高潮中的伟大觉醒做出了色彩鲜明的象征性反映。

诗剧《女神之再生》取材于我国古代神话"女娲炼石补天"的故事。诗剧一开始写天地晦冥,风声和涛声织成"罪恶底交鸣",女神们从"生命底音波"里预感到"浩劫"重现,个个离开了神龛,她们齐声唱道:"我要去创造个新鲜的太阳,/不能再在这壁龛之中做甚神像!"这里点明了全诗题旨。接着描写颛顼与共工决战的场景,以暗示式的语言,谴责了军阀的混战,反映了人民的灾难。天柱折后,颛顼与共工一同毁灭,表达了诗人对历史上反动统治者的强烈憎恨。在黑暗中,终于传来了代表人民意志的声音。女神们不屑去做修补残局的工作,她们再造了一个新太阳,并且预言这个新造的太阳将"照彻天内的世界,天外的世界"。于是,她们唱起歌来欢迎新造的太阳:"太阳虽还在远方,/海水中早听着晨钟在响:/丁当,丁当,丁当。"

在《天狗》中,人们见到一个要将身上一切的光与能全部释放出来的飞奔、狂叫、燃烧着的"天狗"形象,"天狗"冲决一切罗网,破坏一切旧事物的强悍形象,正是"五四"时期个性解放要求的诗意化夸张。《天狗》是一篇充满浪漫主义色彩的作品,它在艺术形式上无拘无束,是典型的自由诗。全诗29句都以"我"字开头,在短促强烈的句式中又稍有变化,使人如听"军歌、军号、军鼓",自然地受到震荡和鼓舞。诗人还把"X光线""神经"等科学名词融入诗内,极度夸张了"天狗"那种气吞日月、囊括宇宙的磅礴气势,使全篇充满了昂奋腾越的音调和浓烈瑰丽的色彩。《晨安》一诗是诗人站在海岸上眺望、心胸激荡的时刻写下的,是一首即景生情、缘物抒怀的即兴诗。它从太平洋一直抒写开去,唱出对眼前景物的赞美,气魄宏大、境界开阔,灌注了令人惊叹、仰慕的雄奇形象和澎湃激情。诗一开始便不加推敲琢磨,冲口而出,往下一口气铺排了几十句"晨安"的祈祷、赞叹的句式,真情自然流露,达到真挚直率的极致,使我们感受到从诗人口中奔涌而出的不仅仅是诗人的语言,更是生命本身。

不论是从诗篇《晨安》还是《天狗》中,我们都可以看到,气势构成了《女

第一章　中国现代诗歌的文体嬗变与文学创作

神》独有的风格。《女神》中的有些诗篇甚至是没有技巧可言的,像《晨安》那种整首诗排比到底的结构,像《天狗》那种狂乱奔跑的不合逻辑的思路,明显是诗人在直觉思维作用下满腔热忱的一泻千里、喷发而出。

《凤凰涅槃》是《女神》中最具代表性的篇章,它以凤凰"集香木自焚,复从死灰中更生"的传说作素材,借火中凤凰的故事象征旧中国以及诗人旧我的毁灭和中华人民共和国以及诗人新我的诞生。除夕将近的时候,在梧桐已枯、醴泉已竭的丹穴山上,寒风凛冽,一对凤凰飞来飞去地为自己安排火葬。临死之前,它们回旋低昂地起舞,凤鸟"即即"而鸣,凰鸟"足足"相应。它们诅咒现实,诅咒冷酷、黑暗、腥秽的旧宇宙,把它比作"屠场",比作"囚牢",比作"坟墓",比作"地狱",怀疑并且质问它"为什么存在"。它们从滔滔的泪水中倾诉悲愤,诅咒五百年来沉睡、衰朽、死尸似的生活,它们痛不欲生,集体自焚。在对现实的谴责里,交融着郁积在诗人心头深深的民族悲愤和人民的苦难。凤凰的自我牺牲、自我再造形成了一种浓烈的悲壮气氛,当它们同声唱出"时期已到了,死期已到了"的时候,一场漫天大火终于使旧我连同旧世界的一切黑暗和不义同归于尽。这种把一切投入烈火,与旧世界决裂的英雄气概,这种毁弃旧我、再造新我的痛苦和欢乐,正是五四运动中人民大众彻底革命、自觉革命精神的形象写照。至于对凡鸟的浅薄和猥琐的描写,在鞭挞现实中的丑恶和庸俗的同时,进一步衬托了凤凰自焚的沉痛和壮美,表达了诗人对五四新时代的歌颂,也是祖国和诗人自己开始觉醒的象征,洋溢着炽烈的向往光明、追求理想的热情。诗人通过凤凰的再生来抒发他对社会改造的勇气和决心,是他对祖国新生的强烈渴望在诗作中的自然袒露。《凤凰涅槃》还歌颂了富有叛逆精神的自我形象,表现了与万物相结合的自我力量,体现了五四时代个性解放的鲜明要求。在诗作中有这样的诗句:"我们便是他,他们便是我!我中也有你,你中也有我!"这个自我不是拘囿于个人主义狭小天地里的孤独高傲、忧伤颓废的自我,而是体现着时代要求和民族解放要求的自我,这个"自我"是诗人自己,也是当时千千万万要冲出陈旧腐朽的牢笼,要求不断毁坏、不断创造、不断努力的时代青年。

《凤凰涅槃》中对自由解放、光明新生的热切追求与赞美,对创造理想的乐观坚定的态度,决定了诗篇的浪漫主义特色:以火山爆发式的激情和狂飙突进的气势,抒写了凤凰自焚追求新生的全过程,基调高昂而悲壮,想象丰富、色彩瑰丽,新奇的想象伴随着大胆的夸张,使作品具有强烈的艺术魅力。《凤凰涅槃》中充满英雄主义基调和传奇色彩,诗篇借古代历史故事和神话传说中的英雄表达自己的理想,把宇宙的新生、世界的新生、中国的新生和诗人自我的新生融为一体,并通过凤凰的新生一体多能地表现出来。《凤凰涅槃》全诗采用诗剧的形式,节奏明快而悠扬,句法多变而活泼,不拘一格,随心所欲,富有很强的音乐性和舞蹈性,对中国现代自由体诗的发展产生了深远的影响。

《女神》具有鲜明的革命浪漫主义特色,是诗人强烈情感的自然流露。贯穿诗集中的对黑暗现实、陈腐传统的彻底反抗与破坏,对自由解放、光明新生的热切追求与赞美,以及对革命前途的坚信,对创造理想的乐观等,都强烈地反映了中国人民特别是青年知识分子的革命愿望、理想和要求,这种革命理想主义构成了《女神》革命浪漫主义的基本精神。诗篇奔腾的想象与大胆的夸张、宏大的构思与热烈的色彩、激昂的音调与急骤的旋律以及神话的巧妙运用等,又都同诗人的"火山爆发式的内发情感"相适应,反映了革命浪漫主义在手法上的长处。

在郭沫若的文学活动特别是诗歌创作中,泰戈尔、海涅、歌德、雪莱、惠特曼、波德莱尔等多位世界著名诗人都对他产生了重要的影响,其中,美国诗人惠特曼对其影响最大。郭沫若深受惠特曼诗风的感染,歌颂大自然的自由精神,对社会的保守势力和旧的礼法持毫不留情的攻击和蔑视态度。正是与主体的这种自由精神相联系,郭沫若的诗歌形式也体现出极端自由的状态,这两者都从根本上契合了五四时代的自由精神。郭沫若也广泛地阅读了我国古代诗人的诗歌作品并深深浸润于其中,我国古代浪漫主义诗人屈原和李白对其影响很大。郭沫若在诗剧《湘累》中所表达的那种沛然若决江河的反抗丑恶现实、追求美好理想的精神,既有屈原的性格,也是"五四"时期诗人自己处境和心情的闪现,这种精神贯穿在《女神》的很多诗篇里。李白也是郭沫若所喜爱的诗人,他曾将李白的《日出入行》按照新诗的形式分行写了出来,诗中"吾将囊括大块,浩然与溟涬同科"的风格、精神和气质与郭沫若息息相通。这些都说明了他同两位古代诗人之间深刻的精神联系,也说明了《女神》正是中国古典诗歌浪漫主义传统在新的革命年代的一个继承和发展。

《女神》的意义还在于它为诗歌的革新和创造树立了榜样。在诗的形式上,作者主张"决端的自由,决端的自主",在主情主义基础上让感情自然流露,以此支配诗行,或长或短,对格律进行大胆的革新,引起了诗歌史上的大革命。郭沫若的诗作远不是尽善尽美的,但其新诗的那种创造精神已经远远胜于其诗作本身的优劣得失。除了自由体诗,《女神》中也有一部分诗形式格律相当严谨。例如,诗剧《棠棣之花》的歌唱部分采用的是传统的五言诗形式,《晴朝》和《黄浦江口》有着相当整齐的形式和韵律,而《西湖纪游》中的某些短诗则表现了词的小令的风味,由此可以看出诗人十分善于采用多姿多彩的形式来抒发自己的不同情感。

《女神》所显示出来的鲜明的时代色彩、宏大的艺术魄力、独创的艺术风格,丰富了中国诗歌创作的宝库,对后来的诗人产生了巨大的影响。就在《女神》出版后不久,闻一多在《〈女神〉之时代精神》一文里写道:"若讲新诗,郭沫若君底诗才配称新呢,不独艺术上他的作品与旧诗词相去最远,最要紧的是他的精神完全是时代的精神——二十世纪底时代的精神。有人讲文艺作品是时代底产儿。《女神》真不愧为时代底一个肖子。"周扬在《郭沫若和他的〈女神〉》一文里也称郭沫若"是伟大的'五四'启蒙时代的诗歌方面的代表者,新中国的预言诗人",称《女神》"是号角,是战鼓,它警醒我们,给我们勇气,引导我们去斗争"。

总之,《女神》是五四狂飙突进精神的典型体现,它是对一切旧秩序、旧传统、旧礼教的大胆否定和无情诅咒,海啸般地呼喊着创造与光明、民主与进步,激励和鼓舞了整整一代人。

第三节 小诗派与"湖畔派诗人"

一、小诗派

20世纪20年代最流行的诗是自由诗和所谓的"小诗"。小诗体是从外国传入的,是在周作人翻译的日本短歌、俳句和郑振铎翻译的泰戈尔《飞鸟集》影响下产生的。1923年,冰心的《繁星》《春水》和宗白华的《流云小诗》的出版,一时引起了人们对"小诗体"极大的关注和兴趣。小诗是一种即兴式的短诗,一般三五行为一首,主要是表现作者刹那间的感兴,寄寓的是一种人生哲理或美的情思。从小诗的出现,我们可以看到诗人对于诗歌形式的多方面的探索和捕捉自己内心世界微妙感情与感受所做的种种努力。实际上,小诗也是自由诗,只不过它作为一种变异的新诗形式,形式短小,富有哲理。

1922—1924年,是小诗发展最为兴盛的时期。小诗盛行的年代,正是五四运动落潮的时期,众多小知识分子思想情感处于苦闷抑郁的时期,许多人对黑暗现实不满,却又没有进击的勇气;不甘沉沦,却又难以找到前进的方向,心中充满困惑。小诗适合表现刹那之间、倏忽而来的一时感兴,成为最好的抒发、寄托情感的工具。从新诗发展的内部规律来看,小诗的兴盛也是新诗发展的自然体现。白话新诗的尝试运动为新诗的发展积累了经验,文学研究会诗歌注重写实和自由抒写,郭沫若的诗歌从精神上确立了新的美学追求,奠定了新的基石。但是,这些诗歌或不重想象直白浅露,或自由散漫一览无余,"增多诗体"成为迫切的需要,小诗正是这样应运而生的。

小诗派的盛行主要表现在三个方面:第一,创作队伍人员众多,成绩颇丰。冰心、宗白华、刘大白、朱自清、郑振铎、许玉诺、郭绍虞、叶绍均、梁宗岱、王统照、潘漠华、汪静之、冯雪峰、应修人等,群星荟萃,南北呼应,均用他们的笔为小诗推波助澜。第二,从作品发表园地来看,除北京《晨报》副刊、上海《时事新报·学灯》副刊、《民国时报·觉悟》副刊等大量发表小诗外,还有1922年创刊的《诗》月刊以及《小说月报》《创造季刊》等杂志,也刊登了不少小诗。仅以《诗》月刊为例,从1922—1923年共出7期,小诗不仅每期都有,数量也相当可观。此外,这三年还出了不少的诗集,如冰心的《春水》《繁星》,宗白华的《流云》等都是专门的小诗集;刘大白的《旧梦》、湖畔派诗人的合集《湖畔》、汪静之的《蕙的风》以及文学研究会的诗合集《雪朝》中也有大量的小诗。报刊的纷纷关注,诗集的出版,增多了传播媒介,构成了信息传播网络,扩大了小诗的影响。第三,从作品产生的社会反应来看,冰心的小诗自1922年1月问世以后,引起了广泛的瞩目。

1924年以后,小诗运动势头减弱,专载诗歌的《诗》月刊已在1923年5月停刊。冰心留学美国,不再写小诗。1925年,新的革命高潮到来,时代要求表现民族伟大精神的作品,小诗的狭小体制与格局限制了创作视野,易造成内容贫乏、无病呻吟的毛病。由此,小诗不可避免地衰落了。

下面重点说冰心与宗白华的小诗创作。

(一)冰心的诗歌

冰心(1900—1999),原名谢婉莹,福建长乐人。1918年入华北协和女子大学(后并入燕京大学)学医,后改学文学。1921年加入文学研究会。1923年燕京大学文科毕业后,赴美国威尔斯利女子大学学习英国文学。在旅途和留美期间,写有散文集《寄小读者》。抗战期间在昆明、重庆等地从事创作和文化救亡活动。1946年赴日本,任东京大学教授。1951年回国。1999年在北京医院逝世,享年99岁,被称为"世纪老人"。

冰心出版有散文、诗歌和小说集,其中有的被译成多种外文出版,另有译著多部。有《冰心全集》(十卷本)行世。冰心在大学期间阅读了大量新文学作品,1919年起以"冰心女士"为笔名开始发表多篇以社会、家庭、妇女为主题的"问题小说",在社会上引起了较为强烈的反响。后来,她读了印度大诗人泰戈尔的《飞鸟集》,那些自由短小的诗体,意蕴深远的诗句,给冰心以很大的启示。于是她写作无标题的自由体小诗,诗坛为之震动。冰心从自己1920—1921年陆续写下的三百多首小诗中,选出164首,合为一集,这就是她第一部诗集《繁星》。1922年,冰心又创作了诗集《春水》(收诗182首)。这两部书分别于1923年的1月和5月出版。这些晶莹清丽、轻柔隽逸的小诗,被人称为"繁星体""春水体"。

《繁星》《春水》这两部诗集的内容:一是歌颂母爱与童真。例如,关于母爱:"我要至诚地求着:/'我在母亲的怀里,/母亲在小舟里,/小舟在月明的大海里。'"关于童真:"婴儿,/在他颤动的啼声中/有无限神秘的言语,/从最初的灵魂里带来/要告诉世界。"(《春水·六四》)二是赞美自然:"大海呵,/哪一颗星没有光?/哪一朵花没有香?/哪一次我的思潮里/没有你波涛的清响?"(《繁星·一三一》)爱是冰心小诗的灵魂和核心,冰心的小诗中充满了对母亲、童真和自然的礼赞。冰心的小诗不仅描写自然景状,而且抒发独特的哲理内涵。冰心小诗还有对大自然的崇拜与颂赞。在作者心目中,大自然是纯洁的、神圣的,人与自然应该是和谐一致的。此外,冰心不少的小诗都是蕴涵着深刻思想的哲理诗。这些深刻的思想往往都是和诗中描绘的具体形象以及诗人深沉的思绪糅合在一起的,因而仍然具备诗的情绪,有着诗的美感。

总之,内容的含蓄深刻,情感的细腻真实,加上文学色彩浓郁而又简洁流畅的语言,造就了冰心小诗独特的艺术风格。《繁星》《春水》这两部作品的问世,犹如一缕春风,触动了人们的心弦,包括宗白华、沈尹默、康白情、徐玉诺、何植三等诗人都参与了进来,许许多多诗歌爱好者学着仿作,形成了一个"小诗运动",小诗可谓风靡一时。

(二)宗白华的诗歌

宗白华(1897—1986),又名宗之櫆,江苏常熟人,生于安徽安庆。早年在青岛大学、上海同济大学学习哲学,"五四"时期参加少年中国学会,1920年赴德国留学。1925年回国后,先后在南京大学、北京大学任教。1986年在北京逝世。宗白华的小诗多写于柏林,自1922年6月5日开始发表在《时事新报·学灯》上,小诗的总题为《流云》。1923年12月,《流云》由上海亚东图书馆结集出版,其影响和《繁星》《春水》一样久远。

冰心的小诗多是对童真、母爱和自然的歌吟,而宗白华的小诗则多是对宇宙人生的探索和对艺术的哲理性体验,如《深夜倚栏》:

> 一时间,
> 觉得我的微躯,
> 是一颗小星,
> 莹然万星里,
> 随着星流。

> 一会儿，
> 又觉着我的心，
> 是一张明镜，
> 宇宙的万星，
> 在里面灿着。

这里交织着对宇宙、人生的思索和对艺术的哲理性体验。以明澈的理性引领写作，是宗白华较一般新诗诗人优越的地方，这也与他的哲学思考有关。例如，《我们》：

> 我们并立天河下，
> 人间已落沉睡里。
> 天上的双星，
> 映在我们的两心里。
> 我们握着手，看着天，不语。
> 一个神秘的微颤，
> 经过我们两心深处。

又如，《诗人》：

> 窗外的落日，
> 在半天的浓雨里，
> 映出长虹七色。
> 绝代的天才，
> 从人生的愁云中，
> 织成万古诗歌。

这些小诗意象新颖，风格独特，其中活跃着诗人对自然生命的感悟和对宇宙万象的体会，既有理智的清醒与深邃，也有情绪的纯真与感动。再如《世界的花》：

> 世界的花
> 我怎忍采撷你？
> 世界的花
> 我又忍不住要采得你！
> 想想我怎能舍得你，
> 我不如一片灵魂化作你！

美丽的花儿是属于人类,属于世界的,绝不能让一个人占有。诗人意识到了这一点,不忍去采摘。但"怎忍"的背后隐隐潜藏着的正是"忍"——想、要、忍不住,个人的欲念已蠢蠢欲动,纯粹状态随之被破坏:"我忍不住要采得你!"这是日常的、实用的趋向,存在于每个人的身上。虽然实用的倾向破坏了审美的态度,但审美的态度所漾起的心灵的庄严、无私的余波尚存,成佛成魔一念间,在电光石火般的反思("想想")中,天人交战,终于将自私的我再次击跨,而重新回到审美的层面。只是这朵花实在是太美了,怎样才能既得到她又不至于伤害她呢?只有一种可能:"我不如一片灵魂化作你!"——在"无我"的基础上投入全部生命,无条件地向"对方"献出一切,而没有丝毫的寻求报偿、占有的心理。这既是彻彻底底的付出,同时也是完完全全的拥有。当此之际,"我"就是"世界的花","世界的花"就是"我",这个彻底献出了的"我"正是"无我",是真如本身。在这个时候,人生的庄严光明境相遂得以充分显现。

宗白华对新诗的贡献还在于将唐代绝句的形式用在自己的小诗中,如"天上的繁星/人间的儿童/慈母底爱/自然底爱/俱是一般的深宏无尽呀!"这首小诗和冰心的诗有些相似,但他的诗比冰心的诗更具哲理性。

总之,宗白华的小诗清新流畅,深刻隽永,具有其独特的审美价值。诗人关于"形""质"不分的新诗艺术意境理论,以及对于诗人人格的修养要求,体现了辩证的艺术精神,对中国新诗运动的发展产生了重要影响。

二、湖畔派诗人

1922年,汪静之、潘漠华、冯雪峰、应修人等出版了他们的合集《湖畔》,同年还出版了汪静之的个人诗集《蕙的风》,1923年又出版了合集《春的歌集》,文学史上将这四位诗人称作"湖畔诗人"。其中,以汪静之最为有名,除了《蕙的风》,还出版过诗集《寂寞的园》。因他们在杭州西子湖畔成立诗社,故把这一文学团体称为"湖畔诗社"。他们与早期白话诗派的新诗先驱者有所不同,不是新、旧时代的过渡人物,而是五四新文学运动所唤起的一代新人;他们的诗才是真正意义上的五四新文学运动的产儿,他们的爱情诗和自然景物诗都带有历史青春期的特色。

湖畔诗社成立之时,除应修人是小职员,汪静之、冯雪峰、潘漠华都还是在校学生,他们当时正处于天真烂漫、创作热情浓郁的时期。在内容上,他们所作的诗歌大多为歌唱大自然的清新、伟大。他们通过描写大自然的美景抒发个人情愫,借大自然来言说自己的兴致,如冯雪峰描绘的湖边垂杨的情态(《杨柳》),汪静之写"披满了银""布满了光明"的雪的世界

《雪》)等。这些诗篇大都清新隽永、质朴自然,还有对纯真友情和爱情的赞美。他们对现代新诗发展的首要贡献就是爱情诗歌的创造,恢复了爱情诗的本色,表现了他们单纯直率、真诚而又天真的情怀。在创作爱情诗方面,汪静之的诗篇最为突出。他的诗歌表现了青年男女以直率而又天真的情怀,传达出他们对爱情的渴慕;通过青年男女对自由恋爱和婚姻的向往,对旧的封建礼教提出了强有力的挑战。"湖畔"诗人的爱情诗,没有虚假做作,全是真情实感的流露,反映了在五四新文化运动提倡新道德、反对旧道德的浪潮中,五四新人挣脱旧礼教束缚,倡导新时代鲜明的爱情理念和婚姻观念。

以下重点说汪静之、冯雪峰的诗歌。

(一)汪静之的诗歌

汪静之(1902—1996),原籍安徽宣城市绩溪县上庄乡余村。早年他上过8年私塾,12岁即开始学习写诗。1921年,考入浙江第一师范学校,在浙江一师的开放风气下,他受五四新潮影响,又正好情窦初开,数度深陷恋爱之中,由此开始写起情诗。从1921年起,汪静之在《新潮》《诗》《新青年》等杂志发表新诗。1922年3月,与潘漠华、应修人、冯雪峰组织成立我国现代文学史上最早的新诗社团——湖畔诗社,同年4月,四诗人自费出版《湖畔》诗集。1928—1936年,在上海、南京、安庆、汕头、杭州、青岛任中学语文教员及建设大学、安徽大学、暨南大学中文系教授。1947年8月,任上海复旦大学中文系教授。1952年,调北京人民出版社古典文学编辑部任编辑。1955年调中国作协,其后一直担任湖畔诗社社长。1996年,汪静之去世。

1922年8月,经胡适介绍,汪静之的爱情诗集《蕙的风》由上海亚东图书馆出版。短期内加印四次,销量两万余册。《蕙的风》收录的是汪静之自17岁到未满20岁时的诗作155首,集前有朱自清、胡适、刘延陵写的序言。

汪静之的诗率直、质朴、清浅、流畅,风格与众不同,被鲁迅称为"天籁",因而引起诗坛和社会的强烈关注。就内容而言,汪静之的诗表现了爱的执着深沉,如《太阳和月亮的情爱》《不能从命》和《玫瑰》等;赞美了爱情的甜蜜幸福,如《恋爱的甜蜜》等;歌颂了反封建礼教,争取爱情自由的精神,如《伊底眼》。

汪静之的情诗,没有五四新诗中必不可少的外文词汇、生硬的翻译名词,绝少佶屈聱牙的句子,全都清新自然,保留着鲜态。例如,《死别》:我死后你把我葬在山之阴,山之阴是阴凉而寂寥;/我要静静地睡在这里,我不要太阳光的照耀。/你不要种梅花在我的坟旁,梅花会带来春天的消息;/我愿永远忘了艳丽的春天,它会使我墓中人流涕。/你不要种牡丹在我的坟前,牡丹花是那样妩媚轻盈;/我埋在地下的骷髅,也要为它辗转反侧,不得安宁……

当然,今天看来,很多人会认为这些诗风格老套,直白显露。其实,今天几乎人人会写的新诗,在当时却是创新;今天毫无新奇的自由恋爱,在当时却要冒极大的风险——要"冲破封建礼教",甚至会被斥为"轻薄堕落"。

《蕙的风》的成功,在于言前人所未言或不敢言,又采用了新颖活泼的白话诗形式,心想手写,且带着古典诗歌的功底。《蕙的风》本是一个青少年学生之作,它使诗人一举成名,既与千载难逢的历史机遇相关,又因多种机缘巧合,如诗人自幼宽松的家庭教育,同乡胡适的鼓励,恰逢其时的恋爱与失恋,更重要的还是诗人自身的长期准备。当然,汪静之的诗也有不足,如眼界比较窄,格局比较小,意蕴也比较浅。但是回眸20世纪百年文学史,很少有人像汪静之这样,将个人的恋爱史完整嵌入文学史,将自己的爱情彻底贡献给了诗歌。

(二)冯雪峰的诗歌

冯雪峰(1903—1976),曾用笔名画室、何丹仁等,浙江义乌人。1921年在浙江省立第一师范学校期间,参加了由朱自清、叶圣陶等组织的文学社团"晨光社",并发表诗作。1922年参与组织湖畔诗社。1928年结识了鲁迅,编辑出版《萌芽》月刊,并与鲁迅共同编辑"科学的艺术论丛书"。1929年参加筹备中国左翼作家联盟。1933年底到瑞金任中共中央党校副校长。1934年参加长征。1936年春到上海,任中共上海办事处副主任。1943年到重庆,在中华文艺界抗敌协会工作。1950年任上海市文联副主席、鲁迅著作编刊社社长兼总编。后调北京,先后任人民文学出版社社长兼总编、《文艺报》主编、中国作协副主席、党组书记。1976年去世。

冯雪峰诗歌代表作为《卖花少女》《老三的病》《伊在》《山里的小诗》等,另有诗集《湖畔》《雪峰的诗》、《真实之歌》、《灵山歌》,以及散见于《时事新报·学灯》、《诗》(月刊)、《支那二月》和《莽原》等报刊上的诗作11首。冯雪峰以爱情为主题的诗,在《湖畔》中只有《幽怨》《伊在》等两三首,到了《春的歌集》中,几乎篇篇皆是了。这些作品艺术上并非成熟的佳作,但至少有一点是可贵的:没有虚假感情的刻意抒发和失恋之后的颓唐呻吟。多数还是少年对爱情理想的憧憬而并非实有感情的记录。爱情吟咏的诗行中更真切地表现了诗人固有的天真和质朴、大胆而纯洁的人格。冯雪峰《湖畔》中的诗,小诗居多,诗行参差不齐,对于诗的形式不大注意,语言也如同说话。而他在《春的歌集》里,注意到了诗节的匀称,驾驭语言也大有进步,大体上是由生活中的语言变为凝练的诗的语言,甚至有典丽的趋势。

湖畔诗派的小诗,可以说是把"一地的景色,一时的情调"艺术地放大,而把诗意、诗情浓缩地放进诗里,比如冯雪峰的《山里的小诗》:

> 鸟儿出山去的时候,
> 我以一片花瓣放在它嘴里,
> 告诉那住在谷口的女郎,
> 说山里的花已开了。

这首小诗写的是一时的想象,表现了"我"对谷口女郎的爱情,含蓄,耐人寻味。写作此诗时诗人正是十八九岁的青年,有着一颗单纯而烂漫的童心,还未曾体会人生的艰辛、世事的复杂,所以所作诗歌大多是为了表现"人间的悲和爱",带着些清新缠绵、活泼流畅的风格,甚至会散发出一种天真的孩子气。《山里的小诗》短短四句,语言清新朴素,构思却极其巧妙,故而显得情深意长、韵味无穷。山里,这是空间;春天,这是时间。空间虽然有限,时间或许短暂,然而爱情可以无限、可以永恒。在这首诗里,时空已经被抽象,唯有无限的情思嵌于其中,写情却又不见一个情字。"我"请鸟儿作传信的使者,通过山里的花儿诉情,既写出"我"作为求爱者的羞涩,又曲折鲜明地刻绘出一个美丽而虚实相间的意象画面。这样的一个意象画面包藏着无穷的意蕴,留下一部分空白,让读者去想象,去填充,去参与诗歌意境的创造。我国古代诗论画论讲究"不著一字,尽得风流""无画处皆成妙境",这首诗可谓深得其奥妙,有着一种单纯的动态美,以短小的形式、极其凝练含蓄的语言,表现诗人对人生、对爱情质朴而率真的感情,对初创时期的自由体白话新诗的发展作出了贡献。

第四节 "三美"与诗歌的格律化探索:
新月派诗人的追求

在五四思想解放的大潮中,诗体大解放是新诗改革的一个主流,其打破旧诗的旧格律,不满足于一种自由体,使新诗形式朝着自由化的方向发展。然而,这种绝对的自由和多样化的趋势,使新诗面临语言和形式的艺术规范化问题。因此便有人开始尝试建立一种新诗的格律,以解决当前问题。由此,以闻一多、徐志摩为代表的新月派诗人开始探索新诗在格律上的发展道路。前期新月派,是以1926年4月《晨报副刊·诗镌》的创刊为

第一章　中国现代诗歌的文体嬗变与文学创作

其成立的标志,成员主要有闻一多、徐志摩、朱湘、饶孟侃、孙大雨等人。他们以《晨报副刊·诗镌》作为基本阵地,从事新诗创作和诗歌理论探索。后期新月派,是以1928年3月创刊的《新月》月刊和1931年创刊的《诗刊》为阵地,成员增加了陈梦家、朱大楠、方玮德、邵洵美、卞之琳等人。为新诗创格,是新月派的重要追求,因而新月派有时又被称为格律诗派。闻一多把格律诗创作艺术规则概括为"三美"原则,即"音乐的美,绘画的美,建筑的美"。闻一多的新格律诗理论建设,是在新的历史条件下一次中西方诗歌艺术的融合。新月派诗人在新诗创作领域也取得了丰硕的成果,其中,闻一多和徐志摩是在理论与创作两个方面同时作出重要贡献的新月派主将。下面重点探讨闻一多、徐志摩、朱湘的诗歌。

一、闻一多的诗歌

闻一多(1899—1946),原名闻家骅,字友三,湖北浠水人。1912年考入清华大学留美预备学校。1916年开始在《清华周刊》上发表系列读书笔记。1922年3月去美国留学。1925年回国后,任北京艺术专科学校教务长,并从事《晨报》副刊《诗镌》的编辑工作。1946年在云南昆明被国民党特务暗杀。

闻一多一直致力于新诗格律化的倡导和实践,1923年出版第一部诗集《红烛》,1928年出版代表诗集《死水》。他的诗歌中最主要的情感内容是对民族、对祖国深沉的爱恋,爱国主义是其诗歌创作的主题。《红烛》中的《太阳吟》《忆菊》等作品集中地表现了这一主题思想。《太阳吟》情感浓烈奔放,体现了闻一多早期新诗创作中高扬的浪漫主义精神。诗人通过直抒胸臆的手法,把太阳作为对话的伙伴和歌吟的对象,倾诉自己压抑的情感,希望"六龙骖驾的太阳",一日走完五年的历程,早一些回到日思夜想的家乡。闻一多的许多作品还流露出对民众苦难生存现状的忧虑和对祖国黑暗现实的失望。在《荒村》中,诗人把自然风光的美好与村落景象的破败交织在一起,使我们切实地感受到社会动乱中底层民众的苦难。闻一多的诗歌致力于描写自然景色和抒发个人情怀,如《雪》《忘掉她》《你莫怨我》等,这些作品袒露了诗人细腻而又丰富的情感特征。《忘掉她》是闻一多为了纪念他早夭的女儿而写的,缕缕忧伤潜藏其中。

闻一多在情感艺术化表达方面提出了"理性节制情感"的主张,这也是新诗格律化的更内在的原则。他信奉美国批评家佩里的名言:"差不多没有诗人承认他们真正给格律束缚住了。他们乐意戴着脚镣跳舞,并且要戴别个诗人的脚镣。"所谓"戴着脚镣跳舞",正是试图给诗歌以限制和规范。闻一多打造的"脚镣",就是现代诗歌的格律化主张。他是格律诗理论的主要倡导者和实践者,现代诗歌在他的笔下呈现出迥异于初期白话诗的另一种风貌,如《死水》(节选):

　　这是一沟绝望的死水,
　　清风吹不起半点漪沦。
　　不如多扔些破铜烂铁,
　　爽性泼你的剩菜残羹。

　　也许铜的要绿成翡翠,
　　铁罐上锈出几瓣桃花;
　　再让油腻织一层罗绮,
　　霉菌给他蒸出些云霞。

　　让死水酵成一沟绿酒,
　　漂满了珍珠似的白沫;
　　小珠们笑声变成大珠,
　　又被偷酒的花蚊咬破。

　　这首诗严格地遵循了新月派关于新诗格律化的形式原则,即所谓建筑美、绘画美和音乐美的"三美"主张。建筑美指"节的匀称和句的均齐",在视觉上表现为"豆腐干"状的方块诗;绘画美则体现为"词藻"的运用,给人以视觉鲜明的色彩感,如《死水》中动用了大量诉诸视觉的意象,"翡翠""桃花""罗绮""云霞""绿酒""白沫"都给人一种触目惊心的色彩感;音乐美则是格律诗理论的核心,主要指音节的整齐与和谐。为此,闻一多提出了"音尺"的理论,他认为格律化的最根本原则就是诗行中音节单位(即"音尺",又称"顿""音步""音组")的整齐规则,每句诗中要有相对匀称的"音尺",最终达成听觉上的和谐统一、抑扬顿挫的效果。仍以《死水》为例:"这是│一沟│绝望的│死水,/清风│吹不起│半点│漪沦。"读起来的确有一种既跌宕起伏又和谐匀称的内在节奏感,堪称格律诗体的典范之作。

　　新月派诗人反对感伤主义和滥情主义,反对毫无节制的情感宣泄。他们在诗艺上实践着使主观情感客观化的原则,在诗中大量铺排意象。譬如《死水》表达的是诗人对祖国死水一潭的社会现实的绝望与激愤之情,但诗人没有让这种强烈的情感肆意抒发,而是外化为"死水"的总体意象,自觉地将"以丑为美"的原则在诗歌中表现出来,把"一沟绝望的死水"描摹得如此美丽:"也许铜的要绿成翡翠,/铁罐上锈出几瓣桃花;/再让油腻织一层罗

第一章　中国现代诗歌的文体嬗变与文学创作

绮,/霉菌给他蒸出些云霞。"诗人根据自己的主观情感,用含蓄内敛的语言将一个个意象通过可感的事物展现出来,大大丰富了读者的审美想象空间和中国新诗的意象系统。《死水》一诗又通篇采用形象的拟喻的手法,在情绪内敛的同时却使诗境升华到一个具有普遍意义的象征层面,这正是诗人遵循诗歌艺术本身固有的规律和法则的结果。

闻一多曾经赴美留学,在异国他乡体验着对祖国的强烈的相思,这种相思最终化为《红烛》中对祖国的泣血般的讴歌。《忆菊》便是其中最有代表性的诗篇(节选):

> 檐前,阶下,篱畔,圃心底菊花:
> 蔼蔼的淡烟笼着的菊花,
> 丝丝的疏雨洗着的菊花,——
> 金底黄,玉底白,春酿底绿,秋山底紫,
>
> ……
>
> 啊！自然美底总收成啊！
> 我们祖国之秋底杰作啊！
> 啊！东方底花,骚人逸士底花啊！
> 那东方底诗魂陶元亮
> 不是你的灵魂底化身罢？
> 那祖国底登高饮酒的重九
> 不又是你诞生底吉辰吗？

对菊花的赞美的背后是对东方诗魂的赞美,对东方的一种"逸雅"品格的赞美,对祖国的传统与文化的赞美。但这种东方美是远离故土的诗人在想象中把祖国的文明加以美化的产物,而当诗人回到祖国之后,所面临的却是巨大的失落感:"我来了,我喊一声,迸着血泪,/'这不是我的中华,不对,不对！'"(《发现》)。

新月派诗人注意在平淡的日常生活中获取和发掘诗情美,其方法是多种多样的。第一,通过将身边常见的普通事物入诗,表现自己内在的诗情美。闻一多的这种诗感是敏锐的。他不仅可以在一沟"死水"里找到诗(《死水》),在腐烂的果核上发现诗(《烂果》),在"老头儿和担子摔一交,/满地是白杏儿红樱桃"这幕最常见的情景中挖掘出酸苦的诗意,而且将身边最常见的桌椅纸砚都请进他诗的国度。这就是《闻一多先生的书桌》。它被朱自清

先生称为"一首难得的幽默的诗"①:忽然眼前一切静物都讲话了,书桌上的东西怨声沸腾,同声骂起自己的"主人"来了:"生活若果是这般的狼狈,倒还不如没有生活的好!"最后诗人这样写道:"主人咬着烟斗迷迷的笑,/'一切的众生应该各安其位。/我何曾有意的糟蹋你们,/秩序不在我的能力之内'。"诗人写自己繁忙的生活造成的狼狈情况,平淡的闲情通过书桌上各物的沸腾表现出来,充满了一种幽默的诗意。第二,在敏锐的感觉和印象中发现诗意,表现自然和生活中的诗情美。新月派诗人很注意培养自己认识美的本能和敏感,他们把这种能力视为诗人的"秘钥"。闻一多把"官觉灵敏""情感细腻""思想缜密"看作现代诗人的最重要的进步,是"文明人"与"原始人"的区别。新月派诗人不仅努力靠敏锐的感觉在平淡的事物中发现诗,而且还往往捕捉内在世界的感觉和印象本身所含有的诗意美。自然景物和客观事物最细微的变化也成了寄托这种诗意的对象。他们不仅发现人们"未发现的诗",而且努力开掘自己心中未发掘的诗意。第三,描写下层人民生活等"不入诗"的事物,为诗情美和人情美的统一开辟新的领域。以人道主义思想描写下层人民的生活,在五四初期白话诗里就有了大量的尝试,但那时传达思想更重于艺术表现,时代思潮的闪光更多于作者艺术个性美的追求,因此,能在启迪思想的同时给人们以艺术美感的作品就很少了。新月派的诗人,从闻一多开始,特别注意尝试用劳动人民的土白口语,描写下层人民的平凡生活,追求艺术表现上的地方风情味。这是人情味的一种扩大。闻一多的《罪过》《天安门》《飞毛腿》用纯然的北京土白,写了下层人民的辛酸和对于军阀罪行的愤怒;把诗人的同情融于人情世态的描写中,在美感中启人思索,不在叙述中给人说教。

闻一多诗中独特的美感在于,他是以整饬的形式和格律的规范收束着他那火山喷发一般的激情,因而,这种激烈的个性在艺术上经过了冷处理,使火山化为凝聚的岩浆,尽管热度仍然极高,却呈现为液态的形式。这就形成了闻一多诗歌的一种不可多得的沉郁的美,也奠定了他在中国现代诗歌史上无法替代的地位。从郭沫若到闻一多,中国现代诗歌走的是一放一收的路。郭沫若的诗大开大阖,气派宏伟,但"放"开之后过于汪洋恣肆,于是又有了闻一多的"收"。

二、徐志摩的诗歌

徐志摩(1897—1931),原名徐章垿,浙江海宁人。1917年考入北京大

---

① 朱自清. 中国学术的大损失——悼闻一多先生[J]. 文艺复兴,1946(1).

第一章　中国现代诗歌的文体嬗变与文学创作

学。1918年赴美国留学。1920年被哲学家罗素吸引,进入英国剑桥大学学习哲学。1928年,他与闻一多负责主编《新月》月刊,著有诗集《志摩的诗》《猛虎集》《云游集》《翡冷翠的一夜》,散文集《秋》,小说集《轮盘》等。1931年因空难身亡。

徐志摩是新月派最有代表性的诗人,他与前、后期新月诗派都有着密切的关系。他是一个理想的个性主义者,在诗歌创作中一直都在追求"爱与美与自由"。他以再现的形式,写出了他对超现实的理想世界的追求。如《我有一个恋爱》中所写的:"我有一个恋爱——我爱着天上的明星,/我爱他们的晶莹:/人间没有这异样的神明。"在诗人眼里,现实是混沌不堪的,只有在理想的天国中,才能摆脱束缚,使诗人的灵魂超越沉重的现实。在诗歌的语言方面,他追求辞藻的华丽,具有丰富的想象力,文辞非常丰富。极强的语言驾驭能力,使他的诗歌在看似平淡的语言文字背后,却蕴藏着富有节奏感的情感表达。例如,广为传诵的《再别康桥》(节选):

> 轻轻的我走了,
> 　正如我轻轻的来。
> 我轻轻的招手,
> 　作别西天的云彩。

这首诗共有7段,每段2节,每节2行,第二行后退一格,每行的字数和音节不尽相等,从而使整首诗看起来显得整饬却不乏节奏感。在艺术构思方面,结构精巧,意象新颖独特。

又如他的名篇《沙扬娜拉》:

> 最是那一低头的温柔,
> 象一朵水莲花不胜凉风的娇羞,
> 道一声珍重,道一声珍重,
> 那一声珍重里有甜蜜的忧愁——
> 沙扬娜拉!

这首诗虽然只有短短五行,却体现出中国古典诗词的意境美,尤其是"一低头的温柔"这一意象,具有很大的艺术包容性,既恰当地体现了日本女郎温柔娴雅的性格特征,又把日本女郎的依依送别之情渲染得淋漓尽致,还给读者留下了丰富的想象空间。

徐志摩在诗歌创作中脱离理性的挟制,用最深切的感性语言,显示了自己独特的创作个性。《偶然》用"你不必讶异,/更无须欢喜!"撞出他们邂逅瞬间"互放的光亮",他清醒地认识到"你有你的,我有我的方向"——诗人这种竭力摆脱沉重的情感,努力回避理性深处的审美取向,正是他浪漫主义创作的表现。

徐志摩所写的作品是"完全抒情诗",这些诗能够经受住时间的考验而永葆艺术魔力,一方面是诗人具有一种旺盛的创作欲,有非吐不快的浓烈感情才能写出真诗好诗;另一方面诗人创作态度认真,对诗美创造立下了宏愿。徐志摩作为新月派诗歌的创始人,曾在《诗刊弁言》(1926 年 4 月)里宣称:"……要把创格的新诗当一件认真的事情做。"所谓"创格"是指探索新诗走向格律化的实验,即建立诗形的问题。徐志摩有两点突出的贡献:其一,用心实验各种诗体写诗,为新诗定形开拓道路。"五四"以后的新诗相当幼稚,诗形松散又失去民族传统的承接,对此,徐志摩努力引进英国诗歌的各种格式,主要模仿英国浪漫派诗歌的诗体与诗风,在模仿中加以创新和民族化,使我国新诗提高了审美力度,巩固了新诗发展的基础。其二,大量使用现代口语入诗,同时注重意象美的营造。新诗的革新任务之一是实现口语化,唯有口语化才能达到大众化的目标,这也是几代诗人共同奋斗的历史使命,当看到闻一多先生创作《死水》全部运用现代口语,徐志摩十分赞赏它。他本人同样取得卓异的成就,诗艺上臻于完美,短诗《沙扬娜拉》是其中的一例,它表现一种人生惜别离的情调,但被聚光成一个生活特写:

"最是那一低头的温柔,象一朵水莲花不胜凉风的娇羞,道一声珍重,道一声珍重,那一声珍重里有甜蜜的忧愁——沙扬娜拉!"

诗中用的全是口语化语言,这种经过洗炼的语言加上协韵的节奏感,就使诗情浓得化不开了。

总之,在 20 世纪 20 年代末期徐志摩的诗艺已经相当纯熟,从而构成独树一帜的艺术风韵。从理论上说,是他浪漫主义诗歌的滔滔不绝,变成接受控制的文本自觉,进而寻找到一种新的诗歌程式,使我国新诗体现出某种深刻的转变。

从"五四"初期白话诗到新月派诗,以闻一多、徐志摩为首的新月派诗人在倡导格律化理论及其创作实践来看,他们"在旧诗与新诗之间,建立了一架不可少的桥梁"[①]。中国新诗经历了一个从外在形式探索到对本体诗歌艺术追求的过程,新月派诗人的创作实践为新诗的建设注入了新鲜的活力。

---

① 石灵. 新月诗派[J]. 文学,1937(1).

三、朱湘的诗歌

朱湘(1904—1933),字子沅,安徽太湖人。学生时代开始写诗。1920 年考入清华大学,开始文学创作。1927 年清华大学毕业后留学美国,1929 年回国。回国后,他生活动荡,为谋职业到处奔走,家庭矛盾也日渐激化。其间曾任教于安徽大学外文系,与校方不和。1933 年 12 月 5 日,他从上海到南京的客轮上纵身跃入长江,自杀身亡。著有诗集《夏天》《草莽集》《石门集》及多种论文,译著有《番石榴集》等。

朱湘的第一部诗集《夏天》出版于 1925 年,收录 26 首诗——其中大部分诗篇富有中国古典诗词的情调,同时也融合了一个时代青年的不安与寂寞。在这些作品中,诗人以清澈宁静的眼光、稚气无邪的心灵,来领会与审察人生和自然,虽然在技术上还没有完全跳出初期白话诗那种幼稚尝试的局限,但也因这种天真与纤细、朴实与亲切的格调,才显出诗人自己的本色来,并且已经透露出作者艺术想象的才华和驾驭文字的能力。《废园》在单调的意象中营造了一种萧瑟的气氛,还带有较重的模仿痕迹。《春》中的种种感受和形象给人以蓬勃的生机和浓郁的愉快。《小河》是为当时人们赞许的一篇,诗人用轻快的调子与和谐的韵律,歌唱了自由母爱的美丽和温暖。《夏天》的题材多是偏于个人的、内心的。除了赞颂描绘自然景物,歌唱友情的温暖和离别的眷念外,就是最突出的声音了。那首《寄一多基相》就是一例。诗人把自己比作在旷漠的原野中孤独挣扎的游子,是友谊给了他温暖的光:

> 你们的心是一间茅屋,
> 小窗中射出友谊的红光;
> 我的灵魂呵,火边歇下罢,
> 这正是你长眠的地方。

这种带着幼稚意味而又有出人意料的想象的诗句,使得被多少诗人唱得烂熟了的主题得到了新鲜的表现,从中我们听到了新诗前进的足音。

《草莽集》是朱湘的第二本诗集,1927 年 8 月由上海开明书店出版。比起《夏天》来,《草莽集》无论在题材上、思想上还是艺术上,都取得了惊人的进步,少了一些天真和稚气,多了一些思索与深沉。不少诗篇里透溢出他对人生世事略带不平的辛酸认识和愤怒。从 1924 年春离开清华到 1926 年秋重返清华这几年间,朱湘对现实人生有了较深的接触,创作了《热

情》(节选):

忽然卷起了热情的风飙,
鞭挞着心海的波浪,鲸鲲;
如电的眼光直射进玄古;
更有雷霆作嗓,叫入无垠。

我们问,为什么星宿万千,
能够亘古周行,不相妨碍?
吸力,是吸力把它们牵住——
吸力中最强的岂非恋爱?

这无爱的地球罪已深重,
除去毁灭之外没有良方。
我们把它一脚踢碎之后,
展开双翼在大气内翱翔。
……

这首诗表现了诗人忧国忧民,以及内心深处藏着改变河山的火焰般的热情。

朱湘实验格律诗态度之严肃,创造之勤劬,成绩之明显,在新月派这个诗人群体里也是相当突出的。《草莽集》中除了写于1924年11月的一首《雨景》是无韵自由体诗,其他全部是格律诗。即使是一些只有几行的小诗,也很注意整齐和押韵。这些诗没有闻一多的深沉厚朴,不像徐志摩的潇洒飘逸,但也自有他引人注目的风采所在。这种风格特点,恰如沈从文在《论朱湘的诗》中概括的那样,《草莽集》的"全部调子建立于平静上面,整个的平静,在平静中观照一切,用旧词中属于平静的情绪中所产生的柔软的调子,写成他自己的诗歌,明丽而不纤细"。由于朱湘注意学习西方诗整饬而又多变的格律体的长处,又勤于吸收古代词曲以及民谣鼓词讲究韵律节奏的特点,造成了一种既整齐多变,又悦耳动听的艺术效果。例如,《采莲曲》《葬我》《还乡》《哭孙中山》等,有着幽美的意境、整饬的形式、自然和谐的节奏、清新柔婉的风格,在新诗的建设上有着不可磨灭的功勋。以《葬我》为例:

葬我在荷花池内,
耳边有水蚓拖声,

第一章 中国现代诗歌的文体嬗变与文学创作

　　在绿荷叶的灯上
　　萤火虫时暗时明——

　　葬我在马缨花下，
　　永作着芬芳的梦——
　　葬我在泰山之巅，
　　风声呜咽过孤松——

　　不然，就烧我成灰，
　　投入泛滥的春江，
　　与落花一同漂去
　　无人知道的地方。

　　全诗三节，内容和形式均成缀玉联珠之态：一节为"荷花池内"和"绿荷叶的灯上"，二节为"马缨花下"和"泰山之巅"，三节为"春江"和"落花"。三节各自独立，又彼此嵌合：有选择和退让，也有逼迫和迷茫，更有无奈和悲壮。尽管此诗表面格调显得低沉，但其审美空间的调节、艺术空白的跳跃，反而增添了诗歌的"冥想性"美感。

　　又以《有一座坟墓》为例：

　　有一座坟墓，
　　坟墓前野草丛生；
　　有一座坟墓，
　　风过草像蛇爬行。

　　有一点萤火，
　　黑暗从四面包围；
　　有一点萤火，
　　映着如豆的光辉。

　　有一只怪鸟
　　藏在巨灵的树荫；
　　有一只怪鸟，
　　作非人间的哭声。

　　有一钩黄月，

在黑云之后偷窥；
有一钩黄月，
忽然落下了山隈。

该诗作题材独特，写得新颖独到，意境顿生。诗人运用了自由新诗的特色：诗句有长有短，错落相间，"坟墓"等语词的重叠，音韵的安排，使诗歌读起来有一种音乐感。

《石门集》出版于朱湘死后的第二年，共分五编，有着各种体式的试验，是一部异彩纷呈的诗集。朱湘抱着"日啊，升上罢"的心情回到祖国，但迎接他的是"丑恶，与粗暴"（《祷日》）。这就不能不激起诗人的感慨和诅咒，不得不使诗人对人生做更深入的思考，如"幸福呀，在这人间／向不曾见你显过容颜"（《幸福》），"人声扰攘，／不如这一两声狗叫汪汪——／至少它不会可亲反杀，／想诅咒时却满口褒扬"（《扪心》）等。

朱湘的《石门集》在学习西方格律诗体方面用力较勤，它虽然和我们民族的欣赏习惯有着明显的距离，但又确实给中国新诗增添了新的因素。该诗集里的诗，多的是纯属理智的思索，少的是扣动人心的热情。其中不乏一个受伤的心灵沉思的记录和失望的呼喊，如《十四行英体之二》《幸福》。他有时也唱春天的欢快，唱奋飞的雄心，但我们听到更多的还是在痛苦与失望"折磨"中唱出的"新歌"。《草莽集》那种平静的调子已经很淡薄了，个人内心失望的痛苦和对于社会人生的冷嘲讥刺，使得不少诗篇在说理的外衣下埋藏着穷愁潦倒的悲凉情调和愤世嫉俗的不平声音。

读朱湘的诗，人们往往只注意其形式韵律探索的利弊，风格情调创造的得失，而忽略了他对于表现内在感情美和外在自然美的锤炼和追求。陈梦家在《新月诗选》序中说过："朱湘诗，也是经过刻苦磨炼的。"这种磨炼，首先是他十分注意诗歌艺术形象选择的审美情趣。他以诗人的眼光去观照生活的一切，又像蜜蜂一样在缭乱繁杂的花丛中采撷出芳香与甜美的情思来。即使在他的少年之作《夏天》集子里面，我们也可以看得出这种特色。《迟耕》《春》对自然美的感受是敏锐而轻快的，一幅幅自然美的生活图画呈现在人们的眼前。到了《草莽集》中，自然的无拘束的诗情被作者熔铸进整饬的形式中，却给我们带来一种新的诗情美，如《采莲曲》《催妆曲》《晓朝曲》《雉夜啼》这些为人们历来称道的诗篇，作者热爱生活的心境和捕捉艺术美的才能，被镶进了完整和谐的形式中。它们不是以一两个片断的名句打动人，而是以完整优美的抒情形象和意境来激荡人心，引起读者的共鸣和遐想。

朱湘始终不倦地追求新诗的艺术美。这种美表现在各个方面，而讲究

第一章　中国现代诗歌的文体嬗变与文学创作

构思的巧妙,意象的新奇,抒情意味的深远,就是其中突出的特点。那首《当铺》写的是尽人皆知的生活哲理,诗人的构想却不同凡响:

"美"开了一家当铺,
专收人的心;
到期人拿票去赎,
它已经关门。

你在人生中追求美,得到的是失望和衰老。这个最普通的感喟让诗人通过人们意料不到而又十分熟识的想象表现出来,确实做到了"语语明白如画,而言外有无穷之意"。他的几首长诗,如《月游》《猫诰》《王娇》,篇制宏阔,却无臃肿与拖沓之感,也是同他的注意构想和剪裁分不开的。

诗歌要表现人们美的感情、情绪,必须要求诗人注意对生活和自然在人们心中唤起的感应进行敏锐的选择和提炼。雨景,这是被多少诗人写得烂熟了的题材。可是在朱湘笔下的一首《雨景》,却全然不同了:

我心爱的雨景也多着呀:
春夜梦回时窗前的淅沥;
急雨点打上蕉叶的声音;
雾一般拂着人脸的雨丝;
从电光中泼下来的雷雨——
但将雨时的天我最爱了。
它虽然是灰色的却透明;
它蕴着一种无声的期待。
并且从云气中,不知哪里,
飘来了一声清脆的鸟啼。

在《画景》中,诗人对自然美和生活美广泛的兴味与追求,被他用隐蔽而又鲜明多彩的意象表达出来了:既写了千姿百态的自然美,也写了丰富多彩的生活美;既写出了现实生活中已经展现的种种美的景象,也写出了对现实生活中尚未出现的令人向往期待的美。类似这样的诗篇,在后来的《石门集》里,仍然不乏其例,如《十四行英体》之《草还没有绿过》(一二)、《只是一镰刀的月亮,带两颗星》(一六)、《蛙声》(一七);《十四行意体》之《如其有一天我不再作小鸟》(二六)、《搀着自家的孩子,在这春天》(四四)等。只不过因为作者拘泥于诗体格律的限制,显得更多一些欧化、跳跃的感觉,而没有《雨景》这么完整舒畅罢了。

第五节　新诗史上的一支异军：
象征主义诗歌

在新诗发展的道路上，几乎在新月派诗人提出创建新格律诗的同时，以李金发为代表的"初期象征派"出现在中国诗坛上。他们的诗歌创作受西方象征派影响，情调以及风格与其相近，因而被称为象征诗派。象征主义是19世纪末欧洲出现的一种流派和文学思潮，其代表作家有波德莱尔、马拉美和瓦雷里等。象征主义以抒写个人感情为重点，不抒写日常生活中的表层的喜怒哀乐，而抒写不可捉摸的内心隐秘。象征主义诗作往往具有很浓的"世纪末"情绪，以及很强的感伤色调。20世纪20年代中期，经历了新文化运动低潮的一些青年陷入了苦闷与彷徨，这时引进的象征主义让他们觉得格外亲切。李金发的《微雨》是中国新诗史上第一部象征主义诗集。朱自清说李金发把法国象征主义手法"第一个介绍到中国诗里"，在当时"是一支异军"。继《微雨》之后，穆木天、王独清、冯乃超等人也开始写作象征主义诗歌，形成了初期象征诗派诗歌潮流。作为一个诗歌流派，他们并没有共同发表自己的理论主张，但从他们各自独立发表的艺术见解来看，则共同表现了一种不同于初期白话诗的美学原则：强调艺术必须表现自我，强调诗歌的象征和暗示的方法，强调诗歌语言的音乐美和色彩美。下面重点探讨李金发、穆木天、王独清、冯乃超的诗歌。

一、李金发的诗歌

李金发(1900—1976)，字遇安，广东梅县人，一直被视为中国第一个象征主义诗人。1919年同林风眠一起赴法国留学，学习雕塑艺术。5年后学成回国，在上海美术专门学校任教，后又创办《美育》杂志。解放战争后期，李金发长期寓居美国，直至1976年12月病逝。

李金发受波德莱尔象征主义影响，从1920年开始以极大的热情投入到象征主义诗歌的新诗创作之中。1925年，他的第一本诗集《微雨》由北新书局出版，此后，他的另两本诗集《为幸福而歌》和《食客与凶年》先后出版。

李金发同其他象征诗派诗人一样，奉行一套唯美主义的艺术原则。他有改变中国"丑恶之环境"以使中华民族跻入"文明民族之列"，过上"人的生活"这一良好的愿望，但提出了一个幻想世界中的药方。他宣称："艺术是不

第一章 中国现代诗歌的文体嬗变与文学创作

顾道德,也与社会不是共同的世界。艺术上唯一的目的,就是创造美,艺术家唯一的工作,就是忠实表现自己的世界。所以他的美的世界,是创造在艺术上,不是建设在社会上。"① 李金发的这种唯美主义的艺术追求,决定了他的诗歌创作同西方象征派诗人精神上的联系,也使他的作品同现实生活之间存在遥远的距离。他用他全部的心血去创造他的"美的世界"。有一首题为《自挽》的诗,其中一节表白道:

> 人若谈及我的名字,
> 只说这是一个秘密,——
> 爱秋梦与美女之诗人
> 倨傲里带点 méchant

这段自白多少概括了李金发诗歌内容追求的主要倾向和特征。他歌唱人生和命运的悲哀,歌唱死亡和梦幻的境界,歌唱爱情的欢乐和失恋的痛苦,歌唱自然景色和自己的感受。他用象征主义的怪丽的歌声建造幻梦中的"美的世界"的艺术殿堂,追求怪异、朦胧、晦涩的美学风格,用象征和暗示的方式表达,以朦胧晦涩为美,如他的作品《弃妇》《琴的哀》等,通过隐喻的手法抒发了诗人内心对人世的愤慨与仇恨。其中,从表面看,《弃妇》写的乃是一位被遗弃的妇女的痛苦和悲哀,诗人代她向社会的歧视和压力倾吐了心中的凄苦和幽怨的感情。然而,"弃妇"只是一个情感的象征物,乃是诗人对人生命运的感受的象征。这位备受歧视和冷落的妇女,内心有深藏的"隐忧",使得她的动作变得迟缓而又沉重。诗人在这个悲剧性的象征形象里,抒写了对人生世事的感慨和不平。《弃妇》是一首典型的象征主义诗作。

由于追求美,李金发便憎恶丑,加上波特莱尔的影响,丑恶、死亡、梦幻,甚至腐烂和恐怖的主题,都进入了他诗歌的艺术表现领域。他吸取了西方象征派诗题材的新奇性和情感的颓废性,却淡化了他们思想的深刻性和否定批判的尖锐性。例如,《夜之歌》《死者》《生活》《英雄之死》《有感》等,既不能激起人们深切的憎恨,也不能给人太多愉悦的美感,最多是在新奇的意象里感到作者那颗颓唐的心。那首有名的《有感》就是这样:

> 如残叶溅
> 血在我们
> 脚上,
> 生命便是

---

① 华林. 烈火[J]. 美育,1928(1).

死神唇边

的笑。

　　诗人抒发的是封建阶级和资产阶级诗人早已唱烂了的悲观绝望的"真理"：人的生和死近在咫尺，只有沉湎于酒和爱，才能得到暂时的享乐和安慰。不过是将颓废的人生哲学和新奇的形象比喻凝聚在短促的抒情旋律中，显示了李金发诗歌象征主义的思想与艺术的特征。

　　在李金发笔下，生与死的主题又常常和对梦境与幻觉的描写交织在一起。梦境与幻觉成了诗人内心世界的一种象征。有的诗还比较乐观，如《幻想》写了幻想中春天的自然与人和谐的图画，读了令人向往，与诗人一起感到"欢乐如同空气般普遍在人间"。有的诗就写得过分奇异而荒诞，很少给人以艺术美感的愉快，那首渲染自己孤独寒冷的《寒夜之幻觉》就是如此。在梦境与幻觉中没有熔铸进诗人自己特有的发人思索的灵魂，倒是那些关于爱情欢乐痛苦的歌唱，关于家乡和母爱的怀想，关于大自然景物的吟咏，给新诗带来了别开生面的声音。歌唱女性、歌唱爱情，几乎成为他创作中压倒一切的主题。爱情诗差不多占了《微雨》的一半，到了《为幸福而歌》里就更多了。无论是写对过去爱情的怀念，如《温柔》《在淡死的灰里》《春思》《晨》，还是写情人幽会的情景，如《心愿》《记取我们简单的故事》等，情调、意象和语言都比较明快活泼，没有晦涩和轻佻的毛病。而有些爱情诗，由于作者的生活和艺术采撷，还染上了一种独特的异国情调，如《Evika》《钟情你了》等。这为新诗的爱情题材领域增添了新的色彩。

　　李金发认为诗不应该是直抒胸臆的抒发，也不是对世界明白的描述，而应该借助象征性形象来把握内心飘忽不定的情绪。他一反传统诗歌的理性创作方式，追求语言的陌生化和技巧的新奇化，造成语言次序的混乱，营造意象模糊的关联性。例如，《时之表现》："风与雨在海洋里，/野鹿死在我心里。/看，秋梦展翼去了，/空存这委靡之魂。"诗中风、雨、海洋、野鹿、秋梦等主要意象表面上缺乏必要的联系，但只要解读出各个意象的象征意义，就有可能把握这首诗的精神内涵。诗的第一行用风和雨消失在无边无际的海洋里暗示空间的无限，第二行用野鹿死在心里暗示时间的静止，第三行用秋梦的飞翔表达美好时光的无情流逝，最后点明主题，光阴流转，剩下的只有空旷和委靡的灵魂。

　　李金发有不少诗篇描写自然景物，因为记录了对自然美的独特感受，再现了人们心中普遍存在的思乡怀人的美好情思，又运用了新颖的比喻和象征的手法，不仅在当时，就是在今天也能唤起人们的愉悦和共鸣。有时将个人思亲的生活哲理融入自然描写之中，给人以联想和启迪。小诗《律》以景

第一章　中国现代诗歌的文体嬗变与文学创作

物变化隐示自然发展的规律,写得饶有兴味。另一首《园中》写自然中的一切都那么无拘无束,生存和往来平等自由,自然的"乐园"象征了诗人向往的人间"天国",外在世界的和谐和内在世界的诗情,在诗里得到了统一。此外,如《春城》《威廉故园之雨后》《盛夏》《风》《雨》《秋》《春思》《无名的山谷》等,都是这方面有特色的佳作。

李金发的象征诗派诗歌,在艺术上扩大了新诗表现方法的领域。他同西方象征诗派诗人一样,一般不去直接描写生活,也不肯直吐胸臆地抒情,而是把自己主观世界的感受和内在感情的波动通过富于象征意义的形象烘托出来。这形象既是事物本身,又不是事物本身,因而就产生了象征形象的内涵的二重性或多义性。李金发的诗,确实注意对艺术想象和比喻的追求、运用。诗人的想象、比喻与习惯的想象、比喻,拉开了较大的距离,使读者很难准确把握它的内涵,却又不能不迫使自己去扩展自己想象的天地。比喻的形象和被比喻的事物之间没有什么联系,诗人用他的想象把它们之间连起来了,就给人一种不确定的飘忽的朦胧美。有时诗人的想象和比喻过于追求新奇怪诞,比喻新则新矣,却难于明白,或者没有美感的效果。怪诞的想象和对比喻的过分追求和应用,是李金发象征诗派诗晦涩难懂的原因之一。

为了避免陈旧和明白的表现方法,追求诗歌意象的新奇性和总体的暗示性,李金发朝两个方面寻找诗歌语言的出路。一种就是各种感觉的限制词的交换使用,这在艺术上被称为"通感";另一种就是省略去很多的主词、连接词,有人把它称为"经济"的观念联络。前者如"粉红之记忆,/如道旁朽兽,发出奇臭"(《夜之歌》),"窗外之夜色,染蓝了孤客之心"(《寒夜之幻觉》),形容视觉的词和形容嗅觉的词可以交互使用,寒冷的心可以变成蓝色。这些看上去不合理的观念搭配,却产生了意想不到的艺术效果,它留给读者更多咀嚼的余味。后者如《题自写像》:

即月眠江底,
还能与紫色之林微笑。
耶稣教徒之灵,
吁,太多情了。

感谢这手与足,
虽然尚少,
但既觉够了。
昔日武士披着甲,

力能搏虎！
我么？害点羞。

热如皎日，
灰白如新月在云里。
我有草履，仅能走世界之一角。
生羽么？太多事了呵！

全诗说明诗人自己没有过分的奢望，满足于已有的漂泊生活，表现了一种自解自嘲的心境。第一节用暗喻方法开头，沉落江底的月亮还能与紫色之林微笑，象征灵魂不死的渴求。三四行即省略了一些词，正常的表述是：(我想如)耶稣教徒之灵(那样永生不死么)？呀，(这样)太多情了。意思是我没有永生不死的奢望。第二节说明自己也不奢望有更多的获取。句子也省略了一些词。特别是末一句，应说(我羡慕昔日武士的力量和勇武吗？不！比起他来，我还害点羞。第三节由于省略，更难懂一些。这大约是诗人对自己心情的自画像。(我的心)"热如皎日，/灰白如新月在云里"，我有这双草履，仅仅能走这世界的一角，(幻想)生羽么？即想长翅远翔么？(这)太多事(的幻想是不能实现的)。通过这首诗的解析可以看到，主词的省略，虽然给作品带来了朦胧艰涩的毛病，给读者增加了理解和鉴赏的困难，但同时也促进了人们提高理解和鉴赏多种方法和风格作品的艺术能力。

二、穆木天的诗歌

穆木天(1900—1971)，原名穆敬熙，吉林伊通县靠山镇人。1926年毕业于日本东京大学。1931年参加"左联"，负责诗歌工作，并参与组建中国诗歌会。历任桂林师范学院、同济大学、暨南大学、复旦大学等高校教授。1933年2月，创办《新诗歌》旬刊，倡导现实主义的创作方法和诗歌大众化。1937年，参加中华全国文艺界抗敌协会。1938年后，辗转昆明、广州、桂林、上海等地从事教学和创作。1971年病故。著有诗集《旅心》《流亡者之歌》《新的旅途》等。

穆木天是中国象征诗歌理论的奠基者，其《谭论》以论题的新颖和见解的精辟成为中国现代诗论史上的重要文献。穆木天认为诗是"内生命的反射"，"是内生活真实的象征"，诗歌的思维、表现方式与散文有很大区别："诗是要暗示的，诗最忌说明的。说明是散文的世界里的东西。诗的背后要有大的哲学，但诗不能说明哲学。"他要求诗与散文纯粹分界，创作纯粹的诗歌。

第一章 中国现代诗歌的文体嬗变与文学创作

穆木天重要的象征主义诗歌代表作是《献诗——献给我的爱人麦道广姑娘》：

我是一个永远的旅人永远步纤纤的灰白的路头
永远步纤纤的灰白的路头在薄暮的灰黄的时候

我是一个永远的旅人永远听寂寂的淡淡的心波
永远听寂寂的淡淡的心波在消散的茫茫的沉默

我心里永远飘着不住的沧桑我心里永远流着不住的交响
我心里永远残存着层层的介壳我永远在无言中寂荡飘狂

妹妹这寂静是我的心情妹妹这寂寞是我的心影
妹妹我们共同飘零妹妹唯有你知道我心里是永远的朦胧

该作品大概是诗人写给自己恋人的作品。全诗分为四节。第一节，诗人仅用两行诗句就画了一幅自画像——"永远的旅人"，一个从不停步的追求者。第二节，写青年知识分子在理想幻灭时挥之不去的孤寂情怀，虽然奋斗目标还不明确或没有多大把握，但他们从来就没有放弃过追求。诗的第三节，写诗人一颗年轻的心永不超然物外，永远与时俱进。全诗的最后一节是诗人对恋人的表白，这颇似自言自语的诗句表达了恋人之间的相恋相知。

"旅人"是现代小说与诗歌的重要意象，旅人情结的核心内涵其实是一个现代人内心世界在不断探索中逐渐完善、逐渐升华的过程。这一点恰恰是激进的五四风潮过后，中国现代性继续发展的重要动力。该诗的"旅人"形象中透射了穆木天诗歌创作的文化依据，旅人情结贯穿着他前期的诗歌创作。

五四运动初期的启蒙者们，从发现社会问题出发，对种种旧有的压抑人自身合理性的怪现状进行批判，将"人的觉醒"这个重要的命题与中国社会的现代化进程联系起来，觉醒的使命完成后，究竟怎样做一个现代人成为时代的难题。穆木天的诗歌无疑在这个关键的转折点上给人们指出了新的方向——做一个"旅人"。显然这里的"旅人"不仅仅是一个流连于各地风光的游客，它更多地指向一个现代人为了追求自身价值的实现，为了追寻内心世界的真实体验而上下求索的形象。

该诗的艺术特点主要体现在叠句的反复和叠字的大量使用上，这样不但增加了诗歌的音乐感，还淋漓尽致地表达了诗人难以排解的孤寂情感。总之，该诗情调朦胧，意象幽微远渺，充分体现了象征主义象征、暗示的特点,思想情调上呈现了淡淡的哀愁,意境有些灰暗,也体现了象征主义诗歌特有的悲哀、感伤、落寞的情怀,乃至消沉、颓废的情调。

三、王独清的诗歌

王独清(1898—1940),原名王诚,陕西蒲城人。1915年东渡日本。1920年留学法国,开始新诗创作。1926年回广州,经郑伯奇介绍加入创造社,主编《创造月刊》,成为该社后期主要诗人之一。1929年9月任上海艺术大学教务长。1930年主编《开展月刊》。1937年回到故乡。1940年在上海逝世。

王独清诗歌代表作有《我从café中出来》《零乱章》等,出版诗集《圣母像前》《死前》《锻炼》《零乱章》等。1926年3月,王独清于《创造月刊》发表的《谈诗》和以后发表的《再谈诗》两篇论著,被认为是我国象征诗派诗歌论著的重要著作。

王独清追求诗歌"色"与"音"感觉的交错。色(视觉)音(听觉)是人的最重要感觉,他将这些称为"音画",亦即"色的听觉"。王独清将诗用下列公式表示:

$$诗=(情+力)+(音+色)$$

公式中的"情"是指诗歌抒发的感情,"力"是指诗歌抒情的力度;"音"是诗歌的音乐性;"色"是诗歌文字的色彩。象征诗是以一客体的(行为、感觉)的抽象,暗示主体(行为、感觉)的具象,继而理念化,逼近主题,终而成诗的。

王独清代表诗作《醒后》一诗着重讲述主人公的情绪变化。

  时候到了,我不应当再留恋。早晨的风,吹得我好冷!盖住一切的露水,浸得我好湿!
  唉,我这个弃了人的人!

  这两年来的生命哪里去了?身中的热呀,眼中的泪呀,口中的秘语呀……

  但是时候到了,我应当忍着苦早一点走:就任风把我冷透!就任露水把我湿遍!
  唉,我这个弃了人的人!

第一段诗的"风""露水"原是具象(物象),"我",即是诗人自己,在诗中由于自弃弃于人,而赋予风、露水以理念成了意象。这一段诗是说明诗人必走的背景。第二段诗中的三个意象"热""泪""语"都在诗人的生命中消失了。该段是说明诗中的"我"要走的原因。第三段诗中,继续使用"风""露水"两个意象。进一步说明了"我"要走且必须早走的决心。"忍—悟—行"是诗的意象逻辑。全诗意象较明晰。象征诗的象征意义是广泛的。诗人要走到那里,去干什么,读者是不得而知的,但这种生活经验体会,人人都有。人,在行动前的动机感觉,是该诗为读者设立的构思图式。

四、冯乃超的诗歌

冯乃超(1901—1983),笔名冯公越、冯子韬等,广东南海人,创造社后期重要成员。1924年,考入日本东京帝国大学哲学科,后改学美术,开始新诗创作。1926年起在《创造月刊》发表诗歌。1927年回国。1930年与鲁迅等筹建中国左翼作家联盟。1951年在中山大学工作。1975年,冯乃超调离中山大学,任北京图书馆顾问。1983年,在北京逝世。著有诗集《红纱灯》。

冯乃超的文艺生活非常短促,但他为中国初期象征诗派诗歌点亮了一盏带着朦胧感伤的"红纱灯",《残烛》就是这盏"红纱灯"明灭闪烁的一柱烛火:

> 追求柔魅的死底陶醉
> 飞蛾扑向残烛的焰心
> 我看着奄奄垂灭的烛火
> 追寻过去的褪色欢欣
>
> 焰光的背后有朦胧的情爱
> 焰光的核心有青色的悲哀
> 我愿效灯蛾的无智
> 委身作情热火化的尘埃
>
> 烛心情热尽管燃
> 丝丝的泪绳任它缠
> 当我的身心疲瘁后
> 空台残柱缭绕着迷离的梦烟
>
> 我看着奄奄垂灭的烛火
> 梦幻的圆晕罩着金光的疲怠

焰光的背后有朦胧的情爱
　　焰光的核心有青色的悲哀

　　这首抒情诗以凄婉感伤的调子唱着诗人的心曲:爱情的痛楚与人生的哀愁。与狭窄的抒情内容相比,《残烛》的真正魅力在于淡淡的哀愁上面浮动着的语言音节的美。整首诗四节,十六句,不仅诗行整齐,而且注意押韵,遣词造句也追求和谐悦耳,努力在整齐的形式美中实现音乐美,使感伤的情调在动听的形式中传达出来。这是冯乃超突破李金发象征诗过分自由散漫的局限,而对新诗艺术美的建设所做的有益的探求。从这首节奏和韵脚都很整齐协调的诗作中,我们可以看出诗人在学习象征诗派诗歌表现方法的同时,也有意吸取中国传统的民族诗歌对仗、炼字和注重声韵优美的特点,体现了诗人在艺术表现上由摆脱旧体诗词的束缚而走向吸取旧体诗词的养分这一变化的倾向和痕迹。所有这一切,使得此诗没有其他象征诗作那样的晦涩和朦胧,而更多一些抒情意象的明朗和清丽。

　　在走向象征主义创作道路上,冯乃超努力追求法国象征派诗人所提倡的音与色结合的"纯粹的诗"。他的诗作不仅讲究语言音节的美感,而且注重色彩的象征与丰富。《苍黄的古月》便是一幅色彩美的画卷:

　　苍黄的古月地平线上泣
　　氤氲的夜色浥露湿
　　漫着野边有暮烟
　　掩我心头有忧郁

　　矗立的杉林默无言
　　睡眠的白草梦痕湿
　　惆怅的黄昏色渐密
　　　沉重的野烟
　　　沉重的忧郁

　　　日暮的我心
　　　浓冬将至的我心
　　　夕阳疲惫的青光幽寂
　　　给我黑色的安息

　　　黑色的安息
　　　黑色的安息

人影一般沉重的负荷
　　疲惫的心头压逼

　　苍黄的古月地平线上泣
　　氤氲的夜色浥露湿
　　夕阳的面色苍白了
　　沉重的野烟
　　沉重的忧郁

　　这首诗用沉重的笔调抒写了古月的苍黄、"我"心头沉重的忧郁，表达了诗人对社会没落、文化衰微的哀伤。诗人忧伤的心境是通过富于色彩感的语言和意象显露的。他吟唱"苍黄的古月在地平线上泣/氤氲的夜色浥露湿"，他歌咏"睡眠的白草梦痕湿/惆怅的黄昏色渐密"，他哀唱"夕阳的面色苍白了"。这些富于色彩感的诗句加强了诗人抒情形象的鲜明性和感情色彩的浓重性。而这些色彩，又与初期白话诗不同，它没有郭沫若诗中那种强烈的光和热。诗人运用的是象征诗派诗官观能交错搭配的方法，使视觉的色彩感与听觉的音感和嗅觉的味感交叉连接构成形象，如"夕阳疲惫的青光幽寂/给我黑色的安息"，这样，就达到以浓重色彩来加强新奇形象的艺术效果。无怪朱自清说冯乃超"诗中的色彩感是丰富的"（《〈中国新文学大系·诗集〉导言》）。

第六节　对初期象征诗派象征品格的继承与超越：现代诗派的崛起

　　早期象征诗派的出现，是对缺少余香与回味的初期白话诗的一种反拨，丰富了新诗的表现手法，为发展中的新诗带来了一些新的东西。但是，在经过短暂的艺术历程后，象征诗派诗歌很快衰落了下来。作为一个诗歌流派，初期象征派解体了，但象征主义诗歌潮流并没有在新诗中消失，而是以新的形态出现在以戴望舒为代表的现代派诗人的作品中。现代诗派的出现有其历史渊源，它既是初期象征派的一种继承，又是新月派演变发展的结果。这一派别的诗可以说是纯然的现代诗，它们是现代人在现代生活中所感受到的现代情绪，用现代的辞藻排列成的现代的诗形。现代派诗歌特别追求诗歌创作在总体上所产生的朦胧的美，追求以奇特的观念和繁复的意象来结构诗的内涵。现代派诗人往往以其特有的青春病态的心灵，咏叹着浊世的哀音，表达着对社会的不满和抗争，也流露出深深的人生寂寞和惆怅。除了戴望舒，何其芳、卞之琳等也是其中的代表。现代派诗歌以其特有的思想情绪和艺术手法，丰富了现代新诗的格局，提高了新诗的表现艺术，扩大了新诗创作的视野，特别是在探索中西诗歌审美追求的契合点上，开辟了一条现代新诗的发展道路。现代派诗歌不仅在20世纪30年代的文坛上产生了很大的影响，而且对40年代九叶派，甚至对当代诗歌创作也产生了深远的影响。下面重点探讨戴望舒、何其芳、卞之琳的诗歌。

一、戴望舒的诗歌

戴望舒（1905—1950），笔名梦鸥等，浙江杭州人。他1923年在上海大学学习，后又转入震旦大学学习法文。1929年，戴望舒出版诗集《我的记忆》。1934年，出版诗集《望舒草》，从此成为现代诗派的代表诗人。1937年，出版诗选《望舒诗稿》。1948年，出版诗集《灾难的岁月》，1949年，春回到北平，后病逝。

在震旦大学期间，戴望舒迷醉于古尔蒙、耶麦、瓦雷里等后期象征主义诗人的作品；另外，他还注重从我国古典诗歌摄取艺术营养。《雨巷》堪称这个阶段的代表作，作家温梓川甚至称戴望舒为"雨巷诗人"。这首诗是戴望舒融合法国象征主义诗歌和中国古典诗歌传统的成功之作。诗中"我""撑着油纸伞"，"独自彷徨在悠长、悠长又寂寥的雨巷"，对黑暗现实感到迷茫、失望、忧郁，看不到出路，于是"我"希望逢着"一个丁香一样地结着愁怨的姑娘"。她终于"默默地走近"了，"我"却又陷入了更加孤独、寂寞而无奈的愁思之中。这位"丁香一样地结着愁怨的姑娘"实际上就是诗人的理想与希望的象征。"我"心目中的"希望"——那位"丁香姑娘"是渴望得到而无法得到的想象出来的幻影，很快就消失得无影无踪了。最后，只有一个孤零零的"我"在那条寂寥又悠长的"雨巷"中彷徨……"我"希望逢着的姑娘在诗中成为抒情主人公理想的化身，这种期盼实际上表达了诗人人生路途上的孤寂和悲哀，渴求在人生孤途上遇到知己与同道，渴求得到理解和慰藉。这首诗不仅抒发了个人的悲哀和孤寂，而且写尽了"五四"以来整整一代青年所特有的世纪性的理想与幻灭，表达了一种普遍的忧郁的时代情绪。全诗述说了抒情主人公"我"经过一条"悠长"而"寂寥"的雨巷时的感受。

这首诗是诗人在特定的时代、特定的情绪下弹奏出的一支"梦幻曲"。在艺术上，这首诗以象征的手法把重大悲壮的时代主题写入诗中，以浮动朦胧的音乐暗示诗人迷惘的心情。诗中的中心意象一再出现，在期待的梦幻中出现、走近，又在"雨的哀曲"中梦幻地消失，空留难以名状的雨中情。诗中"ang"韵反复出现,句中有韵,连绵不断,织成一张音韵的网,把人罩在特设的情绪氛围中。虽借鉴了象征主义的表现手法,却又不失中国古典诗歌的情韵。这首诗朦胧的气氛、轻淡的愁绪和优美和谐的音节,既回响着新月派音乐美的余韵,又把初期象征诗派的艺术大大地向前推进了一步。《雨巷》这首诗更内在的美感就来自于古典的氛围。诗句"一个丁香一样地/结着愁怨的姑娘"就使人联想到李商隐的"芭蕉不展丁香结,同向春风各自愁",或李璟的"青鸟不传云外信,丁香空结雨中愁"。诗中的油纸伞、悠长寂寥的雨巷、丁香般的愁怨,令人联想起一个"杏花春雨江南"的古典文化氛围,而诗中的寂寥、愁怨、叹息、彷徨、梦、静默等诸般感受都在这个悠远的文化背景中找到了依托,从而生成了一种古典美。

《雨巷》诗句长短错落,节奏低沉舒缓,具有"余音绕梁"的韵味。这首诗注重音乐性,运用暗示、隐喻的方法,深得古典诗歌艺术和象征派诗歌艺术的神韵。《雨巷》朦胧而不晦涩,低沉而不颓唐,深情而不轻佻。那撑着油纸伞的诗人,那寂寥悠长的雨巷,那梦一般地飘过有着丁香一般忧愁的姑娘,作为充满象征意味的意象,给读者留下难忘的印象。

受法国后期象征诗人的影响,《雨巷》之后不久,戴望舒放弃了诗歌外在的韵律和格式,转而去探寻内在的诗情和内在的节奏,创造出一种具有散文美特征的自由诗体,这样的诗歌以《我底记忆》为代表。杜衡在《望舒草》的序中说,从《我底记忆》开始,戴望舒才可以说是在无数的歧途中间找到了一条浩浩荡荡的大路,完成了"为自己制最合自己的脚的鞋子"的工作。这浩浩荡荡的大路也是20世纪30年代现代派诗人所走的道路,其诗学的重心就在于"意象性"。戴望舒这样描写"我底记忆":

我底记忆是忠实于我的,
忠实甚于我最好的友人。

它存在在燃着的烟卷上,
它存在在绘着百合花的笔杆上。
它存在在破旧的粉盒上,
它存在在颓垣的木莓上,
它存在在喝了一半的酒瓶上,
在撕碎的往日的诗稿上,在压干的花片上,
在凄暗的灯上,在平静的水上,
在一切有灵魂没有灵魂的东西上,
它在到处生存着,像我在这世界上一样。

记忆,在诗人戴望舒的笔下,通过具象的描述和拟人化的手法,变成了一位具有生命、具有丰富精神世界的"老朋友"。诗人在"记忆"中注入了个人的感情,又在对"记忆"的描述中隐藏起了自己的感情,使这首象征派诗歌具有了更为广泛的内涵,唤起无数读者情感的共鸣。诗人对过去生活无限的眷念之情,像流水一样淙淙流过每个读者的心灵。《我底记忆》这首诗没有《雨巷》那种铿锵的韵脚、华美的字眼,完全采用朴实无华的现代口语。通过对个人日常琐屑生活的挖掘,从"燃着的烟卷","绘着百合花的笔杆","破旧的粉盒","喝了一半的酒瓶","撕碎的往日的诗稿"……去证实"记忆"的存在。诗中尽管用了平和冲淡的调子,但终究没有能够掩盖充满苦涩的生活感受和沉重的孤独心态。戴望舒是一位现实世界的"失落者",从《流浪人的夜歌》到《夜行者》,从《对于天的怀乡病》到《游子谣》,最后到《寻梦者》,构成了戴望舒诗歌的"寻梦者"形象系列。

作为现代诗派的代表诗人,戴望舒最重要的诗歌主张,体现在他阅读法国象征派诗歌后所作的十七条诗论札记中。"诗是由真实经过想象而出来的,不单是真实,亦不单是想象"这一见解,基本上概括了他的诗学观点和立场。戴望舒在他的《诗论零札》里强调"诗的韵律不在字的抑扬顿挫上,而在诗的情绪的抑扬顿挫上,即在诗情的程度上","诗不能借重音乐,它应该去了音乐的成分","诗不能借重绘画的长处","韵和整齐的字句会妨碍诗情"。这和新格律诗派的主张是相反的。

二、何其芳的诗歌

何其芳(1912—1977),四川万县人。北京大学哲学系毕业,是"汉园三诗人"之一。1938年,到延安鲁迅艺术学院任教,同年加入中国共产党,为革命文艺作了大量拓荒工作。1977年,因病医治无效在北京逝世。著作主要有散文集《画梦录》和诗集《预言》。

何其芳是一位"成天梦着一些美丽的温柔的东西"的诗人,他的心理、情感以及美学的选择,都偏向于中国古典的"美人芳草",其早期诗歌具有冷艳的色彩、青春的感伤和精致的艺术,是一些真正美丽的诗。何其芳对于艺术形式的完美表现出执着的探求。在诗歌方面,他十分讲究完整的形式、严格的韵律、谐美的节奏,并注意表现出诗的形象和意境。因此,他的诗明显具有细腻和华丽的特色。《预言》这部唯美的诗集凝聚了青春的梦幻,描绘了一片梦的风景。其诗歌意象、情调与意境都具有田园牧歌式的美学特征。

与诗集同名的《预言》一诗里,"年轻的神"轻轻走来,仿佛风行水上,在青春的心田引起阵阵涟漪:

第一章　中国现代诗歌的文体嬗变与文学创作

> 这一个心跳的日子终于来临！
> 你夜的叹息似的渐近的足音
> 我听得清不是林叶和夜风私语，
> 麋鹿驰过苔径的细碎的蹄声！
> 告诉我，用你银铃的歌声告诉我，
> 你是不是预言中年轻的神？

这首诗通过对"年轻的神"悄然而来又悄然而去的抒写，表达了诗人既甜美而又哀怨的梦幻般的心境。那"年轻的神"既可说是爱神的象征，也可把她理解为美和理想的象征，甚至有人把她推测为刹那间降临的创作冲动。象征手法的运用，大大开拓了读者想象和联想的空间，给人以无限遐思。

诗人何其芳善于描绘青春的梦，连青春少女的死亡也被作者予以诗化，赋予青春的凄美，如《花环——放在一个小坟上》：

> 开落在幽谷里的花最香。
> 无人记忆的朝露最有光。
> 我说你是幸福的，小玲玲，
> 没有照过影子的小溪最清亮。
>
> 你梦过绿藤缘进你窗里，
> 金色的小花坠落到你发上。
> 你为檐雨说出的故事所感动，
> 你爱寂寞，寂寞的星光。
>
> 你有珍珠似的少女的泪，
> 常流着没有名字的悲伤。
> 你有美丽得使你忧愁的日子，
> 你有更美丽的夭亡。

这是一首"放在一个小坟上"的唯美的诗歌。那个碧玉似的少女小玲玲，没有朋友和恋人，一个人坐在屋檐下听雨声讲述故事，美丽而寂寞。这个少女热爱天上遥远的星光，她的一生几乎都封闭在一个透明的梦里。诗人营造了一个封闭的自我空间，表现出一种纯粹的梦幻情结。青春的寂寞与感伤，被诗人敏锐而细腻地传达出来，这种寂寞与感伤与其说是别人的，不如说正是诗人自己的。

三、卞之琳的诗歌

卞之琳(1910—2000),曾用笔名季陵,生于江苏海门汤门镇,祖籍江苏溧水。1929年毕业于上海浦东中学,入北京大学英文系就读,接触英国浪漫派、法国象征派诗歌,开始新诗创作。1933年毕业于北京大学英文系,就学期间曾师从徐志摩。抗日战争初年曾访问延安,从事临时性教学工作,并访问太行山区前方并随军。回西南大后方后,在昆明西南联大任讲师、副教授。1946年复员至天津南开大学任职1年。2000年在北京协和医院去世。

卞之琳醉心于法国象征派,并且善于从中国古典诗词中汲取营养,形成自己独特的风格,被认为是20世纪30年代中国文坛"现代派"诗歌的重要代表人物。1933年出版诗集《三秋草》,1935年出版《鱼目集》,1942年出版《十年诗草》。

卞之琳被人们称为最醉心于新诗技巧和形式试验的艺术家,他更多地受到瓦雷里和艾略特等后期象征派的影响。卞之琳主张"未经过艺术过程者不能成为艺术品,我们相信内容与外形不可分离"。他创作态度严谨,孜孜不倦地探索新诗的外部形式,刻意追求变化和创新,在诗的意象和主题方面更是精益求精。卞之琳的诗精巧玲珑,联想丰富,跳跃性强,尤其注意理智化、戏剧化和哲理化,诗意偏于晦涩深曲,冷僻奇兀,耐人寻味,如《断章》:

> 你站在桥上看风景,
> 看风景的人在楼上看你。
> 明月装饰了你的窗子,
> 你装饰了别人的梦。

这首诗原为一首长诗中的片段,后将其独立成章,因此标题名之为《断章》。这是中国现代文学史上文字简短而意蕴丰富且朦胧的著名短诗。节选四句精巧短小、明白如话,诗人通过简单的几个对象:人、明月、窗子、梦,表达了世间万物相互关联、平衡相对、彼此依存的哲理。

《断章》的主旨具有多义性。有人说这是在写人和风景、自己和别人的对象化;有人说此诗只是一幅恬静的图画,是诗人的瞬间感受。评论家刘西渭解释这首诗着重"装饰"的意思,认为表现了一种人生的悲哀。卞之琳则解释《断章》说,这首诗的创意就在于"相对"上,单一的"你"和单一的"看风景人"在诗中都不是自足的,两者在看和被看的关系和情境中才形成了一个网络,从而揭示了一种既相互联系又互相制约的人际关系,这就是一种相对的、平衡的观念。在艺术上,《断章》所表现的主要是抽象而又复杂的观念与意绪,但是诗人并未进行直接的陈述与抒情,而是通过客观形象和意象的呈现,将诗意间接地加以表现。诗作有着突出的画面感与空间感,意境深邃悠远,又有着西方诗歌的暗示性,使得诗歌含蓄深沉,颇具情调。

卞之琳的《鱼化石》一共四句,却以朦胧、晦涩著称:

> 我要有你的怀抱的形状,
> 我往往溶化于水的线条。
> 你真象镜子一样的爱我呢,
> 你我都远了乃有了鱼化石。

诗歌中"形状""线条""镜子""鱼化石"四个意象仿佛信手拈来,令人不知所云,但原题目右侧括号中有小字注明:"一条鱼或一个女子说"。这似乎告诉读者,所谓的"鱼化石"是与爱情有关的结晶体。这首小诗,首句写被拥入怀抱的形象;第二句写生活于爱的活水中且自己柔情似水;第三句写相爱的人彼此以对方为镜子;最后点明鱼化石已成为爱情的见证。也有人认为,卞之琳的《鱼化石》,写的是"生生之谓易"的道理,即写诗人对一切事物时刻都在变化的哲理思考。因为作者在《鱼化石·后记》中曾说:"鱼成化石的时候,鱼非原来的鱼,石也非原来的石了。这也是'生生之谓易'。近一点说,往日之我已非今日之我,我们乃珍惜雪泥上的鸿爪,就是纪念。"诗人将个人的感受上升到了哲理的高度。

第七节　时代精神的表现与艺术审美追求的统一:艾青

在新诗发展史上,艾青可以说是继郭沫若之后开一代诗风的自由体诗人。这是因为他的诗歌创作影响了一大批诗人走向诗歌创作道路。艾青在艺术形式上进行过多种尝试,民歌体、格律体、十四行诗、朦胧诗都写过,但主要成就还是在自由体方面。艾青的诗歌创作扎根于对社会人生的深切关注上,用朴素的语言发出了震憾人心的、对光明的呼唤。艾青常用象征手法,对真理进行暗示和比喻,创造了无数鲜活的意象。艾青的诗歌始终关注中国农村广大农民的命运,关注自己脚下的土地。艾青的眼光又是宏大的,由本民族的命运向世界、向整个人类命运自然延伸。艾青的诗歌包含了现实主义的悲愤与深沉、浪漫主义的抒情与追求以及现代主义的技巧与变异,成为中国现代诗坛一道独特的风景线,体现出五四以来现实主义诗歌的发展高度。

艾青(1910—1996),原名蒋正涵,笔名林壁、克阿等,浙江省金华县畈田蒋村人。1928年夏天艾青考入当时的杭州西湖艺术院。1929年春天艾青在林风眠校长的鼓励下到巴黎勤工俭学,期间对哲学和文学产生了兴趣,他大量浏览法语现代诗,特别是象征主义诗人波德莱尔和超现实主义诗人阿波里内尔的作品。艾青后来写诗十分注重意象的象征与暗示,注重主观情绪的物象化,显然是受了这两位诗人的濡染。1932年4月,艾青由巴黎回到上海。同年7月间遭国民党密探逮捕入狱,在狱中创作了《芦笛》《透明的夜》《巴黎》《马赛》《大堰河——我的保姆》等大量诗歌。1935年10月,艾青经保释出狱后曾教书度日,曾一度流浪上海。1936年由友人资助在上海自费出版了第一本诗集《大堰河》。1937—1945年,是艾青诗歌创作的高潮期。1937年抗战爆发后,艾青在武汉写下《雪落在中国的土地上》;同年在广西桂林与戴望舒合办诗刊《顶点》,此间写出著名的《诗论》。1938年初艾青到西北地区,创作《北方》等著名诗篇。1941年3月,艾青由重庆奔赴延安。1944年艾青加入中国共产党。1945年在鲁迅艺术学院文学系任教。1949年随解放军进入北平。20世纪50年代初期,艾青创作进入平静期。20世纪70年代末,艾青的诗歌主题接续三四十年代渴求光明、真理的情思线索,并有大幅度延伸,更为深沉、凝重、睿智,诗歌注重在具体物象中超越物象的意蕴,走向象征。《光的赞歌》《古罗马的大斗技场》等属精心撰写的长诗,富有哲理,发人深思。《盆景》《虎斑贝》等大量短小精悍的诗作,也大都构思巧妙,耐人寻味。1996年,艾青病逝于北京。

艾青感受敏锐,感情深沉,文笔疏放而流畅。他的诗作大都源于现实生活中的直接经验,是其对国家民族命运的诚挚关心。艾青的诗作不仅能令人愉悦、催人思考,而且能鼓舞读者投入到火热的斗争中去。土地、农民、苦难、光明是艾青20世纪三四十年代的诗歌主题,在表现这些诗歌主题时,艾青的诗歌呈现出以歌当哭的忧郁诗风。

艾青的诗歌始终回响着悲愤的倾诉、绝望的抗争和热烈憧憬光明的声音。艾青对苦难的大地充满深情,他用嘶哑的歌喉抒情:"为什么我眼里常含着泪水?/因为我对这土地爱得深沉……"(《我爱这土地》)在艾青笔下,古老而丰厚的土地忍受着暴风雨的打击,那绝望的土地也"依然睁着枯干的眼/巴望天顶/落下一颗雨滴"(《死地》);那滚过黄河故道的手推车所发出的尖音"响彻着/北国人民的悲哀"(《手推车》);那万里黄河"汹涌着浊浪的波涛/给广大的北方/倾泻着灾难与不幸"(《北方》)。贫穷与饥饿、愚昧与闭塞、战争与死亡像阴影一样缠绕着这个古老的种族。然而,艾青并没有悲观

第一章　中国现代诗歌的文体嬗变与文学创作

绝望,他悲愤的倾诉是为了警醒苦难而沉睡的民族。在那些不幸的民众者身上,诗人看到了巨大的反抗力量和坚韧的生存意志。

艾青的代表作是《大堰河——我的保姆》。在这首长达一百多行的抒情诗中,艾青深情地表达了他对底层劳动者勤奋与善良品性的同情与赞美,也表达了作者悲天悯人的人道主义情怀和对不平等社会的反抗精神。诗中有对"大堰河"母亲极为具体的描写：

> 你用你厚大的手掌把我抱在怀里,抚摸我,
> 在你搭好了灶火之后,
> 在你拍去了围裙上的炭灰之后,
> 在你尝到饭已煮熟了之后,
> 在你把乌黑的酱碗放到乌黑的桌子上之后,
> 在你补好了儿子们的,为山腰的荆棘扯破的衣服之后,
> 在你把小儿被柴刀砍伤了的手包好之后……

深刻的童年记忆和无比感恩的情怀,在朴素的叙述中被细腻地表现出来。在诗的最后,艾青深情地向母亲呼唤：

> 我是吃了你的奶而长大了的
> 你的儿子,
> 我敬你
> 爱你!

诗人的感情真挚而纯粹,如赤子声声唤母,触动普天下人子的心弦。

1937年12月,艾青写出了《雪落在中国的土地上》这首诗歌杰作。后来又创作了《我爱这土地》《北方》《手推车》《乞丐》等诗歌名篇。这些诗描绘了被侵略战争破坏的祖国大地、被苦难命运折磨的底层的百姓,艾青以切肤之痛唱出了一个苦难民族苍凉而深沉的哀歌。以《雪落在中国的土地上》(节选)为例：

> ——啊,你
> 蓬发垢面的少妇,
> 是不是
> 你的家
> ——那幸福与温暖的巢穴——
> 已被暴戾的敌人
> 烧毁了么?

是不是
也象这样的夜间，
失去了男人的保护，
在死亡的恐怖里
你已经受尽敌人刺刀的戏弄？

艾青以舒缓、忧郁而流畅的调子，宣泄了那弥漫于心中的浓浓的悲哀。艾青的"北方诗"具有雄迈、粗犷而苍凉的诗风，《北方》这样描写北方：

北方是悲哀的
而万里的黄河
汹涌着混浊的波涛
给广大的北方
倾泻着灾难与不幸；
而年代的风霜
刻划着
广大的北方的
贫穷与饥饿啊。

艾青的诗歌让读者体验到心中痛苦和烦恼的宣泄，但并不令人消沉绝望。在抗战期间，艾青不忘表达对光明、温暖、美好世界的期盼和颂赞。艾青歌唱太阳，歌唱火把，歌唱黎明，歌唱光明……在这些代表光明的诗歌意象中，诗人把视野投向未来。《向太阳》《吹号者》《他死在第二次》《火把》《黎明的通知》等诗，如同战斗的号角，催人奋起反抗；又如明亮的火把，照亮战士的征程。艾青把个人的感受融入到群众的洪流中，把个人的命运与抗日的崇高使命紧密相连。悲愤与抗争、热爱与憧憬，构成了艾青诗歌民族忧患感的核心内容。

第二章 中国现代散文的文体嬗变与文学创作

中国是个散文大国,散文和诗歌乃中国古代文学的两大主流。但是,中国古代散文在逐渐发展过程中,虽然积累了丰富的经验,趋于成熟和完美,却也形成许多框框套套,束缚了灵活的"手脚"。随着五四新文化运动的兴起,为适应除旧布新的时代需要,中国散文从内容到形式都发生了焕然一新的"质变",开始走上现代化的发展道路。本章将围绕中国现代散文的文体嬗变与文学创作展开研究,对新文化运动中"随感体"的诞生、"为人生"的文学研究会及其散文创作、"为艺术"的创造社及其散文创作、任意而谈"语丝体"的诞生、战争背景下的报告文学进行详细阐述。

第一节 新文化运动中"随感体"的诞生

1918年4月,《新青年》开辟了"随感录"专栏,刊发"随感录"式的短小精悍的时评和杂感,这是中国现代散文最早出现的品种,是新文化运动的产物。"随感录"作家群发表了大量文艺性的短评和杂感。"随感体"在"随感录"作家群的长期努力下,变成了文艺性论文的代名词。本节将对"随感体"的诞生和"随感录"作家群的散文创作进行阐述。

一、"随感体"的诞生

1918年4月《新青年》第4卷第4号设立"随感录"栏目。稍后,李大钊、陈独秀主持的《每周评论》,瞿秋白、郑振铎主持的《新社会》也开辟"随感录"专栏。受此影响,不少报刊纷纷增设"杂感""评论"等栏目。陈独秀、李大钊、刘半农、钱玄同、鲁迅等人均发表了大量文艺性的短评和杂感,这些文章一般短小精悍,针砭时政,对于中国的社会、文明都毫无忌惮地加以批评,由此形成一股以《新青年》为核心的"随感录"创作潮流。这些"随感录"大都是以随感的形式对现实进行敏锐的反映,对当时的文化痼疾、社会时弊和封建思想进行了有力的批判,在社会上产生了广泛的影响。这些作品是中国现代最早的一批杂文作品,也是中国现代最早的一批散文作品。

"随感录"作家群的创作是承接晚清以来,康有为、梁启超等人为适应变法、革新需要而创立的"报章体"而来的。随着新文化运动的开展,为了进一步解放思想,新文化运动的先驱们运用形式灵活、自由随意、畅达明白的随想、杂感、短评等样式批判旧文化、旧道德。在此基础上,中国现代散文应运而生。

二、"随感体"作家群的散文

陈独秀(1879—1942),原名庆同,字仲甫,安徽怀宁(今属安庆市)人,新文化运动的倡导者之一,中国共产党的创始人和早期的主要领导人之一。他是"随感录"文体的开创者,也是当时最有影响的杂文作者之一。他最早写作"随感录"用的是浅显的文言,后来才改用白话。他的杂文大都写得居高临下,要言不烦,往往几句话就能点出症结,指破迷津。《吃饭问题》《"笼统"与"以耳代目"》就是这类文章。

李大钊(1889—1927),字守常,河北乐亭人,毕业于东京早稻田大学,中国共产党主要创立人之一,中国最早的马克思主义者和共产主义者之一。与此同时,李大钊在文学创作方面也颇有建树,他的杂文,在气势上与陈独秀相类似,而运用形象思维更多一些。例如,《青春》《今》《新的!旧的!》等篇,清新晓畅,脍炙人口。《庶民的胜利》《Bolshevism 的胜利》等篇在语言上将宣传的力度与文辞的优美结合起来。如后一篇中的名句:"由今以后,到处所见的,都是 Bolshevism 战胜的旗。到处所闻的,都是 Bolshevism 的凯歌的声。人道的警钟响了!自由的曙光现了!试看将来的环球,必是赤旗的世界!"而《"中日亲善"》则是精彩短论的代表:

> 日本人的吗啡针和中国人的肉皮亲善,日本人的商品和中国人的金钱亲善,日本人的铁棍、手枪和中国人的头颅血肉亲善,日本的侵略主义和中国的土地亲善,日本的军舰和中国的福建亲善,这就叫"中日亲善"。

连用五个"亲善",颠覆了最后一个"亲善",要言不烦,一针见血。

钱玄同(1887—1939),原名钱夏,字德潜,又号疑古、逸谷,效古法将号缀于名字之前,称为疑古玄同。中国现代思想家、文学家、新文化运动的倡导者。钱玄同的《告遗老》等杂文庄谐杂陈,挥洒自如。他又喜作惊人之语,如说要把京剧"全数扫除,尽情推翻",还提出要废除汉字,以及人过 40 岁就

第二章 中国现代散文的文体嬗变与文学创作

该枪毙等。鲁迅评价他的杂文为"颇汪洋,而少含蓄"。

刘半农的杂文,一是畅达流利,发挥驳难的气势;二是运用反语,竭尽夸张之能事。无论采取哪一种写法,他都寓庄于谐,以滑稽出之,使读者感到津津有味亲切易懂。他的名篇有《"作揖主义"》和《复王敬轩书》等,编有《半农杂文》和《半农杂文二集》。

鲁迅(1881—1936),原名周樟寿,后改名周树人,字豫山,后改豫才,浙江绍兴会稽县人,中国现代伟大的无产阶级文学家、思想家和革命家。在《新青年》"随感录"中最精辟的文字,自然是鲁迅撰写的,他尖锐地抨击了那些吹嘘保存"国粹"的顽固派,其文识见精深,发人沉思。鲁迅的这些篇章真像是匕首与投枪一样具有力量。除了撰写这些短小精悍的文字,鲁迅还发表了不少篇幅略长的议论性散文,更是鞭辟入里地剖析了暴虐的封建专制制度,控诉了它所造成的腐化与愚昧,揭露在这个制度底下淤积起来的旧思想和旧道德,已经成为一种支配整个社会意识的强固的力量,严重地毒害着人民群众的精神世界,腐蚀着我们整个民族的肌体。

从创作时间和内容看,鲁迅杂文可分为前后两个时期。前期杂文是指1918—1927年的创作,主要收入《坟》《热风》《华盖集》和《华盖集续编》,少部分收入《而已集》《集外集》;此后的创作为后期杂文。前期是其杂文的形成期和发展期,后期是成熟期和丰收期。这里重点说前期。

前期杂文是新文化运动的产物,是中国反封建思想革命呼唤出来的一种艺术文体。从内容看,又可分为两大类型。第一类是对中国社会思想的解剖。这类杂文的直接意义在于为初兴的五四新文化运动及新文学运动开辟道路,争取更大的发展空间,因此多侧重于对旧文明、旧道德的批判。例如,《我之节烈观》批判封建伦理道德中的"节烈"观,提倡以平等、民主为核心的新道德;《我们现在怎样做父亲》批判封建孝道和父权观念,提倡以"儿童本位"为代表的平等、民主、进化的思想;《娜拉走后怎样》《论雷峰塔的倒掉》批判封建礼教,主张个性解放、妇女解放与社会解放。这类杂文还对封建复古思想和言论进行了有力的批判。例如,《说胡须》《看镜有感》等文针对"国粹派"的言论,指出他们的所谓"国粹",不外乎是人身买卖、一夫多妻,是缠足、拖大辫、吸鸦片,是中国人身上的无名肿毒,是脸上的一个瘤、一颗疮,应该毫不容情地把它割去;《答 KS 君》《十四年的"读经"》对"甲寅派"的复古主张做了尖锐的否定;《智识即罪恶》对反改革势力维持愚民政策、诋毁西方科学的无良用心和浅薄伎俩进行了形象的揭露。另外,探析和批判国民性,也是这类杂文的主要内容。例如,《灯下漫笔》,看似漫笔,却一针见血地指出长期处在封建统治下的中国民众"想做奴隶而不得"或"暂时做稳了奴隶"的真实地位,号召人们要创造"中国历史上未曾有过的第三样时代"。

《论睁了眼看》剖示封建文人不敢正视现实,却以"瞒和骗"的作品将国民导入"瞒和骗"的大泽,又使国民"用瞒和骗,造出奇妙的逃路来,而自以为正路。在这路上,就证明着国民性的怯弱,懒惰,而又巧滑"。因此呼吁作家"要取下假面,真诚地,深入地,大胆地看取人生并且写出他的血和肉来"。

在写法上,这类杂文更集中于对社会现象内在本质的形象进行剖露,所言之事极小,所论问题极大。例如,《论雷峰塔的倒掉》和《再论雷峰塔的倒掉》,仅就雷峰塔倒掉一件小事,论及的却是关系中国社会文化的带有根本性的大问题。《我之节烈观》《我们现在怎样做父亲》《娜拉走后怎样》《看镜有感》《春末闲谈》等力作,也多从小处着笔,却揭出封建传统文化思想与道德的反动内核,反映了五四运动的启蒙主题。这类杂文还明显地表现出两种创作倾向:一是收入《热风》中的短小犀利、感情充沛的"随感录",二是收入《坟》中的针对社会某个带有普遍意义的问题进行较透辟的说理分析的文章。两种倾向的差别,表现出鲁迅杂文形成期的特征,鲁迅杂文正是在这两种倾向的交汇、融合、发展、变形中成为独立文体的。

前期杂文的第二类是将杂文作为具体社会斗争的艺术武器。《华盖集》《华盖集续编》《而已集》就记录了作者在五卅运动、女师大学潮、"三一八"惨案、"四一二"反革命政变等重大历史事件中,指斥帝国主义、北洋军阀、国民党右翼势力及其帮凶文人卑劣言行的战斗风貌。《忽然想到》批判了五卅惨案中那种"皇皇然辩诬,张着含冤的眼睛,向世界搜求公道"的软弱行为,呼唤青年"抽刃而起","以血偿血"。针对陈源之流伪装公正、流言诬蔑爱国群众,鲁迅在《并非闲话》和《一点比喻》等文中,不仅辩明是非曲直,揭发谎言的由来,而且一再戳穿"正人君子"的假面:是"媚态的猫","比它主人更厉害的狗",是"脖子上还挂着一个小铃铎,作为知识阶级的徽章"的"山羊","能领了群众稳妥平静地走去",以供统治者奴役和宰割。鲁迅还对他们投以十倍的蔑视:"这样的中国人,呸!呸!!!"《忽然想到(七)》《寡妇主义》等文也对压制青年学生的学校当局色厉内荏的本质进行了形象揭露:"对羊显凶兽相,而对于凶兽则显羊相。"《无花的蔷薇之二》《记念刘和珍君》《空谈》等文,一面痛悼死难的青年学生刘和珍等,一面揭露为政府当局辩护的"流言者的卑劣",一面对杀人者及其帮凶发出怒不可遏的抗议:"墨写的谎说,决掩不住血写的事实。血债必须用同物偿还。拖欠得愈久,就要付更大的利息!"表现出不妥协的韧性战斗精神。鲁迅还根据历史和现实斗争的教训,写下了《论"费厄泼赖"应该缓行》一文,提出了要痛打落水狗、更不能放过"叭儿狗"的战斗原则,号召青年把斗争进行到底。

前期杂文创作中,鲁迅直面现实中形形色色的封建道德和文明,深入思考和探索国民性问题,展开了广泛而尖锐的批判,体现了彻底的五四精神。

由于鲁迅的努力,杂文这种兼备论文逻辑性和散文形象性的特殊文体在现代文学史上取得了一席之地。

鲁迅所有的杂文作品,都充满了一种深沉而炽热的感情,在不懈地进行着思想的启蒙,渴望能够找到一条使人民群众获得解放的道路。这些作品在艺术上也显得汪洋恣肆、气象万千,具有一种令人百读不厌的魅力,将杂文这种议论性散文提到了很高的思想与艺术境界。他终生都撰写这种议论性散文,作为鞭挞北洋军阀和国民党反动派的武器,并且还剖析了反动派赖以生存的旧制度的本质,总结了有关阶级斗争的经验与规律。议论性散文是鲁迅的文学遗产中极为重要的组成部分。

鲁迅将自己撰写的这些议论性散文,有时称为"短评"(《热风·题记》),有时称为"杂感"(《写在〈坟〉后面》),有时又称为"短论"(《且介亭杂文二集·序言》),而将篇幅略长的称为"杂文"(《写在〈坟〉后面》)。由鲁迅参加奠基和开创的这种议论性散文,后来在现代文学史上都被称为"杂文"。正如鲁迅所说的那样,"'杂文'也不是现在的新货色,是'古已有之'的"(《且介亭杂文·序言》)。它自然曾接受过春秋战国时期的诸子散文,以及魏晋和唐宋以来那些说理文字的影响,但它的思想境界完全是崭新的,它与革命结合得这样紧密,斗争的锋芒这样锐利,显示了它是一种新时代的文体,这种文体不但在现代散文史上,而且在现代文学史上都有着极端重要的地位。

第二节 "为人生"的文学研究会及其散文创作

文学研究会以"研究介绍世界文学,整理中国旧文学,创造新文学"为宗旨,倡导"写实主义"的文学精神,强调文学关切社会与人生的必要性,他们的散文关注和思考人生的切身问题,领略和品味人生的甜酸苦辣,体察和同情下层人民的不幸,揭露和批判黑暗社会的罪恶,探究人生的意义和出路,追求合理、健全、充实的人生,表现出肯定人生、积极处世、脚踏实地、执着现实的思想特色。文学研究会中的散文作家群,包括朱自清、冰心、许地山等的创作都表现出这一写实的风格。本节将对文学研究会的诞生及其文学主张、文学研究会作家群的散文创作进行研究。

一、文学研究会的诞生及其文学主张

在中国现代文学史上,主张创作继承、发扬《新青年》的文学"为人生"的

观念并且取得较大成绩,把倡导时期的新文学推向前进的第一个团体,是文学研究会。文学研究会于1921年1月在北京成立,主要发起人有沈雁冰、叶绍钧、郑振铎、王统照、周作人、许地山等12人,这是新文学产生以来最早成立的重要文学社团。文学研究会的基本文学主张,一是强调"为人生而艺术",二是强调现实主义的创作方法。

文学研究会成立时发表《文学研究会宣言》,宣告:"将文艺当作高兴时的游戏或失意时的消遣的时候,现在已经过去了。我们相信文学是一种工作,而且又是于人生很切要的一种工作。"这段话代表了文学研究会成员们的共同态度,因而被称为"为人生"派。他们反对封建文学,认为封建文学中有"文以载道"派,把传道当作文学的目的,是应该反对的;还有游戏娱乐派,即吟风弄月、谈神说鬼的文学。他们把鸳鸯蝴蝶派归入此类,批判把文学作为封建名士们得意时表示风流、失意时发发牢骚的工具。为此提出文学是人生的镜子,是人生的自然的呼声,广义的艺术观念便是老老实实表现人生。因此要求文学要表现人生、指导人生,对于人生起作用,并提出"以文学为纯为艺术的艺术我们应是不承认的"。

文学研究会的机关刊物主要有革新后的《小说月报》和《文学旬刊》(后改名为《文学周报》)等。文学研究会在中国所首倡的现实主义美学主张和现实主义文学风格,对整个20世纪中国文学的发展都产生了重大而深远的影响。

二、文学研究会作家群的散文

(一)朱自清的散文

朱自清(1898—1948),原名自华,号秋实,后改名自清,字佩弦。原籍浙江绍兴,出生于江苏省东海县(今连云港市东海县平明镇)。现代杰出的散文家、诗人、学者、民主战士。1916年中学毕业并成功考入北京大学预科。1919年开始发表诗歌。1928年第一本散文集《背影》出版。1932年7月,任清华大学中国文学系主任。1934年,出版《欧游杂记》和《伦敦杂记》。1936年,出版散文集《你我》。1948年去世。

朱自清的散文以文字优美、风格清丽隽永而著称。朱自清善于描写,在描写中做到情景交融,在诗与画的交融上,达到高度的成就。

运用白话文描写景致,是朱自清散文中最优美的部分。古代散文中写山水游记的很多,成就极高。在朱自清之前,写景的白话散文,如某些游记,成就并不高,往往直接记述所见之景,感叹"景致绝美""景色真是好看",一般难以具体、细密地画出那景致美的形与色来。而在朱自清的笔下,读者能具体通过文字看到那景的美来。他写景的成就比古代同类散文并不逊色,就其细腻、深切而言,则超越了文言文。比如,《温州的踪迹》之二的《绿》,写的是梅雨潭的瀑布,用比喻形容那瀑布,如少妇的裙幅,如鸡蛋清的软与嫩,令人想起触过的最嫩的皮肤;虽未具体描写瀑布的有限的形,却能让读者感觉到那水的柔媚的质,从而产生无限的联想。接着是写色,用的是对比,涉及北京什刹海的绿杨,杭州虎跑寺的绿壁,西湖和秦淮河的水等,非浓即淡,只有梅雨潭水绿得恰到好处。这一段描写,简直是散文中的"绘画美"。文字或让人感到刻意求工而偏于秾纤,但不得不佩服作家想象力的开阔与驾驭文字的功力之深。

《桨声灯影里的秦淮河》的前半段,全是写景,但并不只写秦淮河外在的形貌,而写在特定时刻里十分丰富的多种感觉——河水色彩的浓淡色度,河面的宽窄尺度,两岸房屋的新旧程度,河水的冷热温度,河里月色、灯光倒影明暗的亮度,歌声、笛声喧闹起伏的响度。这一切又都在变幻中,让人产生一种正在随船行进的感觉,领略了秦淮河之夜的特有韵味。

《荷塘月色》先写心境的不宁,于是在夜间散步,领略了荷塘美景。经过这美景的洗礼,使主观情绪得以超越、升华,竟使心境恢复了宁静。这是过情的变化体现景的力量。同时,使用精致、惟妙的比喻,写出了月下荷塘特有的风韵。写荷花的美,用明珠、碧天的星星、出浴的美人来形容,确切而又优雅。又写荷花的香,"仿佛远处高楼上飘过来的渺茫的歌声似的",既是远处的,又是渺茫的,说明是淡淡的清香。而用歌声比喻香气,则是在散文写作中运用的通感。此外,还用蝉声、蛙声来烘托氛围,产生"鸟鸣山更幽"的效果,更突出了清静幽深的气象,把人引到往古的遐思,从而完成把感情从烦躁引向宁静的过渡。

朱自清的上述作品,在现代写景散文中,占有突出地位。1921年,周作人曾写过一篇《美文》,说外国文学的论文有学术性的和艺术性的,后者又称美文,"在现代的国语文学里,还不曾见有这文章,治新文学的人为什么不去试试呢?"朱自清的散文正是做了这种实践,对打破"美文不能用白话"的迷信,是有重要贡献的。

朱自清的散文还有另一种风格。一些记叙性较强的散文中,虽然仍表现了他善于描写的特长,但不再用绚丽浓艳的比喻,而是用清淡的语言、平易的叙述,在朴素中寄寓情感。这一类作品更能表现作者思想性格的正直、热情。例如,《生命的价格——七毛钱》,表现了对世道不公的深深的愤慨,表现了对受侮辱者的深挚同情,并"因此想到自己的孩子的运命,真有些胆寒!钱世界里的生命市场存在一日,都是我们孩子的危险!都是我们孩子的侮辱!"作家就这样把自己的命运与受欺压的人民相连着。在《白种人——上帝的骄子!》中,写西洋孩子的骄傲的一瞥,如何触动并伤害了作家的民族自尊心。《执政府大屠杀记》记录了"三一八"惨案中的亲身经历,记述事件的前前后后,直接地揭露了北洋军阀政权的血腥罪行。这一类风格的作品中,影响最大的还数发表于1928年的《背影》,主要描绘了朱自清与父亲之间那种醇厚、深沉的父子之情。这篇作品不是作者的即兴之作,而是经过岁月的流逝,人生角色的转换,儿子回忆和沉思的结晶,其中蕴涵着作者对人生、社会的深切体验和深沉思考。作品将父子之情表现得细微自然,有父爱,也有子情,相互辉映,生动感人。作品成功地运用了细节描写,抓住父子离别的瞬间,将瞬间的离情化为了永恒的思念,引起读者的强烈共鸣。

(二)冰心的散文

冰心以问题小说和小诗成名,但以散文的成就为最高。冰心散文之所以有魅力,在于文中有诗。她不仅在文中引用、化用古典诗词,她自己的语言也追求诗情画意,富丽精工。《往事(二)》第六篇写中秋之夜的乡愁:

乡愁麻痹到全身,我掠着头发,发上掠到了乡愁;我捏着指尖,指上捏着了乡愁。是实实在在的躯壳上感着的苦痛,不是灵魂上浮泛流动的悲哀!

冰心最擅长调动各种句式:对偶、排比、错综、反复、层递、顶真、跳脱、倒装……她像一个耽于"组织"积木的乐趣的孩童,在现代散文的乐谱中反复进行着对位和声实验。人们称为"冰心体"的那些文字,用词典雅,着意挑选积淀着深厚文化底蕴的意象,注重色彩搭配的和谐素净。《往事(三)》第三篇中说:"今夜的青山只宜于这些女孩子,这些病中倚枕看月的女孩子!"此话正是"冰心体"的象征,"倚枕看月"是其柔美,"病中"则点出其娇弱。周作人说冰心:"在白话的基础上加入古文方言欧化种种成分,使引车卖浆之徒的话进而成一种富有表现力的文章,这就是单从文体变迁上讲也是很大的一个贡献了。"冰心的语言宗旨:"文体方面我主张'白话文言化','中文西文化',这'化'字大有奥妙,不能道出的,只看作者如何运用罢了!"

冰心的散文同样一以贯之地表现着一个中心思想,即泛爱思想。这种思想在散文中可以比在诗歌中张布得更为详尽。在《画——诗》一文中,她曾把人生看作"可怜的小羊",希望"牧者"上帝能在小羊迷途复遭饿鹰追击时,来救它、爱它。这反映了善感的女作家对生活的感受,所以她欣赏泰戈尔的让宇宙与个人心灵调和的泛神论,追求"人和人中间的爱,人和万物,和太空中间的爱"。这具体地表现在她的散文中,则是对自然、母爱等的描绘和讴歌。这些散文有对祖国、对乡土的一往情深的思念,有对自然美的描述,也有对母爱的追怀,其中充溢着作家的爱国情思。无论是回忆性的或写眼前现实的,其实都不全是记叙性的。往往是通过过去的或当下的景与物,抒发作家内心的情和意。加以笔调的柔婉清丽,故更接近于抒情散文。例如,《寄小读者》中的《通讯七》写漂洋过海在船上看到的自然景色,由此而勾起童年海边生活的回忆,由童年又引出对母爱的追思。全文把自然景观与对母爱、童真的眷恋之情,紧紧地糅合在一起。另一些作品中,景物描写占的分量很重,但在这景中可以体味出某种哲理来。例如,《往事(一)·十四》也是写海的,以几个孩子对海的女神的想象,从几个不同角度来描述。或用"艳如桃李,冷若冰霜"形容海上云霞的明媚和风雨的阴沉;或用夸饰,以女神曳着白衣蓝裳,头插新月的梳子,颈挂明星的璎珞,翩翩地飞翔,来描绘海的美丽。全篇既把海景的变幻渲染得溢彩流霞,又点出海的神秘、有容、虚怀、广博,这些特点也启迪人们对人生真谛的思考。

在构思行文上,冰心的散文很少有故事、情节、人物、细节之类,有的只是一缕幽思,一种挚情,一段佳意,一股情绪。冰心的散文以诗似的文字,抒写自己的感想和自然的风景,由于她所表现的多是刹那间涌上心头的思想情绪,空灵而缠绵,纤细而澄澈。所以,冰心的散文无须受严谨结构布局的约束,常常保持着行云流水般的自然、飘逸之趣;然而又不像周作人那样的"舒徐自在",不同于徐志摩那样的自由无羁。它是一种半严谨的自由,有引线的飘逸。其中也有些作品,其结构布局是相当严谨有致的。

冰心散文的风格,哀婉凄清,温情脉脉。她的文字也是典雅、倩丽、柔婉的。她主张"白话文言化""中文西文化",注意保持文字质朴自然,同时化用古典诗文的词汇和笔法,形成文白融化的语体文,以增强表现力;使自己的文字雅隽但不浓艳,柔美但不做作,裱纤适度,保持清淡而不枯涩,自然而凝炼,创造了清丽柔美的"冰心体"散文风格。她对白话散文艺术的创造作出了重要的贡献。

(三)许地山的散文

许地山(1893—1941),名赞堃,字地山,笔名落华生(古时"华"同"花",所以也叫落花生),籍贯广东揭阳,生于台湾,后因战争迁到福建。许地山是中国现代著名小说家、散文家、"五四"时期新文学运动先驱者之一。在梵文、宗教方面亦有研究硕果。1917年考入燕京大学文学院。期间与瞿秋白、郑振铎等人联合主办《新社会》旬刊,积极宣传革命。"五四"前后从事文学活动,后转入英国牛津大学曼斯菲尔学院研究宗教学、印度哲学、梵文等。1935年应聘为香港大学文学院主任教授,遂举家迁往香港。在港期间曾兼任香港中英文化协会主席。1941年去世。一生著作颇多,有《花》《落花生》等。

　　许地山是中国现代文学史上一位风格独特的作家,由于他的宗教意识与宗教观念,形成了他不同于任何作家的极富特色的艺术风格。这种独特的风格不仅表现在他的小说中,同时也反映在他的散文创作中:空灵玄奥,解剖人生。正是这独具个性的散文奠定了他在现代散文史上的地位。许地山的散文集《空山灵雨》出版于1925年,但集中的44篇散文小品早在1922年1月业已成编,并在同年的《小说月报》第15期上发表。像这样不仅起步较早,而且集中精力不间断地从事散文小品创作的作家,在当时尚找不出第二人。这44篇散文,全部用白话,语言之质朴优美,手法之新颖别致,体例之灵活自由,表意之委婉有致,皆属罕见。

　　许地山以大量的具有独特风格和个性的散文佳品,丰富了现代散文的艺术画廊。许地山散文的艺术是独特的。他与所有的现代散文作家的不同点,在于他的宗教意识与观念。他的母亲是个虔诚的佛教徒,这对他的影响很大。许地山把他的散文集命名为《空山灵雨》,山空、雨灵、山雨空灵,这便是他散文独特风格的体现。他的散文一如其集名空灵但不虚幻,玄奥但不超凡,既不同于冰心的清新婉丽,叫人心情怡悦,也不同于周作人的平和冲淡,而给人以飘逸闲适之感。他的散文作品貌似空灵,实则厚重,且多具思辨色彩,又不乏真挚的感情。

　　《空山灵雨》的感情基调是"生本不乐",如《空山灵雨·弁言》所记:"生本不乐,能够使人觉得稍微安适的,只有躺在床上那几小时,但要在那短促的时间中希冀极乐,也是不可能的事。自入世以来,屡遭变难,四方流离,未尝宽怀就枕。在睡不着时,将心中似忆似想的事,随感随记;在睡着时,偶得趾离过爱,引领我到回忆之乡,过那游离的日子,更不得不随醒随记。积时累日,成此小册。以其杂沓纷纭,毫无线索,故名《空山灵雨》。"因为"生本不乐",许地山在《空山灵雨》的第一篇《心有事》中,直写内心的苦闷:"心有事,无计向天;心事郁在胸中,教我怎能安眠?我独对着空山,眉更不展;我魂飘荡,犹如出岫残烟。想起前事,我泪就如珠脱串。独有空山为我下雨涟涟……"这里抒写的是作者满腔的哀怨和愁苦寂寞之情,并以精卫自喻誓死抗争的精神,这无疑表明作者心灵还在彷徨、在寻求苦闷的解脱而不得的"生本不乐"阶段。

　　许地山散文最显著的艺术特色就是哲理深刻,富有思辨色彩。散文集《空山灵雨》中无处不在的哲理,往往给读者以睿智的人生启迪和玄奥的美感享受。许地山的散文通过对生活的感受和思考,在谈天说地、写景状物中揭示生活的本质和人生奥秘的真谛,给读者以无穷的回味。作者善于运用小巧、形式多样的手法揭示人生哲理。他所揭示的哲理又往往蕴含着玄奥、抽象的佛教思想,不经过一番思索是很难把握的,而且手法多样,变化无穷。有的散文通过生活小事、个人的瞬间感受,以小见大,以浅寓深,言近旨远。例如,《蛇》这篇散文写"我"看见一条蛇之后和妻子的对话,通过蛇与人的对峙,阐明世间相对平衡的抽象哲理。先是写"我"看见盘在树根上的蛇,"我"不动,蛇也不动,"我"飞也似的逃跑了,蛇也箭一样射入蔓草中。接着写"我"和妻子探讨是"我"怕蛇,还是蛇怕"我"的问题。妻子说:"你若不走,谁也不怕谁,在你眼中,它是毒蛇,在它眼中,你比它更毒呢。"最后,"我"终于悟出了一个道理:双方互相惧怕,才有和平,若有一方大胆一点,不是它伤了我,便是我伤了它。这篇散文就极富思辨色彩。从宗教观点看,文章似乎在于揭示人不犯我,我不犯人,以忍让求和平的教义;从哲学观点看,又似乎表现面对强暴不要畏缩,以斗争求生存的道理。

文短语精,富有诗的意境,是许地山散文的又一特色。其散文一向以精短著称,所以有人把散文叫作文学中的轻骑。它往往以短寓精,以少胜多,具有独特的艺术魅力。许地山的散文堪称文短语精的典范。《蚕》仅有一百字,却富有极深的人生意韵;《蛇》也不过二百字左右,却蕴含着作者的哲理思索。他的哲理散文大都极其精短,不是长篇大论地去阐述某些人生观点,而是把人生要旨寓于一虫一物,点到为止,给读者留下任意驰骋想象和思考的自由天地。在多达44篇的《空山灵雨》集中,最长的散文篇幅也不过千字左右,但是篇篇蕴涵丰富。

第三节 "为艺术"的创造社及其散文创作

创造社是被称为"异军突起"的又一个具有独特风格、很有声势和广泛影响的著名文学社团。和文学研究会提倡现实主义不同,创造社从文艺思想到创作倾向都是以浪漫主义为其特点的。他们关于文学的目的,在"为人生的艺术"与"为艺术的艺术"两大派别的对立中表示了自己的观点。创造社成员在散文创作上形成了与文学研究会不同的风格。他们反对封建专制,暴露封建礼教教义,富有强烈的革命精神。他们强调内心世界,侧重表现自我,并不着重于对现实的客观的具体描绘以显示其罪恶,因而主观抒情色彩都较浓重,往往是直抒胸臆,或表现为大胆的诅咒,狂飙突进的革命精神,或者表现为坦率的自我暴露,浓重的哀痛苦闷,甚至流露出伤感、颓唐的情调。本节将对创造社的诞生及其文学主张、创造社作家群的散文创作进行研究。

一、创造社的诞生及其文学主张

　　1921年6月,当时留日的学生郭沫若、张资平、郁达夫、成仿吾等组建创造社,重要成员还有田汉、郑伯奇、穆木天等。1922年5月,《创造季刊》创刊。创造社有了阵地,他们的活动才真正展开,影响也迅速扩大,成为新文学队伍中一支突起的异军。此后,他们又出版《创造周报》(1923年)、《创造日》(1923年,为上海《中华新报》的副刊)、《洪水》(1925年)、《创造月刊》(1926年)等刊物。

　　创造社的作品在"五四"时期个性解放的大潮流中,最具自我表现的特色。郭沫若认为,最彻底的表现个性才是"最为普遍的文艺"。因为"人性是普遍的东西",个人性与人类性是相通的,"个人的苦闷,社会的苦闷,全人类的苦闷,都是血泪的源泉,三者可以说是一根直线的三个分段,由个人的苦闷可以反射出社会的苦闷来,可以反射出人类的苦闷来"。所以愈有强烈的个性、个人性的文学便愈有普遍性,而且也有永恒性。创造社的主要理论家成仿吾说"文学以人性为它的内容","人性有永远性的时候,文学也有永远性"。他认为"真挚的人性"加上"审美的形式"等于"永远的文学"。成仿吾在解释什么是人性的时候,把真理爱、正义爱、邻人爱等统一于"生之热爱",以为这些都是"永远的人性"。

　　为了张扬人性和个性,他们要求文学创作能够真实地、尽情地表现、抒发"真情"。成仿吾说:"艺术的目的是在表达出人类最高或最深的情绪;但它的生命却是'虔诚'。虚伪的美化与一切的夸张,是必然的残害艺术的生命的。"没有"纯洁的真情"的作品,"终是没有生命的木偶"。他还认为"真的文艺是人类的良心",所以文学要表现真情,要敢于赤裸裸地表现自我。郁达夫则更把表现真情提到文学的价值观上来了:"艺术既是人生内部深藏着的艺术冲动,即创造欲望的产物,那么,当然能把这内部的要求表现得最完全、最真切的时候,价值最高。"

　　从上面那些对文艺的理解和要求来看,创造社作家都有强烈的自我表现的欲求,在他们的努力之下,主情主义、表现主义、浪漫主义在当时成为与现实主义并立的文学思潮。他们提出艺术创作应该是自己的内心要求,艺术除了是艺术家的自我表现,便再没有别的了。郭沫若认为文学的本质是主观的,文学的任务是表现,而不是再现。这些理论也说明创造社不仅受西方浪漫主义、唯美主义的影响,而且也受表现主义的影响,因此他们的某些创作也就有现代主义的特征。

创造社还认为"艺术的本身上是无所谓目的",很明确地反对文学的功利主义,主张为艺术而艺术,故被视为"为艺术"的文学流派。他们反对把艺术看作工具,提出文学家要完全超越"劝善戒恶""有功于世道人心"的思想。"艺术是绝对的,超越一切。把艺术看作一种工具,这明明是艺术的王国的叛徒"。站在反功利和文艺无目的理论上,他们反对"文以载道"的封建文学,同时也反对文学"为人生"的主张。

创造社作家还非常强调文学对美的追求,他们认为艺术所追求的是形式和精神上的美,把美的追求视为"艺术的核心",表示追求"文学的全与美有值得我们终身从事的价值之可能性。而且……这些美的快感与安慰对于我们日常生活的更新的效果,我们是不能不承认的"。郭沫若说,爱美,进而追求艺术,是人类婴孩时代就有的,是天生的。他们提出真正艺术家的信条是"美即真即善",所以创造社的主张也带唯美主义的成分,这一观点也是他们反功利主义的一种思想依据。

创造社从初期到中后期,经历了不断的发展、转折和变化,先后有三四十位作家、艺术家聚集在它的旗下,为新文学的建设和发展做出了重大贡献。

二、创造社作家群的散文

(一)郁达夫的散文

郁达夫(1896—1945),原名郁文,字达夫,浙江富阳人,中国现代作家、革命烈士。郁达夫是新文学团体创造社的发起人之一,为抗日救国而殉难的爱国主义作家,卒于1945年。郁达夫在小说和散文方面都成就斐然,这里我们主要对其散文创作进行研究。

郁达夫的散文作品多收于《鸡肋集》《奇零集》《敝帚集》和《还乡记》中。他的散文以1933年为界,可分为前后两个时期。前期散文以自我为中心,表现自我情感。后期散文以游记居多,记叙自我对大自然的感受。

以自叙传的方式进行强烈的内心情感宣泄,情绪浓郁,情感强烈,是郁达夫散文的第一大特点。例如,《零余者》在以自叙的方式描述自己的经历的同时,深深感叹"袋里无钱,心头多恨"的抒情主人公形象,一边自哀自怨,一边自叹自责。再如,《还乡记》是一个零余者的抒情主人公形象,"我是一个有妻不能爱、有子不能抚的无能力者,在人生战斗场上的惨败者,现在是在逃亡的途中的行路病者"。抒情主人公在自怨自责的同时,又将批判的锋芒指向了现实社会的黑暗和世道人心的不测。《一个人在途上》记述的是漂泊无依的抒情主人公,四处奔波,又逢丧子之痛,浓烈的愤懑情绪笼罩全文,让人有一种透不过气来的痛彻心扉的感觉。郁达夫以自我为中心的散文,反映了他惨痛人生的心灵创伤,充溢着"实在是最深切的、最哀婉的一个受了伤的灵魂的叫喊"。透过他的散文,能看到一个知识分子落魄颠沛的生存状况。郁达夫在这类散文中尽情倾吐着失业、受排挤的失落和对恶浊的现代文明社会的厌恶,表现自己的苦闷和挣扎。

郁达夫的散文真诚、坦率,他将散文看作倾诉内心的一种方式、一个途径,倾诉的欲望十分强烈。因此,郁达夫的散文充满真情告白。他能在散文中大胆地、赤裸裸地、全无顾忌地描述,能打破以前道学家在散文创作中的限制,将前人不敢表现的个人隐私袒露于光天化日之下。他以彻底坦白、彻底裸露、彻底剖析的姿态在散文中描写性爱,诉说袋里没钱、心中生恨的烦恼。他以自己独特的生命体验将传统散文的和谐优雅撕得粉碎,在现代文坛上引发了一次次的冲击波。有时用语粗俗,透露出的却是情感的真诚,反而让读者产生清澈的感觉。郁达夫的散文不如鲁迅的深刻,也不及冰心的温馨,更不如周作人的闲适,但他以大胆的自我暴露、真诚的自我表现、极富勇气的率真,在现代散文史上留下了浓墨重彩的一笔。

感伤、抒情是郁达夫散文的美学特征。郁达夫散文的基调是感伤,介于苦闷与哀伤之间。他酷爱优美,也不回避丑,但特别排斥英雄这个范畴。他在散文中宁愿宣泄"穷""愁",都不愿抒发理想;宁愿为卑微者抒情,也不愿为英雄呐喊。尽管这种感伤显得柔弱、单薄,但表现的是追求新理想的失落感,是一种积极的感伤。

郁达夫在散文中尽情抒发情感,直抒胸臆,任凭情感奔涌而出,行于所当行,止于所当止。这种抒情符合郁达夫自我暴露的情感特征。

(二)郭沫若的散文

创造社作家多数留学日本,深受当时浪漫主义文风的熏陶,尤其是受法国卢梭《忏悔录》及日本明治维新后的感伤浪漫主义与唯美主义影响较深。郭沫若早期的文学创作重要基地就在日本,这时的散文作品多以描写家乡往事与自己生平经历为主,题材以小见大,透露时代的风气与政治风云,历史的笔触很重,这也是大手笔、多面手文学家郭沫若独特的、过人的造诣与醒目的风格。

《芭蕉花》是郭沫若散文作品中的一朵奇葩,这篇散文记叙母子之情,写得波澜壮阔,甚至惊心动魄,却又于细微处见精神。以芭蕉花这一意象比喻苦难、辛劳、坚强与伟大的母亲,艺术的感染力十分突出。母亲身世特别曲折、惊险,但母亲的一生又极为普通,是千百万中国含辛茹苦、坚韧不拔母亲形象的典型写照。作者联系芭蕉花描写，让该散文姿态横生，情景交融，心路历程清晰入微，极好地烘托了散文情节与意境，是创造社作家散文中颇具代表性的一篇好作品。

第四节 任意而谈"语丝体"的诞生

"随感体"散文作家的出现，杂文和随笔创作迅速兴起，成为现代知识分子参与"文明批评"与"社会批评"的重要景观。《新青年》团体分化后，以杂文创作进行文明批评和社会批评仍在继续，杂文理论的探讨和艺术追求也走向新的阶段。"语丝社"便是继承《新青年》战斗意趣和精神风貌的一个文学社团，语丝派在与北洋政府及"正人君子"的斗争中形成独异的"语丝文体"，其特色诚如鲁迅所说："任意而谈，无所顾忌，要催促新的产生，对于有害于新的旧物，则竭力加以排击。"这种反封建文化思想的风骨加上幽默泼辣，亦庄亦谐，或爽快鲜明，或隐约其词的作风，构成了颇为人们称道的"语丝体"。

一、"语丝体"的诞生

语丝社是"五四"以来最大的以散文创作为主的作家群体。语丝社得名于1924年11月在北京创刊的《语丝》周刊，由《语丝》主要撰稿人组成。语丝社没有发起人，是同人团体，代表作家有周作人、鲁迅、林语堂等。《语丝》周刊上的文字，大多以简短的感想和批评为主。它曾设"随感录""闲话"等栏目，针砭时弊，登载大量杂感，也发表过不少散文和其他作品，对于散文文体的倡导产生过很大的影响，因而有"语丝派"之称。语丝社成员一部分发表在早年的《晨报副刊》和稍后的《京报副刊》上的文字，风格也大都与此相近。例如，孙伏园的散文《南行杂记》《长安道上》等篇，名为游记，实以描摹世态人情为主，记叙中夹着议论，对社会现象多有抨击，极少山水景物的单纯描写。语丝社这种注重社会批评的文体，为后来"左联"时期战斗性小品文的发展开了风气。

尽管语丝社同人的思想和艺术主张不尽一致，但在针砭时弊方面形成了共同的创作风格：排旧出新、放纵而谈、庄谐杂出、简洁明快、不拘一格——这就是所谓的"语丝文体"的鲜明特色。

二、"语丝体"作家群的散文

(一)周作人的散文

周作人(1885—1967),浙江绍兴人,笔名启明、知堂等。早年留学日本时,曾与其兄鲁迅创办文学刊物《新生》。以反对文言,提倡白话的主张向旧文学发难,成为新文化运动和文学革命初期有很大影响的代表人物之一,著有《人的文学》和《平民文学》等理论文章,对具体建设新文学发挥了重要的作用。

周作人是"语丝体"的重要作家,他的散文迥然有别于鲁迅的怒目金刚,代表了语丝派散文的另一种主要审美取向,即对自我生活的沉浸和关注。周作人是现代散文大家,对中国现代散文的繁荣和发展作出了特有的贡献:一是对散文文体理论的大力提倡,他于1921年6月发表的《美文》将文学性散文放到了与小说、诗歌、戏剧并列的位置上。从理论上为这一文体确立了地位。二是他大量的散文创作实践,形成了自己平和、冲淡的独特风格。三是在他的带动和影响下,从20世纪20年代开始,中国文坛就形成了一个学者式散文流派:崇尚闲适、青涩,知识性与趣味性并重。周作人一生著述颇丰,其代表性散文集有《自己的园地》《雨天的书》《泽泻集》《谈龙集》《谈虎集》《永日集》《看云集》《夜读抄》《苦茶随笔》《苦竹杂记》《风雨谈》《瓜豆集》《秉烛谈》等,散文名篇有《故乡的野菜》《乌篷船》《鸟声》《喝茶》等。

周作人的散文有"浮躁凌厉"与"冲淡平和"两体,而后者则是真正显示其创作个性,并在现代文学史上产生重要影响的文体。周作人性喜平和中庸,冲淡闲适、舒徐隽永是他的散文小品的魅力所在。具体表现在以下几个方面。

在散文选材构思上,周作人取材似极平凡而琐碎,在平凡事物上谈出动人的天理物趣。周作人所倡导的"言志小品",乃是西方随笔的"自我表现"同我国明人小品的"独抒性灵"的融合。他所倡导的"言志",即"抒我之情""载自己之道",而非代人立言、"载他人之道"。温源宁在《周作人这个人》一文中这样评价周作人:"他能于不重要的题材之中写出重要的事物来。在他很是喜欢的园地之中蔬菜比玫瑰花还要红艳可爱。我们读了他的文章便会自然而然地觉得有时苍蝇会比天地命运那类大题目有趣。"周作人的小品散文取材极为广泛,强调"无意不可入,无事不可言",从社会批评到生活琐事,古今中外无所不谈。他写北京的茶食,故乡的野菜,喝茶,饮酒,鸟声,苍蝇,乌篷船,白杨树,自己的初恋,爱女的病等,所以有人说周作人的散文单

第二章　中国现代散文的文体嬗变与文学创作

从书目上看,好似一"拍卖品的目录"。然而这些平凡琐碎的事物经过他的笔墨点染就发生了魔术般的变化,透露出另一种人生的况味。周作人的散文最可取之处就在它那一缕幽隽的趣味,其中既有人生的况味,又有内心的情趣。在人生的道路上,周作人对人生的酸甜苦辣自有他的个人体味,加上他读书博杂,各种思想在他头脑中凌乱堆积,也为其观察思考提供多种角度。这样,就使周作人对事物的"真谛",往往能有所颖悟。周作人身上有着古典的、颓废的审美情趣,以及传统的"风流享乐"的生活趣味,这在现代散文家中可谓无有出其右者。例如,他的《喝茶》一文:"喝茶当于瓦屋纸窗之下,清泉绿茶,用素雅的陶瓷茶具,同二三人共饮,得半日之闲,可抵十年的尘梦。"旅行中,他向往"于新式的整齐清洁之中,却仍能保存着旧日的长闲的风趣"(《济南道中》)。《北京的茶食》一文,他从在北京总买不到"好吃的点心"一事谈起,渐渐涉及如何对待那些具有"历史的精炼的或颓废的"事物,以及怎样生活才觉得有意思等这些人生课题。他认为:"我们于日用必需的东西以外,必须还有一点无用的游戏与享乐,生活才觉得有意思。我们看夕阳,看秋河,看花,听雨,闻香,喝不求解渴的酒,吃不求饱的点心,都是生活上必要的——虽然是无用的装点,而且愈精炼愈好。"

在叙述方式上,周作人的散文小品是将西方随笔与中国小品两种叙述方式相融合而成。他用自己的个性与才华将西方随笔的闲谈风格、中国散文的抒情韵味乃至日本俳句的笔墨情趣,融合一起,形成其夹叙夹议的书写体制。这种抒情的论文,多半以知识为思想感情的载体,谈天说地,旁征博引,将诗情和理性暗暗掺入,故其谈论,能做到切实、具体,而又湛然有味。如《苍蝇》《棱角》《两株树》《喝茶》等篇,都是围绕一件很小的事物,古今中外,上下左右,写出种种有关知识,读者从中领略到许多情趣。这种叙述方式,在结构上便打破了传统散文那严谨的秩序,形成一种如"名士谈心""野老散游"式的自然节奏。其行文信笔而书,如闲云舒卷,看似支离散漫、无迹可求,而内中却有浓郁的生活蕴味。诚如林语堂所说:"似连贯而未尝有痕迹,似散漫而未尝无伏线,欲罢不能,欲删不得,读其文如闻其声,听其语如见其人。"

在语言方面,周作人的散文小品以口语为基本,吸收文言、欧化、方言等各种成分,加以调和,造成一种"简单味"和"涩味"相结合的十分朴素、自然、简洁而又隽永的文字。他"作文极慕平淡自然的景地",力求"从容镇定地做出平和冲淡的文章"。正如曹聚仁所评:"他的作风,可用龙井茶来打比,看上去全无颜色,喝到口里,一股清香,令人回味无穷。""和平冲淡"向来被公认为周作人文体的审美特色,他在感情与文字的处理上,表现出十分的冷静和机智,淡化和节制情感,然而在冲淡的情感之中又深含着诗意。写于

1924年的名篇《故乡的野菜》,文章虽然写得平和、质朴,细细品味,就会发现在作者对野菜的谈论中,无一处不掩藏着他眷恋故乡之深情,充满了恬淡而悠长的诗意。作于1926年的另一名篇《乌篷船》,在乌篷船上观赏家乡的山光水色,水乡胜景,一种悠远的水乡之恋便会油然而生。这种涩味和简单融合而成的独特韵味使人回味不已。

(二)林语堂的散文

林语堂(1895—1976),原名和乐,后改为玉堂、语堂,生于福建龙溪。1912年进上海圣约翰大学修语言学。1919年赴美国哈佛大学比较文学研究所学习。1921年转赴德国莱比锡大学。1923年回国,受聘于北京大学。教学之余,从事散文写作,系《语丝》周刊的主要撰稿人之一,大部分作品针砭时弊,表达对军阀统治的不满和对学生运动的支持。20世纪30年代前期,他先后创办了《论语》《人间世》和《宇宙风》,提倡"幽默文学""性灵文学",追求"自我"和"闲适"。1936年举家赴美,本着"对外国人讲中国文化的宗旨",用英文写了大量著作。1966年到台湾定居。1976年于香港逝世。

林语堂在《语丝》上发表的大量小品散文,如《劝文豪歌》《咏名流》《论骂人之难》《悼刘和珍杨德群女士》等,提倡民主自由,揭露北洋军阀镇压进步学生的暴行和现代评论派们等"正人君子"之流的虚伪面孔。然而对"费厄泼赖"主张的赞同,对社会改良的认识,又集中反映了林语堂资产阶级自由主义和人道主义思想的局限。林语堂的文章追求幽默效果,在《语丝》周刊上,他介绍过许多西方幽默理论,主张以幽默的艺术去揭示生活矛盾,针砭社会文明病。他的散文小品庄谐杂陈,深入浅出,语言平实而机智,有一种举重若轻、从容自如的风度;但刻意表现出来的西洋式的幽默和绅士之风,又使他的幽默,是有牛油气的,并不是中国式的。

在《人间世·发刊词》中,林语堂曾写道:"盖小品文,可以发挥议论,可以畅泄衷情,可以摹绘人情,可以形容世故,可以札记琐屑,可以谈天说地,本无范围,特以自我为中心,以闲适为格调。"这段话可谓林语堂的创作宣言,"以自我为中心,以闲适为笔调"也成为林氏散文的主要特点。

1933年林语堂在《论语》第13期上发表一篇名为《论文》的文章,对明末"公安派""竟陵派"的"性灵文学"大加赞赏,并提出"文章者,个人之性灵之表现"的观点,认为文学的本质即是书写"性灵",说"一人有一人之个性,以此个性无拘无碍自由自在表之文学,便叫性灵"。"性灵即个性",强调文章以自我为中心,抒发自我,表现自我。在这一准则下,"即使为世俗所笑,亦所不顾,即使触犯先哲,亦所不顾,惟断断不肯出卖灵魂,顺口接屁,依傍他人……"不依傍他人的态度就是以"自我为中心"。他与梁实秋都是哈佛

第二章　中国现代散文的文体嬗变与文学创作

大学毕业,都听过新人文主义者白璧德的课,但林语堂看重的是文学的自由,其主张更接近克罗齐的表现主义。尽管遭到过多方反对和指责,林语堂始终坚持自己的创作个性。独抒性灵,表现自我,他成就了现代散文的别样风貌。

闲适的笔调是林语堂散文的又一特点。林语堂和周作人一样,都是现代散文"闲话风"的倡导者和实践者。所谓"闲适"指的是"亲切和漫不经心的格调",如同"遇见知己,开敞胸怀",小品文就是要把自己的"一种心情,一点佳意,一股牢骚,一把幽情"写出来。"小品文即在人生途上小憩谈天,意本闲适,故亦容易谈出人生味道来。"林语堂亦曾说创办《人间世》的缘由是"点卯下班之余,饭后无聊之际,揖让既毕,长夜漫漫,无以打发,忽闻旧友不约而来,排闼而入,不衫不履,亦不捐让,亦不寒暄,于是饮茶叙旧,随兴所之,所谓或晤言一室之内,或因寄所托,放浪形骸之外,虽言无法度,谈无题目,所言必自己的话,所发必自己的衷情。夜半各自回家,明晨齿颊犹香。如此半月一次,以文会友,便是《人间世》发刊之本意"。他认为小品文"不能兴邦,亦不能亡国",创办《人间世》"最多也只是提倡一种散文笔调而已"。这显然与当时主流作家强调意识形态、追求社会使命感有所不同,因而遭到很大一部分人的反对。鲁迅在《小品文的危机》中批评说"在风沙扑面,狼虎成群的时候","即使要悦目,所要的也是耸立于风沙中的大建筑,要坚固而伟大,不必怎样精;即使要满意,所要的也是匕首和投枪,要锋利而切实,用不着什么雅"。然而,林语堂却在风沙扑面之际,创立了一片绿洲,确立了一种散文的笔调,超然闲适,潇洒从容。对此,鲁迅大为不满。

幽默是林语堂的最大特点。1924年5月林语堂在《晨报副刊》上发表了《征译散文并提倡"幽默"》,第一次将英文"Humor"音译为"幽默"。此后林语堂在文章和演讲中对幽默的理论不断加以发挥,从审美趣味、审美感受等方面不断完善其幽默的主张,创办《论语》更是将"幽默"推崇到极致。1932年因林语堂对幽默的提倡而被当时的文艺界称为"幽默年"。

在林语堂看来,"幽默绝不等同于滑稽、逗乐,滑稽一词应包含低级笑谈,意思只是一个人存心想逗笑。我想'幽默'一词指的是'亦庄亦谐',其存心则在于'悲天悯人'"。幽默和逗笑是截然不同的,幽默包含着读者和作者之间的心有灵犀,是智者的交流,这种幽默是一种由俗而来的雅。而"幽默"又必须和"讽刺"区分来开,"幽默只是一位冷静超远的旁观者,常于笑中带泪,泪中带笑",必须心怀慈悲,一旦"到了愤与嫉,就失去了幽默温厚之旨"。

林语堂熟悉中西文化,其写散文善用中西比较的方法,"两脚踏东西文化,一心评宇宙文章"。由于熟悉中西文化,他的散文常常从一件具体的事物谈起,引发对传统文化和外来文明比较冲突的许多思考。比如,《谈中西文化》《论孔子的幽默》《说纽约的饮食起居》,都有很强的文化底蕴。林语堂在东西文化交流方面做了大量工作,以 20 世纪 30 年代为界,前期他主要扮演西方文化输入者的角色,后期则侧重于以中国文化之长,补西方文化之短。其散文,是学者散文,也是智者散文。

下面我们以《读书的艺术》为例,领略林语堂散文的艺术特色。作品从读书的方法、读书的关键、读书的乐趣等方面阐述了什么是真正的读书艺术。他反对功利主义的读书观,认为真正的读书艺术在于读书必须出自完全自动,一个人觉得想读书时,随时随地可读;随手拿起一本书,想读时,便读一下子。作者要创作出耐人寻味的好作品,读者才能愉悦地读下去;而读者亦应具备相当的理解能力与鉴赏水平。林语堂提倡选择性读书,重视对书的选择。他说,"必须从古今中外的作家那里去找寻和自己性情相近的人","必须不受拘束地去找寻自己的先生",这样"才能从读书之中获得益处",才能"从这类书籍里边得到滋养他灵魂的资料"。他用生动有趣的比喻,反复说明选择性读书的重要性。他说读书也和吃东西一样,味道乃是读书的关键。一个教师不能强迫他的学生去读他们所不爱好的读物,而做父母的,也不能强迫子女吃他们不喜欢吃的东西。读者若真能从他喜欢的书中得到它的味道,他就会谈吐"有味","语言有味",倘若他自己再作文章的话,也"自然会富有滋味"。读书要讲究乐趣,不要有任何目的,读书可以改进心智,但抱着改进心智的目的去读书,那么读书的一切乐趣便完全丧失了;具有义务目的的读书法,和一个参议院议员在演讲之前阅读档案和报告是相同的。最后,林语堂引用宋朝人黄山谷的"三日不读书,便觉得语言无味,面目可憎",指出为使我们的面目可爱,我们必须读书;为使我们的语言"有味",我们必须读好书。《读书的艺术》以清新幽默的语言,生动形象的比喻,旁征博引"大量事实",讲述了读书的"艺术"。其文笔、格调均体现了林氏散文的风格特点。

(三)鲁迅的散文

1924 年至 1926 年间,鲁迅在《语丝》上连续发表了 23 首散文诗。1927 年,鲁迅将其结集出版,增写《题辞》一篇,总题名为《野草》。《野草》的写作时间与《彷徨》大致相同,这个时期是鲁迅心情极为苦闷的时期。一方面,《新青年》的团体解散了,鲁迅这个文化战士感受到了深刻的孤独和寂寞。另一方面,鲁迅的家庭内部出现了矛盾,他与二弟周作人的关系彻底破裂,这对鲁迅来说无疑是人生又一不幸,并且成为《野草》中一些篇章的写作动因。在这个时代苦闷与人生苦闷双重压力下写成的《野草》,又具有超越时代和个人生活范围的普遍意义。在《野草》中,我们看到的是一个与生之苦闷顽强抗争的文化战士的形象。《野草》中的散文诗是鲁迅小说、杂文之外的另一座艺术高峰,是从"孤独的个体"的存在体验中升华出来的鲁迅哲学,具有极高的思想价值和艺术价值。

《野草》中的24篇散文就其题材而言各自成篇,彼此不相连属,就情绪而言又浑然一体。一部分作品是表现作者内心迷惘、痛苦、苦闷的自我的主观情绪以及对自我存在价值的反省、自剖,捕捉自我微妙的难以言传的感觉、情绪、心理、意识(包括潜意识),逼视自己灵魂的最深处,进行深层次的哲理的思考。

《颓败线的颤动》写一个母亲在最艰难的处境中为自己的生存、为儿女的发展牺牲了一切,包括自己的社会荣誉。然而,儿子长大后感到有这样一个母亲是耻辱的,而遗弃了自己的母亲。这是一个母亲的无可言说的巨大悲剧,同时也是鲁迅内心痛苦的象征。身为旧的文化传统的反叛者,其反叛为当时社会所不容。为使后来人能够呼吸到更多的自由和平等的空气,他首先要承担起旧传统的攻击和羞辱。然而后代人会不会因为有这样一位前辈而感到耻辱呢?《颓败线的颤动》所表现的是爱人者的悲剧。

《影的告别》中,鲁迅清楚地感到像自己这样的文化战士在整个历史进程中不过是一个"影子",历史的转变期造就了一大批特殊类型的人物,在这一历史时期注定需要他们担当推动历史前进的任务。但是当转变期结束,人们的人生观念便会发生根本的变化,对这类人物便难以理解甚至会持歧视、否定态度。

《死火》是鲁迅自我感情的象征性体现。鲁迅对人类、对本民族、对他人向来怀有深厚的人道主义感情,但在被礼法关系笼罩的感情冰冷的中国社会里,他的火热情感遭到的是社会的冰冷。鲁迅感到自己的热情已被冻结成冰,成了"死火"。

《墓碣文》写的是自我内心矛盾之苦以及对这种痛苦的抗争。其中的"墓碣"实际上是鲁迅自己的"墓碣","墓碣文"写的是他致死的原因,他内心的矛盾和痛苦。《好的故事》写的实际上是作者自己的理想以及这种理想的虚幻性。《腊叶》"是为爱我者的想要保存我而作的",表现了鲁迅对弱小生命的怜惜。面对残酷而冰冷的社会现实,悲剧性的历史处境,鲁迅的内心仍然具有顽强的战斗精神和对自我存在价值的肯定,虽然难免会有一些孤独感。《秋夜》中的枣树虽然受到别人的损害,只剩下了枝干,它"却仍然默默地铁似的直刺着奇怪而高的天空,一意要制他的死命,不管他各式各样地眹着许多蛊惑的眼睛"。在这样的秋夜,"小粉红花"只会做美好未来的梦,"瘦的诗人"只会为安慰弱小者编织未来的梦,小飞虫追求光明却被自己的追求而烧灼;只有枣树,才是这夜空的真正敌人,它孤独而倔强,具有坚毅的生命力。这是一个坚韧的文化战士对自我存在价值的肯定。

《希望》中的"我"自然是"寂寞"和"平安"的,但与血和铁,火焰和毒的战斗历程相映照,和悲凉缥缈的希望相对比,这在过去、现在、未来中展开的"我"的心境,正是一个不安其位、不甘寂寞的过程。"绝望之为虚妄,正与希望相同。"作者借匈牙利诗人裴多菲的诗句,表现出"由我来肉搏这空虚的暗夜"的力量。《过客》中的"过客",不知道前方是什么,不知道自己从何而来,但他依然不停地跋涉、坚定地向前走,不停留在任何舒适温暖的地方。《雪》中"朔方的雪"、《这样的战士》中的"这样的战士",和"过客"一样,都是鲁迅自我的写照。

《野草》的另一部分的内容是针对庸俗丑恶的社会世相和黑暗的社会现实予以无情的揭露和鞭挞,体现着鲁迅式的执着坚毅的社会责任感。例如,《聪明人和傻子和奴才》勾勒了三种人的精神特征,"奴才"的特征是永远不满自己的处境而又不想依靠自己的努力改善这种处境,"怨诉"是这类人宣泄卑屈心情的唯一途径。"聪明人"的特征是永远以空洞的安慰表示对奴才的同情,但他们根本不关心不幸者的生活命运,因而也不会实际地帮助他们改善自己的处境。"傻子"是鲁迅所肯定的人,他们的特征是真诚地同情不幸者,并且实际地为他们争取生活的改善。但在中国更多的是"聪明人"和"奴才","傻子"的行为不但得不到奴才们的支持,反而为奴才们提供了向主子们献媚求宠、表示忠心的机会,"傻子"成了他们的牺牲品。

《求乞者》表现了鲁迅对以卑屈的态度实现个人私利追求的人的厌恶。这类人把哀呼当成一种博得他人同情的一种手段,他们不仅在自己的卑屈地位中感受不到真诚的痛苦,反而以假装的痛苦向人求乞。鲁迅对此是极端厌恶的。

《复仇》表达的是对"看客"幸灾乐祸看别人相互斗争而慰藉自己空虚心灵的行为的厌恶。文章中的两个战士"也不拥抱,也不杀戮",使这些看客们看不成热闹,使他们感到无聊,并且将他们由"看客"变为被观赏者,从而实现了对这些"看客"们的"复仇"。《复仇(其二)》表现了对愚昧群众的怨愤。耶稣是人类的救赎者,但愚昧的群众钉杀了他;而钉杀了耶稣就是钉杀了他们自己得救的希望,因而耶稣在自己被钉杀的事实中实现了对愚妄群众的"复仇"。《狗的驳诘》辛辣地嘲讽了奴才们的势利态度。《死后》表现的是庸俗势力的无孔不入和鲁迅对庸俗人生的厌倦情绪。

《失掉的好地狱》《淡淡的血痕中》《一觉》则是对反动统治者的愤怒的揭露和控诉。其中,《失掉的好地狱》揭露了政客们的争权夺利,表明了反动的统治制度不变,人民便没有自由平等的民主权利,越是把社会整饬得秩序井然,人民越不得自由。这样的社会与失去了固有秩序的区别仅仅是好地狱与坏地狱的区别。

《野草》的主要艺术特色在于其创造了一些客观形象与主观意趣统一的意象和象征主义艺术表现手法的广泛运用。在《野草》里,只能在"冻灭"与"烧完"间选择,最终与对手同归于尽的"死火";黑暗又会吞并我,然而光明又会使我消失,彷徨于无,而最后独自承担黑暗的影子;不知道怎么称呼,从哪里来,到哪里去,而明知前面是坟,却偏要向前走的"过客",这些意象象征着人的某种生存困境与选择以及个体与他者的紧张关系。这样一些具有深厚社会内涵的象征性自我形象,都是中国文学史上全新的意象创造。《野草》中运用象征主义艺术方法创造了奇幻壮美的意境,其中有很多篇章写的都是梦境,梦的奇幻,意念的寓意,构想的变形,诗与哲理的结合,构成鲁迅式的美学风格。

第五节　战争背景下的报告文学

报告文学是现代散文的一个重要品种,是随着近现代报刊业的兴起而逐步发展起来的。"五四"时期《每周评论》等刊物上关于五四运动的报道,一些出国人员的旅行通信,都已经具备了报告文学性质。

一、报告文学的兴起

报告文学成为一种独立的文学形式,时间并不长。它是在第一次世界大战以后,无产阶级革命运动蓬勃发展的情况下产生的。在我国,报告文学作品始见于"五四"时期。1919年《每周评论》上刊载的《旅中杂感》(署名明生)、《一周中北京的公民大活动》(署名亿万),1920年《劳动周刊》上发表的《唐山煤矿葬送工人大惨剧》,都已经初步具备报告文学的形态。瞿秋白的《饿乡纪程》和《赤都心史》则是以《晨报》记者的身份访苏后完成的。

进入20世纪30年代以后,随着"左联"的成立,自觉创作报告文学逐渐成为一种文学热潮。东北九一八事变与上海"一·二八"事变发生后,报告文学以其新闻性、纪实性吸引了大批读者,报刊上登载报告通讯一类的文字日渐增多。1936年夏衍的《包身工》和宋之的的《一九三六年春在太原》问世,形成了报告文学创作的第一个高潮。日本全面侵华战争爆发以后,不少文学青年、新闻记者投身事变激流,深入战斗前沿,写出了一批批报告性的文学作品和文艺性的新闻通讯,就连工人、店员、官兵、农村小知识分子等普通群众也纷纷拿起笔来,用确凿的事实和感人的形式,揭露日军的侵略暴行,报道我国军民的英勇斗争和社会生活的种种情状。在这样的情况下,报告文学迅速兴盛。在这样的背景之下,夏衍和其他一些充满热血的作家创作了大量的报告文学作品。

二、夏衍及其他作家的报告文学

(一)夏衍的报告文学

夏衍(1900—1995),原名沈乃熙,出身于浙江一个没落的小地主家庭。1920年抱着"工业救国"的志愿考取日本明治专门学校,学习机电工程,不久转而热心研读哲学与文学。1927年因参与日本进步文艺运动被驱逐回国。1929年与郑伯奇等组织"艺术剧社"。抗日战争爆发以后,夏衍积极投身于抗战救亡运动,先后在上海、广州、桂林等地主持《救亡日报》,宣传党的抗日主张,号召民众共同抗战。1995年去世。

20世纪三四十年代,夏衍在小说、散文、戏剧等多种文体的创作上都取得了很好的成绩,对报告文学的贡献尤为突出。1935年夏衍冒着生命危险对"包身工"的生活进行深入调查。他花了两个多月的时间,比较详细地了解"包身工"悲惨的、令人战栗的生活状况,满怀激愤地创作了《包身工》。文章以包身工一天的劳动生活为线索,借用影剧创作的手法,将细致的特写镜头与深刻的画外议论相结合,塑造了"芦柴棒"等鲜明生动的人物形象,叙述、描写、议论、抒情都十分严密有序,产生了极大的思想和艺术感染力。由于这篇文章兼有"报告"和"文学"这两重性质,因而算得上是报告文学史上的一座里程碑。作品发表于1936年6月《光明》半月刊创刊号。该刊编者在社评中指出:"《包身工》可称在中国的报告文学上开创了新的记录。"

《包身工》以丰富而翔实的材料尖锐地批判了帝国主义、封建势力和流氓特务等邪恶势力操控的黑暗统治,无情地揭露了包身工制度的罪恶,塑造了"芦柴棒"这一群体形象。她们这些包身工一旦被"带工"的从乡下骗到工厂,就失去了"做"与"不做"的自由,每天都得像封建制度下的奴隶一样,在拳头、棍棒和冷水的强迫之下为老板卖命,以致包身工们"手脚像芦柴棒一般的瘦,身体像弓一样的弯,面色像死人一样的惨"。她们每天工作20个小时,直到被榨干残留在皮骨里的最后一滴血汗。夏衍通过这一群体性格和命运的描写,抨击了奴隶不如的包身工制度,读后令人触目惊心。

20世纪30年代的中国,劳苦大众处于"三座大山"压迫下,生活极端困苦,随着中国农村经济的衰败,帝国主义经济侵略加剧,包身工这种"现代奴隶制度"迅速发展,大量的破产农民加入包身工这一行业。夏衍把握时代脉搏,写出了反映生活在社会底层的包身工这一群体,迅捷而又尖锐地指出帝国主义、资本主义和封建势力对人民的剥削和压迫。具体而言,夏衍的报告文学有以下三个特点。

第一,夏衍的报告文学反应迅捷。《劳勃生路》是夏衍的第一篇报告文学,发表于1931年10月的《文学导报》,而其反映的是九一八事变后群情激奋的民族反抗运动,事发时隔不到半月,夏衍就报道了这一事件。

第二,夏衍的报告文学追求准确真实的新闻式报道。为了写《包身工》,夏衍每天半夜起床,瞒过带工老板的监视,混进包身工居住的工房调查,用了两个多月的时间,获得了准确而丰富的材料。既有精确的数字统计,又有鲜明的人物形象,生动地反映了包身工奴隶般的生存境地。除此之外,夏衍在涉及报告文学理论的建设上也反复强调报告文学失去了真实,就不能成为报告文学,并且反复强调报告文学的作者必须亲自去采访、调查、研究。

第三,夏衍的报告文学有很强的文学性。《包身工》除了准确快捷的新闻效果,浓重的文学色彩也是其成功之处。夏衍对包身工的生活做了真实概括,浓缩到一天24个小时,从晓星才从慢慢地推移着的淡云里消去的早晨,到十百千个奴隶叹息她们命运的黑夜,形象地刻画了一幅人间地狱的惨景。这种高度集中的电影式特写描绘出包身工住在"蜂房般的格子铺里",吃的是"一些锅焦残粥"。在这众多包身工里作者又选取最具典型的"芦柴棒",她身体像"骷髅一样,摸着她的骨头会做噩梦",寒冬腊月她生病,而得到的"医疗"竟是迎头一盆冷水……这种描写极具感染力。

(二)其他作家的报告文学

这一时期,除夏衍,宋之的、丘东平以及新闻工作者邹韬奋、范长江的报告文学也很有特色。

宋之的(1914—1956),原名宋汝昭,河北丰润县人。1936年他的报告文学《一九三六年春在太原》发表在《中流》创刊号上。《一九三六年春在太原》以第一人称"我"的见闻为线索,配以其他人物的行踪和若干报纸上的"新闻剪集",揭露了阎锡山大搞白色恐怖所造成的民不聊生、草木皆兵的荒谬而悲惨的境况。文章不仅整合地艺术再现了红军东征背景下阎锡山"防共"措施所造成的白色恐怖气氛和太原溃烂而又畸形的"社会性格",而且生动地描写了那个携带"一等好人证"、奴气十足的厨子形象。作者对太原城内白色恐怖的憎恶和揭露,对太原城外的"春"的向往和歌颂,构成这篇报告文学总的感情基调,新颖别致,耐人寻味,促人感奋。作者以巧妙的构思把国民党统治下的太原城里与日俱增的"气闷而且窒息"的气氛与城外不断传来的"春"的气息相对比,真实生动,其中不乏辛辣的讽刺。这是一篇和夏衍的《包身工》一样被刘白羽誉为"像戈矛一样刺穿了旧社会的黑暗"的作品。

丘东平(1910—1941),现代作家,原名丘谭月,号席珍,广东海丰人。他的作品《第七连》以负伤连长的回忆,反映国民党军队在战斗中的腐败无能和下层官兵的抗日要求。文章中,作者通过负了伤的连长丘俊的谈话告诉人们,他们全连的士兵"都是从别的被击溃了的队伍收容过来的",他们所用的枪械"几乎全是从死去的同伴的手里接收过来的",连里"只配备了两架重机枪,其余都是步枪",而且支援的炮兵"一个也没有"。作战前这支队伍已连续几天"没有饭吃",只吃些又黑又硬的炒米,以及田里的黄韭菜,在修筑工事的时候,队伍"已开始有了伤亡"。就在这种情况下,战斗打响了。战斗的参加者带着切身感受的叙述,形象地展现了敌强我弱的战场态势和我军溃败的真情。

邹韬奋(1895—1944)是《生活》和《大众生活》的主编,以1933年7月至1935年8月流亡海外的生活经历和见闻,写成《萍踪寄语》(一至三集)和《萍踪忆语》等,先后由上海生活书店出版。这些作品中有对外域自然风光的诗意的描写,有对华侨悲惨遭遇的同情与愤慨的抒发,有对各国人民和国际友人情谊的描写,更多的是对各种社会问题的翔实叙述和科学评说,准确生动叙述了他流亡海外的见闻。作者以犀利而又平易隽永的笔致将不同的社会制度做了鲜明的对照,具有强烈的社会性和政治性,曾产生了广泛的影响。

范长江(1909—1970)是《大公报》的记者,他是第一个向全世界报道红军两万五千里长征情况、第一个报道"西安事变"真相、第一个以新闻记者身份进入延安报道中国共产党和工农红军的人。《中国的西北角》和《塞上行》两个作品集是他的创作成绩,也是中国现代报告文学的重要收获。在《塞上行》第二篇第六节"陕西之行"中,作者更是目见耳闻了共产党和红军领袖们的风范和谈吐,为具有英雄传奇色彩的民族精英勾画出一幅幅富有神采的素描,并从正面反映了红军长征这一划时代的历史壮举。

第三章 中国现代小说的文体嬗变与文学创作

中国现代小说虽然只有30年左右的发展历史,但期间的小说文体嬗变成就突出,是整个中国文学发展进程中的一个巨大转折点,突出显示了新旧文化的"断裂"、鲜明表现了中外文化的"碰撞",并以全新的内涵和全新的表现形式在中国文学史上掀开了崭新的一页,开创了中国文学发展的新天地。

第一节 中国现代小说的奠基人:鲁迅

鲁迅是中国现代小说的奠基者。在鲁迅之前,中国小说都是一种传统的史传体形式,以描述情节为主,如《聊斋志异》中的小说几乎都是以"某生,某地人也"为开头的。虽然也有白话小说,但白话小说也是史传体的,从交代人物的姓氏住所、家世生平开始,原原本本,有头有尾。而鲁迅的《狂人日记》打破了这一格式,它以刻画人物性格为主,实现了从以情节为主的小说向以人物性格为主的小说的转变。因此,鲁迅被称为中国现代小说的奠基人。

从"五四"开始的中国现代文学,鲁迅是用白话文写小说的第一人。鲁迅不是为艺术而艺术或自我表现才创作的,从清末他决定从事文艺活动开始,就是为了文艺可以改变人们的精神,提高人民的觉悟,来推动民族和社会的改革。除了《故事新编》,《呐喊》《彷徨》两集共收小说二十五篇。他开始创作的目的非常明确,就是"想利用他的力量,来改良社会"。他把在1918—1922年间写的小说集命名《呐喊》,意思就是用这些作品来给革命力量助威作战,"使他们不惮于前驱"。他后来曾把这些作品叫作"遵命文学",他说:"不过我所遵奉的,是那时革命的前驱者的命令,也是我自己所愿意遵奉的命令。"他自觉地使文艺为政治服务、为人民革命服务的意图是十分明确的,他努力使他的作品能够"使人民群众惊醒起来,感奋起来,推动人民群众走向团结和斗争,实行改造自己的环境"①。鲁迅正是抱着爱国主义和启蒙主义的动机来从事文艺的,当然也受到了世界进步文学特别是反映被压迫民族和人民争取独立自由、揭露俄罗斯沙皇罪恶统治的苏联文艺作品的影响。

  鲁迅小说体现了由"五四"开始的现代文学的特点和实绩,它的彻底的、不妥协的反帝反封建精神和民主革命时期的任务完全一致。他自觉地使文艺为人民服务,因此他是"中国文化革命的主将",因为他确实是代表全民族的大多数人与敌人英勇斗争。因此鲁迅的方向是从"五四"开始的。

  鲁迅的第一部小说是于1918年5月发表在《新青年》上的《狂人日记》。这部小说也是中国现代小说的开山之作。《狂人日记》同《阿Q正传》这些鲁迅后来写的小说有所不同,"走的是从思想到形象的路,基本上是象征主义;表面的情节言论都指向更重大、更深远的意义"②。小说以一个"迫害狂"患者为主人公,象征性地揭示了封建传统吃人的主题。狂人眼中所见的生活和社会环境,与其说是实际的存在,不如说是旧社会的象征。小说里的古久先生、赵贵翁和他的狗、医生、大哥、妹子、陈年流水簿子等,都甚少个性,亦非实指,而多具象征意义;就连狂人本人也是一个象征,指遭到严重压迫的旧社会的叛逆者。

  狂人的形象内涵深远。一方面狂人是一个真实的迫害狂患者,另一方面狂人的精神品格具有时代的先觉者、勇猛的反封建战士和清醒的启蒙主义者的特征。他苦口婆心地规劝人们"去掉吃人的心思",做一个"真的人",而一旦大家都成了"真的人",社会上就不会再有"人吃人"的事情发生,"人人太平","放心做事、走路、吃饭、睡觉,何等舒服"。他不被人们理解而被人们视为"疯子",遭到迫害,被关到铁屋子里。但他仍然挣扎着一遍遍地大声疾呼,"要晓得将来容不得吃人的人,活在世上","你们要不改,自己也会吃尽。即使生得多,也会给真的人除灭了"。这里所说的"吃人",无非就是那时赤裸裸的人剥削人、人压迫人的现象。狂人最后发出了"救救孩子"的呼声,孩子是未来,是希望,要把孩子从吃人的封建传统中解救出来。狂人这种急迫的呼声表现了他为民族的前途忧心如焚而又满怀希望的热烈感情。

  鲁迅注重人物的心理描写。《狂人日记》带有现代小说意识流的特征,狂人非理性的心理变化和意识流程,揭示了一个觉醒者对中国封建社会的吃人本质进行了击骨敲髓般的剖析。

  可以说,《狂人日记》实际上是五四新文化运动向整个封建传统宣战的

---

① 叶圣陶,等.大师教语文(上)[M].桂林:广西师范大学出版社,2015:240.
② 顾农.谈非常谈[M].广州:暨南大学出版社,2016:3.

一篇战斗檄文,在中国历史上还没有人如此深刻、尖锐地揭示过传统封建思想的本质。《新青年》上不少批判"吃人的礼教"的文章,都是被这篇小说引出来的。

稍后的《孔乙己》就不一样了。孔乙己的故事在中国家喻户晓,说的是一位把儒家经典读得很熟、字也写得好的老童生,因为在科举考试中一再失败,没有功名,后来落了个很悲惨的下场。没有人同情他、帮助他,而只是嘲笑他,老爷们则欺负他,一个原打算"同守其穷"的穷书生因为一点过失就被打断了腿,最后无声无息地死去。这部小说表现的是一种极为常见的社会大众对于弱者的冷漠无情。与《狂人日记》急于表达主题而显得过于紧张,倾向过于外露,艺术上缺乏余裕不同,《孔乙己》显得更为从容不迫,鲁迅在艺术上玩味形象和细节,并借以寄托自己的情感和思想,从而使小说具有更为动人的力量,生命力也更久远。

《呐喊》中的作品较多地描写了农村生活和农民形象,其中最有名的是《阿Q正传》。这篇小说描写了辛亥革命时期一个农民的典型形象。小说以辛亥革命时期中国农村未庄为背景,通过阿Q的悲惨遭遇,准确而深刻地反映了这一历史阶段农村尖锐的社会矛盾和阶级对立,表现了农民强烈的革命愿望和自身的弱点,批判了辛亥革命的不彻底性。它的发表,震动了海内外文坛,成为新文学史上的一座丰碑,被列入世界文学宝库,它也是最早被介绍到国外的中国现代小说。

《阿Q正传》的不朽的思想价值主要在于它高度概括地表现了数千年封建文化窒息下形成的中国国民性的弱点,阿Q则是这种国民性弱点的集中体现者。他生活在辛亥革命时期,是一个不觉悟的落后农民。他丧失了土地,没有家,住在土谷祠,没有固定的职业,靠打短工度日,终年给人舂米、割麦、撑船,没有籍贯,甚至连姓也没有。他不仅在经济上受尽盘剥,而且在精神上受到了严重的戕害,自我意识完全丧失,他的一切思想观念与他的本能欲望的追求,常常处于对立的状态,他的思想在整体上被异化,被传统的观念所窒息,并且他自身已经没有能力走出这种思想意识的怪圈。他"质朴,愚蠢,但也很沾了些游手之徒的狡猾"。其中愚蠢是他的主要性格,这不仅因为阿Q的质朴和狡猾都渗透了愚蠢,更重要的是作品虽然描写了阿Q作为一个劳动者的品质和他对统治阶级本能的对立意识和自发的革命要求,但是更着力描写的是他的思想落后——愚蠢的方面,而在写阿Q愚蠢的时候又更突出他的精神胜利法。阿Q的现实处境本来十分悲惨,在精神上却"常处优胜",对未庄的居民全不看在眼里,把自己想象得高人一等,所以常常夸耀过去,又常常揣度未来。他还死要面子,忌讳别人说他头上的癞疮疤,经常拿比丑的方式回击对方,常常以自欺欺人的自骄来求得心理上的平衡,抚慰心中的创伤。他的精神胜利法的实质是生活在封建社会最底层的人民的奴性性格的集中表现。在这种精神胜利法的支配下,阿Q虽有对革命的要求,却不懂革命的目的和意义,认为革命便是造反,造反就是与有钱人为敌,举人老爷害怕,他才有些神往,然而他的目的只是小生产者的天堂,"要什么有什么,喜欢谁就是谁"。

严重的精神胜利法阻碍了阿Q清醒地认识自己被剥削被奴役的现实,阻碍了阿Q真正的觉醒,失去了人生价值和自我意识的阿Q,终于带着人生屈辱、遗憾而麻木地死去了。阿Q的性格集合了整个国民劣根性,他是超越时代和民族的,是可以与哈姆雷特、堂吉诃德等名字一样傲立于世界文学殿堂中的不朽形象。

如果说《狂人日记》揭发了人吃人的历史真相,那么《祝福》则对人吃人的血腥事实做了十分真实、细致的描写。这篇小说描写了一位受尽封建礼教压榨的穷苦农村妇女祥林嫂的一生:那么一个健康而勤快的农妇,在经历了丧夫、出逃、做佣工、被卖、再次丧夫、丧子等一系列的悲惨遭遇后,最终沿街乞讨,在习俗的偏见与众人的冷漠之中惨死在鲁镇一年一度"祝福"的鞭炮声中。小说深刻地展示了这一时期中国农村的真实面貌,反映了辛亥革命以后中国的社会矛盾,深刻地揭露了地主阶级对劳动妇女的摧残与迫害,揭示了封建礼教吃人的本质,指出彻底反对封建主义的必要性。

祥林嫂是一个劳动很卖力、而希望得到的东西却很少的质朴的妇女。她食物不论,力气不惜,虽然这样,她已经满足,"口角边渐渐的有了笑影,脸上也白胖了"。可是,就是这样的生活也继续不下去。婆婆把她卖到"深山野坳里";新的丈夫接着又病死;她虽然还能"打柴摘茶养蚕"地挣扎下去,儿子却不幸被狼吃掉。当她再次回到鲁四老爷家里时,因为犯了"弥天大罪":不应做寡妇而做了寡妇,不应再嫁而再嫁,就受到人们的冷眼和嘲笑——幸灾乐祸的言谈和不把别人当人看待的歧视也跟着到来了。一众看客用不同的声调和祥林嫂讲话;把她的悲哀、痛苦作为咀嚼、欣赏的材料,到后来又表现了厌烦和冷漠;柳妈用诡秘的话语造成她心理的恐惧。

> 她大约从他们的笑容和声调上,也知道是在嘲笑她,所以总是瞪着眼睛,不说一句话,后来连头也不回了。她整日紧闭了嘴唇,头上带着大家以为耻辱的记号的那伤痕,默默的跑街,扫地,洗菜,淘米……

就是这样,祥林嫂变成了一个活死人:"不但眼睛窈陷下去,连精神也更不济了。……不半年,头发也花白起来了……"终于,在一个弥漫着祝福的欢乐气氛的晚上,被侮辱和被伤害的祥林嫂静悄悄地离开了人间,结束了她悲惨的生命。她在人们祝福的时候冻死,鲁四老爷没有一丝同情,反而认为不吉利,骂她是谬种。祥林嫂背着这样的精神负担死去,她是被封建制度和思想杀死的。

中国的妇女,在当时,受着以政权、族权、神权、夫权为代表的全部封建宗法社会的思想和制度的束缚,她们是奴隶的奴隶。她们受的是最深重的精神的残害,过的是最痛苦的生活。钱并不能帮助她们摆脱痛苦的命运。祥林嫂辛辛苦苦地积蓄了十二元鹰洋;这总算"有钱"了吧,可是,除了在土地庙捐上一条门槛,她连祭祀时拿酒杯、筷子的权利也没有买到。

《祝福》用巨大的憎恨揭露杀人的刽子手,揭露封建制度和封建伦理道德加在人们身上的毒害。它深入人们的灵魂深处,打开角色的思想大门,成功地刻画了这一承担着我国人民的哀痛的历史命运的典型人物祥林嫂,表现了这一震撼人们心灵的悲剧性的事件。鲁迅哀悼了勤劳、不幸的祥林嫂,悲愤地控诉和有力地鞭挞了封建社会的吃人道德,对统治者表现了强烈的憎恨。

总的来说,《彷徨》《呐喊》中塑造了各类人物形象。其中,农民和妇女形象尤为生动典型。鲁迅小说取材"多采自病态社会的不幸人们中,意在揭出病苦,引起疗救的注意"。所以这类形象在其作品中占有主要的位置。他们无权无势、地位低下,他们淳朴善良,又愚昧麻木,认识不到自己悲剧命运的真正根源。如《故乡》中贫苦农民的典型闰土。闰土本是一个勤劳善良的人,但在多子、饥荒、苛税、兵匪、官绅的重重压迫下,过着极为困苦的生活,更为可悲的是他思想极为麻木、自卑,完全失去了与人平等的意识和要求,他们是可怜而可悲的。中国传统妇女的典型,如《明天》《祝福》《离婚》中的女性,在这部描写传统妇女悲剧的三部曲中,妇女被压在最底层,三从四德是套在她们身上的沉重枷锁,从来不被当作独立的人来看待。封建卫道士的形象以《阿Q正传》中的赵大爷、《祝福》中的鲁四老爷、《离婚》中的七大人等封建地主阶级为代表,他们是有钱有势的阔人,是中国封建社会人肉筵宴的享用者,他们表面正经严肃,实际自私、冷酷、狭隘。觉醒的启蒙思想主义者的形象以《狂人日记》中的"狂人"为代表,他清醒地认识到封建礼教的吃人本质。《在酒楼上》《孤独者》《伤逝》也是表现觉醒者的现实主义力作,吕纬甫和魏连殳是辛亥革命时期的热血青年,但他们最后为生活所迫,或贫困潦倒,或失去了与社会斗争的勇气。知识分子形象以孔乙己和陈士成为代表,他们是封建社会科举制度的牺牲品。

在人物形象的刻画上,鲁迅擅长画龙点睛,采用画眼睛、勾灵魂的手法。寥寥数笔,既凸显了人物的思想情感,又写出了人物的外貌体型,给人以深刻的印象。

《故事新编》在取材和写作手法上都不同于《呐喊》和《彷徨》。鲁迅自己认为,这是一部"神话、传说及史实的演义"的总集。《故事新编》依据古籍来容纳现代,鲁迅基本是以历史人物的本来面目,取"一点因由"加以"点染"的,通过这种艺术的虚构和点染将现代人的生活融入古代人事之中,使古人和今人有机地结合起来,给喜剧人物赋予现代化的细节为"借古讽今"服务,从而加强了作品的艺术感染力。

《补天》可以说是中国新文学史上第一篇历史小说。作品采用了女娲开天辟地,以黄土抟人,采石补天的神话,细致地描写了女娲用黄土造人,创造了人类,而后人类互相残杀,触怒不周山,天柱为之折断,女娲"炼石补天",苦心修补世界的故事。小说瑰丽壮美,结构恢宏。女娲的抟土造人和炼石补天虽于古籍有据,但在具体的描绘中,作家以浓墨重彩有力地渲染了浪漫主义的氛围,创造出了十分奇异动人的艺术画面。在故事情节的展开中又描绘了女娲的辛苦与喜悦,歌颂了人类祖先的劳动和创造精神,塑造了一位淳朴、崇高的人类母亲的形象。

《奔月》《铸剑》的故事轮廓同样于古籍可考,但这两篇小说依然以瑰丽神奇的想象,细致生动地将古代神话传说具体化为奇幻的艺术画面,富于神异的魅力。《奔月》以传说中的一个善射的英雄羿作为小说的主人公,一方面表现了羿惊人的射箭本领和英雄气概,另一方面描绘了他在功成名就之后的寂寞与潦倒。小说突出的不是羿的成功,而是他在完成历史功绩后落魄的遭遇。小说将壮丽阔大之笔与漫画式的描写结合起来,在含泪的笑中表现了羿的悲剧。《铸剑》中,眉间尺的父亲是一个有名的铸剑手,奉命为国王铸剑,在任务完成之日,被多疑而残忍的国王杀掉。他有预见,只给了大王一把雌剑,自己留下一把雄剑,让儿子为自己复仇。眉间尺要报的是杀父之仇,但他缺乏复仇者的那种决绝的意志和气概,性格优柔,根本无法接近国王,不能实现自己复仇的愿望。后来黑衣义士宴之敖舍命相助,用自己的头颅来反抗暴政,向国王讨还血债,最后与统治者同归于尽。宴之敖是鲁迅塑造得十分杰出的形象。他"路见不平,拔刀相助",这种精神完全是"鲁迅式"的,这是对于当时浓重的黑暗现实的最强烈的反抗。眉间尺从优柔到坚定、从幼稚到成熟的成长过程体现了作者的复仇精神。

《非攻》歌颂了鲁迅一贯崇仰的墨子的实干精神,但结尾对这种实干的效果隐现出疑虑。在鲁迅笔下,墨子是一个机智、善辩、反对侵略、反抗强暴的古代思想家的形象。他奉行言行一致的实践精神,为了自己的理想,他反对楚国进攻弱小的宋国,他不对强暴者怀抱幻想,具有"赴火蹈刀、死不还踵"的精神。他认为是正义的事业就应坚持到底,决不动摇退缩。这个形象体现了中国人民反对侵略、热爱和平、勤劳勇敢的优良传统,也讽刺和批评了那些在九一八事变以后鼓吹"民气"的"空谈家"。《理水》同样颂扬了鲁迅一直推崇的大禹治水的苦干作风,但仍然在结尾对其自身成功后的变化显现出担心。鲁迅怀着对古人崇敬的心情,写出了大禹那种"三过家门"而不入、全心全意为人民效劳的精神和粗犷、坚毅的性格。

《采薇》取材于武王伐纣的历史记载,描写伯夷、叔齐两兄弟因"不食周粟"而以采薇为食饿死于首阳山的故事,充分揭露他们性格的矛盾。伯夷、叔齐两兄弟在鲁迅笔下成为顽固守旧、迂腐可笑、自命清高,并且披着"超然""隐逸"外衣的糊涂虫。鲁迅还用漫画的夸张形式勾勒了小穷奇君和小丙君这些资产阶级文化人趋炎附势、毫无操守的丑态,讽刺了伯夷、叔齐的迂腐,同样强调了鲁迅毕其一生坚持的第一是生存的思想。《出关》写的是老子西出函谷关的故事,形象地揭示了中国知识分子企图逃出王权统治的空想。《起死》采用了讽刺短剧的形式,写庄子遇到一个1500年以前死去的骷髅,施以法术使其死而复生,对方却揪住庄子纠缠不清,庄子狼狈不堪,不得不一反其"无是非观",而据理力争,辨明是非。这篇作品制造了一系列的戏剧性的矛盾冲突,捍卫了是非分明、爱憎强烈的原则,有力地批判了资产阶级的腐朽思想。

总之,鲁迅是中国现代小说的奠基人,鲁迅的小说创作不仅最先显示了五四文学革命的实绩,而且在中国整个20世纪文学发展史中具有崇高地位。

第二节　现代小说的新探索

继鲁迅之后,中国作家进一步探索现代小说的各种可能,现代小说也被用来寻找人生、社会意义及精神出路,由此发展出了两个重要方向:一是立足于反映社会现实问题,用现实主义手法创作的"社会问题小说",以及描写农村落后文化的乡土小说;二是强调主人公"内心的要求",重视自我情绪的抒发和表现的"自叙传抒情小说"。

一、社会问题小说

社会问题小说是"五四"时期兴起的一种以知识青年生活为题材的小说类型,旨在探讨各种社会人生问题,涉及婚姻家庭、青年出路、教育、妇女地位、劳工、下层人民生活、社会习俗、封建礼教、过敏性、战争与军人等。1919年上半年,《新潮》作家的作品已经初现这一风格,自同年下半年冰心的《两个家庭》《斯人独憔悴》等小说的发表开始,社会问题小说正式形成风气。1921年文学研究会的成立,将这类小说的创作推向了高潮。这类小说的代表作家有叶圣陶、冰心、王统照、庐隐、许地山等。他们从多种角度触及了社会各方面的问题,尽管表现手法各有侧重,但在强调文学"为人生"的目的,以及现实主义的创作方法上,他们是一致的。限于篇幅,这里主要介绍叶圣陶和冰心的社会问题小说。

(一)叶圣陶的小说

叶圣陶(1894—1988),原名叶绍钧,辛亥革命后改字圣陶,江苏苏州人,文学研究会的发起人之一。叶圣陶家境贫寒,曾多年从事小学教育,1914年开始在一些通俗杂志上发表文言小说和旧体诗词,1919年开始白话文学创作。主要作品有短篇小说集《隔膜》《火灾》《线下》《城中》《未厌集》《四三集》及长篇小说《倪焕之》。1988年2月16日逝世。

作为一位现实主义作家,叶圣陶带着"为人生"的功利目的,密切关注现实人生,因而早期的创作大多属于"社会问题小说"。他希冀用"爱"和"美"来消除"隔膜",改良人生。他的社会问题小说大都以教育问题为切入点,对教育界的多种弊端进行了深刻揭示,对小市民和小资产阶级知识分子的灰色人生进行了生动展现,深刻地反映了下层知识分子在旧社会的悲惨命运。他们遭受着黑暗现实的各种迫害与欺辱,永远被贫困和饥饿所折磨。最有代表性的作品是《潘先生在难中》。

《潘先生在难中》是叶圣陶早期社会问题小说的代表作。这部短篇小说写军阀混战期间江南某镇一个小学校长潘先生携家逃难的经历,刻画了潘先生这一患得患失、明哲保身、自私精明的小市民知识分子形象。当战火逼近时,张皇失措的潘先生携妇将雏,避难上海;又恐被解聘饭碗不保,旋即丢下妻儿,冒险回校办理开学事宜。战火进一步逼近时,他胆战心惊,躲进教堂。为了自己和家人生命财产的安全,他入红十字会,要了四枚徽章,并宣称学校可作战时妇女收容所,为此要来两面旗帜,一面挂到学校的大门,一面挂在自家门上。战火平息后,人们便忙着欢迎军阀凯旋。潘先生被同事推举书写欢迎的条幅,尚未历尽战乱之苦(潘的太太、孩子都还滞留于上海)的潘先生,眼前还闪现着"拉夫,开炮,焚烧房屋,奸淫妇女,菜色的男女,腐烂的死尸",却毫不犹豫地挥毫写道"功高岳牧""威震东南""德隆恩溥"。作者用极为客观写实的笔法,出色地勾画了潘先生在战乱中可悲的遭遇和可笑的行为,既反映了旧中国动荡不安的现实,又揭示出小市民灰色、卑琐的生活和自私、苟安的性格,活画出这类小市民知识分子卑琐自私、缺乏正义感和道德意识的委琐灵魂。

第三章　中国现代小说的文体嬗变与文学创作

总之,叶圣陶注重冷静观察和客观写实,表现了鲜明的现实主义特征,他善于将自己的主观意图和情感深藏在客观描写背后,在情节的发展中,不露声色地让人物通过自身的言行等来表现性格。他的社会问题小说冷峻、朴素、严谨,从不外加任何主观的发挥和评价,结构多变、精于布局,结尾饶有余味,语言整饬、严谨、质朴、纯正,表面冷静,内蕴热情,平淡中见新奇,朴实中见隽永,为中国现代汉语的规范、纯洁、健康发展作出了重大贡献。

(二)冰心的小说

冰心是中国现代社会问题小说最有代表性的作家。1919年,冰心开始在《晨报》上发表问题小说。《两个家庭》《斯人独憔悴》《秋风秋雨愁煞人》《去国》等作品根植于当时社会现实的沃土之中,触及时政,涉及面广。

冰心早期的小说作品主要表达她对封建社会和封建家庭的不满情绪,通过一个个人的生活和感情体验的片断,或一个个家庭生活的侧面,含蓄地摆出许多实际的问题,像教育问题、男女平等问题、报国无力的问题、知识分子的苦闷问题、家庭问题、妇女婚姻问题等。这类小说有较明显的暴露社会弊端的特征,它大致可分为两类:一类是反对封建思想、追求合理人生的积极意义,如《两个家庭》《斯人独憔悴》等;另一类是反映军阀混战和下级官兵悲惨生活的,通过对他们的不幸生活、境遇的描写和情感的剖析,表现出一定程度的反战意识,如《一个不重要的军人》《鱼儿》等。限于篇幅,这里主要分析《斯人独憔悴》这部社会问题小说。

《斯人独憔悴》写在学生爱国运动的背景下父与子的冲突。参加爱国学生运动的颖铭、颖石兄弟俩,受到顽固父亲的极力阻挠,被禁锢在家,产生了极大的苦闷,只有去朗读杜甫的《怀李白》的诗篇:"冠盖满京华,斯人独憔悴。"这种父子冲突,在当时社会上是有典型性的。小说通过封建大官僚家庭内部父与子的交锋,不仅写活了四个各有性格的人物,而且从一个侧面表现了爱国运动风起云涌的五四时期,读者从这篇小说中,仿佛看到了当年爱国群众焚烧日货的热烈场面,听到了学生街头讲演时激昂慷慨的声音,还仿佛目睹了青年反抗被军阀武装镇压的场面,并从化卿先生口里领教了北洋军阀政府大臣们那套反动逻辑和卖国嘴脸。连大官僚家庭内部都出现了颖铭、颖石这样的热血青年,足见五四爱国运动的浪潮已汹涌激荡到何种程度。

小说结构简略、故事单一,没有从多侧面展示颖铭兄弟的性格,但仍然比较真实地再现了"五四"时期一部分青年的精神面貌。软弱无力的颖铭、颖石有着爱国热情,却缺少抗争家庭的勇气,一旦面临强大的阻力,便束手无策,独自伤悲。与他们的软弱无力相对的则是父亲化卿的专横。化卿是一个思想顽固的封建家长,在"五四"时期,这类封建卫道者比比皆是。作者塑造这样的一个形象,具有典型意义。小说发表不久就被学生剧团改编为话剧演出,产生了较好的社会影响。

但是在小说中,冰心基本上只用人物对话,没有展开曲折的情节,对父亲化卿的粗暴、专横表现得比较柔和,而在小说的结尾,也没有给这一对兄弟指出一种解决问题的方法,只是抒写了"斯人独憔悴"的哀叹。这正展现了这一时期社会问题小说的局限性。

二、乡土小说

乡土小说是指成形于 20 世纪 20 年代中期,一批作家以自己熟悉的故乡风土人情为题材,揭示宗法制乡镇生活的愚昧、落后,并借以抒发自己乡愁的小说。乡土小说的作家成员,以文学研究会作家为主,也包括语丝社、未名社的一部分青年作家,他们大多为从乡下到北京求学的大学生,主要代表作家有台静农、王鲁彦、蹇先艾、许杰、许钦文、彭家煌等。他们大多直接受鲁迅影响并有意识地模仿鲁迅的创作,并在创作中继承了鲁迅小说的批判国民性特点,用批判的眼光,写实的技巧,笔含乡愁的情调,透彻地描绘了中国落后的乡村文化的真实面貌。限于篇幅,这里主要介绍台静农和王鲁彦的乡土小说创作。

(一)台静农的小说

台静农(1903—1990),字伯简,出生于安徽西部的霍邱县。1925 年夏,鲁迅发起成立未名社,台静农为社员。台静农以创作短篇小说为主,兼写诗歌、散文,多刊载于《莽原》半月刊、《未名》半月刊等刊物。后集为短篇小说集《地之子》《建塔者》,分别于 1928 年、1930 年由未名社出版,均为《未名新集》之一。另外编有《关于鲁迅及其著作》一册,内收有关《呐喊》的评论和鲁迅访问记等文章共 14 篇,1926 年 7 月由未名社出版,为最早的鲁迅研究资料专集。《地之子》共收小说 14 篇,显示了作者善于从民间取材,反映社会黑暗的特点。作品笔调简练、但有浓厚的地方色彩,通过日常生活和平凡事件揭露朴实而略带粗犷,格局不大。抗战胜利后,台静农在台湾大学任教。1990 年,台静农因患食道癌在台北去世。

真正代表台静农小说成就的是他的乡土小说。用故乡的题材和语言来写作得益于鲁迅和未名社同仁的影响。而台静农的乡土小说也颇受鲁迅的青睐。

台静农的乡土小说主要收录在 1928 年 11 月由未名社出版的小说集

《地之子》里。这些作品充分显示了台静农"从民间取材"的能力,其中既揭露了乡间社会生活的黑暗,又剖析了农民精神深处的国民劣根性,还展示了封建风俗文化"吃人"的残暴。台静农的乡土小说把眼光向下,向现实深处挖掘,通过写乡间佃民的日常生活,来呈现小人物的人生悲剧。阶级对比是这类作品常用的表现手法。

台静农的乡土小说虽然没有设定一个具体的城镇,但在内容上是有连贯性的,在《地之子》收入的乡土题材的小说中,场景通常都是栅门、十字街,一个以十字街贯穿东西南北并在南北建有栅门的皖西小镇就这样形成了,这是信息传播或故事发生的场地,出场的人物都是说书的、摆花生摊的、推车的、卖油的,等等。在人物的取名方面,台静农选择的都是以数字为尾数的名字,如王三、吴三、汪二,这既反映了村镇的习俗,也反映了台静农笔下人物设置的符号性。在这个由莽汉、疯妇、失独老人、弃婴等组成的封闭世界中,台静农展示了古老村镇的悲惨凄凉。

《蚯蚓们》里的佃户李小,被地主阶级所逼卖妻,成为流民。被生活压垮后,李小认命了:"他认识了命,命运的责罚,不在死后,却在人世;不在有钱的田主身上,却在最忠实的穷人。"小说还揭示,农民之所以有如此宿命的想法,是因为在他们精神深处有着顽劣的国民劣根性作祟。

《吴老爹》通过写吴老爹全心全意侍奉的店主因吃喝嫖赌而家破人亡致使吴老爹只得卷铺盖走人的故事。既写出了剥削阶级的奢靡与堕落,又写出了吴老爹的愚忠及悲剧。台静农以冷静客观的笔法,揭示和批判了这种"哀其不幸、怒其不争"的国民劣根性。

《负伤者》里的农民吴大郎被地主张二爷和警察署长层层威逼、盘剥,卖妻丢家后被当作罪犯关进大牢。

从如"蚯蚓"般的李小到"负伤者"吴大郎,我们可以看到官、绅、兵、匪的压迫越来越残酷,而农民的命运越来越悲惨。面对人间地狱般的现实生存环境,农民们表现出了惊人的沉默、忍耐、麻木、不觉悟。

此外,台静农的乡土小说还写到了皖西的风俗文化的"吃人"本质。婚嫁、殡丧、斗架、卖妻、超度、冲喜等都带有浓烈的地方色彩,这也是乡土文学特色的主要体现。尽管这些风俗不一定都为皖西那个地方所有,但是它们的确构成了皖西人民世世代代的生活方式和文化习惯。

总之,台静农用进步的阶级分析观从民间取材,批判封建宗法制度和国民劣根性;用写实和白描的手法塑造人物,尤其注重对人物灵魂的剖析,截取生活横断面的小说结构,堪称20世纪20年代继承鲁迅风格最成功的作家。

(二)王鲁彦的小说

王鲁彦(1902—1944),原名王衡,浙江镇海人。王鲁彦在北京上学时,曾听过鲁迅在北京大学讲的《中国小说史》课程,受鲁迅的影响很深。1923年,开始发表小说。1926年出版了第一部小说集《柚子》。后任《民国日报》副刊编辑、《民中日报》副刊编辑。1944年,王鲁彦逝世于桂林。

王鲁彦是跟随着"五四"时期新的思潮走上文坛的,并在充满血与火的紧张斗争的岁月里走过了坎坷不平的人生道路。他于1923年开始写作,但先前就有了描写乡村生活的多方面的准备。王鲁彦的第一个小说集《柚子》中的《自立》《阿卓呆子》等描写了农村的土财主由于兄弟间的自相争斗,或者由于子弟不争气、堕落,造成家庭的破产。

《黄金》通过农村小有产者如史伯伯在家道中落之后所遭遇到的冷淡、冥落等种种不幸揭露了旧社会世态炎凉的情景。如史伯伯在一生劳禄中挣得了一份有几间房子、十几亩田地的家产,过上了吃穿不愁的小康生活,在陈四桥算一个"二等的人家",颇受村民的尊敬。然而,如史伯伯却没有逃脱迅速破产的厄运,忍受越来越难堪的打击。当他家境走下坡路时,就受到人们的轻蔑、歧视。如史伯母到近邻串门走家,别人担心她借钱,不但冷淡地敷衍她,事后还传出许多难听的话;参加镇上的婚宴,昔日德高望重的如史伯伯,席间竟然遭到肆无忌惮的嘲笑和捉弄;女儿在学校受欺侮,族人故意挑剔,乞丐乘机"敲诈",债人催索如要命,家里又遭偷窃,养的狗也被人刀砍……各种不幸接二连三落在如史伯伯头上,使他最终昏过去。通过这些描写,作者对主人公周围人的趋炎附势表示厌恶,对冷酷无情表示了极大的愤慨,无情地揭露了当时冷淡而庸俗的世态,有力地鞭挞了人们那既趋炎附势又落井下石的劣根性。史伯伯的遭遇和他的思想情绪,比较真实地概括了旧中国小产业者生活逐渐下降的共同命运,因而这个形象具有一定的典型意义。小说最后写了年关将至,逼债者上门,家被盗劫,史伯伯急得昏厥过去。昏厥中,如史伯伯做了一场出门一年多的儿子伊明升官发财就要送回黄金的美梦。作家以此暗示在帝国主义经济势力侵入和农村封建恶势力压迫之下的现实生活里,由美梦缀成的幻景是不可实现的。

《菊英的出嫁》描绘了浙东农村的"冥婚"(即为死去的人办的婚事)的陋习。菊英娘为菊英操办一个热闹的婚礼,丝毫感觉不到悲哀的气息,到作品的中部,才交代这是一场冥婚,故事的主人公十年前就已经死去。而这场婚礼一切如活人出嫁一样热闹,包括围观者的观看,都被认为合情合理,小说既写出了对主人公的同情和哀叹,又揭示出冥婚的愚昧。"冥婚"是村民落后愚昧及中国封建闭塞文化的真实写照,菊英娘为菊英举行"冥婚"的悲剧,不仅是个人的悲剧，也是集体无意识的悲剧。

总之，王鲁彦的乡土小说以忧伤的笔触、怀旧的凄楚、沉闷的气氛披露出一种冷静驱遣人间的愤懑，以诙谐冲淡内心的悲哀的描写构成了一种哀婉、悲怆、微讽的艺术风格。

三、自叙传抒情小说

自叙传抒情小说是中国现代抒情小说的一种体式，它深受西方浪漫主义文学和日本"私小说"的影响，表达方式和风格特征侧重于对作家个人生活和心理的描写，以及作家的自我暴露，又称"浪漫主义抒情小说""自我写真小说""身边小说""情绪小说"或"情调小说"。这类小说以郁达夫1921年出版的小说集《沉沦》为开端，代表作家大多来自创造社，代表作品有郁达夫的《沉沦》《茑萝行》《迟桂花》，张资平的《约檀河之水》，陶晶孙的《木犀》等。非创造社成员的作品有庐隐的《海滨故人》，淦女士（冯沅君）的《卷葹》，陈翔鹤的《茫然》《西风吹到了枕边》等。限于篇幅，这里主要对郁达夫和庐隐的自叙传抒情小说进行分析。

（一）郁达夫的小说

郁达夫的小说不仅从道德观念上对传统意识进行了解构，而且将一种完全不同于传统的小说叙述方式带进了新文学小说的创作中，开创了一种"自叙传"的浪漫抒情小说形式，在当时影响了相当一批青年作家。浪漫抒情遂成为"五四"时期小说创作一个相当壮观的潮流。

郁达夫一生创作了50多篇小说，除后期的《她是一个弱女子》《迷羊》《出奔》三部中篇小说外，其他都是短篇小说。代表作品有《沉沦》《春风沉醉的晚上》等。

"自叙传抒情小说"中的自叙传色彩深受日本"私小说"的影响。"私小说"是日本大正时代产生的一种独特的小说形式，它的最大特点就是真实性，即取材于作者自身真实生活经历的"个人性"和"日常性"。郁达夫的短篇小说《沉沦》因展现个人的病态情欲而表现出明显的"私人性"。《沉沦》讲述一个留学日本青年在异国他乡感到的精神和性的双重苦闷，以至于最后走向大海的沉沦经过。全篇由八小节组成，每一节叙一事或一种心境，有主人公的避世忧郁心情，有对故乡浙江富阳忧郁生活源头的追述，还有主人公因为精神孤独和性苦闷，而发展出的自慰、偷窥甚至招妓等扭曲变态心理的书写。最后一节写主人公在异国他乡饱受精神和性的双重压抑，最后在羞愧、自责中绝望而悲愤地走向大海。作品塑造了一个愤世嫉俗而又感伤忧郁，内向而又敏感，孤傲而又自卑，不甘沉沦而又无力自拔的"零余者"形象。小说主人公实际上是作者自己留日生活和精神的投影，一方面是青春期的忧郁与孤独，以及对个性解放、爱情与友谊的欲望；另一方面，是身为中国人，在异国他乡备受侮辱与轻慢，内心深感屈辱痛苦。这两种情感的交织与冲突，使他的心理出现抑郁变态。小说采取了散文化的叙事结构，自叙传性质与抒情倾向非常明显。

如果说《沉沦》等小说有为追求一种小说的戏剧性而在心理刻画上做夸张处理之嫌，那么他的《春风沉醉的晚上》则是比较朴实的。主人公仍是一个"于质夫"式的潦倒文人，叙述的方式依然是主观抒情的"自叙"式的，作品中也不乏主人公的自省、自责，但性苦闷方面夸张的宣泄少了，生活细节的描绘增加，表现了挣扎在社会底层的人们痛苦的生活和质朴的情感。

总之，郁达夫将他的人物放在中西文化的夹缝中，充分展示了他们心灵所承受的重负。他将主人公置于一种卑微的心灵状态中，以夸张的病态心理的展示，表现那个时代青年知识分子的精神痛苦。他的小说不以构筑情节为重点，着重表现情绪、心理感受，有明显的散文或诗化倾向，突破了以事件情节为结构中心的传统小说模式，在创作风格上表现出浪漫主义色彩。

（二）庐隐的小说

庐隐（1899—1934），原名黄淑仪，又名黄英，福州闽侯人。1908 年，庐隐进入慕贞学院读小学，由于校规过于严厉，导致她连连害病，长期住院。1919 年入北京高等女子师范国文系求学，为响应新文化运动，1921 年她加入文学研究会，成为文学研究会最早的女作家之一。大学毕业后，庐隐先后在北京、安徽等地中学执教，勤奋创作。1930 年庐隐与作家李唯建结合，婚后东渡日本小住，归国后任上海工部局女子中学国文教师，36 岁时不幸因难产殁于上海。

庐隐是一位多产的女作家，生前就出版了小说集《海滨故人》《曼丽》《归雁》《象牙戒指》《玫瑰的刺》，散文小说集《灵海潮汐》，散文集《云鸥情书集》等。去世后除了散文小说集《东京小品》和长篇小说《火焰》为他人整理出版，还有大量散见于其他报刊的文字未编入集。

《海滨故人》是庐隐早年的代表作，是作者由心理问题小说转向自叙传性质的主观抒情小说的一个重要界碑。小说写露莎与同窗好友欢聚海滨，对白浪低吟，对激潮高歌，对朝霞微笑，对海月垂泪，浪漫之情跃然纸上。后来她们有的结婚，有的失恋，有的归隐，一个个风流云散，真可谓"愁怨日多，欢乐时少"，凄然之情，其浓似酒。露莎正是在这种"聚散无定"的人生环境中，研究哲学，思考"人生究竟是什么"的。她难以摆脱内心的矛盾和彷徨，从自己的爱情生活中感到苦闷和惆怅,从女伴先后走到成人世界去的遭际,觉出"人间譬如一个花缸,人类譬如缸里的小虫,无论怎样聪明,也逃不出人间的束缚"。小说中所写的四五个女性,均可在庐隐和她最要好的大学女友的身上找到影子,尤其露莎即庐隐的化身,她的身世、性格、情感都与庐隐相契合。小说透露出作者初经涉世时,对封建礼教、家规、世俗所造成的女性的不平和不幸的遭遇的深长隐忧。

这部小说采用"讲述"而非描摹的方式,由人物"讲述"构成其行文推进的脉络。讲述自己的心情,讲述自己的故事,朋友间互相讲爱恋之情之事,恋人间情书的往返,都采用"讲述"的方式。每人都有一腔情事要倾诉,要讲给别人听,这是自叙传小说的特点。人物语言和叙述语言抒情化、诗意化,唯情至上。人物对话没有采用日常口语,而是文绉绉的欧化的书面语。情感语调夸张、虚饰,伴以欢笑、打闹、流泪、哭泣等动作性情态,不断强化人物或快乐或阴郁的情绪,抒写一腔怨怨艾艾的哀伤之情。

总之,庐隐的自叙传抒情小说注重抒写情感,小说写得像散文,结构松散,情节弱化,主观的表情达意色彩浓厚,文笔清丽,思想清新,在当时都是独树一帜的。

第三节 左翼作家群的创作

20世纪20年代后期,受蓬勃发展的国际无产阶级文学运动和左翼文学运动的影响,一些作家开始走革命的文艺道路。1930年,中国左翼作家联盟(简称"左联")成立,代表政治的、革命的、阶级的、宣传的左翼文学诞生。

左翼作家群除早已从事文学倡导和创作的蒋光慈,还有丁玲、柔石、叶紫、艾芜、萧军、萧红等年轻作家。他们自觉地把文学作为无产阶级革命斗争的武器,力图突出作品的革命功利作用,表现革命的乐观主义精神。限于篇幅,这里主要介绍蒋光慈和丁玲的小说创作。

一、蒋光慈的小说

蒋光慈(1901—1931),又名光赤,曾用名侠僧。"五四"时期参加芜湖地区学生运动。1921年,赴苏联莫斯科东方大学学习。次年加入中国共产党,回国后从事文学运动,曾任上海大学教授。1927年,与阿英、孟超等人组织"太阳社",编辑《太阳月刊》《时代文艺》《新流》《拓荒者》等文学杂志,宣传革命文学。著有诗集《新梦》《哀中国》,小说《少年漂泊者》《野祭》《冲出重围的月亮》等。1931年病逝于上海。

蒋光慈创作的第一个时期,即"五四"时期到大革命高潮,是他创作的爆发期。这个时期他的创作特点是多产,涉及的范围广,充满了青春的活力,作品有诗集《新梦》《哀中国》,短篇小说集《鸭绿江上》和中篇小说《少年飘泊者》《短裤党》,因为适应了时代发展的要求,同样产生了广泛的影响。这些作品是无产阶级革命文学运动爆发以前直接反映革命题材的为数不多的创新作品,被人们誉为"革命时代的前茅"。他创作的第二个时期,即大革命处于低潮时期,是他创作的回潮期。这个时期写的中篇小说《野祭》《菊芬》,长篇小说《最后的微笑》《丽莎的哀怨》等,小说表现了革命者严酷而艰苦的斗争生活,字里行间流露着较多的小资产阶级苦闷、彷徨的思想感情。他创作的第三个时期,即1930年前后,是他创作趋向成熟的时期,如长篇小说《冲出云围的月亮》《田野的风》等。蒋光慈的作品以澎湃的革命热情,鲜明的阶级意识,迅速地、及时地反映了革命斗争,表现了为人们所关注的、尖锐的时代问题;而且通过激烈的阶级搏斗,塑造了工人领袖、党的领导者的形象,在现代文学史上具有开创的历史意义。也正因此,蒋光慈的作品在当时引领着一批进步的或苦闷的青年人走上了革命的道路。

《冲出云围的月亮》和《田野的风》这两部作品是蒋光慈在"左联"时期创作的。

《冲出云围的月亮》是作者1929年夏赴日后所写的。作品描写了三种不同政治倾向的知识青年。中心人物是王曼英,在大革命失败后,她由追求理想而变为颓废没落,在李尚志的帮助下,她终于变为女工,回到了革命的队伍中来。这就仿佛月亮冲出了云层的包围放射出皎洁的光辉。

《田野的风》曾发表于1930年出版的《拓荒者》上,题名为"咆哮了的土地"。反映的是1927年"四一二"反革命政变前后某一村庄中贫苦农民团结在农会旗帜下所开展的斗争。小说以1927年大革命失败前后的湖南农民运动为背景,描写某一个"旧日的乡间",受压迫的、甚至受迷信、命运等观念左右的农民,经矿工张进德和革命知识分子李杰点燃革命火种后,很短时期内,建立农民协会,开展土地革命,和残酷压迫、剥削农民的地主老财做斗争;他们粉碎敌人的暗杀阴谋,焚毁地主的庄院、楼房,甚至把维护地主利益的所谓革命军的武器缴了过来,组织起自卫队,走上了武装斗争的道路。在那沸腾的年月里,真好似连土地也咆哮了起来;农村在酝酿一场翻天覆地的革命运动,"其势如暴风骤雨,迅猛异常"。

在人物形象的描写上,《田野的风》基本克服了"脸谱主义",注意在特定的环境制约下,在人与人特定的关系中,刻画人物的性格特征。全书数十个人物中,并没有给人性格雷同之感。其中刻画得较好的是张进德、李杰这两个人物形象。张进德原是农民,后来成了矿工的领袖;因反动派追捕而逃回家乡。在故乡,他已经没有亲人,没有了家。他没有更多的生活顾忌和思想负担,在革命发生严重挫折的时候,他的态度也十分坚决。他是新的农民,新的矿工,在斗争中表现得沉着、勇敢,思想觉悟也比较高。作者塑造这个人物形象时,注意在现实生活的基础上加以概括、提高,因而人物形象真实感人。

李杰和张进德不同,他本是李敬斋的大少爷,但是,他和家庭决裂了。作为一个背叛地主阶级的革命知识分子,李杰的革命之路有很多的周折。作者更多地用内心独白、心理剖析和艺术对比的方法,揭示他的思想发展、矛盾斗争和性格特征。他经受种种考验,在斗争中过生活关、思想关,用自己"对于事业的热心,征服了乡下人对他的怀疑"。作者从他不断取得农民信任的角度,写他改造思想的自觉性,写他在领导农民运动过程中自我取得飞跃。一直到受了重伤之后、临死之前,他仍念念不忘要把革命"好好地进行下去"。小说对李杰的描写,具有新的开拓内容,作者突出了他的主动性,较正确地表现了知识分子在革命斗争中的作用和地位。

总之,蒋光慈的小说以现实主义的描写,注意写客观环境中人物的所思所想、所言所语,并从人与人的关系和命运的纠葛展开情节,刻画人物,着重表现被压在社会底层的劳苦大众,比较自觉地用创作来为革命服务。

二、丁玲的小说

丁玲(1904—1986),于 1930 年 5 月加入"左联",此后,在上海的革命浪潮和胡也频的直接影响下,丁玲的思想发生了急剧的变化。她冒着生命危险,奋不顾身投身革命斗争,成了一名优秀的战士。世界观的变化,与工农大众的接触,使丁玲的创作发生了新的飞跃。她不再只关注小资产阶级知识分子的命运,广大工人、农民的苦难和斗争,成了她关注和描写的重要题材。创作于这一时期的十几个中短篇小说和未完成的长篇小说《母亲》,都从不同的侧面,描写了血与火的斗争,反映了工农群众的苦难生活,为当时的文坛增加了新的内容,带来了新的气息。

此时,丁玲的创作比前期有了新的进展,她力图跟上时代潮流,有意注重写实。这一时期,她创作了一组革命与恋爱的小说,像中篇小说《韦护》和《一九三〇年春上海》(之一、之二)。其中,《韦护》以五卅运动前的社会现实为背景,描写了小资产阶级女性丽嘉与革命者韦护恋爱的冲突。韦护和丽嘉是陷溺于爱河不能自拔的痴情男女。韦护不仅是一个有信仰的革命者,还具备高雅的精神品质。作为在人生和爱情上都拥有丰富经验的中年人，革命和恋爱都需要当事人投入全身心的精力，在韦护只把恋爱当燃料而丽嘉又不能做他革命的伴侣的时候，韦护的激情就不得不大量消耗着，从而使他很快进入身心俱疲的状态。韦护最终不得不离开丽嘉，政治方向上的选择使他投身世俗的社会生活和政治斗争。韦护在还爱着丽嘉的前提下与其分手，说明两人的爱情在韦护看来已经充满了来自于两性的激情式的危险，它阻碍了韦护从事神圣的革命工作，只能用"铁的意志"作出痛苦的了结。

丽嘉，在先前的韦护眼中显出尖锐、轻蔑、嘲讽的神态的女性，她被韦护渊博的学识和大方的举止风度所吸引后，却强作矜持，不愿屈服于内心萌发的情愫。当两人真的爱上后，一往情深，情意绵绵。她不管别人怎么议论，不顾一切地大胆追求爱情，并与韦护同居。她没有什么固定的信仰，她只需要爱韦护，只希望两人整天厮守在一起，将爱情打造成一个甜蜜得令人窒息的枷锁。但她又是通情达理的，她没有忘记韦护的事业，甚至表示支持他的事业。韦护的离去，给她的打击很大。但她并没有由此而消沉，她毕竟是一个新的知识女性，她认识到自己也是可以去好好做一番事业的。丽嘉的形象血肉丰满，个性鲜明。

同时，丁玲还创作了一组反映工农劳动人民的生活、痛苦及其对美好生活的憧憬的小说，比如《法网》《消息》《一天》《水》等，其中最有影响的是《水》。这篇小说以1931年16省的水灾为背景，描写了旧中国的农民在水灾中的觉醒和抗争。作品因为写了现实斗争的重大题材和采用了写实主义的手法，真实地描绘了洪水给农民带来的灾难：滚滚的洪水，淹没了庄稼、房屋；村妇、儿童在洪水中挣扎，伸出双手，发出凄惨的呼救声，无数尸首漂浮在树梢上，瘟疫肆虐，饿殍盈野……被誉为"这是我们所应当有的新的小说"。除了现实主义手法之外，小说还采用了象征手法，写了广大农民的觉醒和斗争。这些饥饿的奴隶，是真正的洪水，是势不可挡的革命洪流，必将以摧枯拉朽之势冲决反动派构筑的堤坝，淹没、吞噬掉这个黑暗的世界。

第四节　现代小说五大家的杰出贡献

在新文学运动的大力推动下，越来越多的作家在创作实践中形成了自己独特的审美理想与艺术追求，并于20世纪20年代中后期起，陆续坚定地投身于文学事业。到了20世纪30年代，他们更是创造出许多深受人民大众欢迎的文学作品。其中，被人们称为"现代小说五大家"的茅盾、老舍、巴金、沈从文和李劼人通过自己的文学创作将现代文学创作推向了新的高度，对中国现代小说的发展做出了杰出的贡献。

一、茅盾的小说

茅盾(1896—1981)，原名沈德鸿，字雁冰，浙江乌镇人。北京大学预科毕业后进入上海商务印书馆工作。1920年11月任《小说月报》主编，同年与周作人、叶圣陶等人发起成立文学研究会，提倡"为人生"的文学。1927年大革命失败后，开始转向文学创作，1927年至1928年创作完成处女作《蚀》三部曲。20世纪30年代写出了长篇小说《子夜》，这是一部具有史诗品格的作品；还创作了短篇小说《林家铺子》、"农村三部曲"(《春蚕》《秋收》《残冬》)。抗战时期，发表了长篇小说《腐蚀》《霜叶红似二月花》《锻炼》和剧本《清明前后》等。中华人民共和国成立之后，他历任全国文联名誉主席、文化部长、中国作协主席等职，于1981年3月27日辞世。

茅盾是一位杰出的现实主义小说家，他开创了社会剖析小说流派。从《蚀》《虹》，到《子夜》《春蚕》《林家铺子》，再到《第一阶段的故事》《走上岗位》《锻炼》等抗战小说，以至后期的《霜叶红似二月花》，在历经了人生的坎坷之后，茅盾把对社会、历史、文化的反思深深融入他各个时期的作品当中，融入他的人物创造当中。

《蚀》三部曲(《幻灭》《动摇》《追求》)是茅盾从事小说创作的第一批成果。它以大革命时期的小资产阶级知识分子的思想动态为题材，描写了他们在革命浪潮中经历的三个阶段。《蚀》虽是茅盾的第一部作品，但显露出作者善于描写重大社会题材、善于处理复杂生活场面和善于刻画人物心理的艺术特色。《蚀》在艺术风格上是宏大与精细的结合，注重重大的时代风云的勾勒与细腻的心理刻画相结合，同时不忽视肖像、体态、相貌的描绘，人物富于立体感。稍后写的《虹》则有较大的改变，着力表现了主人公梅女士对光明前途的追求和积极向上的奋斗精神。

《子夜》是茅盾的代表作，也是现代文学史上一部杰出的现实主义作品，它的出现是我国革命文学的巨大收获。作品以1930年在上海发生的一些大事件为背景，相当全面地描写了20世纪30年代中国社会的面貌：在帝国主义侵略下，买办金融资本的泛滥、民族工业的破产、工农群众运动的高涨、军阀的战争、社会生活的动荡不安等种种尖锐、复杂的矛盾。其中，选取民族资产阶级作为描写的主要对象，以他们的命运写出了当时中国社会各个阶层的地位、处境和相互关系。小说以主人公吴荪甫为中心，展示了各种各样的矛盾：吴荪甫和赵伯韬、吴荪甫和朱吟秋等中小资本家的矛盾，吴荪甫与裕华丝厂的工人、与亲属杜竹斋、与家里的妻子和弟妹等的矛盾。同时，小说从不同侧面与场合立体化地展示了吴荪甫的阶级本质与个性特征。吴荪甫是一个有手腕、有魄力、肯冒险、极贪婪的民族资本家，具有一个资本家应具备的一切条件，本可大展宏图，建立他的"王国"，可惜，他生错了时代，最后不得不向外国资本投降，走上破产的道路。作者的高明不仅在于塑造了这一复杂丰满的人物性格，还在于揭示出形成这一矛盾性格的根源。吴荪甫身上不仅体现了一般资产阶级的特征，也体现了时代的特征，吴荪甫的悲剧是政治的、经济的诸多因素共同作用的结果，从根本上说则是中国民族资产阶级的幻想与这个阶级历史命运相矛盾的悲剧。

在吴荪甫之外，小说中还刻画了一系列成功的典型形象。例如，买办资本家赵伯韬粗鄙、狂傲、卑劣、无耻，具有赤裸裸的兽性，把吴荪甫逼得几乎自杀。这种带有"英雄"与"小人"冲突意味的结局使得吴荪甫的命运带有一种悲剧色彩。

《子夜》的结构宏大而又严谨，多条线索并行发展，而又相对集中加以展现，形成一种多而不杂、繁而不乱的蛛网状结构，作者以从生活出发的现实主义方法为基础，同时吸收了心理分析和象征隐喻的艺术手法，艺术上取得了巨大的成功。

总之，茅盾的小说创作，都是建立在对社会现实进行理性分析的基础上，再进入创作过程的，因而主题鲜明。同时他又有着丰富的生活经验为基础，是通过生动的艺术形象再现生活的，他的小说都能在广阔的社会背景下，反映社会的重大问题，具有丰富的历史内容，因而开辟了现代小说的一个新领域，成为社会剖析派小说的代表。

二、老舍的小说

老舍(1899—1966)，原名舒庆春，字舍予，北京人。1923年开始发表小说。1924年，老舍得到燕京大学英籍教授艾温士推荐，前往英国伦敦大学东方学院任汉语讲师，在英国期间，陆续写成长篇小说《老张的哲学》《赵子曰》和《二马》。1929年老舍回国。1930年7月任教于济南齐鲁大学文学院。20世纪30年代中期，老舍进入自己的创作高峰期，相继创作了长篇小说《骆驼祥子》《猫城记》《离婚》等，中篇小说《月牙儿》，短篇小说《断魂枪》《微神》等。40年代，老舍完成了三卷本长篇小说《四世同堂》。50年代，老舍创作了话剧《茶馆》，这部话剧被称为"东方舞台上的奇迹"，还有未完成的自传体长篇小说《正红旗下》。1966年去世。

第三章　中国现代小说的文体嬗变与文学创作

老舍以长篇小说和剧作著称于世,以"北京味儿"、幽默风,以及以北京话为基础的俗白、凝练、纯净的语言,在现代作家中独具一格。老舍一生写了约计800万字的作品,被译成20多种文字出版。他最擅长写旧北京的下层市民生活,代表作《骆驼祥子》就是一部描写北平一个人力车夫悲惨命运的长篇小说。

小说中,祥子从农村来到北京谋生,诚实的祥子干了所有可以卖力气的活,后来决心买一辆自己的洋车,凭着自己的勤劳换取安稳的生活。经过三年的艰辛,终于买下一辆新车,不料半年后就被匪兵抢去。他虎口逃生,偷了3匹骆驼卖了35元,准备积攒着买第2辆车,不久又被孙侦探抢走。在人和车厂老板刘四爷的女儿虎妞勾引下,祥子不得不和她成婚,虎妞用私房钱给他买下了第三辆车。但好景不长,虎妞难产死去,祥子只得卖车葬妻。婚姻的失败,使他的心灵遭到严重摧残,又因小福子的死而崩溃。在自我挣扎努力一次次失败后,祥子终于自暴自弃,打架、使坏、借钱不还、逛窑子……走上毁灭的道路。

从勤劳忠厚、任劳任怨到精神崩溃,祥子的性格是有发展变化的,其中包含着酸甜苦辣,内容异常丰富,前后的变化虽然如此巨大,但发展是合理的,祥子是一个复杂丰满真实可信的艺术典型。同样,虎妞的形象也是高度性格化的成功的形象。她大胆泼辣、能言善辩,既有从她父亲那里接受来的剥削阶级的影响,又有追求自身幸福的合理愿望,还有某些变态心理,这一切都写得相当鲜明生动。

这部小说实际上是人物传记体,紧紧围绕着祥子的命运,以祥子的活动为中心,展开多种生活场景多种人物性格的描写。祥子要拉车,自然就写到拉车的同行;祥子要租车,自然就写到"人和车厂";祥子拉包月,自然就写到曹先生、杨先生;祥子被诱惑,自然就写到虎妞,等等。这种"滚雪球"式的结构方式,由"车夫世界"逐渐扩大生活面,进而表现出广阔的社会生活图景,写了北京大小杂院、四合院和胡同的生活细节、天桥的风俗,构成古城景观的各种职业活动和寻常世相,为人们展现出丰富多彩的北京风情画卷。在语言上,小说运用北京市民俗白浅易的口语,亲切朴实,新鲜活泼,具有浓厚的生活气息和地方色彩,又在俗白中追求讲究、精致的美。

小说也改变了过去那种有意运用俏皮话制造幽默的路数,即使有幽默也带上了严峻的色彩,成为"含泪的笑"。老舍虽然一向以其特有的幽默著称,还因此被誉为"幽默大师""笑匠"。但他的幽默一开始就带着苦涩和酸辛,幽默的笑脸上流淌着痛苦的热泪。他的小说中喜剧因素和悲剧因素总是熔铸在一起,而且常常是喜剧其外而悲剧其内的。老舍小说的悲剧艺术世界是丰富多彩的,有大量的"为人生"而思考,含有批判现实主义特色的社会悲剧。这是因为老舍是在城市底层的贫民窟长大的,自幼就饱尝人间的辛酸,接触大量的人生悲剧,熟识市民社会小人物的悲哀与痛苦,他只能以市民社会普通人物的生活悲剧为主体,他笔下的小人物都有着遭受不尽的厄运,一个个痛苦地活着,委屈地死去。

总之,老舍和他独具特色的"京味"文学作品,赢得了广大海内外读者的喜爱,为中国文学艺术宝库增添了无比珍贵的财富。

三、巴金的小说

巴金(1904—2005),原名李尧棠,字芾甘,四川成都人。由于成长在封建大家庭中,巴金对封建大家庭内部当权势力的伪善自私和腐朽堕落有着深切的感受,同时,他接触了不少下层民众的生活,这对他以后的文学创作产生了很大的影响。1927年初,巴金去法国留学,期间创作了中篇小说《灭亡》。1929年初回国。之后,他创作了长篇小说"爱情的三部曲"(《雾》《雨》《电》)、"激流三部曲"(《家》《春》《秋》)、"抗战三部曲"(《火》)、《寒夜》等,短篇小说《死去的太阳》《海底梦》《砂丁》《春天里的秋天》《憩园》《第四病室》等。中华人民共和国成立之后,巴金曾多次出国访问,写报道国外见闻的散文作品。2005年10月17日,巴金因病在上海逝世。

巴金的小说创作始于1927年,第一篇小说《灭亡》是他计划写的"革命三部曲"的首篇。小说以1925年军阀统治下的上海为背景,描写青年诗人杜大心为了向黑暗势力复仇,甘愿舍弃爱情,从事暗杀活动,最后牺牲自己生命的悲剧故事。杜大心虽然采取了并不明智的暗杀手段,但他那种为正义和信仰而献身的精神曾给人以鼓舞。《新生》是《灭亡》的续篇,以日记形式,写李冷在杜大心献身精神鼓舞下,在妹妹和女友的帮助下,摆脱了个人虚无主义,投身工人运动,最后在罢工风潮中被捕牺牲的故事。第三部原定名为《黎明》,但未完成。"革命三部曲"就此终结。

"爱情的三部曲"包括《雾》《雨》《电》三个连续性的中篇。小说通过爱情和革命活动,分别写出三种性格:优柔寡断的周如水(《雾》),热烈而浮躁的吴仁民(《雨》),近乎健全的李佩珠(《电》)。这三部作品虽冠以"爱情"之名,实际上并非写爱情的作品,而是写"信仰"的小说。主人公都围绕"信仰"而活动,即使是"爱情"也受信仰支配。这里的"信仰"主要是指那些具有无政府主义思想的俄国民粹派革命家的献身精神。

"激流三部曲"包括《家》《春》《秋》三部连续性的长篇,其中《家》的艺术成就最高,影响最大。《家》取材于巴金熟悉的封建大家庭的生活,许多人物、细节、生活习俗都是巴金熟悉、深有感受的。小说以五四运动后的四川

第三章 中国现代小说的文体嬗变与文学创作

成都为背景,通过高家这一封建大家庭长幼之间、兄弟之间、主仆之间、夫妻之间、妯娌之间,以及与周家、张家、钱家、郑家、冯家等亲朋之间的关系的描写,及其走向崩溃的历史,揭露了封建宗法制度、封建礼教"吃人"的罪恶本质及其必然灭亡的历史趋势。作者饱含着激情、深切同情封建制度压迫下的牺牲者,热烈赞扬青年一代为争取人身自由和幸福所做的反抗和斗争,表现出鲜明的民主主义的立场。

高家——这个表面上知书识礼的大家庭中,几乎每天都在制造悲剧。特别是女性的命运极其悲惨,鸣凤、瑞珏、淑贞、梅小姐、蕙小姐以及丫鬟倩儿等众多的年轻美丽的生命都在封建宗法的魔爪下无辜地死去。封建家庭的统治者们,在要求子女遵守封建道德规范的同时,他们自己则花天酒地,纸醉金迷。在五四新文化运动浪潮的冲击下,生活在这个家庭中的青年一代终于开始觉醒,决心冲出这个"狭的笼",走向广阔的社会。

觉慧第一个起来反抗。他凭着青年人单纯的信仰,凭着憎恶黑暗的勇气,离家出走,他的出走预示着"家"的堤坝已被冲决,再也无法合拢了。他对旧势力"不顾忌,不害怕,不妥协",他批判觉新的不抵抗主义;他帮助二哥觉民逃婚来反抗祖父的包办婚姻;他敢于冲破封建观念,与婢女鸣凤相爱。但是,觉慧的思想又是驳杂的,他不满旧家庭的黑暗专制,但对周围的一切又不能作出科学的分析。他虽然和鸣凤相爱,却无法消除他们之间身份和思想的差异。

觉新是贯穿"激流三部曲"的一个人物,也是《家》中性格最为丰富、复杂的人物形象。觉新作为高家的长房长孙,具有牺牲精神和双重人格,这也是历史转型期中国知识分子的精神特点。在活着的青年人中他承受的负担最大,所受的痛苦最深,然而他又最能忍辱负重,信奉"作揖主义","宁可哭在心里,气在心里,苦在心里,在人前他决不反抗"。他性格最突出的特征是"忍让"和"顺从"。思想上感到封建制度不合理,理应反抗,行动上却无能为力,逆来顺受。当他思考时,他是一个有正义感的青年;当他行动时,却是一个瞻前顾后的懦夫。在感情上他似乎又是觉慧、觉民的同道者,是一个不新不旧、半新半旧的人,也是一个动向不定的人。小说的最后,作者没有把他处理成旧制度的殉葬品,预示着他将迈出新的一步。

此外,小说在琴、梅、瑞珏、鸣凤等一系列女性形象以及对高老太爷、克明、克安、克定等老一辈的封建家长的形象塑造上也是性格鲜明,比较成功的。

在艺术表现上,作者善于利用尖锐的矛盾冲突,运用对比手法展示不同人物的个性特征。例如,觉慧与觉新、觉慧与觉民,以及梅与瑞珏的性格,都通过对比显得更加鲜明。

总之,"激流三部曲"在现代长篇反映大家庭衰落史的小说中占有显著位置,它把"三部曲"的形式推向成熟,为现代小说形式的发展作出了贡献。

四、沈从文的小说

沈从文(1902—1988),原名沈岳焕,湖南凤凰人,苗族。曾辗转漂泊于湘、川、黔边境和沅水流域,当过土著部队的小兵、文书以及当地屠宰收税员和报馆的校对,积累了宝贵的生活经验和创作素材。1924年,沈从文开始发表文学作品,相继发表了《会明》《牛》《夫妇》《菜园》《萧萧》等短篇小说。1931年至1933年写成《月下小景》《八骏图》《从文自传》等佳作,艺术臻于成熟。20世纪30年代是沈从文小说创作的大丰收时期,结集出版的作品主要有:《龙珠》《旅店及其他》《石子船》《虎雏》《月下小景》《八骏图》《从文小说习作选》《新与旧》《嘱咐集》等,而1934年代表作《边城》的写成,使之成为京派小说的柱石。1988年,沈从文病逝于北京,终年86岁。

在现代文学史上,沈从文是多产作家之一,其创作颇为宏富,留下的短篇小说在150篇以上,中长篇小说约10部。这些作品从题材上看主要分为两类:一是关注都市沉沦的小说,解剖和嘲讽带有"文明枷锁"的都市人性;二是最具沈从文特性的"湘西世界"的回忆和摹写。沈从文对人性的探索与表现也是在两个相互对照的世界中来展开的:一是充满原始习俗的湘西农村,一是现代文明下的都市社会。对于前者,他怀着不可言说的"温爱",将自己的"人性"理想寄托其中;对于后者,他则以批判的眼光写出了现代文明熏染下的人性丑恶之处。人们最熟悉与最喜爱的是他笔下的湘西世界,而他也对这个世界充满了感情,在这个世界里寄托着他的人性理想。

在"湘西世界"中,沈从文具体展示了生命形式的几种类型。

一是表现古朴雄强的原生态生命形式。正是在这种原始自然形态中,沈从文择取人物的爱情、婚姻及两性关系来为古朴雄强的原生态生命形式进行阐释。《神巫之爱》《龙珠》《阿黑小史》《虎雏》《月下小景》《媚金·豹子·与那羊》等构成了一个对生命形式作原生态考察的系列作品。这类作品依托野蛮性的先人的情爱传说和激于血性的杀人事件,为现代人性注入强劲健旺的生命激情,显示出鲜明的原始生命强力崇拜特点。

二是表现彪犷与顺良、淳朴与蒙昧等并存的自在生命形态,如《柏子》《萧萧》《贵生》《丈夫》。这类作品的时空转向了湘西的现实社会,反映的生活场景广阔,社会底层的各色人等纷纷出场,船夫水手、老板工匠、村姑妓女、村民猎人、小贩士兵、厨子伙役、强盗土匪,乃至巫师、刽子手等,都在沈从文的作品中留下了他们的影像。在对这些影像的勾勒描摹中,沈从文思

第三章 中国现代小说的文体嬗变与文学创作

考着人生命运的"常"与"变",思考着必然与偶然的胶着,思考着原始蒙昧与善良纯朴的相互渗透,思考着乡野灵魂自在性的漂浮际遇,从而为我们展现了一个色彩斑斓的湘西世界。

三是对理想的"神性"的生命形式的颂扬与哀婉。《边城》和《长河》就是生命的"神性"光辉在文字中的定性。

最能体现作家理想中"优美,健康,自然而又不悖乎人性的人生形式",讴歌边城人民人情美、人性美的是作家最负盛名的小说《边城》。《边城》以地处川湘交界的"边城"茶峒为背景展开故事:小溪白塔边,翠绿黄竹中,老船工和外孙女翠翠祖孙相依为命,生活淳朴恬静。到翠翠16岁时,掌管码头的团总的两个儿子天宝和傩送同时爱上了翠翠,翠翠内心却深爱傩送;败给弟弟的天宝,负气外出时掉进水里淹死了,老二误以为老大之死是老船工的不干脆态度造成的,加之与父亲的疙瘩,也怀着复杂的情感出走了;而老船工也在一个暴风雨之夜故去,留下翠翠在渡口等待傩送归来。

翠翠是湘西茶峒边城一个天真无邪、活泼健康而又微微带点儿胆怯与羞涩的女孩子,在她的身上,人们感受到乡村少女的自然清纯。她的美不仅仅在于天真,她在水边帮爷爷摆渡,爷爷不要人的摆渡钱,她也不要。有人把钱塞到她手中,她也要一直追到山上去还给别人,她像边城人民一样善良淳朴。但这比不上翠翠的爱情美,翠翠的爱情像翠翠的眼睛那样清明,又像翠翠的心灵那样纯净,它净化着翠翠的美丽,也成熟着翠翠的美丽。她到竹林里去掘竹鞭,掘来的只是一大把虎耳草;见了久别的情人,她的第一个反应也仍然是那么害羞地跑掉。她还是那么纯,那么真,她还是那么羞涩,也还是那么活泼,她不知道许许多多的人事已经在她的面前改变,她不知道爷爷那护翼她的双臂已经抵挡不住迎面而来的风雨。她的爱情让人心醉又心碎。当爷爷去世,翠翠弄明白一切事情之后,她在一夜之间长大了,她接过了爷爷的渡船,一次又一次地拉着过渡的横缆。她什么也不肯说,她只是在心里期盼着,还能再见到心爱的人。她的真,她的纯,她的爱情,她的青春,她统统都寄托在了这等待之中。她的爱情并没有被风雨吹折,相反,她更加坚定了自己的选择。

作者将边城的山光水色、人事风俗、情爱追求交织一体,在如诗如画、如梦如幻的纯美境界中,寄寓了其重建东方传统和乡土人性的牧歌理想。沈从文笔下的边城既是故乡的缩影,又是他心中构想的优美的生活生态:茶峒青山环伺,绿水缠绕,弓背的溪流,静静的水即使深到一篙不能落底,却依然清澈透明。边地仿佛深藏着难以穷尽的底蕴,显示出空漠、深渊、神秘的美感。河上如梭的渡船、河街上的吊脚楼、端午节的赛龙船、河中逐鸭、"走马路"的求婚……诸如此类的边地风情,更增加了《边城》的魅力。

《边城》不仅有陶渊明式的闲适冲淡,更有屈原《九歌》式的凄艳幽渺,隐含着作者理想幻灭的哀愁和悲痛,这种悲剧成分来自于现实的层面、命运的层面、象征的层面。翠翠是边城青山绿水的精灵,作品将她性情的纯真温柔及情窦初开的朦胧向往、欲说还休的情韵表现得细致含蓄、楚楚动人。但明媚的山水、美好的人性并没能成全翠翠的爱情,她和傩送最终只能各怀极深的爱慕,永远怀思向往着对方。大洪水的到来、爷爷之死、渡船的漂走,这些也都象征着诗性人格遭到重创。小说结尾,作为小城标志的白塔也轰然倒塌,白塔是沈从文"湘西世界"的象征,白塔之坍塌也就预示着一个田园牧歌神话的必然终结。

在以浪漫笔调歌颂理想传奇人物的同时,沈从文也以冷峻的现实主义笔调探讨着湘西下层人民的生存状态,代表作有《柏子》《萧萧》《丈夫》《贵生》等。沈从文对他笔下的湘西社会的下层人物——农民、水手、娼妓、童养媳——怀着一种不可言说的"温爱"之情,他赞赏他们人性中的善良淳朴,充满原始活力和热情的爱情,同时他又为他们可悲的处境和命运感到悲痛,而更令他悲哀的是他们对自身悲剧性处境的茫然无知,他们仍然处于蒙昧的生命状态。这种复杂的情感,使沈从文作品在清新背后蕴藏着热情,朴实背后隐伏着悲痛。

如果说《边城》是一首朴实的情诗,是浪漫唯美的人类童年期的描述,寄托了沈从文心中对优美、健康、自然而又不悖乎人性的人生形式的理想讴歌,那么,《八骏图》则是一首神秘的绝句,是人类中年时期的文明与自然的冲突、理性与本能的纠结刻画,寄寓着沈从文对人性的现实状况和解救之路的焦虑与探求。这篇小说以摇曳多姿的文笔,描绘从外地到青岛大学做暑期讲学的八位教授的人生态度和性爱心理,因他们皆是来自千里之外的著名学者,被校长称为"千里马",故沈从文把小说取名为颇具反讽意味的"八骏图"。这是一部很有意味的具有弗洛伊德逻辑的心理小说,以作家达士先生为穿线人物,以他的视点发现周围的七个教授的心理状况:这些赫赫有名、知识渊博的著名学者,或尊奉独身主义,或自诩清心寡欲,或满腹社会道德,而下意识中爱欲的本能却都被压抑着、堵塞着,只有借助变态的行为流露出来。显然,沈从文在创作《八骏图》时融入了自己对精神分析学的理解,这些教授们本身都具有很强的性爱欲望,却受着社会道德和文明意识的约束;教育修正了他们的身份,却不能克服他们的本能,于是呈现出虚伪作态、无聊怯懦、卑庸无力的人生状态。文明与道德的二律背反是现代社会人类焦虑的主要问题之一,应该说《八骏图》所反映的正是人类文明进程中不可逾越的人性苦恼。

总之,沈从文对都市人生的批判讽刺是一种典型的社会世态讽刺,主要从爱情婚姻等日常生活及心理的角度切入都市人生,以"人性的治疗者"的态度来摹写都市人性的扭曲和病态,讽刺里带有的悲悯增加了作品的热度,批判里蕴含的同情削弱了鞭打的力度,显示出沈从文都市文化批判的独特性。

五、李劼人的小说

李劼人(1891—1962),原名李家祥,四川成都人。1912年开始写作,发表处女作白话小说《游园会》。1919—1924年,赴法国留学研究法国文学。回国之后,先后任教于成都大学、四川大学,兼任《川报》等报刊总编,从事创办嘉乐纸厂等实业工作。1935—1937年,创作了《死水微澜》《暴风雨前》《大波》3部长篇小说。之后,还创作了长篇小说《天魔舞》、中篇小说《同情》、短篇小说集《好人家》、5卷本的《李劼人选集》等。作者以他广博的社会历史知识,善于描写风土人情的本领,使这些作品具有浓郁的时代气息和地方色彩。1962年,李劼人病逝于成都。

李劼人是现代中国具有世界影响的文学大师之一,从1935年开始,李劼人便以主要精力从事《死水微澜》《暴风雨前》和《大波》三部长篇小说的创作。这三部小说以作者的故乡四川成都周围的城镇为背景,富有浓厚的乡土气息和地方色彩,但不同于五四以来乡土回忆的作品,而是主要描写辛亥革命前十几年间四川地区社会的动荡和人心的浮动,展示"山雨欲来风满楼"的时代图景和历史进程。

《死水微澜》是李劼人"大河小说三部曲"中最富有艺术魅力的作品,也是中国现代小说史上最精致、最完美的一部历史长篇小说。这部小说以西南内陆一个偏僻的成都郊外小镇——天回镇为故事发生的背景,描绘的主要人物是当地袍哥头目罗德生(绰号罗歪嘴)和他的姘妇蔡大嫂以及教民的代表人物顾天成、陆茂林等人,并以这些人物的活动为主线,对成都城乡的风土人情、市民阶层的心理状态、生活方式,运用通俗而生动的语言,做了惟妙惟肖的刻画,使读者看清了当时一潭死水的中国封建社会究竟是如何在外国势力的步步紧逼之下而渐生微澜的。

在人物形象的塑造上,作者基于其固有的民间本位思想,接受并借鉴了法兰西的文化精神与文学创作经验,主动与当时的革命主潮保持一定的距离,具有"非英雄"化的审美追求。蔡大嫂是一个复杂、矛盾、不安分的女人,她聪慧善良、美丽动人,性格却刚烈泼辣、叛逆开放,身上始终洋溢着一种来自民间的原始生命活力与激情。蔡大嫂在对物质生活和情爱生活的热烈追求上不遗余力,但当两者不可兼得时,算计绝对是第一位的。其思想性格与行为表现蕴含着中国新旧时代变迁过程中全部的生动内涵。小说用不少生动的细节描写蔡大嫂这个美丽过人的青年妇女在袍哥与教民两股势力的激荡中身份、处境的转换,以增添故事情节的曲折。

在小说中,作者对蜀中景象、乡土风情和民俗庆典一一给予了精确细致的描摹,如天回镇的地理风貌与赶场盛况、东大街上元夜的元宵灯会、青羊宫老子诞辰之际的赶庙会以及借韩二奶奶之口所描述的成都文殊院、会馆和名小吃等,市井气息、民俗色彩分外浓郁。在语言形式上,李劼人的开拓创新精神同样令人叹服,他有意识地将中国传统的文言、川西的民间方言以及欧化的书面白话语言调和在一起,创造出一种雅俗互现、中西合璧、极富地方特色的现代白话文,与地方人物及民俗风习的描写水乳交融、浑然一体,产生了特殊的艺术效果与美感,增强了小说的地域性与生动性,提升了小说语言的艺术表现力。作为一部现代历史长篇小说,《死水微澜》既呈现出鲜明的时代性和现代性,又体现着纯正的民族性和地域性,使小说作品历久弥新,焕发出永恒独特的艺术魅力。

《暴风雨前》以半官半绅的郝达三之家的老少两代人以及与之密切交往的知识界人士为主角,描绘了大革命风暴到来之前社会的动荡和知识界对社会变革的期望。小说中义和团失败后,红灯照战士仍英勇奋战直至壮烈牺牲,资产阶级维新派和立宪党人进行艰难的改革活动,学校教育为适应社会需要而作的初步变更。对红灯照女战士被残酷杀害的描写,带有自然主义的痕迹。

《大波》写得生动够味,将四川土语夹在对白中,更是生色。李劼人笔下所创造的黄澜生等人物,真实生动、跃然纸上。作品中许多出色的女性,都是时代的叛逆者。其中最为出色的是贯穿在《大波》的起伏浪潮中,能够旋转乾坤的黄太太(龙二姑娘)和那个有胆有识、敢作敢为的邓幺姑。严格的现实主义的真实性,是这部作品突出的艺术成就。

总之,李劼人的小说以四川为背景,真实生动地描写了从甲午战争到辛亥革命前后的广阔社会生活和深刻的历史巨变,反映了一个伟大的时代,象征革命形势的发展动向,被称为"大河小说"。

第五节 "乡下人"与"城里人":文坛上京派与海派的对立

在20世纪二三十年代的中国文坛上,乡土与都市两种文化背景对峙并存,这种对峙主要体现在活跃于京津的京派和活跃于上海的海派两种文学团体的对立上。自称为"乡下人"的京派作家与被称为"城里人"的海派作家上演了一出对立的创作大戏,推动了中国现代小说前进的步伐。"京派"和"海派"的对峙和冲突,是20世纪30年代中国社会的重要主题。这场对峙看似偶然,实则蕴含着20世纪中国文学的诸多基本母题,如传统与现代、乡土与都市、东方和西方、沿海与内陆等,折射出古老的农业文明在向现代文明转换过程中的丰富景观。

一、京派小说

自称"乡下人"的周作人、废名、沈从文、朱光潜、俞平伯、萧乾、凌淑华、林徽因等作家,用饱蘸着情感的笔,在语言、文体、表现形式等方面进行了多样化的实验,突破了小说的艺术成就,他们身上带有衰颓意味的孤独,又浸染于经院学风,作品多从文化层面探讨人生与人性,注重道德与文化的健康和纯正,被称为"京派作家"。大体说来,"京派小说"所取的是一种返顾传统的文化取向:对封建宗法制农村文化采取静态的文化观照,借以发掘不失自然本性的人情美与人性美,以此与病态的现代"城市文明"相对抗,其作品从人情美的展示到原始风习的探索,情调中都带着更多的世外桃源的文化景观。限于篇幅,这里主要分析废名和萧乾的小说。

(一)废名的小说

废名(1901—1967),原名冯文炳,字蕴仲,湖北黄梅人。家境殷实自幼多病,童年受传统私塾教育。1922年考入北京大学预科,这一时期开始文学创作,并曾加入语丝社。1949年任北大国文系教授。著有诗集《水边》,短篇小说集《竹林的故事》《桃园》,长篇小说《莫须有先生传》等。1967年因癌症病逝于长春。

废名的小说少有扑朔迷离的故事情节,甚至没有完整的故事,多以日常琐事来展现生活的情趣和奥妙,体现对人生的体悟。废名笔下的人物多选择老人、孩子及天真少女,而很少选择青壮年,即使偶尔选择青壮年也要让他们半聋半哑。这种奇特的人物选择标准并不是一种偶然,它反映了废名内心的一种价值观念和审美思想:只有老人、孩子及天真少女、半聋半哑的人才能够拒绝外界的诱惑,始终保持内心的单纯、质朴,没有受到尘世污染,因而也能够在与自然的相处中保持着纯真的本性。这些人物没有如簧的巧舌,他们生活单纯,却精神丰富。

《竹林的故事》是废名的成名作,极为明显地表现了田园派小说的风格。这部作品如同一曲婉转、典雅的丽音,焕发出清新、自然的淳朴之美、恬淡之美。废名以其生花妙笔,将山水、茅舍、菜园、少女有机地融为一体,展现出田园牧歌式的清新场景。作品中的竹林写得极为出色,竹林映衬着主人公三姑娘,展现出葱茏绿意的诗情画意和空谷幽寂。小说以竹林为背景,讲述了农家女孩三姑娘从童年到结婚期间的几个生活片段,塑造出一个贤惠乖巧、坚强善良的女性形象。作家以诗化的语言描写竹林、菜园、茅舍、少女,将自然景物灵化,把世间人物雅化,表现了一个生长在宁静的宗法制农村的纯洁、天真、优雅、生气勃勃的乡村女孩形象。三姑娘是寄托着废名审美心理和人生理想式的人物。她出生在清澈的流水边,生活在翠绿的竹林里,经常身穿一身淡得如同月色一般的竹布单衣,肩挑一担新鲜的白菜青椒。三姑娘散发着一种世俗社会罕见的灵性与典雅,纯真自然,具有极大的魅力。在某种意义上,废名是将三姑娘视为人间的"真""美"的化身,这在宗法制农村的现实条件下显得尤为可贵。

废名在《竹林的故事》中所表现的乡村田园风景是点染式的,看似轻描淡写,细细品味却能咀嚼出耐人寻味的内涵,隐隐约约地蕴含着别样的风情。这部小说初看不过是有关三姑娘的童年回忆,但细细品味,便可发现伴随着三姑娘的生活场景总是一悲一喜、一动一静地彼此交错,由此所形成的淡淡的呼吸般的生命韵律,或许才是这部作品的精华所在。尤其是对三姑娘丧父情形的描写恬淡自守,显然影响了沈从文的小说格调。包括同时代作家所倾心关注、着力表现的人生、社会的种种痛苦、挫折、压抑、彷徨,在废名的笔下也都化作了"生活的欢乐和苦涩,静温和忧郁,寂寞和无奈……咀嚼并表现着身边的悲欢,间或发出声声叹息"。

长篇小说《桥》是废名的代表作之一,小说上篇主要描写小林童年时代与琴子青梅竹马、天真烂漫的情状及他在乡塾生活的各种趣事。在废名的笔下,乡塾生活丝毫没有后来作家笔下的那种刻板、单调与压抑的人性,反而呈现出活泼、自由与温馨的特点。小说的下篇主要写小林在外求学十年之后,重新返回故乡,与作为自己未婚妻的琴子和她的堂妹细竹一起过着静谧、祥和的乡村生活,他们三人之间互相倾慕爱悦,真情相待。在这部小说中,史家庄处处恬静平和,人们过着男耕女织、知足常乐的生活。主人公小林、琴子、细竹无论是儿时还是长大后都保持着一份可贵的天真与善良,他们真情相待,友好共处,完全没有世俗社会中的情人与情敌之间的种种猜测与钩心斗角。这是作者精心建构了一座通向幽深禅境的桥梁,这里毫无外界世道人心的叵测与提防,到处都呈现出人性淳美的古朴风俗。作者在小说中有意地避免了对于故事情节的描写,而将主要精力集中在对个人内心活动的表现上,他专注于人物内心的自省和心灵世界的丰富存在。正是这种通过叙述者的丰富心灵去感受自然、表现外在人和事物的方式,使得这部小说更像是一幅自然的风景画。

小说带有童话般的色彩,小林他们以审美的态度对待生活、看待自己与自然,以愉悦的态度寻觅细小的生活乐趣。小林虽然同时与琴子和细竹相爱,但他并没有世俗言情小说中常见的三角恋爱心态,相反他仅仅是将琴子、细竹视为美好的事物,这种对美的嗜好吸引着他去欣赏、品味,却没有身体的欲望和情爱的束缚。这也是小林无须在琴子、细竹中间做出选择的主要原因,他所希望的只是能够拥有这种审美的愉悦,而丝毫不去考虑占有美丽事物本身。

总之,废名在自己虚构的世外桃源里沉醉着,他的作品表达了他对于人与自然和睦相处的圣境的追求。废名似乎永远站在世俗生活的对岸看待尘世间的一切,尘世间的人和事物便成为一道镶嵌着美丽边框的风景,在废名的宁静、安详的文学世外桃源里,我们感受着淡淡的哀伤、无法摆脱的宿命感,以及那份隐藏得很深的悲凉。

(二)萧乾的小说

萧乾(1910—1999),原名秉乾,生于北京。自幼失怙,十二岁入崇实小学时还得半工半读。1926年开始接触文艺。1935年于燕京大学毕业后,先后主编天津、上海、香港等地的《大公报》副刊《文艺》。1933—1937年是他创作的爆发期,有短篇小说集《篱下集》《栗子》和兼收小说的散文集《落日》《灰烬》,以上四集于1948年被编成《创作四试》。另有长篇小说《梦之谷》。1939年任英国伦敦大学东方学院讲师,兼《大公报》驻英记者,其后曾参加战地采访。1948年参加香港《大公报》起义。后历任英文《人民中国》副总编辑、《译文》编辑部副主任和《文艺报》副总编辑。1999年,萧乾去世。

萧乾的小说所展示的是清一色的人间烟火,他的一类作品(如《矮檐》《落日》等)是透过自身遭际展开"矮檐"下的炎凉世界,在那里,经过血泪感受滤洗的对于中国古老格言"人在屋檐下,岂能不低头"的深切理解,正构成了对历史积淀的"世道人心"的犀利批判。小说《篱下》以儿童的眼光观察世界,清澈中荡漾着酸苦,颇有契诃夫之味。环哥的母亲被丈夫抛弃之后,投靠了城里的妹妹。环哥毕竟是乡村的顽童,拉着体面书生般的表弟到护城河摸泥鳅,弄得满身是泥,招致城里的姨父皱眉。最后,母子俩只好把行李收拾进柳条箱了。小说写得清妙幽微,以两天的琐细生活,展示了乡村零落母子和城市小康人家不同的生活方式。儿童的自然天性跃然纸上,而这种天性既是不解母亲愁苦的表现,又是不容于都市生活规矩的祸苗,遂把寄人篱下如履薄冰的母亲的悲苦心境衬托得更加哀切动人。

《放逐》蕴含着一种丧失父爱、备受世人冷眼的潜意识,不过作家通过艺术想象把这种感情之流约束在生活细节和风俗画面的堤岸之内。坠儿盼望过生日,生日的那一天,妈从菜市为他买回一条长长的猪尾巴,和装着酱熏猪脑的干荷包,并嘱咐他:等会儿给干爹叩个响响的头。这个十三岁的小孩却因认了干爹被邻居家的小孩耻笑而愤恨不已。那位身为电车查票员的干爹到来之后,妈这个"苦命人"软求硬哄地让坠儿去打酒,他打回酒。妈掏了一包铜子让他避开,到白塔寺逛庙会。他在庙会上买了一把尖亮的钢刀,"谁敢管我叫'小王八',我就用这豁破他的肠子"。又到武棚看舞双刀,回家看见门上了锁,妈和干爹不知去向了。作家用沈从文一类的细碎笔致,写老舍一类的古都风情,以一个贫民少年的眼光,看取人生的坎坷和世态的炎凉,颇少废名的"顾影自怜"之况,可见"京派"作家群到了20世纪30年代,艺术境界已比废名的年代大为扩展了。

萧乾的另一类作品写下层劳动者谋生的艰难,诸如命运不及一条狗的老仆人(《花子与老黄》)、受尽欺凌的卖糖果汉子(《邓山东》)、不能掌握自己命运的人力车夫(《印子车的命运》)等,他的同情显然是在被侮辱与被损害者一边,所鞭笞的也是一种人与人之间缺乏同情心的可怕的社会心理,甚至他时而把目光移到市郊、乡村。

在京派作家群中,萧乾的小说也许是最带自传性的。他为自己的小说集所作的序跋,多带自剖性质,有着在不少小说中依稀可辨的身影和足迹。从初期短篇《篱下》《矮檐》《落日》,到20世纪30年代后期写出的长篇《梦之谷》,莫不有此特点。小说采用的事迹,大抵是作者亲历身受的;小说中的人物,不管是叫"乐子",或是"启昌""小蒋",或竟是一个"我",都可以在作者的早年生活中找到身影。作于1937年的长篇小说《梦之谷》,是萧乾艺术上的高峰。它以作家20世纪20年代末被教会学校放逐,南下岭东,与一个大眼睛的潮州姑娘的恋爱悲剧为题材,是自传性的艺术佳作。主人公"我"因被学校开除来到汕头,在一个海滨学校中教每周三十六小时国文,赚每月二十五块钱薪金。"我"在学生中组织"天籁团",推行国语运动。在为运动筹资而演剧中,请师范学校的盈姑娘担任契诃夫《求婚》的女主角,两人相知相许。但她是靠对她垂涎三尺的刘校董资助上学的,这就使"我"朝朝暮暮地徜徉在爱情的梦之谷的时候,也难以拂去心灵的阴影。"我"与盈姑娘相约十年还债,返京攻读大学。不久,她来信说刘校董逼她还清七百五十元的债务,"我"借了五十五元寄去,被原件退还。于是"我"几经波折,在一个偏僻的乡村小学与她相会。她深晓刘校董有县党部作靠山,两人无法逃离他的魔爪。最后遗书一纸,劝"我"从速离去,"一个女人不值得一条命"。就这样,社会的毒焰"吞走了一个青年仅有的一点光亮,吞走了我的梦"。小说控诉了金钱对爱情的压迫,其动人之处在于关切人在坎坷途中的命运和灵魂。这部小说运用了他年轻时代一段富有传奇性的爱情经历,谱写了一曲凄婉的恋爱悲歌,也可以当作自传来读。在曲折跌宕的情节中,主人公一颗真挚、纯洁而多愁善感的心,在频频跳动。自然和人心的交流,使这部长篇成为一首荡气回肠的抒情诗,一个寻梦复失梦者的感伤的诗。

总之,萧乾的小说是绝对写实的,并无浪漫主义作家那种天马行空的情绪宣泄和非生活化表现,而由于注重自身遭际、心境的介入,又使作品有较浓重的情感渲染,产生了一种回肠荡气的力量。

二、海派小说

在"东方不夜城"上海,也有一批作家形成了一个作家群落——"海派"作家。海派小说是在消费文化和商业文化环境中形成的文学样式。在文学形式和审美观念上更加符合现代市民欣赏的需要和现代文学发展的趋势。它承续了鸳鸯蝴蝶派文学商业价值传统,又超越了鸳鸯蝴蝶派单纯媚俗的为文态度,善于在城市生活和罪恶中发现美,写都市对传统文化的冲击和现代大都市中人的变态和堕落。为迎合市民大众的消费需要,以施蛰存、穆时英、刘呐鸥、叶灵凤、张资平等为代表的作家们把披露都市"文明病"和五光十色的人生世态、表现现代都市男女躁动迷惘的心灵状态作为创作主题,作品集中在现代性爱和肉欲的描写上,如张资平的《最后的幸福》《上帝的儿女们》《长途》、叶灵凤的《紫丁香》《七颗心的人》《流行性感冒》等。

海派在20世纪30年代发展成为新感觉派(第二代海派)。新感觉派是中国最完整的一支现代派小说,它表明现代主义在中国现代文学中历经了理论介绍期,逐步步入创作的实践期。对于海派自身来说,也最终冲出了旧小说、旧文学的藩篱,让市民文学越过了通俗文学的界限,攀上了某种先锋文学的位置。新感觉派的代表作家是刘呐鸥、穆时英、施蛰存,其作品多表现半殖民地中国现代都市的畸形和病态生活,刻意描写主观感觉和印象,着重人物的心理分析和潜意识、隐意识的开掘,人物多具有"二重人格",一部分作品具有心理分析小说的特色,并流露出颓废悲观的情绪。

限于篇幅,这里主要对张资平、施蛰存和穆时英的小说进行分析。

(一)张资平的小说

张资平(1893—1959),原名张星仪,又名张声,广东梅县人。1910年春进山东师范求学。1912年官费留学日本。1919年9月,进东京帝国大学理学院地质系。1921年6月,与郭沫若等发起成立创造社,并回国与泰东书局商定出版《创造季刊》和《创造社丛书》。随着他的《梅岭之春》《晒禾滩畔的月夜》《约伯之泪》《苔莉》《最后的幸福》《明珠与黑炭》《爱力圈外》《青春》《糜烂》《爱之涡流》《上帝的女儿们》《群星乱飞》《跳跃着的人们》《时代与爱的歧路》《爱的交流》《恋爱错综》等小说一版再版,便专门从事小说创作了。1945年抗战胜利后在文坛上消失。1959年去世。

　　张资平的创作手法异常驳杂,大体可以分为三个时期。他初期的短篇小说创作,整体上说其格调是健康而明朗的,主人公的性格大都清健而不委琐。这批作品大都采用第一人称的叙述方式,与当时创造社作家们所习惯的"自我小说"的创作主张是完全一致的,如《她怅望着祖国的天野》。1924年到1926年可以看作张资平小说创作的中期阶段,在某种意义上亦可称为过渡期。如果说他前一时期的小说还能与时代主潮大体上一致,还能在小说中写出人生的苦难、不幸和知识青年的追求探索,那么他这一时期的小说在着意表现青年男女在恋爱婚姻方面的遭际的同时,有意识地渲染性的焦躁与冲动。从1926到1933年可以看作张资平小说创作的后期。这几年间张资平的小说数量相当多,且多为中长篇,如《飞絮》《最后的幸福》《爱力圈外》等。

(二)施蛰存的小说

　　施蛰存(1905—2003),原名施德普,字蛰存,浙江杭州人。1926年入震旦大学学习,与戴望舒等创办《璎珞》旬刊,1930年主编《现代》杂志,并创作意象诗和新感觉派小说。后主要从事古典文学研究,是著名的文学家、翻译家。

　　施蛰存的作品带有明显的心理分析色彩,擅长用西方弗洛伊德的心理分析学说来表现人的复杂心理,以及现代大都市文明的快节奏对人心理带来的扭曲。同时,他的作品中始终带着乡土的眷恋,漂浮着难以割舍的江南水乡的如诗梦境,其小说艺术成就较高的是《将军底头》《梅雨之夕》《善女人行品》等。

　　施蛰存的第一部短篇小说集《上元灯》,基本上是写实的,写的是少年时代的生活片断。在一种回忆的惆怅中以白描的手法细腻地记录了江南水乡的风俗民情和少年男女青梅竹马的恋情。小说文字明丽清秀,在浓厚的抒情氛围中掺杂了一些淡淡的哀愁。

　　《将军底头》风格诡谲瑰丽,叙说了吐蕃来唐的武士后裔花金定征讨祖父之邦来到西南边陲,一边为是否归顺故土而煎熬,一边却爱上了一个蜀地姑娘,他被吐番士兵砍下首级后直立不倒,策马奔向爱恋的姑娘。无头的将军一直来到少女的面前才颓然倒地。显然,这个怪异的情节是有寓意的:头代表着将军的理性,而无头的身体代表着脱离了理性控制的情欲本能。

《梅雨之夕》写的是一个晚下班的职员傍晚打着伞在雨中回家,遇到一个躲雨的美貌少女。经过一番犹豫后,他提出送她回家。行走中,他忽然觉得她很像自己多年前初恋的女子,心里不平静起来。道旁一家商店的柜上倚着的女子在看着他们,他产生了错觉,以为是他的妻子在用忧郁的、嫉妒的目光看着他们。他又有些得意,因为想到别人会把他当作这个美丽少女的丈夫或情人。终于他发现,身旁的少女嘴唇太厚,不是那个初恋的对象。他一下子感到了轻松,呼吸也更通畅了。回到家中,恍惚间他又产生幻觉,以为妻子就是那个倚在柜上的女子。小说通过描写一个男子的白日梦,借着黄昏梅雨和一陌生少女共伞同行,忽而疑心少女是初恋情人,忽而疑心路边的女子是妻子,真中杂幻,是梦还醒,把主人公飘忽的思绪写得很细、很密,表现了他的性意识流动。这篇小说的情调很像戴望舒的《雨巷》,简直是一首美丽动人然而怅惘失落的诗。在一种情绪的流淌回旋中,人物内心时而疑窦重重,时而如梦似醉,大段的心理独白层层递进,往复回环,显示了作者深厚的心理描摹功力和浓烈的抒情气质。

《善女人行品》收有《狮子座流星》《雾》《港内小景》《残秋的下弦月》《莼羹》《妻之生辰》《春阳》《蝴蝶夫人》《雄鸡》《阿秀》《特吕姑娘》《散步》12篇小说,这个小说集是"研究女人心理及行为的小说",正如作者所说"本书各篇中所被描绘的女性,几乎可以说都是我近年来所看见的典型,虽然在不同的季节,不同的笔调之下,但是把它们作为我的一组女体习作绘"(《善女人行品·序》)。

总之,施蛰存的小说创作运用弗洛伊德的精神分析理论,描写双重人格,表现人物的意识与无意识。他的独特的抒情气质使他的都市小说有一种若明若暗、婉约朦胧的"薄暮情调"。

(三)穆时英的小说

穆时英(1912—1940),浙江慈溪人。父亲是一个银行家,在宁波有一定的知名度。10岁左右随父亲到上海,在上海完成了中学和大学学业。他在光华大学读书的时候,向《新文艺》投稿,便与刘呐鸥、施蛰存他们有了联系,并受到赏识,小说《南北极》被施蛰存推荐到《小说月报》上发表,引起了文坛的关注。1935年,他与叶灵凤合编《文艺画报》,不久又筹办《文艺月刊》。抗战初期,担任香港《星岛日报》编辑,不久返回上海。

穆时英的小说表现都市男女关系比施蛰存更加放纵和大胆,但他的小说并非是赤裸裸的肉欲宣泄,更多地表现的是传统价值沦丧后人们精神的恐慌和迷失。作为新感觉派小说作家,穆时英的创作倾向以新感觉为主,注重新感觉的印象。代表作有小说集《南北极》《公墓》《白金的女体塑像》《圣处女的感情》等。

　　第一个短篇小说集《南北极》多以第一人称的口吻,描写上海滩下层人民的苦难和抗争,反映了阶级压迫。但这些人好勇斗狠,身上带着江湖气和流氓气,并没有表现出理性的阶级意识。作者用地道的民间口语来叙事,这即便在当时的左翼文学中也很少见,所以受到了一定的重视。

　　《公墓》《白金的女体塑像》《圣处女的感情》这三部小说集则极力捕捉畸形繁华的十里洋场的声、色、光、影,重点描绘那些把夜总会、舞厅、酒吧、影剧院等作为活动场所的时尚人群的生存状态。这些人物大都有着双重人格,一方面他们疯狂、颓废、追求感官刺激、逢场作戏,一方面又极其空虚、孤独。穆时英的很多小说都写了具有这种人格的被他称之为 pierrot(法语:戴假面具的丑角)的角色,如《夜》《莲花落》《夜总会里的五个人》《黑牡丹》等。他的另一类小说,如《白金的女体塑像》《骆驼·尼采主义者与女人》《红色的女猎神》《圣处女的感情》等,则运用了精神分析的方法,着力表现了人物被压抑的情欲本能。

　　《上海的狐步舞》可谓新感觉派小说的典范,小说没有完整的故事和中心的人物,而是采用多种场景的蒙太奇似的剪辑、切换来反映 20 世纪 30 年代都市生活世相百态的一个侧面。小说第一个场景是:僻静的林肯路上,三个黑衣人杀死了一个提饭篮的蓝衣工人,一列"上海特别快车"疾驰而过,一切又归于寂静。然后是刘有德年轻得可以做他儿媳妇的夫人和儿子小德从他身上掏足了钞票后一同去逛夜总会,夜总会舞厅里俊男靓女的挑情逗爱,中间还切入刘有德在华东饭店摸骨牌的场景。之后插入了另外一个片断:深夜在街头寻找创作素材的作家遇到一个老婆子请他写信,原来是要以她儿媳妇的身体来换取吃饭的钱。随和又写到富商的老婆和一个冒充法国绅士的比利时珠宝商的调情和淫乱……在一大堆都市夜景的卡通片似的剪接后,小说又回到了那句题首的话:上海,造在地狱上的天堂,再次点明了那不言而喻的主题。在小说中,穆时英大量运用闪切、穿插的方法,制造出迷离、幻梦、跳跃、动态的都市生活画面,正切合了大都会生活的疯狂快速的节奏。用通感手法营造出的繁复琐碎的意象,烘托出人物半疯狂半迷醉的精神状态,充分体现了新感觉派的艺术风格。

　　总之,穆时英醉心于描写都市的爱情生活,表现爱情和死亡的主题。他的小说多展示人的欲望所带来的痛苦,从文化的碰撞中展示人生存的困境,表现人在现代文明的压抑下成为"非人"。

第六节　文学与文化的双重意蕴：东北作家群

流亡文学的主题话语，一般都与政治、革命、民族冲突和压迫紧密相关，特别是作为近代被压迫民族文学一支的东北流亡文学乃至整个中国现代文学，自然紧紧围绕着"危亡""救亡""民族"等政治性的主题话语。在中国现代的流亡文学的表现形态中，东北作家群具有较为典型的代表意义。1931年九一八事变以后，中国东北沦陷，许多富有民族感情的年轻作者从白山黑水间相继流亡到关内。他们带着家园陷落、河山破碎的悲愤，胸间凝聚着深厚的民族情、乡土情，以一个地区作家的群体意识给全国文学主潮的发展打下了深深的烙印；他们的作品洋溢着东北旷野、河流、草原、山林的辽阔而悲郁的气息，粗犷而雄健，激昂而豪放。其作者群也成为一个在中国现代文学史上颇具影响的创作群体——"东北作家群"。该群体的代表作家有萧军、萧红、舒群、罗烽、白朗、骆宾基、狄耕、端木蕻良、穆木天、李辉英等。关外地域文化所特有的开放性，潜移默化地陶冶了东北作家的艺术胸襟，历史和现实、本土和异族的杂错，使东北作家群的艺术思维具有剽悍而雄健的地域文化色彩。东北作家群对东北历史文化的剖析与批判，既继承了五四新文学的反帝爱国主义的优良传统，又继承和发展了五四新文化的批判现实主义精神，丰富和发展了中国现代文学史中改造社会形态、改造国民灵魂的"乡土文学"的主题，表现出深入解剖国民性弱点的文化倾向。这个群体所蕴含的时代社会意义，所包容的地方文化色彩，所体现的执着而独特的审美追求，都对现代文学的发展产生了较深的影响。本节主要对东北作家群中具有代表性的萧军和萧红的小说创作进行分析。

一、萧军的小说

萧军(1907—1988)，原名刘鸿霖，常用的笔名还有三郎、田军等，辽宁义县人。少年时期，民间说唱艺术培育了萧军对文艺的兴趣和分辨忠奸的朴素的民主主义思想。18岁时，萧军投军当了骑兵，在学武的同时，常常学诗作文。1929年5月，他以酡颜三郎为笔名，写了第一篇小说《懦……》，发表在《盛京日报》上，公开揭露军阀残杀士兵的罪行。九一八事变后，萧军在舒兰秘密组织抗日义勇军，因消息泄露而失败。1932年以"三郎"为笔名写作诗歌、散文和小说，开始了文学生涯。1933年秋，他与萧红自费出版第一部短篇小说合集《跋涉》，内有他的《孤雏》《这是常有的事》《下等人》等6篇小说。1934年春夏，萧军见到了抗日游击队的领导，了解了很多抗日将士在极其艰苦的条件下与敌人浴血奋战的英雄事迹，便以自己秘密组织义军的经历为素材，开始了长篇小说《八月的乡村》的创作。同年秋天，完成了全书。11月与萧红流亡上海，见到鲁迅先生，并得到鲁迅先生精神上和物质上的诸多帮助。1935年，在鲁迅的帮助下，萧军的文学创作进入高产期，同时成为"左翼"文化运动的一名"主将"。1983年，东北三省举行"萧军文学创作五十年学术研讨会"，对萧军的文学成就给予极高的肯定。1988年于北京逝世。

《八月的乡村》是萧军的代表作。鲁迅亲自为该书作序，并将它列入"奴隶丛书"之中出版。《八月的乡村》是最早反映东北人民抗日斗争的小说。小说以一支由党领导的抗日游击队的战斗生活为线索，反映了东北广大民众在民族危亡关头的不断觉醒和抗争，展现了革命力量在血与火之中日益成熟和壮大的历程。小说描写东北沦陷后，东北人民革命军的一支小部队伏击日本侵略军，攻占地主城堡以及在胜利转移过程中所发生的种种故事。在这支小部队中，有坚强的革命者，有地道的农民，也有世界观未经改造的知识分子，他们思想性格各异，但为了民族的解放，他们汇集在抗战旗帜下，进行神圣的民族革命战争。小说并没有贯穿全书的完整故事情节，"有些近乎短篇的连续"，但有一条贯穿始终的红线，这就是深沉的爱国主义精神。

小说中很大的篇幅揭露日本兵松原太郎残杀婴儿、强奸婴儿母亲李七嫂的禽兽行径，特别是通过松原太郎的内心活动的描写，明确揭示这种血腥暴行不单纯是日本士兵的个人罪孽，更是帝国主义制度的必然产物。面对敌人的暴行，面对房子被烧毁、亲人被杀害、妇女被奸淫的血淋淋的事实，东北人民没有被吓倒，没有被征服，他们满怀仇恨，紧握刀枪，从硝烟、炮火里，从家屋的废墟上，从亲人的尸体旁，站立起来，在共产党的领导下，顽强地同敌人展开浴血搏斗。萧军采用了散文式的笔调来描写抗日队伍的成长，几乎是摄像式地录下了中华民族在日寇铁蹄下所遭受的磨难，以这种历史性的形象描绘，有力地控诉了日本帝国主义罄竹难书的罪行。

作品以雄浑、遒劲的笔触，描写出一群不愿做奴隶的东北人民的英雄群像。各种富有个性的人物形象的成功刻画，是这部小说成为优秀作品的不可缺少的因素。英勇正直的鞋匠出身的李三弟、拖着病弱的身体坚持战斗的崔长胜老人、渴望着能自由地咬着烟袋去耕地的小红脸、支队司令陈柱、队长铁鹰、朝鲜族姑娘安娜、唐老疙瘩、李七嫂，等等。这些带着劳动汗水和泥土气息的朴实的劳动者在国难当头的时候成为伟大的中国的脊梁，作者热情地歌颂他们反侵略斗争的英雄事迹和刚毅坚强的性格，成为"东三省"被占领后，中国文艺大地上的第一声"惊雷"。作为一部现实主义长篇小说，

第三章 中国现代小说的文体嬗变与文学创作

除了典型人物的塑造,《八月的乡村》真实地再现了20世纪30年代初期东北人民抗日斗争的典型环境。东北特有的风俗民情和自然风景成为小说的一大特色,小说中展示的东北风物的诗情画境,更激起人们对祖国山河的热爱以及对敌人的憎恨。

此后,萧军还分别创作了短篇小说集《羊》《江上》以及长篇小说《第三代》(后改名为《过去的年代》)等作品。《第三代》是萧军继《八月的乡村》之后的又一力作,它由8部作品组成,共84万字,创作历时15年。作品以相当规模反映了辛亥革命前夕到第一次世界大战爆发间东北的社会生活,在错综纷繁的生活景象中展现了民族灵魂。作品充满了东北山野的强悍气息,粗犷而又沉毅,平实的描绘中常有豪雄之气,显示了作家更为纯熟的思想和艺术风格。

总之,萧军的小说结构宏伟,感情深沉,情节复杂多变又繁而不乱,充满乡土色彩的景物描写增强了作品的浓郁的生活气息,描绘了一幅幅交织苦难与血泪、仇恨与挣扎的图景。

二、萧红的小说

萧红(1911—1942),原名张乃莹,黑龙江人。她出生在黑龙江的一个地主家庭,幼年丧母,寂寞的童年养成她恬静、孤独、矜持、倔强的性格。经受过无爱家庭中成长的困扰,包办婚姻的桎梏,情感的欺骗,经济的贫困,险些因无力偿还债务被卖入妓院。1930年为反抗封建婚姻离家出走,萧红开始了流亡与挣扎的人生征途。在和从困厄中将其救出的萧军结合后,开始文学写作,并且从东北沦陷区辗转来到上海。但她和萧军因性格不合最终分离;抗战时期,她从武汉向大后方的漂泊,饱经忧患;好不容易在香港落足,有了一片安定的生存、写作的空间,却又遭遇珍珠港事件爆发,日军占领香港,并且于此期间,因疾病的摧残和庸医的误诊而丧命。命运颇为悲苦的她一生短暂,集中体现了中国女性的种种不幸。

萧红的一生虽然短暂,她的创作却取得了较高的成就。她的长篇小说《生死场》《呼兰河传》,在广阔的北方生活背景下刻画底层人民的生活现实,尤其对乡村普通女性的命运有深刻的反映。

中篇小说《生死场》是萧红的成名作。作品真实地反映了东北哈尔滨附近一个村庄的劳动人民从被压迫、被剥削的苦难境地中起来反抗的艰苦斗争过程。作者以女性作家特有的笔触,围绕着劳苦农民的日常生活,集中笔墨描写他们的种种灾难与不幸,依照生活发展的逻辑,展现他们对日本帝国主义侵略的强烈反抗精神和他们觉醒的艰辛的历程。小说的前一部分写劳苦农民的日常生活,麻面婆和二里半夫妻,都有些缺心眼,又自以为聪明,山羊明明还在自家,却满世界去寻找,和他人发生冲突;摘菜的时候,以为是顺手牵羊地摘了别人家的倭瓜,不料却是丈夫种的留下来做种子的。王婆要送衰弱的老马进屠场,她哭着回家,两只袖子都是湿淋淋的。在乡村,人和动物一起忙着生、忙着死。但是,乡村并不是一幅静美的田园画卷。在它徐徐展开时,生活的残酷一面触目惊心:美丽的女性月英,下肢瘫痪,救治无效之后,丈夫连被子都不给她围盖,也不料理她,任她在肉体溃腐中活活地等死。金枝和成业也算是私订终身,但因为贫困,女儿出生才一个月就被成业摔死,尽管他事后也很哀伤……饥饿、瘟疫、监牢、苦役时时在威胁着每个勤劳、善良的农民。在农民的艰难和不幸中,女性的苦难更加深重。在那些艰辛地挣扎着、麻木地生活着的人们眼中,女性和女婴的生命并没有什么价值,也不值得特别重视。但是,农民的麻木也是有限度的。他们曾经自发组织起来,密谋用暴力对付要提高租金的东家却因为出了意外而中止。日军的侵入和暴行,更是激起他们坚决的反抗。小说的后7章勾勒了具有坚强生命力的农民,在日寇疯狂践踏我国领土,烧杀奸淫,犯下滔天罪行时"为生而死"的斗争场景。

作者通过生动的画面,满怀激情地展示了东北大地的血泪、疮痍以及奴隶们痛楚沉默的灵魂。作者以简朴的笔,从奴隶的悲苦命运中挖掘其内在的灵魂美、性格美,把自己感受最深的生活片断,绘成一幅幅风景画、风俗画和人物画,并将这一切在生与死的种种场景中巧妙组接起来,构成能体现完整的思想倾向的艺术画面。

1940年,长达13万字的《呼兰河传》问世。这是萧红短暂的创作生涯中的巅峰之作。作品通过对呼兰河小城中人们的卑琐平凡的日常生活的描写,把封建主义对农民的压榨、民风陋俗中麻木呆滞的人们,层层展开。作者对童年的美好回忆、对故乡的爱恋,最终也遮掩不住对封闭落后的社会生活的控诉。小说开篇也是将呼兰河畔的小城生活娓娓道来,扎彩铺祭奠死者的纸人活灵活现,小胡同里卖烧饼、卖油麻花、卖豆腐的一一登场,直到火烧云皴染天边,一天也就结束了。七月十五放河灯的幽幽暗影,唱野台子戏的节日气氛,四月十八日到娘娘庙烧香的热烈和期盼。时间在周而复始,难有改变。悲哀的事情直到第五章才开始登场。年仅12岁的小团圆媳妇(童养媳)身材高大却年幼无知,被视作不懂得当媳妇的规矩,被婆婆管教殴打;生病之后,婆婆又按照当地风俗给她跳大神治病,将其活活摧残致死。婆婆打媳妇,似乎天经地义,请神治病,热情好奇、蒙昧无知的邻居都来观看。于是,无辜者的死,追问的是小城的礼俗和民心,是对国民性批判的延伸和深化。这部小说具有诗化小说的特征,在一幅幅或平淡或浓烈的画面中,涌动着的是生命的热流,浓郁的乡俗风情;没有贯穿的情节和冲突,时时铺排着人生的种种艰难和悲哀,却还不至于令人绝望;诗意的笔触、精微的语感以及复沓的句式,都蕴涵着诗的灵魂。

总之,萧红的小说除了以细腻而抒情的文笔,深刻地描写劳动人民的生活命运,控诉旧社会的残酷,还通过不同人物的命运,表现抗日爱国的主题,代表了劳动人民的呼声,反映了时代前进的潮流。

第四章　中国现代戏剧的文体嬗变与文学创作

中国现代戏剧是在中外文化交融的背景下产生的，西方话剧的传入打开了我国现代戏剧发展的大门，并加快了我国文人对现代戏剧的探索步伐。随着浪漫主义、现实主义、现代主义等思潮的不断传播与渗透，中国戏剧杂糅中西，出现了"爱美剧"和"国剧运动"。此外，还有一些戏剧值得一提，如曹禺的戏剧、左翼戏剧、战争时期的多种话剧、解放区的戏剧等。总之，在现代文学时期，一大批优秀的戏剧作家和戏剧作品出现在人们的视野中，它们共同推动中国现代戏剧朝着成熟的方向发展。

第一节　"世界文化"与五四话剧

在五四新文化运动之前，话剧就已传入中国。1906年，一批留日学生李叔同、曾孝谷、欧阳予倩等在东京成立春柳社。1907年，他们以日本新派剧为蓝本，改编并演出了法国小仲马的《茶花女》、美国斯托夫人的《黑奴吁天录》等剧，由于有日本新派艺人的指导，在布景、服饰、舞台设备等方面都有国内所演"新戏"难以企及的优越条件，再加上他们本人的文化程度和社会"知名度"，他们演出的戏剧产生了较大的影响，戏剧本身也非常接近于话剧本体，所以早期中国话剧发展的帷幕就被他们揭开了。

1911年到1912年，春柳社员陆续回国，并在上海组成"新剧同志会"。他们广泛发展成员，并在上海、苏州、常州、无锡、杭州等地进行公演。1914年，他们还在上海建立"春柳剧场"，组织了声势和规模都很大的职业性演出活动，上演了80多个剧目。加之当时辛亥革命成功，革命运动高涨，民主气势昂扬，春柳社宣传与鼓吹革命思想的文明新戏受到较大欢迎。除了春柳社，进化团（任天知等）、新民社（郑正秋等）、启民社（周剑云等）、民鸣社（张石川等）、开明社（朱旭东等）、民兴社（苏石痴等）等团体的戏剧活动也很有影响力，它们共同促使中国早期话剧进入了全盛时期。

从上述可知，中国话剧是"舶来品"，受到了外国文化的深刻影响。而就

第四章 中国现代戏剧的文体嬗变与文学创作

话剧在近代中国萌生、发展的进程又可以说明,外来影响必须通过接受者内部机制的运动才能发挥作用,对形式变革起决定作用的仍是内容的变革。所以,五四运动时期的戏剧革命是中国剧坛对外来影响从被动、自发的接受到主动、自觉的吸收,以及戏剧观念从"改良"到"变革"的划时代转折。

当五四新文化运动的洪流冲垮那座横阻中外文化交流的堤坝以后,戏剧在世界文坛上的显要地位,以及在社会意识形态领域的巨大作用,便立即引起中国戏剧界的注意和向往。这里就不得不提到五四文学论争。在这场论争中,戏剧方面反传统的言论最为激烈,新旧戏剧展开了前所未有的大论战。

陈独秀、钱玄同、胡适、傅斯年、刘半农等人在《新青年》发表的文章,以其猛烈的炮火,拉开批判旧剧的序幕。他们起先是从旧剧表现形式的僵化、呆板等方面去批判旧剧的。钱玄同嘲讽旧剧的"脸谱",说是和张家的猪场给猪鬃印上方形,李家的马棚给马蹄烙上圆印一样可笑;刘半农讥笑旧剧的"做打",说旧剧中经常看到很多穿着脏衣服,盘着辫子、打花脸、裸着上体的人,挤在台上打个不止,衬着极喧闹的锣鼓,扰得人们眼花缭乱、头昏欲晕;胡适说旧剧的虚拟表演是粗笨愚蠢、不真不实、自欺欺人的做作,看了真使人作呕;周作人和傅斯年还认为旧剧仍处在杂技般"百衲体的把戏"的野蛮阶段,做工机械,唱曲呆板。据此,他们又批评中国旧剧既没有文学的高雅,又没有美学上的价值。钱玄同甚至疾呼要全部关闭旧戏馆,尽情推翻旧戏。

张厚载则不赞成人们对旧剧的批判。他曾撰写《新文学与中国旧戏》《我的中国旧剧观》等文章,认为中国旧剧具有独特的虚拟性与程式化的艺术表现,以及音乐与唱功的美感,是中国历史社会的产物,也是中国文学美术的结晶,可以完全保存。其实,张厚载只是着眼艺术表现谈中国传统戏曲的美学价值,而没有看到戏曲的艺术形式已无力表现新的时代内容,没有看到戏曲中所宣扬的封建性的东西已不能适应新的现实社会,因此,趋附他的观点的人很少。

进化论是《新青年》同人批判旧剧的一种尖利的思想武器。他们认为,中国戏曲的"唱念做打"还停留在欧洲戏剧起源时的形态,而没有看到中国戏曲与欧美话剧是两种不同的戏剧形态。其实,《新青年》同人对中国旧剧严厉、偏激的批判虽然不甚妥当,但正是这种对中国旧剧的偏激批判和对西洋话剧的偏激推崇,翻开了中国戏剧史崭新的一页。

戏剧因其自身的特性,与社会的关系有着得天独厚的直接性和广泛性,这是其他文学样式无法比拟的。它对人的探索和关注是非常突出的一个现象。19世纪后半叶,世界文学在批判现实主义创建成就卓著的"小说时代"之后,便进入以易卜生为代表的"戏剧时代"。易卜生的戏剧始终贯穿着一种人的精神反叛思想,体现了一种对真正自我的追求,对现存的习俗、道德的猛烈抨击。因而人们专门把易卜生的这种精神和思想称为"易卜生主义"。"易卜生主义"对"五四"时期的中国话剧产生过巨大的影响。

五四新剧的主要倡导者胡适在《易卜生主义》一文中指出:"易卜生的文学,易卜生的人生观,只是一个写实主义。""易卜生把家庭社会的实在情形都写了出来,叫人看了动心,叫人看了觉得我们的家庭社会原来是如此黑暗腐败,叫人看了觉得家庭社会真正不得不维新革命——这就是易卜生主义。"①可见,易卜生的戏剧具有很大的启蒙社会的思想意义。胡适在肯定和推崇易卜生戏剧时,较多注意的是其社会学和文化学价值。不只胡适,其他五四戏剧倡导者都认为,戏剧是一种较为普及的艺术形式,它能不受语言文字的限制直接而又迅速地与观众进行交流。

戏剧能否包容先进的社会思想,成为五四戏剧倡导者评判戏剧的首要准则。他们以这一准则肯定和引进外国戏剧,萧伯纳被称作"十九世纪思想的纪录者",高尔斯华绥被认为是个"热心改革社会的人"。为了进一步证明世界近代剧的社会思想与时代发展的重要意义,他们还译述国外论文以证明近代剧是演出和表述理性和意志的理性剧。既然思想的存在与否、先进与落后在戏剧中具有如此重要的地位,五四运动时期的戏剧革命也就自然从思想开始了。五四戏剧倡导者强调戏剧的"思想"和"主义",主张戏剧为人生。这里的"人生"并没有以人的生存方式、人的精神面貌和生命追求为主要内容,并非着眼戏剧挖掘人生意义的哲理深度,它强调的是人的社会生活环境,并且是侧重从社会的、政治的角度去理解生活,要求戏剧成为改造社会、宣扬革命、变革人生的艺术武器。这是中国戏剧家对易卜生戏剧所作出的契合时代思想革命要求的理解与追求。

易卜生对中国现代戏剧观念形成的另一重要影响,是建立了现实主义戏剧的审美原则。这是与当时中国的现实审美需求相契合的。五四戏剧先驱者清醒地意识到时代需要艺术撕毁现实的"瞒与骗",而真实地、大胆地、深入地看待人生,并揭示出现实的丑恶。因此,尽管易卜生的戏剧并非全是现实主义的创作,但中国戏剧家自觉地从现实的需要出发去认识易卜生,而易卜生的现实主义也就被五四戏剧倡导者奉为创作的圭臬。

易卜生的现实主义戏剧,以真实地描写现实生活为美学原则。本着这个原则,戏剧要求能够直接反映社会现实,把现实生活中的人物,连同其生活环境、生活细节都按本来面目逼真地搬上舞台。在戏剧形式方面,要求结构高度集中,语言生活化。在表演、导演及舞台美术诸方面,主张

---

① 胡适. 易卜生主义[J]. 新青年,1918(4).

第四章　中国现代戏剧的文体嬗变与文学创作

在舞台上制造真实的生活幻觉，逼真地展示剧本的规定情境。这种从生活真实中寻求美感的现实主义戏剧，是作为中国传统戏剧的否定物引进中国的。五四戏剧的发展，便是从倡导易卜生的写实主义戏剧与批判旧戏曲开始的。

引进易卜生现实主义戏剧的美学原则，在中国戏剧发展史上具有划时代的重要意义。因为这一原则完全改变了传统戏曲的审美观念，并由此导致包括戏剧文学剧本和戏剧表、导演以及舞台美术在内的一整套戏剧革新。它使中国戏剧以写实戏剧体系的确立而跃入世界现代戏剧行列。

"五四"时期，对中国戏剧影响深远的还有一个重要的世界文艺思潮就是浪漫主义。浪漫主义思潮盛行于18世纪下半期到19世纪上半期的西欧。西欧的浪漫主义思潮，是在人们对启蒙运动"理性王国"的失望，对资产阶级革命中的"自由、平等、博爱"口号的幻灭和对资本主义社会秩序的不满的历史条件下产生的。浪漫主义文学思潮在反映客观现实上侧重从主观内心世界出发，抒发对理想世界的热烈追求，常用热情奔放的语言、瑰丽的想象和夸张的手法来塑造形象。西方浪漫主义文学思潮对中国的影响是很明显的。早在1907年，鲁迅在《摩罗诗力说》中，就对西方浪漫主义文学思潮作了较为全面的阐述。此后他又在《文化偏至论》中，对西方浪漫主义文学思潮的思想基础作了深刻的剖析。鲁迅借助西方浪漫主义思潮批判封建意识、封建文化和文学，他所肯定的浪漫主义文学思潮，大多是从文化思想方面着眼的。茅盾也介绍了浪漫主义文学思潮，他主要是想给五四新文学提供更为广阔的审美视野和艺术借鉴的对象。从某种意义上来说，只有郭沫若、田汉等人才算得上是浪漫主义戏剧真正的接受者和影响者。郭沫若、田汉等人是浪漫诗人、戏剧家兼翻译家。他们与西方浪漫主义文学思潮的接触亲近的过程，实际上也是一个钻研学习和探索的过程。他们所选择的译介对象，都是些深深地感动过他们，并且与他们的创作思想、艺术情调相投合的作家作品。

浪漫主义作家往往采用历史传说和历史故事来作为创作素材，这既是他们的兴趣之所在，又可以激发他们的主观想象力。一般将这一类剧作称为历史剧。历史剧是五四戏剧的重要类型之一。据司马长风的《中国新文学史》统计，20世纪20年代共出戏剧集24部，其中史剧集占五分之一。实际上远不止这些。像郭沫若的《三个叛逆的女性》，顾一樵的《荆轲》《项羽》《苏武》，杨荫深的《一阵狂风》《磐石与蒲苇》，王独清的《杨贵妃之死》，袁昌英的《孔雀东南飞》，熊佛西的《兰芝与仲卿》《长城之神》，欧阳予倩的《潘金莲》等，都是这一时期引人注目的历史剧。此外，散见在期刊杂志上的史剧也有很多。浪漫主义的主要特征就是主观性，非常强调情感和想象。五四历史剧便是以主观性为自己的美学支柱的。史剧家自觉地将历史的现象的主观性表现作为整个史剧创作的出发点和归宿,并在这一主导精神支配下,完成了传统史剧向现代史剧的过渡。

第二节 "爱美剧"和"国剧运动":
早期中国戏剧的探索

一、"爱美剧"与早期中国戏剧的探索

1917—1918年,钱玄同、刘半农、傅斯年、胡适、周作人等文学革命先驱纷纷在《新青年》上发表文章,提出自己对戏剧改革的主张。他们虽然各持己见,但在否定旧戏、提倡译介西方话剧方面的看法基本相同。在他们的大力倡导和推行下,对传统旧戏的批判以及对西方戏剧的传播蔚然成风。但同时也带来了许多问题:译介的西方戏剧作品无法被中国民众直接接受,传统旧戏仍占据着广大的舞台和观众,文明戏又因商业化而堕落衰败,话剧的发展陷入困境。于是,五四文学革命以后,中国戏剧改革又在形新实旧的文明戏的基础上重新起步。在这样的背景下,"爱美剧"运动应运而生。

"爱美"是英文 Amateur 的音译,意为业余的、非职业的;"爱美剧",即非职业的戏剧。"爱美剧"运动口号的提出,受到了欧洲"小剧场运动"的启发。小剧场运动是19世纪末兴起的一场声势浩大的戏剧革命。这场革命主要是欧洲戏剧家们因不满于戏剧的商业化倾向,提出不以营利为目的的业余的实验性的演出,以提高戏剧的艺术质量,增强戏剧的社会作用。1921年4月20日至8月4日,著名戏剧家陈大悲在《晨报》上连载了一篇题为《爱美的戏剧》的长文,系统地论述了"爱美剧"问题,率先提出开展"爱美剧运动"的主张。"爱美剧运动"提出后,在新剧界引起很大反响,很短的时间里,一批业余话剧团体和戏剧研究刊物迅速出现,排演"爱美的"戏剧。上海民众戏剧社和上海戏剧协社是其中最重要的两支队伍。

民众戏剧社是中国第一个业余话剧团体。1921年3月,汪仲贤由于感到商业化的演出对戏剧有损害,便联系文艺界的一些著名人士在上海发起组织民众戏剧社,5月出版现代第一本戏剧专刊——《戏剧》月刊。该社提倡"爱美剧",宗旨是"以非营业的性质,提倡艺术的新剧",认为戏剧已不单纯是供人消遣,它还具有重要的社会功能,能够推动社会前进,搜寻社会病根。该戏剧社阵容强大,既有著名文学家沈雁冰、郑振铎、柯一岑等,又有专

事戏剧的艺术家、学者如欧阳予倩、熊佛西等,还有一些来自文明戏的职业艺人,如陈大悲、汪仲贤、徐半梅等。他们痛惜文明戏的腐败堕落,将目光投向"爱美剧"对新剧的改革,他们的共同努力,助长了"爱美剧"的声势,不仅在当时的戏剧界产生过巨大影响,也在中国现代话剧发展史上留下了重要的一页。

"爱美剧"推动了话剧的发展,但不能专业化也会影响话剧艺术的提高。故蒲伯英于1921年底提出"戏剧的职业化",使演员能以生活上的报酬助长其艺术的专精,虽然他也不赞同商业营利的戏剧。1922年冬,蒲伯英、陈大悲等在北京创办了"人艺戏剧专门学校",聘请文化界有威望的人士执教,以造就高水准的职业戏剧员。该校用西方现代戏剧教育方法,造就高水准的职业剧人,此为我国戏剧教育的创举。这个学校虽然在1923年底即解散了,但对现代正规的戏剧教育,对促进话剧实现男女同台演出,都作出了一定的贡献。

民众戏剧社高扬民众的、为人生的、"真的新戏"的旗帜,提倡写实的社会剧。从五四的问题剧到写实的社会剧,现实主义戏剧的理论观念终于形成了,新剧从热衷于表现问题或以问题编排戏剧,发展为描写社会现实,反映真实人生,宣传思想,着重发挥社会功能。

上海戏剧协社是在黄炎培先生创办的上海中华职业学校演剧团体的基础上发展起来的,成立于1921年冬,是中国现代话剧团体中历史最长,并对现代话剧的发展作出重大贡献的一个团体。它最早的成员有谷剑尘、应云卫等,1922年后,欧阳予倩、汪仲贤、徐半梅、洪深等相继加入,使其声威大震。在1921年至1933年这一长达12年之久的时间里,上海戏剧协社共举行了16次公演,其中如谷剑尘创作的《孤军》,陈大悲创作的《英雄与美人》,欧阳予倩创作的《泼妇》《回家以后》,洪深根据英国著名作家王尔德所著《温德米尔夫人的扇子》改编而成的《少奶奶的扇子》,易卜生的《傀儡家庭》以及莎士比亚的《威尼斯商人》等都受到观众的热烈欢迎。洪深加入戏剧协社后负责主持排演工作,他摒弃了舞台上长期流传的说教方式,将西方导演制系统地引入中国剧坛,增强了戏剧艺术的感染力量,也对当时的非职业剧社和学生演戏产生了很大影响。上海戏剧协社的实践活动为中国话剧运动从业余迈向职业化奠定了坚实的基础。

以下是爱美剧运动中一些主要人物的早期戏剧创作。

陈大悲(1887—1944),杭州人,就读于东吴大学,后赴日本学习戏剧。他在辛亥革命后曾加入任天知的进化团,改编过文明戏,也演过文明戏,出于对旧戏与文明戏的清醒认识和批判态度,转而思考新剧的出路。他在1920—1924年间为"爱美剧运动"写了《良心》《英雄与美人》《幽兰女士》《爱国贼》等十几部剧作,内容大多为革命党人的蜕变、伪君子的卑劣、官僚家庭的丑闻、军阀混战的灾难、妓院的陋习和妇女的悲惨命运,表现了社会生活的众多方面;剧作在情节结构上受欧洲佳构剧影响,戏剧情节多为偷听隐私、相互争斗、枪杀自尽、良心发现等几个环节,以适应市民阶层的观剧心理和审美情趣,因而在当时被称为通俗戏剧,成为风行一时、屡被上演的爱美剧目。《幽兰女士》是一部多幕剧。幽兰女士的父亲丁葆元是个投机政客,他认为自己建立的是"北京城里第一模范家庭"。他的继室丁李氏生了男孩,实是与管家张升换来的张的私生子。丁葆元的女儿幽兰是个追求个性解放的女性,她敢于去认被调包的同父异母的弟弟,并反抗家庭的包办婚姻。最后,假儿子的丑剧败露,丁李氏枪击幽兰后饮弹自尽,"模范家庭"的真相被揭穿。

熊佛西(1900—1965),江西丰城人,原名熊福禧,毕业于燕京大学,是一位勤恳的高产剧作家,早期戏剧集《青春底悲哀》是问题剧的路子,1924—1926年间,他的戏剧创作转向反映现实中的平民生活和阶级民族矛盾,如《洋状元》《一片爱国心》《当票》等剧。

汪仲贤(1888—1937),原名汪效曾,又名优游,江西婺源人。求学江南水师学堂,毕业后弃海军而演文明戏。1905年起先后组织业余新剧团体文友会、开明演剧会等,饰角登台,清末民初活跃在上海剧坛。辛亥革命时期参加职业新剧团体进化团。1921年,汪仲贤在上海主持演出萧伯纳的名剧《华伦夫人之职业》意外失败后,加入民众戏剧社。他的《好儿子》朴素地描写"一个普通家庭生活",剧作按照明了和意义浅显两个原则,生动细致地描写了在上海做经纪人的陆慎卿因失业造成家庭经济困窘,家庭矛盾激化,并终于铤而走险,被捕入狱的故事。

洪深(1894—1955),字浅哉,号伯骏,学名洪达。6岁进入私塾。12岁、13岁先后在上海徐汇公学、南洋公学就读。1912年,考入北京清华学校,在校期间热心新剧活动。1913年,因"宋教仁事件",举家避难于青岛。1916年于清华大学毕业后,洪深赴美学习陶瓷,1919年转入哈佛大学师从戏剧家贝克教授学习戏剧编撰,并结识了后来声名鹊起的美国戏剧家奥尼尔。1922年回国从事艺术教育和戏剧创作。1924年,步入电影界。1930年,洪深参加了"左联"和"剧联",创作思想有了许多变化。抗日战争爆发后,他立即投身抗日洪流。1943年任中央青年剧社编导委员。1946年在重庆复旦大学任教,兼任军委会政治部文化研究班戏剧系教官,创办教导团,自任团长;同年8月,回上海复旦大学任教。1947年5月,因支持学生运动被解聘,于是去厦门大学外文系任教。1948年,任北京师范大学外语系主任,兼文化部对外文化事务联络局副局长。1953年被选为中国文学艺术界联合

第四章 中国现代戏剧的文体嬗变与文学创作

会主席团委员、中国戏剧家协会副主席、中国作家协会理事。1954年任中华人民共和国对外文化联络局局长,兼中国人民对外文化协会副会长。1955年逝世于北京。

洪深在学生时代时就写出了戏剧作品《卖梨人》和《贫民惨剧》。《卖梨人》打破了没有固定台词的幕表戏的做法,第一次采用了对白。《贫民惨剧》表现出同情劳苦大众的民主思想,该剧本虽未正式发表,但它是中国现代作家创作的第一部完整的现代话剧剧本。20世纪20年代,洪深创作了成名作九幕剧《赵阎王》。他借鉴奥尼尔《琼斯皇》的戏剧手法,以大段的独白和心理幻觉表现人物的恐惧心理,第一次在中国话剧舞台上表演了表现主义的戏剧艺术。1923年秋,洪深由欧阳予倩、汪仲贤介绍加入上海戏剧协社,倡导男女合演,建立正规的排演制度,排演《终身大事》《泼妇》《好儿子》《少奶奶的扇子》,共四剧。最充分发挥和显示洪深的导演才能,并给当时戏剧界带来全面影响的,是他在1924年为上海戏剧协社编导的《少奶奶的扇子》。剧作是根据英国剧作家王尔德的名作《温德米尔夫人的扇子》改编的,不同于以往文明戏或爱美剧社演出的外国剧目,洪深首先对原作作了较大的改动,沿用原作的故事情节,同时又将人物的环境、个性、语言、习俗全部中国化,以适应中国观众的审美情趣;其次采用写实的演剧风格,演员表演自然细腻,舞台布景、灯光、道具力求写真,在中国戏剧舞台上首次运用"硬片做布景,真窗真门,台上有屋顶,灯光按时间气氛而变换",以致当时观众为之惊叹:"原来在京戏和文明戏之外,还有这样的戏!"《少奶奶的扇子》的演出是中国第一次严格按照欧美各国的方式演出话剧,所以影响力极大。

欧阳予倩(1889—1962),湖南浏阳人。1907年在东京加入春柳社,曾参加《黑奴吁天录》等的演出,是我国最早投身话剧运动的剧作家之一。自1907年加入了春柳社之后,欧阳予倩就一直献身于中国的戏剧事业。1916年起做京剧演员,创造了独特的表演风格。1919年,欧阳予倩应张季直之聘到南通伶工学校主持工作。他一心想培养一批具有旧戏的技巧和新文艺知识的戏曲接班人,但最后还是因遭受多方掣肘不得不放弃坚持了三年的戏剧改革和演员培养事业回到上海。后来他加入了民众戏剧社并成为骨干。1927年冬,他参加南国社,和田汉等人举办"鱼龙会"进行话剧和戏曲的演出。1931年,欧阳予倩加入"左联",抗战时编写了历史剧《忠王李秀成》等剧作。抗战胜利后,继续从事剧作的编撰工作。中华人民共和国成立后曾先后任中国文联副主席等职务。1962年9月21日,欧阳予倩病逝。

欧阳予倩曾被国外的研究者称为"中国现代戏剧之父"。这不无道理,因为他确实是中国话剧运动名副其实的启蒙者和奠基者。自第一次登上戏剧舞台,他一生都在积极倡导新兴的话剧运动。20世纪20年代,他主要创作了《泼妇》《回家以后》《潘金莲》等著名剧作。

《泼妇》的主人公是一个娜拉式的人物,名叫素心。素心与丈夫陈慎之自由恋爱结婚,然而丈夫受封建思想的腐蚀,瞒着她娶了妾。她知道后,以独立自主的精神处理了此事,与夫家决裂并携子离去。这部剧作着力于围绕人物性格组织矛盾、展开冲突。全剧的中心事件是陈慎之娶妾,由此构成素心与丈夫及公婆姑妹的矛盾。随着剧情的进展,从中逐步展示出主要人物的性格。戏剧开场时素心未出现。由公婆家人议论娶妾之事,他们对素心顾忌重重,进而反复渲染了素心与众不同的见识。素心出场后,先是真挚地为婆母送衣送鞋,表现出她的通情达理。然后她在丈夫甜言蜜语的哄骗与赌咒发誓的表白中产生疑惑,表现出她的有思想、善思考。接着在与姑妹周旋中她不动声色地侧面试探而明了真情:新妇已接到夫家,显示了她的机智与涵养。全家齐聚客厅后,素心与丈夫、公婆展开了正面交锋。此时,作者赋予了素心一系列强烈动作:以杀子要挟,撕毁卖身契,还新妇人自由身,签离婚字据。最后,在一段义正词严的说理之后,携幼子从容离去。经过这几个层次开掘,主人公素心的形象鲜明地出现在众人的眼中。剧作最后一句台词是,众人齐曰:"真好泼妇啊!"这可谓是画龙点睛,彻底完成了对人物形象的塑造。

《回家以后》写的是一个"喜新厌旧"的故事,内里却包含了作者在西方文化与传统文化之间的困惑。留美学生陆治平瞒着自己的妻子吴自芳与洋女子刘玛丽结婚,并准备回家后与妻子离婚。但他回家以后,对故乡的一切都眷恋不已,包括贤惠的妻子。于是,他一直忍住没有道破真情。结果玛丽找到乡下大闹大吵,这使陆治平更加后悔,决心重新处理自己的婚事。根据故事情节,这出戏很可能成为一场闹剧,但作家却没有让剧情任意地掀起轩然大波,而是在轻松含蓄的笔调中,谴责了旧的社会制度与洋学生的行为。很显然,欧阳予倩的取材是非常特别、也非常有危险性的。因为,如果在演出中稍有不合,就很可能变成崇仰旧道德讥骂留学生的浅薄这样一个主题,或者变成揭露不负责任的恋爱行为的平淡之作。好在欧阳予倩用他那独特的角度从吴自芳的观点去描写事态、揭示矛盾,并让吴自芳以机智与聪明,从容自如地解决了生活中的难题,使观众不难相信她最后的必然胜利,因而成为一出别有风味的喜剧。此外,除了主题的新颖外,这部剧作的情节自然而紧凑,对话精辟,符合人物性格。

二、"国剧运动"与早期中国戏剧的探索

1925年,原已停办的北京美术专门学校重开,改名为国立北京艺术专

第四章 中国现代戏剧的文体嬗变与文学创作

门学校,添设了戏剧系。创办人为留美归来的余上沅、赵太侔、闻一多等。他们还在北京《晨报副刊》上办了一个《剧刊》,提倡"国剧运动"。与五四以来彻底否定传统戏曲不同,他们肯定旧戏的"写意的"特点,提出建设国剧就是要在"写意的"和"写实的"之间架起一座桥梁。但这种见解是建立在纯粹的"为艺术"观之上,认为演戏的目的只是要表现一些日常生活中可有可无的现象,因而反对为人生派的观点,认为易卜生式的社会问题剧,如果没有问题,戏剧也就不存在了。熊佛西在讲授《写剧原理》时,还提倡单纯的趣味主义。文艺观点上的偏颇,加上艺术实践的不力,虽然影响了他们的成就,但他们在介绍西方现代戏剧,培养现代戏剧人才方面也有贡献。

"国剧运动"的倡议是由几个留美的戏剧先驱在美国开始发起的。余上沅在美国卡内基戏剧学校接受了系统的戏剧教育后,来到了纽约,先和几个中国的戏剧同仁如林徽因、梁思成、梁实秋、顾一樵等组织了中华戏剧改进社,后来他又和赵太侔、闻一多和熊佛西等人,求得纽约华商的捐助,在"大同公寓"演出了《杨贵妃》《牛郎织女》等,引起了超出他们意料之外的热烈反响。于是他们决定回国开展"国剧运动"。

"国剧运动"的提出主要是受爱尔兰民族戏剧运动的启发。在19世纪末,爱尔兰的一批戏剧家开始倡导他们的民族戏剧运动。按理说,爱尔兰人创作的戏剧在英国的戏剧中占有很重要的地位,19世纪的英国戏剧界曾流行这样的观点,即英国戏剧不是爱尔兰人写的,就是由法国戏剧改作的。例如,史迭尔、哥尔斯密、谢立丹、诺斯、王尔德、萧伯纳都是爱尔兰人,但他们几乎很少写爱尔兰的生活,这些人的戏剧因缺乏明确的民族意识,所以不能列入爱尔兰戏剧之列。随着爱尔兰人的独立运动的开展,民族意识日益觉醒,他们创立"格利克联盟",研究古代爱尔兰的民俗、歌谣和舞蹈,试图恢复古代爱尔兰语,但最有力的是倡导爱尔兰民族戏剧的复兴。当时正值俄国莫斯科艺术剧院兴起。格雷戈里夫人谈到她自己所写的戏剧,对爱尔兰没有剧场演出感到遗憾。叶芝也热切地表示了自己想建设上演自己戏剧的剧场的梦想。于是他们计划创立爱尔兰国民剧场,于1904年在都柏林创办了阿贝剧场。而对这个剧场贡献最大的是后来加入的约翰·沁孤,就像莫斯科艺术剧院发现了契诃夫一样。这就使爱尔兰的戏剧运动成为纯粹的国民的、本土的运动。余上沅、赵太侔等人正好在这一点上和爱尔兰民族戏剧运动相契合。他们自比约翰·沁孤和叶芝,开始回国将"国剧运动"付诸实施。

"国剧运动"真正在社会上产生影响,是在《晨报·剧刊》发行之后。余上沅、赵太侔在徐志摩等人的支持和帮助下,在《晨报副刊》上开辟了"剧刊"。余上沅、赵太侔、梁实秋、熊佛西、闻一多、邓以蛰、杨振声、陈西滢、张嘉铸、叶崇智、俞宗杰、顾颉刚、恒诗峰等人都在"剧刊"上发表文章，后来余上沅将"剧刊"上的文章结集为《国剧运动》，1927年由新月书店出版。

余上沅等人倡导"国剧运动"，是企图运用西方的一些戏剧原则来改良中国的旧剧传统。他们认为这样的国剧依然可以保持过去那种写意的、超人生的、纯艺术的基本内核，只是这种新的国剧语言、动作、音乐更具活力，更能激发人们的情绪，更富有艺术感染力。他们一方面提倡用西方的方法来改良中国传统的旧剧，一方面又反对写实主义的"社会问题剧"，指责"问题剧"的种种弊端。这又很容易遭到人们的误解，被人看作是"国剧运动"倡导者反对戏剧"为人生"的明证。其实反对"问题剧"，并不等于反对"为人生"的现实主义戏剧，因为人生并不等于种种"问题"的相加，"问题剧"也不全都是现实主义的。"国剧运动"的倡导者在强调戏剧作为纯粹艺术的同时，也主张戏剧应该描写人生、批评人生、促进人生。只是他们反对的是用"问题"的方法去反映人生，而提倡艺术地表现人生。由于这种作为"纯粹艺术"的"国剧"较难满足当时的社会心理的需求，因而"国剧运动"只是在社会上热闹了一阵，便偃旗息鼓了。

"国剧运动"时期，中国戏剧界的白薇、丁西林、田汉等剧作家及其作品有着重要的影响力。

（一）白薇的戏剧

白薇（1893—1987），原名黄彰、黄鹏，又名黄素如，出身在湖南资兴县的破落地主家庭。父亲黄达人曾参加同盟会，在日本留学期间及回到家乡初期思想激进，但在家族意识中有着浓厚的专制思想。白薇的婚姻就受到了这种思想的压制与束缚，这让她备受摧残与折磨，甚至导致了她悲剧性的一生。白薇接受了新教育，具有新思想与新精神，因而在面对封建婚姻的枷锁时，她勇敢地选择了反叛与抗争。为了寻求自我的独立生存与精神自由，她先赴上海，继而东渡日本。在日本，她历尽艰辛，考入日本东京御荣之水高等女子师范，后在郭沫若、田汉等人的影响下开始了戏剧创作，并成为中国现代文学史上最为著名、最有成绩的女戏剧作家。她创作了《苏斐》《访雯》《琳丽》《姨娘》《乐天》（又名《革命神的受难》）、《打出幽灵塔》《北宁路某站》《致同志》《莺》《假洋人》等一系列戏剧作品。1987年8月27日，白薇在北京逝世。

在白薇的创作中，"爱"与"革命"是两个至关重要的关键词。《琳丽》就带有鲜明的爱情至上的倾向。这是一部大型五幕诗剧。其情节曲折，诗意瑰丽，情调哀婉，想象奇特。在这部剧作中，女主人公琳丽热烈地爱上了艺术家琴澜，把人生的一切都丢弃了，觉得只有爱情最大，所以要拼尽全力去爱。她认为"我只为了爱而生的,不但我本身是爱,恐怕我死后,我冰冷的那块青石墓碑,也只是一团晶莹的爱。离开爱还有什么生命?离开爱能创造血和泪的艺术么!"然而现实总是有点残酷,痴情女偏偏遇到了薄情郎。琴澜是一个花花公子,非常滥情。他又爱上了琳丽的妹妹璃丽。失恋的琳丽异常痛苦,为了不再遭受这份折磨,琳丽决心追求知识和艺术,想成为一个剧作家,去那心目中的殿堂——遥远的莫斯科追求新的生活。最后,琳丽身上佩着蔷薇花,死在泉水的池子里了。

这部剧作明显地受到了王尔德《莎乐美》唯美理念的影响。"爱情至上"和"颓废""幻灭"成了整个作品的主调。剧作中的女主人公琳丽用自己的整个心灵憧憬与呼唤着"美与爱"的"最热情、最华美的瞬间"。然而,现实的"肉"的爱易得易逝,并不美丽,只有"灵"的爱,才是绝对的"真"和"美"。所以,作者写道:"无限的爱美与欢愉要死在爱人接吻的朱唇上。"如果说琳丽渴望的是圣洁理想的"爱"的话,那么琴澜则代表的是现世泛滥的"爱",从其根本上来讲,则是"爱"在面对人性自身的欲望与贪婪时的悲剧与失落。所以,从整体上来看,也许该剧缺乏现实性与生活深度,但作者在一种奇诡美幻色彩下直面人性自身的矛盾,所以意义深远。

(二)丁西林的戏剧

丁西林(1893—1974),江苏泰兴人。1893年9月29日生于江苏省泰兴黄桥镇。1913年毕业于上海交通部工业专门学校(上海交通大学前身),1914年,入英国伯明翰大学攻读物理学和数学。1920年归国,历任北京大学物理系教授、国立中央研究院物理研究所所长。中华人民共和国成立后历任文化部副部长、中国对外文化联络委员会副主任、中国人民对外友好协会副主任等。1974年4月逝世于北京。

作为一个物理学家,丁西林却以戏剧创作闻名。他的剧作对有封建意识的人物有所讽刺,但不是那种辛辣、犀利的讽刺,而是带着诙谐意味的,温和委婉的。因而他的剧多具"优雅的喜剧"的特色。他的剧作大多没有超脱于社会、历史或现实之外,也没有以"惩恶扬善"的伦理道德为出发点,而是以他自己凭借一个喜剧家的直觉,挖掘出了生活中的喜剧因素。

1926年,丁西林创作了《压迫》这部代表剧作。在剧作中,房东太太要管束女儿,不肯将房子租给单身汉;而女儿追求自由恋爱,不肯将房子租给有家眷的男人。这样,房子就一直租不出去。后来一对男女冒充夫妻假装吵架才租下了这房子。作品中的母女矛盾仍然是为争取个性解放引发的。

在丁西林的话剧中,构成戏剧冲突的双方往往都不存在"正反好坏""高下优劣"的价值等级,矛盾对立的双方都有可爱之处,但是也都有可笑的地方,正是这些可爱与可笑形成了他话剧中独有的一种情调。这在《酒后》这一剧作中表现得尤为明显。《酒后》中的夫妻二人都是受教育层次很高的知识分子,只是因为"他"醉酒睡在他们家,感情不错的夫妻二人才起了冲突。妻子认为丈夫可以接受自己对"他"的"一吻之恋",丈夫却认为这么做不妥。冲突中,客人被吵醒,夫妻二人掀起了的感情的微澜,随即又归于平静。通过《酒后》的情节可以看出,这是一出"几乎无事的喜剧",但正是这种对"无事"的挖掘,让这部剧作有了耐人寻味之处。

(三)田汉的戏剧

田汉(1898—1968),原名田寿昌,湖南长沙人,现代戏剧运动和创作中成就卓著的剧作家。留学日本时,曾参加创造社,后脱离该社从事戏剧电影运动,创立南国社。1968年去世。

田汉是一个多产作家,一生所著话剧、戏曲、电影剧本,数量甚多。"五四"时期受西方多种文艺思潮的影响,使作品的思想和艺术方法相当驳杂,既充满着浪漫主义的情调,又夹杂着各种现代主义、非理性思潮的成分,也有用现实主义手法的。1920年,他在日本导演了《不朽之爱》(无剧本,后据此改编为《战友》),是讴歌纯真爱情之作,他自称此剧是唯美主义、感觉主义的作品。他的第一部剧作是1920年发表的《梵峨琳与蔷薇》,也是歌唱青年男女的爱情的,同样充满了浪漫主义的气息。1922年的《咖啡店之一夜》是田汉认为的出世作。此剧写咖啡店侍女白秋英被纨绔子弟李乾卿抛弃,大学生林泽奇为她打抱不平,表现出他的反抗社会的精神。但感伤颓废的林泽奇所以为白秋英鸣不平,仍出于爱情至上的观念,认为"处女的爱情是多么的神圣,哪能容这种轻薄的家伙愚弄!"1924年,田汉在《南国》上发表批判封建婚姻制的《获虎之夜》。剧中"浮浪儿"黄大傻与富农魏福生之女莲姑相恋。福生因黄家破落而驱逐黄大傻,将女儿另许富户。大傻每夜都要到山上看莲姑屋里的灯光。就在她出阁前夕大傻上山看灯光时,被魏家打虎的枪误中而受了重伤。福生不准莲姑来侍候他,他遂在福生对莲姑的打骂声中持猎刀自尽了。剧中的黄大傻和莲姑是作者用以歌唱爱情神圣的形象,黄大傻更是个爱情至上的化身。他中了枪,自认为是为莲姑而死,"就死也死得值得"。这样的思想颇能激起当时追求个性解放的青年之心。这类歌唱爱情至上的还有如《湖上的悲剧》《古潭的声音》等,后者更是有着神秘色彩的象征剧。诗人为拯救他所爱的女子之灵,随着她跃入古潭,这一行为实是爱情至上和艺术至上的象征。

三幕剧《名优之死》代表了田汉早期戏剧创作的最高成就。这部剧塑造了一位为人正直、艺术上严肃认真的老艺人刘振声的形象。他对生活不存奢望,他说:"我没有儿女,我只想多培养出几个有天分的,看重玩意儿的孩子,只想在这世界上得两个实心的徒弟。"但他悉心培养、寄予厚望的青年演员刘凤仙,却因流氓恶棍杨大爷的引诱和自己思想的弱点而背叛了恩师,刘振声被活活地气死在舞台上。剧作通过刘振声以身殉志的悲壮结局,控诉了旧社会制度的腐朽与反动。由于田汉对于中国社会的认识逐渐深入,他的剧作逐渐扬弃了唯美主义、艺术至上主义的影响,注入了强烈的现实主义成分,着重地强调了"一个忠于艺术的演员怎样不能不与邪恶势力做斗争"的主题。刘振声倒于舞台之时的一腔愤懑,将田汉自己以及广大群众的激越感情充分地表达了出来。全剧风格朴实、洗练,在短短的三幕中,安排了剧场后台和卧室两个场景,使艺人的舞台生活和日常生活都展现在观众眼前,使全剧具有很浓厚的生活气氛。开场时,通过对话很简练地交代了人物的关系,然后便突出描写刘振声与杨大爷的矛盾,戏剧冲突很集中。人物的对话也各具性格特征。这是田汉这一时期剧作中最具现实主义成分的一部。

第三节 多幕剧的成熟:曹禺的戏剧贡献

"五四"初期,话剧创作的主要形式是独幕剧,即全剧情节在一幕内完成。篇幅较短,情节单纯,结构紧凑,要求戏剧冲突迅速展开,形成高潮,戛然而止。多数不分场并且不换布景。后来,随着戏剧的不断发展,多幕剧越来越受剧作者的欢迎。代表多幕剧成熟的重要人物就是曹禺。

曹禺(1910—1996),原名万家宝,原籍湖北潜江,出身于天津一封建官僚家庭。他的父亲与天津当时一周姓的官僚买办大家族有较密切的往来,因而他对封建家庭和上层人物的生活是相当熟悉的。曹禺少年时代有较多机会欣赏中国传统戏曲,因而受到了戏剧的启蒙。12岁进入具有新剧活动传统的南开中学,成为该校新剧团的骨干。这时他接触到易卜生的社会问题剧,还曾扮演过《玩偶之家》的主角娜拉。1930年入清华大学西洋文学系学习,认真研读了"希腊三大悲剧家"、莎士比亚、契诃夫等的剧作。他读过几百种中外的剧本,传统戏曲和西方剧作给了他丰富的养分。他产生创作的冲动时,很自然地首先想要表现自己最熟悉的生活。他的创作冲动来自于生活,但怎样认识这样的生活却非他所长。大约经过五年的酝酿,在1933年完成了他的话剧成名作《雷雨》,1934年发表。该剧演出后立即受到文艺界和观众的热烈欢迎。接着,又在1935年完成了《日出》,在1936年完成了《原野》。这三部多幕话剧的出现,标志着中国话剧艺术的成熟。1942

年初辞去国立剧专职务,在复旦大学教授英语和外国戏剧,创作改编出四幕剧《家》和独幕剧《镀金》。中华人民共和国成立之后,曹禺继续创作。1954年,发表《明朗的天》。1960年,创作并完成历史剧《卧薪尝胆》,后易名为《胆剑篇》。1978年,五幕历史剧《王昭君》发表。1996年12月13日,曹禺在北京医院辞世,享年86岁。

《雷雨》是一部四幕剧。这部剧以1925年前后的中国社会为背景,主要通过血缘伦常纠葛与爱情冲突,探索人性的复杂性与人的悲剧。戏剧集中在一天时间(上午到午夜两点钟),两个舞台背景(周家客厅、鲁家住房),从周朴园家庭内、外各成员之间前后30年的错综纠葛深入进去,写出了封建家庭中人性的悲剧。

周朴园这一人物形象极为复杂性,这突出表现在他对妇女与家人的态度中。他年轻时爱上了女佣梅妈的女儿侍萍。但是为了娶一位有钱有门第的小姐,周家人逼使侍萍投河自尽。尽管此事主要是封建家长做主,但周朴园本人默认了。因此,他后来的内疚、忏悔是必然的、真诚的。但当活着的侍萍再次出现在他面前,对他的名誉、利益构成威胁时,他便露出了伪君子的面目。但最后,却又是他逼着周萍认母。翻来覆去的思想变幻,人物性格的复杂多面,使这个形象塑造得十分丰满。他与蘩漪名为夫妻,其实并无感情。通过强迫吃药一场戏,写周朴园关心的并不是蘩漪的健康,而是自己的意志的贯彻;他需要的是蘩漪做出一个服从的榜样。封建家长的面目和专横、冷酷的性格,被突出地表现出来了。周朴园的所作所为,都为了建立他的"最圆满、最有秩序的家庭",但是命运也跟他开了个大玩笑。他的所有亲人最后都死的死,疯的疯了。

曹禺笔下的人物其实都在与命运搏斗,而所有的人都无法挣脱命运的安排。最突出的是侍萍,这个被周朴园爱过又遭其抛弃的侍女,她最害怕的是女儿重蹈覆辙。然而偏偏女儿四凤又进了周家,而且重复了母亲的不幸,与她同母异父的哥哥、周家大少爷周萍热恋,还怀孕了。当侍萍出现在周朴园面前,周朴园质问她是谁指使她回来的,她回答是"命"!侍萍看到周家的无情和残忍,她极力逃离黑暗,没想到女儿仍然重蹈覆辙。她无力解释,也只能归之于命。

蘩漪是曹禺满怀激情塑造的一个人物。她的灵魂中响彻着受到五四个性解放思想影响的一代妇女的抗议与追求的呼声。她在周家过着没有爱情和温暖的日子,承受着周朴园的精神折磨与压抑。她不甘屈服于命运,进行了反抗,但她的反抗是非常强烈的、出轨的。她敢于到周萍那里寻找感情的寄托。传统的观念里,乱伦是丑恶的,但对蘩漪来说,这是对封建道德的极大胆的挑战,她的反抗的强烈超过了《莎菲女士的日记》里的莎菲。周萍对

第四章　中国现代戏剧的文体嬗变与文学创作

后妈做了万不该做的事,他想摆脱,又去爱四凤,却背上始乱终弃的罪名,重复其父的罪孽,只有在一声自杀的枪响中才得到解脱。繁漪所求本来不高,如果能与周萍一直保持着那种特殊的关系,她也可能苟且地活下去。可是周萍厌恶了这种关系,爱上了四凤,这就使繁漪原本抑郁的心理变得更加阴鸷并走向极端。关于繁漪的一切都折射出可怕的环境是怎样残酷地把一个追求自由的女人逼到一条绝路上去的。

很显然,这部剧最大的成功在于突出了人的情感冲突,从写情感入手,更易于突显人的性格的多面性、复杂性。剧本通过与繁漪和侍萍两个女性的情感纠葛,完成了周朴园形象的塑造。整部剧结构安排紧凑、精巧,戏剧冲突紧张激烈,环环相扣,高潮迭起。为了加强情节的戏剧性效果,使矛盾冲突细密激烈富有韧性,曹禺还采用了"回溯法"的戏剧结构。他将周、鲁两家前后 30 年的错综复杂的矛盾纠葛,集中在不到一天的时间内,并只在周家的客厅和鲁家的住房两个场景之中加以展现,从而将"过去的矛盾"与"现在的矛盾"聚焦在一起,用"过去的矛盾"不断来推动"现在的矛盾"的急剧发展,使得"现在的矛盾"一触即发,将剧情推向高潮。

从思想内涵的发掘来看,《雷雨》这部剧在中国现代戏剧作品中达到了一个相当高的高度。剧作不仅在特定的家庭关系中,写出了人物各自的社会因素,而且很自然地通过暴露大家庭的罪恶引出社会的罪恶,进而揭示出社会制度的不合理。更为重要的是,剧本在展示家庭悲剧和社会悲剧的同时,写出了一种更为复杂、更为深刻的命运悲剧:人对命运的抗争与命运对人的主宰这一难以调和的巨大矛盾。作为中国话剧舞台的经典剧目,《雷雨》多少年来历演不衰,具有极强的舞台生命力。

《日出》于 1935 年完成,也是一部四幕剧。这部剧把眼光从家庭延伸到社会,写了更多的人,批判那"损不足以奉有余"(《道德经》)的社会的不合理性。不同于《雷雨》写人物的情感纠葛,《日出》偏重写人性的变态。这部剧以交际花陈白露为串线人物,通过她,一方面联系那腐朽没落的上流社会,一方面把笔深入到社会的最底层。这样便把"有余"和"不足"这两个世界的景象都展现在观众面前,让人们看到一幅半殖民地都市社会的里外两面。剧本用的是人像展览式的结构,以展览众多的不同类型的人物,写他们在共同的社会环境下,各自发生了的人性变异。

在上流社会,所有的人都围绕着金钱打转,所有的性格都由金钱来打造。狠毒而又腐朽的大丰银行经理潘月亭,不择手段往上爬;同样狠毒但更狡黠的李石清,与潘月亭钩心斗角,组成了矛盾的中心。围绕着他们而活动的人物,有自作多情假天真的顾八奶奶、油头粉面下流卑污的面首胡四、中国话不如外国语熟练的洋奴张乔治、凶神恶煞的地痞黑三等。这些吸血鬼、寄生虫五花八门,都是铜臭里爬出的蛆,表现出金钱对人性的严重腐蚀。这一群社会渣滓的背后,则用暗场处理的方法,点出幕后操纵着他们命运的人物是金八。无论潘月亭或黑三的活动中都有金八的影子,以这恶势力来代替《雷雨》中支配人物命运的"自然的法则",明显地看出《日出》向社会批判迈出了一步。

　　该剧写的多是一些生活场面,不像《雷雨》那样有一个完整的情节,在艺术上这是一条更加艰难的路,如果不是对笔下的人物有深刻把握,是很难成功的。但是《日出》在这条路上闯了过来,表现了曹禺在生活和技巧两个方面的深厚根底。这部剧通过陈白露救小东西的线索,在第三幕描写了宝和下处,一个下等妓院里的生活。翠喜对自己悲苦身世的自述,小东西难忍黑三的残酷虐待被迫投缳自尽,她们鬼似的生活,加上周围卖唱的、说数来宝的、卖报的各种声音的烘托,画出了城市下层社会的一个很典型的角落。这场戏与第二幕、第四幕中黄省三失业后走投无路、求死不得的惨状,写出失去了人的生活后,即使是善良的人性,也会被压榨而扭曲和变形。这些与上流社会里人的荒淫无耻、穷奢极欲形成强烈的对照,可以产生很强的批判力量。两种截然不同的却同样不健全的人的形象对比,揭示了社会的不合理性,最后通过陈白露之口宣告:"黑夜过去了,太阳就要出来了;但是太阳不是我们的,我们要睡了。"陈白露也是个受害者,她是"有余"社会的副产品,但她还有是非之心与善良的品性,可惜在醉生梦死的生活中已经被腐蚀的无力自拔了。她的死是对社会,也对自身均已绝望的表现。剧中的人物都不是能够迎接太阳的人。作家设计的用作衬托的窗外打夯工人的歌声,隐隐的有一种象征的意义。

　　《原野》是一部三幕剧,写的是发生在农村的故事。剧作深刻地展示了作者从心灵深处对人性的剖析,是一个在封建宗法思想影响下农民复仇者的心理悲剧。主人公仇虎,全家为恶霸焦阎王所害。当仇虎从狱中逃出,来到焦家报仇时,焦阎王已死。仇虎于是杀了焦阎王的儿子焦大星,又使瞎眼的焦母误将自己的孙子小黑子打死。他带着原先的未婚妻(后来被迫做了焦大星的续弦)金子逃走。他因为两条人命而陷于精神分裂,当遭追捕者围困而走投无路时,自杀身亡。

　　这部剧揭露了心地残忍的恶霸,揭露了他们与土匪、官府的勾结,又通过仇虎的幻觉,写出地狱里也没有真理,没有法律,焦阎王就是阎罗王。剧本描写了专横、残忍、暴戾的焦母,这个人物是焦阎王的化身。《原野》暴露了社会的黑暗,表现了环境逼迫下主人公强烈的复仇情绪和内心矛盾、人格分裂。但作者所表现的以"父债子还"为由,杀死冤家的两代无辜后人,这种疯狂仇杀明显带着盲目性。仇虎上一次入狱是被陷害,这回是

第四章 中国现代戏剧的文体嬗变与文学创作

真的犯罪了。曹禺这样来安排情节显然是希望把复仇心理表现得更加强烈,并且来歌颂人物的复仇,说"在黑的原野里,我们寻不出他的一丝'丑',反之,逐渐发现他是美的"。所以剧本的最后使用超现实的方法,转向了表现主义。

在《原野》中,曹禺通过塑造仇虎这位因杀人而心灵分裂的悲剧英雄,完成了一次对人性潜在深度的探索,这显然受到了莎士比亚悲剧《马克白斯》的影响。第三幕对仇虎在森林中逃跑时的幻觉的描写,则是吸收了美国剧作家尤金·奥尼尔《琼斯皇》的表现主义艺术。《原野》与《琼斯皇》的戏剧情节有许多相似之处。正是由于借鉴了表现主义艺术,曹禺才别开生面地展示了仇虎的内心悲剧冲突,重现了他所遭受的种种不公,以及他在种种恐惧与幻觉的纠缠下拼命挣扎、苦斗的精神世界。曹禺在现实主义中吸收了表现主义,成功地进行了一次艺术尝试。

曹禺的剧作在中国话剧史上有重要的意义,他的《雷雨》和《日出》是现代话剧艺术成熟的标志。在人物形象塑造、大型化的结构、戏剧语言等方面的创造上,他所达到的艺术水平,都高于过去的剧作家,把我国话剧艺术提高到一个崭新的高度。

曹禺创造了现代话剧中第一批够得上艺术典型的人物形象,如周朴园、蘩漪、陈白露、李石清等。他的话剧往往人物很少,但绝大多数人物都性格鲜明,连一些次要人物,如鲁贵、福升、黄省三、翠喜等,也都写得活灵活现。他的人物形象能够站立起来,十分重要的原因是写出了性格的多面性。周朴园迫害侍萍那么冷酷无情,对她的怀念又那么真挚持久;侍萍怨恨并看透了周朴园,不愿再进周公馆,然而见到周朴园却又主动与他相认,似乎又有割不断的情意;蘩漪爱周萍,甚至不惜哀求他怜悯,却又能干出雨夜跟踪,反扣窗户,置其于危地的举动;陈白露醉生梦死,无力自拔,但又同情弱者,敢于仗义相救……这些人物很难简单地用正面、反面来概括,他们的性格内涵很丰富,可以不断地被解读。从多种解读中,人们可以更深入地认识这些真实可信的活人形象。

在语言上,曹禺做到了只要让人物一张口,就能使观众认出其身份、地位、职业、教养、性格特征等。有些对话看来很平淡,却只能是出于某一特定条件下某种人之口,对塑造人物形象有重要作用。话剧中的人物语言不仅具有性格化,还有较强的动作性。这动作指的是心理动作,人物的语言愈能与心理动作紧紧联系,对于在舞台上表现人物便愈是有利。蘩漪感到了四凤与周萍的不一般的关系,但手中无凭,因此搞突然袭击变相地来拷问四凤,话中都含"他"字,如:"他现在还没起来吗?""他昨天晚上什么时候回来?""他在这几天就走,究竟到什么地方去?""他又喝醉了吗?"这是向名为下人实为情敌的人窥探虚实的语言,希望抓到对方语言中的破绽,以证实自己的猜测。虽说有点失态,但又只能如此。四凤心里有鬼,故戒备森严,以不变应万变,一律答以"我不知道""我不清楚"。这是一个下人的抵抗与自卫。这些语言看来都很平常,却生动地表现了人物的心理动作,含着很丰富的潜台词。曹禺剧本的"舞台指示"对人物从外表到内心世界的描写都很详尽,语言则相当精彩。若把这些段落放到小说中,作为人物描写来读,也是极出色的,语言的优美使曹禺的剧本有很强的可读性。

曹禺剧本的戏剧冲突,都相当尖锐、紧张,不断地深化着,最终引向大爆发。他对冲突的组织是紧凑的。《雷雨》用锁闭式结构,剧本所要表现的便是各种冲突的最后结局;这些冲突的缘由,则在人物的对话中用回叙的方法来交代。《原野》是开放式结构,从仇虎回到焦家,到他杀人、自杀,按顺序推进剧情的发展。《日出》则用人像展览式,剧中人物虽有主次,但并无中心人物,而且互为宾主,交相映衬;冲突也非单线的,而是多线索交错,目的在于通过较多人物形象的塑造,共现人性变异的惊人景象。

曹禺能创造高超的话剧艺术,既在于中国传统戏曲艺术的滋养,又在于吸收了西方戏剧的优点,经过消化、融会,使这外来的戏剧形式为自己所用,第一次在较大的思想容量和深刻性上表现了中国的民族生活,使这种外来的形式在中国的土壤里扎下了根。

第四节 左翼戏剧的崛起:夏衍等的戏剧民族化努力

中国戏剧在20世纪30年代进入了一个大发展时期,这与当时左翼戏剧运动的开展脱不了关系。左翼戏剧运动是中国戏剧事业进步的巨大推动力,对抗战以后及中华人民共和国成立以后一段时间的戏剧都有很大的影响。

在1928年无产阶级文学倡导运动的影响下,戏剧界出现了提倡无产阶级戏剧的运动的呼声。1929年,郑伯奇、沈端先(夏衍)等在上海组织上海艺术剧社,首次提出了建立"新兴戏剧"(又称"普罗列塔利亚戏剧",即无产阶级戏剧)的口号。参加者有冯乃超、钱杏邨、孟超、许幸之、石凌鹤、陈波儿、司徒慧敏等。这是最早的在中国共产党领导下的左翼戏剧团体。他们创办了《艺术》《沙仑》两个戏剧电影专刊(均只出了一期),主张创立无产阶级戏剧,实现戏剧的大众化,其基本理论与无产阶级文学倡导运动是一致的。上海艺术剧社曾组织移动演剧队到工人区演出。1930年1月,上海艺

第四章　中国现代戏剧的文体嬗变与文学创作

术剧社举行第一次公演,演出的剧目有《炭坑夫》(弥尔顿)、《梁上君子》(辛克莱)、《爱与死的角逐》(罗曼·罗兰)。这次演出的虽然都是外国的剧目,但影响很大。3月,由他们与摩登剧社(由原南国社的左明、陈白尘等组成)发起,联合南国、辛酉、戏剧协社等七个戏剧团体,成立了上海戏剧运动联合会(后改名中国左翼剧团联盟)。4月,上海艺术剧社举行第二次公演,演出《西线无战事》(日本山村知义根据德国雷马克的小说改编)等剧。4月28日,该社被国民党当局查封。由于当局对进步剧团的活动百般钳制,各剧团很难公开活动,所以剧团联盟又在1931年1月将名称改为"中国左翼戏剧家联盟",简称"剧联",田汉、刘保罗、赵铭彝等为负责人。这是规模仅次于"左联"的左翼文艺团体,分盟遍布各城市,在20世纪30年代影响很大。他们开展左翼戏剧的创作、演出活动,成立工人蓝衫剧团,组织为工人、学生、农民演出的移动剧团,翻译介绍外国戏剧作品和理论,推动电影事业的进步。在剧联领导下的大道剧团(田汉负责)、时代剧社、大夏剧社、暨南剧社等,都是当时十分活跃的团体。他们演出根据苏联拉甫列涅夫的《第四十一》改编的《马迪迦》,还有田汉、适夷等创作的短剧。1933年9月,为纪念九一八事变两周年,支持戏剧协社演出苏联戏剧《怒吼吧!中国》,曾轰动一时。1935年,剧联组织上海业余剧人协会,主办上海业余实验剧团,集中了许多著名的导演、演员从事戏剧活动,对话剧表演水平的提高做出很大贡献。由于抗日救亡运动日趋高涨,为了适应形势的需要,"左翼"剧作家提出"国防戏剧"的新口号,以演出来激发人民群众的爱国热情。剧社成员更是以宣传抗日为首要任务,创作了许多抗日剧本,迅速真实地反映民众的抗日决心。但紧跟着剧团又一次遭到国民党当局的迫害镇压,包括大道剧社、五月花剧社等十五六个业余剧团先后被迫解散。直到1937年七七事变前夕,在非常危急的政治形势下,沉潜的力量重新迸发出来,涌现了一批有影响的戏剧团体,如上海业余剧人协会、业余实验剧团、四十年代剧社、中国旅行剧团、新安旅行团等。他们陆续演出了一系列新的剧目,如《回春之曲》《赛金花》《自由魂》《日出》《武则天》《太平天国》等。新兴的话剧运动深入到上海的市民层、学校层和近郊农村。戏剧运动进入了一个较深的层次。

　　左翼戏剧运动的最大收获是培育了一大批戏剧人才,其中包括许多著名的剧作家。田汉、洪深等成为左翼戏剧运动的骨干,同时一批剧坛新秀如夏衍、阳翰笙、于伶、陈白尘、宋之的等也成长了起来。在这个运动的推动下,中国话剧在20世纪30年代迅速发展,曹禺、李健吾等话剧艺术的大家都在这时成长起来。其中,曹禺的戏剧之前已经进行了分析,因此以下主要对田汉、洪深、夏衍的戏剧创作进行一定的阐释。

一、田汉的戏剧

田汉的戏剧创作以1930年为界，截然地划分为前后两个阶段。前一阶段的剧作延续着早期的个性解放主题。1930年以后的后一阶段，创作倾向发生了转变。

1930年3月，田汉作为中国左翼作家联盟的发起人之一，参加了"左联"的成立大会，被选为七名执行委员之一。自此以后，他的戏剧创作发生了根本的转变。4月，他就写了洋洋洒洒十余万言的长文《我们的自己批判》，刊于《南国月刊》。文章明确地表示了"左倾"的意向，严肃地总结了历时十年的南国运动。他觉得"过去的南国热情多于卓识，浪漫的倾向强于理性，想从地底下放出新兴阶级的光明而被小资产阶级的感伤的颓废的雾笼罩得太深"。正是因为这样，人们很容易陷入歧途。由此，他制定了今后行动的方略，力求使旗帜鲜明起来，步伐雄健起来。这篇长文，是田汉经过长期的探索、追求，终于产生思想与创作质变的界碑。此后，田汉从一个积极的革命民主主义者转变为无产阶级的革命战士。他的剧作也脱尽了感伤、消沉的情调，以磅礴的激情，直刺帝国主义、封建主义、官僚资本主义的统治，配合着人民的斗争，向黑暗政治发起攻击，而成为时代的号角，纳入社会主义文学的总轨道之中。

田汉在观看上海艺术剧社演出时，结识了左翼文艺运动的众多同志，此前与夏衍、钱杏邨、蒋光慈等著名左翼人士也有较密切的交往。这些人士对田汉的思想转向发生着积极的影响。参加"左联"之后，面对国民党反动政府的高压，这个刚强正直的硬汉子，越压越挺，以全部精力投身于左翼戏剧运动，并于1931年1月中国左翼戏剧家联盟成立时被选为主席。在他的主持下，剧联大力开展了工人、学生演剧活动。1930年之后他创作了《年夜饭》《梅雨》《顾正红之死》《1932年的月光曲》《乱钟》《扫射》《暴风雨中的七个女性》《战友》《回春之曲》《晚会》《阿比西尼亚的母亲》《洪水》等二十多部剧作。这些剧作的题材大致可以分成两类：一类是描写工人与资本家、与政府当局做斗争的；一类是表现民族救亡运动的。

《梅雨》是一部独幕剧，剧作通过一个失业的劳动者家庭成员的不同道路，抨击了工厂主的残酷、高利贷的罪恶。潘顺华失业后在梅雨天做不成小生意，被迫自杀；潘顺华的未婚的女婿阿毛被工厂开除后，采用恐吓手段对付资本家，事发被捕；潘顺华的妻子和女儿则在革命者张先生的带领下，走依靠集体、团结斗争之路，终于获得胜利。剧情紧张生动、结构严谨、感染力强，是描写工人斗争的剧作中最好的一部。作品表现出作者饱满的政治激情,和努力表现工人阶级的生活、斗争的意愿,但因缺少工人生活的体验,难以写出性格鲜明的人物,有程度不同的概念化。

《乱钟》描写了九一八事变当晚,日寇轰炸皇姑屯的炸弹轰响了,校钟急骤地敲起,在枪炮声中大学生们涌向操场集合,准备投入抗敌斗争。在这部剧中,几乎没有主要角色。剧中先后出场的学生达17人,不过人物虽多,但中心线索清晰,矛盾冲突集中,整个场面的气势比较宏大。这部剧作在当时的历史环境下发挥了巨大的宣传鼓动作用。《扫射》是《乱钟》的姊妹篇,描述了日本帝国主义占领沈阳后的暴行与人民群众的反抗。剧作以饱满的政治热情、激昂的斗争意志,抒写了东北民众的不屈斗争、中华民族的崇高气节;揭露了日寇的凶残、投降派的嘴脸;指出了军民团结抗日的前途。在当时因其切合国情民心,而具有强大的号召力。

《一九三二年的月光曲》通过描写一个工人家庭的生活侧面,展现了汽车工人的罢工运动。工人王茂林积极参加罢工,并耐心地教育他的内弟要忠于自己阶级的利益。巡捕来抓人时,王茂林与内弟从后门逃去,而妻子安然坐下,静静地给婴儿喂奶,巡捕在一片肃静的氛围里只得悄悄退去。戏剧的结尾充满田汉剧作特有的抒情诗意,但与罢工运动中工人们的沸腾情绪显得稍有不合。

《回春之曲》是田汉这一时期最有代表性的剧作。这部剧写爱国青年高维汉从南洋归来参加"一·二八"战役,战斗中被震晕后失去记忆。爱他的梅娘拒绝了资本家少爷陈三水的求爱,回国守护、照料高维汉。三年后,高维汉在梅娘的精心呵护下恢复了知觉。高呼:"不愿意做亡国奴的,不愿意做顺民的起来,杀啊,前进!"剧本写高维汉受伤后忘掉一切,唯独记住"杀啊,前进!"通过这奇特的情节,歌颂他高度的爱国主义。就在他不忘杀敌的三年中,大片国土沦陷于敌手。人们越是为高维汉的精神所感动,便越发对国民党当局的不抵抗主义感到愤恨。这部剧把爱国与爱情统一在一起,具有浓厚的浪漫主义的诗意,剧中插入一些优美的歌曲,更增强了它的抒情风味。

二、洪深的戏剧

左翼戏剧运动时期,洪深于1930年到1931年创作了代表作"农村三部曲":《五奎桥》《香稻米》和《青龙潭》。这是20世纪30年代戏剧中反映农村生活最有代表性的作品。

《五奎桥》是独幕剧,内容是表现农民与封建势力的冲突。它是三部曲中最为成功的一个。该剧描写了在大旱之年,贫苦农民与乡绅地主因五奎桥的存毁而产生的矛盾和斗争。五奎桥洞位于乡村的水陆要冲,是地主周乡绅祖上建的,是封建统治的象征。这一年正逢大旱,农民急需用的抗旱打水船无法通过狭矮的桥洞,为了挽救生产,以李全生为代表的农民要求拆桥以引水浇地。而周乡绅则为了他家"风水"而设法阻止拆桥,并动用反动军警和所谓的法律来威胁农民。于是,一场不可避免的生死搏斗展开了。最终,李全生用自己的机智和勇敢赢得了斗争的胜利。这虽是一桩偶然事件,却反映出农民与地主两大阶级之间斗争的必然性。人物形象生动而又内涵深沉,语言也极富个性化,有着自然而生动的舞台艺术效果。全剧结构紧凑,条理明晰,语言朴素,深受广大观众喜爱。剧本反映了广大农民阶级和封建地主阶级之间的利益冲突和斗争,也是中国现代戏剧史上最早反映农民斗争的作品之一。

《香稻米》是一部三幕剧。其以一家中农的破产,写拆了五奎桥后,虽然农作物大丰收,结果却是"丰收成灾";周乡绅趁机报复,无以为生的农民放火烧了周家祠堂。《青龙潭》是一部四幕剧,表现官吏、乡董等"口惠而实不至",在新的大旱之年,农民仍然走投无路。"农村三部曲"是很典型的社会剖析剧。洪深根据"先进的社会科学",意欲表现地主乡绅、放高利贷的资本家和帝国主义买办们,加紧对农民的剥削,造成农村经济破产。这种认识贯串了整个三部曲,剧中人物也都代表着不同的社会力量。但洪深写农民也与田汉写工人一样,因为并没有充分的生活体验,便难以达到成功。

洪深还与他人合作,执笔创作救亡题材的独幕剧,如《走私》《咸鱼主义》等。《咸鱼主义》以谐剧的手法,讽刺小市民在民族危亡时的"自顾自"心理,在略带夸张中把人物写得活灵活现。到了抗战后,洪深创作了《包得行》《鸡鸣早看天》等,比较他的 20 世纪 30 年代的剧作,在艺术上有很大提高。

三、夏衍的戏剧

夏衍的戏剧创作开始于 1935 年,并主要集中在抗日战争时期,因此他的剧作在题材上几乎都与抗日有关,围绕着特定的时代、社会与人生,揭示人物的内心世界,在反映现实的同时,追求一种生活化和抒情性的情调。

抗日战争爆发以前,夏衍的创作主要包括独幕剧《都会的一角》《中秋月》和多幕剧《赛金花》《自由魂》《上海屋檐下》等。

《都会的一角》是夏衍的处女作,描写了一个 19 岁的舞女因无力救助负债的情人而自尽的故事,反映了悲剧时代中人民生活的艰辛。《赛金花》以八国联军的侵华战争为背景,通过赛金花的种种遭遇,反映了八国联军对中国的侵略,描绘了国势衰弱的清王朝丧权辱国的丑行。剧中的左侍郎徐大

第四章　中国现代戏剧的文体嬗变与文学创作

人说"咱们中国在国破家亡的时候,靠女人来解决问题的事情。本来是不稀奇的",一语道破了这个反动政权腐败、昏庸的本质。不过,由于该剧对一个妓女凭借色相挽救民族危亡的屈辱情节没有做出鲜明的评论,所以在思想高度上受到了影响。《自由魂》不同于《赛金花》,主要以积极的正面主人公为榜样,高度赞扬了反帝反封建的革命精神和舍生取义的英雄气概。剧作选取为革命而献身的烈士秋瑾短暂一生中的片断,展现了她以身殉志的悲壮历程。剧本情节紧凑,人物性格鲜明,对话简洁、明快,很有特色。

《上海屋檐下》是抗战前夏衍最杰出的一部作品。这是他自觉实践现实主义手法取得的重要收获。剧本描写生活在大城市底层的一群小市民和贫苦知识分子平凡得令人诅咒的生活,通过五个家庭的不同遭遇以及相同的不幸命运,揭示社会内在的矛盾,使人感到一种郁闷的时代气氛。生活在社会底层的每个家庭都是不幸的,他们在地狱般的社会中挣扎着、煎熬着。他们本身的弱点又决定他们无力回天,只能在阴暗的日子里默默地度日,但他们在内心深处却从未失去对光明的向往,他们盼望着光明,盼望着晴天。

这部剧显示了夏衍艺术上的成熟。

首先,在人物描写上,夏衍以塑造性格、深入挖掘人物内心世界为主要手段。他一一揭示了林志成、杨彩玉、匡复这三个人物的软弱性,但又根据不同人物予以不同表现。林志成的软弱表现于痛苦的自责和歇斯底里的发泄;杨彩玉的软弱表现于羞愧的饮泣与情不自禁的诉说;匡复的软弱则表现于暂时的颓唐与沮丧。夏衍以极简洁的笔墨,用一两个动作、一两句台词,勾勒出人物复杂的内心感情、独特的性格特征,以及他们的社会地位、阶级身份、身世命运。

其次,夏衍善于组织简约严谨的戏剧结构,把戏剧冲突生活化。例如,《上海屋檐下》中他利用上海弄堂屋子的特殊结构,将五户人家用一个场景画面,在同一舞台空间同时展开。这一独特的设计,不仅丰富了剧作的情节,扩大了反映生活的视角,而且减少了场次,突出了主题,大大加强了舞台的生活实感。

再次,夏衍善于把自然环境与社会环境结合在一起。作者把剧情发生的时间精心安排在一个郁闷得使人透不过气的黄梅时节,象征着抗战前夕如黄梅天一样晴雨不定、阴晦异常的政治气候,反映出小人物的苦闷、悲哀和失望,更显示了革命风暴的即将到来。这种高超的艺术构思,收到了极其强烈的戏剧效果。

最后,夏衍善于表现普通人的命运,他总是选取与现实斗争密切相关的题材,且多数剧本以平凡的生活琐事为题材,展示形形色色的社会世相,生活气息极为浓郁、恬淡、自然,但又使人感到洗练、隽永。

1937年抗战全面爆发后,夏衍曾辗转于上海、广州、桂林等地,组织编辑《救亡日报》。1942年到1945年,他又到重庆《新华日报》任职,在忙于抗敌宣传工作的同时,夏衍也积极投入创作,这一时期的主要作品包括《咱们要反攻》《一年间》《娼妇》《心防》《愁城记》《水乡吟》《法西斯细菌》《离离草》《芳草天涯》等。

四幕剧《一年间》描写了爱国绅士刘爱庐一家在抗战爆发后的一年间所经历的颠沛流离,表现了战争给普通百姓带来的悲欢离合。全剧通过对正面人物的塑造,批判了抗战救亡中的悲观主义情绪,贯穿着民族必胜的信念。

《心防》是抗战时期夏衍剧作中最为突出的一部。它主要描写了沦陷区广大知识分子坚守这城市"五百万中国人心理的防线",为坚持抗战所做的努力。主人公刘浩如是一个新闻记者,当上海沦陷时,他意识到:"现在摆在我们面前的问题,是如何死守这一条五百万人精神上的防线,要永远地使人心不死,在精神上永远不被征服,这就是留在上海的文艺工作者的责任!"为此,他无视敌人的威胁和利诱,勇敢地战斗在"心防"的最前沿。与刘浩如共同战斗着的还有沈一沧、刘爱棠等一大批进步文艺工作者,夏衍以饱含激情的笔调热情歌颂了这一群坚守"孤岛",坚守人民精神防线的坚强战士,表现了知识分子对国家前途和命运的关注。

《法西斯细菌》也具有较大的影响力。该剧描写了一向不问政治的细菌专家俞实夫在抗日过程中逐步觉醒的故事。俞实夫正直宽厚,具有突出的献身精神,并且崇奉"科学救国";但严酷的事实终于使他认识到"法西斯细菌"不消灭,就不能够真正救国。他由东京到上海,再到香港和桂林的四次迁徙、四次转变过程,展示了广阔的时代画面。与夏衍的其他作品相比,这部剧表现了更为鲜明的时代和政治色彩,剧情发展的每一阶段都与一个重大的历史背景相关,人物的命运也是结合着当时国内外政治形势而发展、变化,剧本的篇幅虽然长,但剧情连贯、紧凑,比较集中地反映了民族革命战争时期的时代风貌。在这部剧中,夏衍也塑造了他经常塑造的一类典型人物,即小资产阶级知识分子,如俞实夫。夏衍有意地将这一类人放在一个可能改变、必须改变,但一定要经历某种生活的磨炼才能改变的环境里,让他们遭受残酷的压迫和伤害,使他们经过种种经历,最终达到他们必须达到的境地。在剧作中,夏衍严厉地批评和谴责了小资产阶级知识分子的软弱性,但身为知识分子中的一员,还是饱含了同情心理的。

《芳草天涯》是夏衍唯一以爱情为题材的剧作,它立足于抗战这个大的时代背景,描写了战乱离难中知识分子的爱情与生活的纠葛,通过家庭矛盾投射着社会的矛盾与时代的矛盾。它是夏衍剧作中人物最少、情节最集中、戏剧冲突内在而又非常强烈的作品,具有感人的艺术力量。

夏衍的剧作在广泛地吸收、摄取外来文艺思潮影响的基础上,形成了现实主义的独特风格。为了遵循现实主义创作原则,他总是从平凡的人物和事件中挖掘主题,舍弃情节的奇巧与偶合,反映"真实的人生"。他的剧作正是以简明、通俗、易懂、贴近现实生活而赢得了更多的观众,为中国现代戏剧的民族化和大众化做出了努力。

第五节 战争时期大后方话剧的多重奏

一、战争时期大后方的话剧概况

1935年,日本帝国主义侵华日急,民族危机深重,中国共产党在提出建立抗日民族统一战线的同时,致力于改善和加强对革命文学和戏剧运动的领导。1936年初中国左翼作家联盟解散,并提出国防文学口号之后,中国左翼戏剧家联盟也宣布解散,转而组织戏剧界抗日统一战线组织——上海戏剧界联谊会(又名戏剧界俱乐部,由章泯、赵丹、金山、陈鲤庭等负责)和上海剧作者协会(由张庚、周钢鸣负责),提出国防戏剧口号,以广泛团结爱国剧人,开展救亡戏剧活动。同年2月,上海剧作者协会制定并发表《国防剧作纲领》,规定国防戏剧创作应以揭露日寇的残暴、批评一切不利于抗日的思想和言论、歌颂群众的抗日情绪和行为作为主要任务。之后,协会成员创作出大量国防剧作,分别刊登在《光明》《妇女生活》《读书生活》《戏剧时代》等杂志上,有力地推动了国防戏剧的演出活动。国防戏剧作品如于伶的《回声》《汉奸的子孙》《撤退赵家庄》《浮尸》、洪深的《走私》《洋白糖》、张庚的《秋阳》、夏衍的《都会的一角》《赛金花》等在上海及其他城市的剧场、工厂、学校广泛上演。其中,《赛金花》由四十年代剧社在上海首演,连演20余场不衰,观众达3万人次。在南京演出也深受欢迎,但遭到国民党当局的禁演,造成轰动一时的"《赛金花》事件"。

1937年抗日战争全面爆发后,国防戏剧发展为抗战戏剧运动。由于话剧是反映现实最快的一种文学形式。因而在这一时期,艺术家们以话剧为武器,宣传抗战,动员民众,保卫国土。卢沟桥事变发生后,话剧舞台上很快就演出了两台大戏:一台是1937年8月7日由上海剧作者协会集体创作演出的大型话剧《保卫卢沟桥》;另一台是1937年8月9日由田汉创作的大型话剧《卢沟桥》。

淞沪会战爆发后,上海的话剧工作者很快组成了13个"救亡演剧队"。在"戏剧上街、戏剧下乡"等口号的鼓舞下,救亡演剧队离开大城市,走向工厂、农村、前线,开始了频繁的演出宣传活动。他们的足迹踏遍了江苏、浙江、安徽、河南、河北、山西、陕西、湖北等地,使话剧真正走进群众之中,鼓动广大民众积极参加抗战。最初,他们演出的剧目多数为短小灵活的街头剧、活报剧和独幕剧,比如《放下你的鞭子》《血洒卢沟桥》《八百壮士》《古城的怒吼》等。后来,随着抗战的深入,艺术家们对生活的认识逐步加深,戏剧创作无论在思想性还是艺术性上都有了普遍的提高。

抗战期间,大后方话剧的题材、类型和风格都呈现多样化的局面。在这里,既有呼唤抗战、鼓舞人心的急就章,也有雍容华贵、大气恢宏的历史剧;既有揭露国民党黑暗统治的暴露剧,又有反映普通人历史命运的剧作;既有深沉厚重、令人扼腕沉思的悲剧,也有针砭时弊、引人发笑的喜剧。多元化的话剧景观构成了大后方话剧的多重奏。

当时,创作出好作品的作家增多了,一批比较成熟的剧作家迅速出现在话剧舞台上。他们创作了《屈原》(郭沫若)、《天国春秋》(阳翰笙)、《忠王李秀成》(欧阳予倩)、《秋声赋》(田汉)、《凤凰城》(吴祖光)、《海国英雄》(阿英)、《金田村》(陈白尘)、《正气歌》(吴祖光)、《棠棣之花》(郭沫若)等一大批优秀剧目。同时抗敌演剧队也演出了一大批历史剧目,如《李秀成之死》(阳翰笙)、《前夜》(阳翰笙)、《飞将军》(洪深)等,通过宣扬历史上民族英雄的斗争精神鼓舞全国民众的抗战士气。

抗战初期,话剧发展出现了"游击战"和"散兵战"的鲜明特征。这使中国话剧从剧院走向街头,从都市走到农村。话剧运动的这种新变化,必然会带来话剧形式的变革。这主要表现为,街头剧、广场剧、报告剧、活报剧、茶馆剧、游行剧、谐剧、灯剧、仪式剧等新的话剧形式纷纷涌现,广为演出;还有田间剧、朗诵剧等的倡导和实践,真是丰富多彩,摇曳多姿。

这些剧虽然各有其独特的艺术特征,但因为它们是在相同的时代环境中,呼应着相同的社会审美需求和观众相同的审美情趣而产生的,因此又有着相似的审美品格。这主要表现为以下几个方面。

第一,短小。无论是《放下你的鞭子》等街头剧,还是《参加八路军》等活报剧,或是《黄巡官》等谐剧,它们大都是独幕剧,人物不多,情节简单,演出时间常在半小时左右,对流动演出极为方便。

第二,通俗。这一时期的剧作故事紧张热闹,主题单纯明了,形象黑白分明,语言土语化、口语化,能吸引观众并明白易懂。譬如后面还将论及的活报剧《王老五逛庙会》,就融会了中国各种民间曲艺形式,用各种人物的串演和通俗形象的语言,去解释边区政府的施政纲领,就演出效果来看颇为成功。

第三,简便。这一时期的剧作都是根据当时当地的情形随编随演,舞台装置和场景变化等都极为简单方便。这些都是为适应宣传抗战、组织民众的急需而做出的艺术选择。

二、战争时期大后方的几种主要话剧样式

(一)街头剧与广场剧

街头剧在中国的兴起并不是在抗战时期,1931年东北沦陷后,中国最著名的街头剧《放下你的鞭子》,就伴随着为民族争生存的残酷斗争而诞生了。该剧是根据德国作家歌德的长篇小说《威廉·迈斯特的学习时代》中的眉娘故事改编的。剧本描写从东北沦陷区逃出来的父女俩流离失所、沿街卖唱的悲惨遭遇。青年怒斥父亲鞭打卖唱的女儿的"放下你的鞭子"的叫喊,引出父女俩倾诉日寇入侵、家乡沦陷、被迫流亡的痛苦经历和群众"打倒日本帝国主义"的悲愤怒吼。抗战初期,"鞭子"响遍大江南北,激发起全国人民英勇的抗战激情,获得强烈、巨大的政治宣传效能。这使戏剧家受到极大的鼓舞,街头剧创作一时蔚然成风。

当时流行最广的街头剧是《放下你的鞭子》《三江好》《最后一计》《盲哑恨》《难民曲》《沦亡以后》《到前线去》《卫生针》《一只手》等。据不完全统计,在抗战期间出版、发表的1200余部剧作中,街头剧就有近百部,且多在抗战初期;而各演剧队随时随地随编随演的街头剧,更是不计其数。在1938年10月举办的中国首届戏剧节期间,重庆城乡还举行了为期3天的大规模的街头剧演出,向民众宣传抗战,为前线将士募征寒衣,轰动山城,收获巨大。

广场剧也是在街头表演,但比街头剧更具恢宏的气魄和壮观的场面,有众多的演员和成千上万的观众。中国的广场剧也是受苏联的影响而兴起的,广场剧最早、最优秀的实践者是刘保罗。抗战伊始,刘保罗就立志要创造一种崭新的话剧样式,通过展开戏剧的游击战,把话剧和大众结合起来。他率领浙江省抗敌后援会流动剧团到浙东浙西农村,在长兴煤矿演出《保卫华北煤矿》时,就利用整个煤矿做舞台,把许多煤矿工人都卷入剧情而成为演员;在长兴城里演出《各界抗日除奸大游行》时,又以整个城区作为舞台,动员几千民众演出了一场惩罚汉奸的宣传剧;更妙的是在某次庙会上,他把来烧香拜佛的老太太和来赶集的小摊贩都拉进戏中,演出了宣传国难当头有钱出钱、有力出力的《庙会》。这些演出,都有极为强烈的宣传效果。

中国的街头剧和广场剧虽然是在外国戏剧的影响下兴起的,但有其独

特的个性。这主要表现在以下几个方面。

第一,迫切的社会需求和戏剧家强烈的社会使命感相融合,使得中国的街头剧和广场剧有着更为强烈的战斗激情。这表现在街头剧中,常常是赤裸裸的政治口号的呼喊,是急迫的政治意识的灌输。例如,《一只手》剧中的"报告人"开篇就向观众直言,该剧是要"借着戏剧的力量,唤醒大家起来抗战救国,把杀人放火的日本鬼子赶出中国去"。

第二,真正深入社会的各个角落来鼓动最广大的民众参加抗战。街头剧不再似比利时等国仅局限于在街头宣传演出,广场剧也从国外真正的广场走向煤矿、乡村和田野。这使它们所表现的题材更为丰富,反映的生活面更为宽广。

第三,在艺术表现方面,更多地吸取了锣鼓、杂耍、曲艺等民间艺术,以及民族的音乐曲调。《放下你的鞭子》开场时就是锣鼓声震天,卖艺汉说贫嘴的江湖白、香姐的鹞子翻身和"九一八小调"等,都有浓郁的民族情调。刘保罗甚至从理论上总结出广场剧的演出必须看准地方特性,要注意剧作内容与现实环境的关系,把烧香拜佛、赶集杂耍等民俗风情真实地反映到剧情里,民族风味颇为浓郁。这种艺术表现特点能够很好地吸引民众。

第四,中国的街头剧和广场剧因其场地和对象的多变,而表现出灵活多样的表演形式。例如,在《放下你的鞭子》等成功的街头剧和《各界抗日除奸大游行》等成功的广场剧里,都有扮演"群众"的演员混杂在观众群里,他们在暗中起着引导剧情发展和鼓动观众情绪的作用,使整个戏剧演出更为逼真,更富宣传鼓动性。这是真正富于戏剧性的巧妙安排。

(二)报告剧与活报剧

报告剧是战前从苏联介绍到中国来的,它是以真人真事为基础,对现实中重大的政治事件和社会新闻作戏剧式报道。战前于伶翻译的苏联作家亚非诺干诺夫的报告剧《西班牙万岁》,就是描写西班牙人民军和民众同叛军英勇战斗的事迹,给予奋战中的西班牙人民以巨大的鼓舞。抗战爆发后,如何在战乱的封闭现实中向人们宣传前线将士的抗敌捷报,如何揭露敌寇的罪行以激发民众的抗战激情?中国戏剧家首先想到的就是报告剧。抗战初期,《保卫卢沟桥》《台儿庄》《八百壮士》等报告剧都以满腔热情记下了中国人民伟大的抗战史实,给予人们巨大的精神鼓动。

活报剧也从苏联引介而来,其最早出现在20世纪30年代的中央苏区。中央苏区红军看到了活报剧在政治宣传方面巨大的社会效能,因而专门用它来宣传和鼓动民众积极参加民族革命战争,激发民众反抗黑暗的革命激情。因此,活报剧在中央苏区的创作和演出十分活跃。《广州暴动》《庆祝五

第四章　中国现代戏剧的文体嬗变与文学创作

一国际劳动节》《庆祝红军胜利活报》等都是著名的活报剧。

抗战爆发后,活报剧因时事的刺激和战斗的需要,获得长足的发展。在延安,抗战初期就上演了《统一战线活报》《海陆空军总动员活报》《苏维埃活报》《军事活报》《生产大活报》《反迷信活报》《选举活报》《五卅活报》《同心合力打东洋》《保卫大武汉》《为自由和平而战》《国际玩具店》《纪念十月革命》《反扫荡》《侵略者的末日》《反法西斯》《保卫边区》等活报剧数十种;晋察冀边区也常有活报剧的演出,《参加八路军》《青年进行曲》《迎接相持阶段到来》《晋察冀之歌》《王老五逛庙会》《跟着聂司令员前进》《团结在晋察冀的旗帜下》《反对敌伪顽合流》等剧作,都很受群众的欢迎。流行在其他抗战根据地的活报剧,还有《国际活报》《抗战三阶段》《最后的胜利》等。这些剧作大都是在火热的斗争中集体创作的。

活报剧在大后方创作和演出最活跃的,是大西南著名的新中国剧社。他们先后编演的活报剧有近30个,较好的是瞿白音、汪巩的《希特勒摇篮曲》,汪巩、严恭的《怒吼吧,桂林》,瞿白音的《金碧交辉》,以及新中国剧社与演剧四队、九队集体创作的《同盟军进行曲》等。活报剧在抗战期间演遍前线、后方和各抗日根据地。

活报剧就是"活的报纸",它最重要的艺术使命就是迅速地反映当前的社会情势,中国戏剧家将其称为"即景"式活报。例如,抗战初期,毛泽东的《论持久战》刚发表,戏剧家们就立刻编演了《抗战三阶段》活报剧,形象地表现出毛泽东预测的抗战敌攻我守、敌我相持、敌退我进三个历史发展阶段,反响极大,增强了军民抗战必胜的信心。

中央苏区时期的活报剧刚开始主要以模仿苏联的"蓝衫剧团"的演出为主,比较机械,主题揭示的概念化和人物性格脸谱化的象征性特征突出。例如,在解放区广为演出的《参加八路军》一剧,舞台上先是出现一个日军军官在四处挥舞马刀表示"扫荡"的场面,随后安排八路军和工农妇青各种代表人物,高举步枪、红缨枪、镰刀、斧头等,有节奏地向日军军官逼近,表现的是反扫荡的场面。随后是日军失败倒地,群众欢呼胜利,踊跃参加八路军。抗战时期,活报剧逐渐中国化了。1940年,边区政府颁发20条施政纲领,党号召文艺家广泛宣传,使其家喻户晓。解放军战斗剧社的戏剧家们集思广益,创作出著名的活报剧《王老五逛庙会》。他们选定纲领中的条文,根据自己所熟悉的民间艺术形式,分别编写成短小精悍的曲艺节目。有拉洋片的,有唱凤阳花鼓、河南坠子的,有说大鼓、数来宝、相声的。他们还让男女两位喜剧演员装扮成夫妻逛庙会的形式,就其所见相互提问、争论和解释,以加深观众对剧作内容的理解。他们的表演实际上起着"活转台"的作用,使演出既生动活泼,又通俗易懂,深受欢迎。当时,这种中国化的表现手法是八仙过海,各显神通,都有较好的艺术效果。

活报剧借鉴民族戏曲歌、舞、诗相结合的特点,也表现了它在艺术上的中国化。它已不再是苏联乃至西欧等国那种纯"话剧"的活报,而是糅杂着歌,伴随着舞,飘逸着诗,创造出多样化的活报剧:有在慷慨激昂的诗歌朗诵中,以哑剧的形式表演诗歌内容的"诗歌哑剧活报";有在活报的演出中伴随着歌舞以抒发情感的"歌舞活报";有在悲壮激越或悠扬舒缓的音乐伴奏下演出的"音乐活报";还有的剧作把这些融会在一起,更是绚丽多姿。

(三)游行剧、茶馆剧与谐剧

游行剧、茶馆剧与谐剧可谓是中国话剧在政治宣传的艺术探索中的独特创造。游行剧是采用化装游行进行宣传的戏剧样式,它主要表现出如下艺术特征。

第一,它很少是单个剧目的表演,常常是一组内容相似的剧作的连串,演出时气氛热烈,场面壮观。例如,在首届戏剧节开幕式后,上海业余剧人协会在重庆的大街上,在成千上万的观众的簇拥下,演出了《汉奸和十字舞》《争取最后的胜利》《大家一条心》等剧目,轰动整个山城。这些剧作中都有周峰扮演的土肥原、钱千里扮演的汉奸、叶露茜扮演的农妇和石羽扮演的工人,也就是说,这些剧作都是表现由这些角色构成的相似的矛盾冲突,以加深人们对团结抗战的认识。

第二,就每个剧作本身来看,为宣传抗战,招徕观众,参加游行演出的剧作并非是单纯的话剧,而是在话剧表演中融合着舞蹈和歌唱。《汉奸和十字舞》就在演出中伴随着优美的民族舞蹈。歌唱在游行剧中更是常见的。1944年5月,当战火危逼长沙时,桂林文化界为声援守卫长沙的将士,曾举办扩大宣传周。戏剧界在宣传"献金"的游行演出中,安娥作词、费克作曲的《献金歌》作为剧作的主题歌在桂林城激荡,宣传效果显著。

第三,游行剧常常伴有其他艺术形式,尤其是中国的民间艺术。在庆祝中华全国戏剧界抗敌协会成立一周年所举行的盛大的火炬游行演出中,戏剧家表演的总题为《抗战建国进行曲》(包括《自由魂》《民族公敌》《群魔乱舞》《怒吼吧,中国!》《为自由和平而战》《全民总动员》和《最后的胜利》等剧目)的盛大游行剧,演出中每出戏都配有相应的彩灯,有的表演高跷,有的耍龙灯、舞狮子,有的用车辆扎成舞台,随游行队伍边演出边行进。这样声势浩大的游行剧确实吸引了成千上万的观众,宣传鼓动效能极大。

茶馆剧主要流行于抗战初期的西南一带(尤其是四川)。由于这一带茶馆遍布城乡,老百姓不论是早晨、中午或是黄昏,每天总喜欢在茶馆里喝碗滚烫的茶;茶馆也是聚会闲聊的场所,人们总爱在这里谈论某些社会

第四章　中国现代戏剧的文体嬗变与文学创作

新闻,或是本地的逸闻趣事。因此,茶馆就成为戏剧家对民众进行宣传的阵地。

茶馆剧的剧情相对简单,人物不多,易于在都市和乡镇的茶馆里或路边的茶亭里演出。但是,和街头剧不同的是,茶馆剧没有什么曲折复杂的剧情发展,它常常是由演员扮作茶客或其他角色,通过他们相互间的问答讲述一个故事,而通过这个故事向茶客们宣传抗战的道理。此外,由于茶馆是中国的特产,茶馆里经常有民间艺术表演,因而茶馆剧中总是飘溢着浓郁的民族风味。抗战初期广为演出的茶馆剧《长江血》(胡绍轩),就是写一个落难者和两个外乡人在某茶馆里相遇与搭讪,通过落难者之口揭露日寇侵犯武汉,逃难的百姓在船上遭敌机狂轰滥炸而惨死的悲剧。剧作开始时,落难者为了糊口而手持渔鼓在茶馆里卖唱。在通过问答讲述这悲剧后,落难者又唱道:"时到深秋天气凉,军人抗战着单裳;清晨夜晚风吹冷,不久沙场降雪霜;战士前方拼血肉,后方供给理应当;必须全体把亡救,国民天职君莫忘。杀敌不分男和女,抗战也不分前方和后防;出钱出力都是一般样,今人应比古人强。"由此可知,茶馆剧也有较强的宣传教育功能。

谐剧是抗战初期四川戏剧家王永梭的艺术创造。这种剧在当时的重庆山城受到观众的热烈欢迎,演出中的笑声和掌声常常像奔雷似的在观众中间激荡。而且,谐剧从一开始就不单为政治宣传,也重视艺术创造,因此,政治情势的变化对其发展的左右,并不像街头剧、广场剧、报告剧、活报剧、游行剧、茶馆剧等那样明显。总的来说,谐剧主要有如下特点。

第一,剧作内容的现实性与讽刺性。谐剧随时随地撷取现实中的题材进行创作,并且着重揭示的是现实的矛盾与可笑的方面,幽默地揶揄生活中不合理的现象,尖刻地嘲讽社会的黑暗。它带着更多的喜剧味,常常是在诙谐嬉笑之中,使观众感受到现实的痛苦与悲伤。王永梭的《卖膏药》就是描写一个穷苦者在街头卖膏药,口若悬河,汗如雨下,却卖不到一个钱,表现的是普通百姓生活的悲惨;《赶汽车》则是刻画某乘客想赶乘一趟长途汽车所遭遇的种种困难与阻碍,表现出战争给中国人民带来的灾难,以及在旧中国普通人生活的苦痛;《黄巡宫》讽刺的是巡警趋炎附势的丑态。

第二,舞台装置与表演的写意性。谐剧只需要一块场地,一个演员,就可以表演一段趣味盎然而又意味深长的人生经历。舞台上可以毫无装饰,演员总是穿着平常的衣服,甚至脸上不用化妆,手中也不需要道具,仅仅是凭借着形象的动作配合生动的四川话,惟妙惟肖地表演出剧作的内容。在表演中,演员扮演剧中的规定人物"我",而随着剧作内容的需要,"我"通过迅速变换神态、形体动作和语调,可以与"我"以外的各个虚拟人物进行对话、交流和冲突;在时间、空间的运用上,又借鉴了民族戏曲的"假定性"手法,剧中的时空随着剧情的发展可以自由地变化。

第三,舞台形象十分生动逼真。街头剧、活报剧等宣传鼓动剧大都注重剧作内容的直露表现,而不重视人物性格的描写,谐剧则不然。它主要是通过性格的刻画和形象的表演来表现思想的,因此,它的形象刻画尤为重要,并要求在精巧的艺术构思中表现深蕴的立意。

第六节　解放区戏剧的新天地

解放区戏剧是在解放区特殊的文化环境中出现的文艺现象。解放区戏剧的地理空间范围主要是以延安为中心,包括陕甘宁边区、晋察冀边区等。解放区的戏剧创作从一开始就继承着苏区戏剧为政治服务、密切配合现实斗争的传统。在延安文艺座谈会后,党中央号召剧团下乡,号召戏剧工作者深入前线与农村,强调戏剧直接参加现实斗争的重要性与必要性。于是,解放区一些专门的戏剧人才走向民间,向民间曲艺学习,促使解放区的戏剧创作越来越活跃。解放区戏剧呈现明朗、朴素的格调,现实主义是早期解放区戏剧唯一的创作方法。从主题上看,解放区戏剧大多反映农民政治翻身、经济翻身、文化翻身等问题。从形式上看,解放区戏剧主要采用秧歌剧、新歌剧、旧剧革新、话剧等形式,走专业剧作家和群众相结合的道路,视角来自于民间大众。

抗战初期,解放区汇集了一大批戏剧人才,为解放区戏剧的发展提供了良好条件。这些戏剧工作者在全民族高涨的抗战热情鼓舞下,演出抗战戏剧。但在这些知识分子的头脑中,戏剧的方向还不明确,在解放区各地排演了一些与农村有相当隔阂的外国戏和都市题材的戏。后来随着农村知识分子涌入文工团、剧团,表现工农兵题材的戏才逐渐多起来。各解放区出现了表现工农兵的戏剧,如《查路条》《参加八路军》等。特别是《讲话》发表以后,毛泽东号召文艺工作者到群众中去,到火热的战斗生活中去,创作出为群众所喜闻乐见的作品,旨在推进中国革命的发展,夺取最后的胜利。在《讲话》精神的指引下,群众性文艺活动兴起,掀起了群众性的秧歌运动,在解放区农村剧团大量出现,戏剧成了发展繁荣的艺术门类。到1942年,晋中有1700多个剧团,北岳有1400多个,还出现了人民抗日剧社、鲁艺实验剧团、鲁艺评剧团等专业剧团,戏剧的演出和创作都繁荣起来。解放区短短的几年内有上百个剧目上演,剧目种类繁多,有活报剧、歌剧、话剧等,如三幕话剧《流寇队长》(王震之)、独幕话剧《重逢》(丁玲)等都是当时广受欢迎的剧作。但这些剧作大多艺术性不强,没能充分照顾到工农兵大众尤其是农民

第四章　中国现代戏剧的文体嬗变与文学创作

的欣赏趣味,存在公式化倾向,缺乏感人至深的力量。

在解放区戏剧中,秧歌剧占有重要位置。秧歌剧是文艺工作者向民间学习的结果。解放区文艺工作者深入农村,向农民群众学习,开始关注秧歌。秧歌原是北方农村常见的娱乐方式,是舞蹈和歌唱相结合的一种民间艺术形式。解放区的文艺工作者把这种旧的民间艺术加以改造,去除了丑角和低级色情的轻佻动作,保留了其热情欢快的喜剧色彩,使之简洁活泼、生动明快,并加入了新鲜的时代内容,来表现解放区的时代生活,吸取了话剧、歌剧等表现手法,增加了繁复的情节。主题既有对新生活的歌颂,也有对旧社会的控诉,这种新秧歌受到广大群众欢迎,被称为"斗争秧歌"。新秧歌有广泛的群众基础,群众能看得懂,自己还能演出。一时间,在解放区出现众多的秧歌队。

1943年,秧歌剧《兄妹开荒》(原名《王小二开荒》)成功演出,得到了毛泽东等中央领导的肯定,掀起了解放区秧歌剧创作的热潮,一时间涌现出许多优秀的秧歌剧,较著名的如《夫妻识字》(马可)、《牛永贵挂彩》(周而复、苏一平)、《小放牛》(尚之光、王世俊)等。这些秧歌剧"取消了丑角的脸谱,除去了调情的舞姿,全场化为一群工农兵,打伞改为用镰刀斧头,创造了五角星的舞形"。经过改造,原来的秧歌发展成为融汇了戏剧、音乐、舞蹈等艺术元素的广场歌舞剧。

戏曲工作者和群众秧歌运动相结合,产生了一大批表现问题深刻、情节更加复杂的优秀剧目,有《白毛女》《王秀鸾》《赤叶河》《刘胡兰》等。这些作品在内容上,深刻地反映了现实生活;在艺术形式和语言上,从民间艺术形式中汲取营养并大胆加以创造,更为重要的是这些演出都和当时的具体政治任务有很好的结合,有着强烈的现实战斗精神。1944年的两部规模宏大的歌剧《无敌民兵》和《惯匪周子山》,吸收了京剧、话剧的表现手法,成为大型歌剧的雏形,为成熟的民族新歌剧的诞生作了艺术上的探索和方法上的准备。

进入解放战争时期,中国新歌剧已然彻底形成,并迅速普及开来,在全国多个地区都有杰出的歌剧作品。延安、东北地区、华北地区、华中地区,新歌剧纷纷出现,这种艺术表演形式得到了极大的推广与普及。

《赤叶河》是晋中太行剧团演出的歌剧。该剧本由诗人阮章竞创作和导演,由高介云、张晋德作曲,由山西武乡光明剧团改组的太行剧团在太行行署首演,受到群众热烈欢迎。剧本通过讲述王大富一家悲惨的遭遇,揭示了旧中国封建制度压迫下农民痛苦呻吟的生活。1949年,《赤叶河》全剧音乐在歌剧《白毛女》《王秀鸾》等歌剧音乐创作的经验引领下,在原来较简单的旋律演奏基础上得到了很大的改进。尤其在和声配器与旋律布局和运用管弦乐烘托、渲染,突出表现与塑造人物等方面进步显著。在全剧的音乐中,一幕农民宋老汉的独唱《赤叶河原是个荒山坡》、三幕二场女主角独唱的《燕燕下河洗衣裳》是最具有抒情性,也最为动听的;而三幕四场王禾子被逼逃走时的独唱《大风大雨》与《燕燕投河》,是最富有强烈戏剧性的激情倾诉唱段。此外,该剧对语言四声和音韵气势发展的把握都非常到位,深得观众的喜爱。

《刘胡兰》是一二〇师西北战斗剧社演出的歌剧。这是战斗剧社根据战争年代广大工农兵的需求,在困难条件下创作与演出的影响很大的一部歌剧。全剧音乐朴素亲切,一经上演,其中《数九寒天下大雪》的歌词"数九那个寒天下大雪,天气那个虽冷心里热,我从那前线转回来,胜利的消息要传开!"立刻传遍前线与后方,至今仍不失为一首脍炙人口的歌剧选曲。听到这首歌,人们便想到了刘胡兰那不朽的英雄形象。全剧舞台环境和表演风格为写意与写实、虚与实的结合。例如,一幕一场刘胡兰家,内景有窗、炕的实景,而门是假设,因此演员动作和话剧略同,倾向于生活的写实,遇有假设的如开门关门类动作便采取秧歌剧或戏曲表演手法,即现实与象征手法并用,并赋予动作以节奏化和舞蹈化,略加渲染与夸张。这是中国民间最流行和受欢迎的表演形式。爱兰子打干粮,刘母做军鞋,两个特务偷进村时的步法等都是这样处理,为缩短换景时间,运用二道幕以解决过场戏问题。这部歌剧演出了很多次,受到人民群众和广大部队的热烈欢迎,反响强烈。在解放战争中,它对提高与鼓舞广大干群和部队指战员的战斗意志有着不容忽视的作用。

除了歌剧,话剧在解放区也有一定程度的发展,但与歌剧的红火场面相比则逊色得多,上演了《钦差大臣》《伪君子》《马门教授》等世界名剧,还有曹禺、夏衍等优秀剧作家的剧目,呈现高雅的审美追求和非凡的精神气度。显然这并不符合当时主流意识形态对戏剧的要求,也和农民的欣赏习惯有一定距离。这种对中外优秀话剧的排演,在延安整风中遭到批判。后来,解放区话剧由剧场走向广场,紧扣为工农兵服务的时代主题,但艺术性存在一些不足。较为优秀的有独幕剧有《把眼光放远点》、三幕剧《抓壮丁》、四幕剧《同志,你走错了路》、五幕剧《炮弹是怎样造成的》等。

下篇 中国当代文学进程中文体的嬗变与文学创作

第五章 中国当代诗歌的文体嬗变与文学创作

在中国当代文学的创作中,诗歌取得了不俗的成绩。在20世纪四五十年代,诗歌发生了重大转折,最主要的表现就是诗歌多种艺术构成的关系发生了重组,出现了在诗歌观念和艺术方法上统一规范的强大要求,并由此出现了具有"当代特征"的诗体形态。自20世纪70年代末开始,诗歌领域出现了多种新思潮,对诗歌创作进行了多个向度的变革与实验,使诗歌呈现出新的面貌。

第一节 中华人民共和国成立初期的"欢乐颂"

在中华人民共和国成立初期,随着政治、经济、文化等的全面转型,诗歌的创作也急需寻找新的话语方式来对新的时代内容进行言说。很快,诗歌创作者们便在时代精神的感召下找到了一种与当时的主流意识形态相一致、相和谐的传达方式,发出了由衷的歌唱。他们歌唱祖国、翻身的人民和引导他们走向胜利的人民领袖,歌唱阳光朗照、蒸蒸日上的新生活和轰轰烈烈的社会主义建设。因此,他们的诗歌被认为是中华人民共和国成立初期的"欢乐颂"。在这里,着重论述一下胡风、闻捷和艾青在中华人民共和国成立初期所创作的赞歌。

一、胡风的诗歌

胡风(1902—1985),原名张光人,湖北蕲春人。他早年受五四新文学的影响,开始进行新诗的写作。1929年,他到日本留学,后因在留日学生中组织抗日文化团体而被日本警视厅逮捕并驱逐回国。回国后,他参加了"左联",并在抗日战争期间积极从事抗日文艺活动,创办了多个进步刊物,包括《七月》《希望》等。在全国解放后,胡风先后任全国文联委员、中国作协常委和《人民文学》编委等职。1985年,胡风因病去世。

胡风是一位敏于感受时代脉搏、怀有民主精神的激情诗人。他在中华人民共和国成立不久,便以满怀激情的语言和恢弘的气势创作了交响乐般的巨型史诗《时间开始了》,表明中国进入了划时代的转折时刻。

《时间开始了》有3000多行,以欢乐起,以欢乐终,其中贯穿了政协会议、纪念碑奠基、开国大典三个历史时间,既以波澜壮阔的描写传递出那个欢乐时代的精神之魂,也贯穿了诗人个人寻求革命、追求理想的生活道路。全诗由五个乐章组成,分别是《欢乐颂》《光荣赞》《青春曲》《安魂曲》(后改为《英雄谱》)和《又一个欢乐颂》(后改为《胜利颂》)。其中,《欢乐颂》以1949年9月中国人民政治协商会议开幕为缘起,对会场的热烈气氛以及毛泽东的伟大形象大力渲染,表达了全国人民欢呼祖国解放、欢呼毛泽东的真诚感情;《光荣赞》是一首女性英雄的颂歌,通过描写中国劳动妇女的苦难历史以及她们在时代感召下奋起反抗的行为,赞颂了那些为祖国和人民作出平凡而又伟大的贡献的劳动妇女;《青春曲》中诗人将主观抒情转换成一组感性的形象,通过对小草、晨光、雪花、土地、阳光等新生的、充满青春的事物的描写,表达了自己作为中华人民共和国公民的骄傲与幸福;《安魂曲》可以说是男性英雄的一首赞歌,诗人从天安门广场上举行人民英雄纪念碑的奠基典礼写起,借助于浪漫主义的想象力,与相知的几个先烈进行灵魂的对话,深情、真挚地写出了先烈们的生活剪影与真实灵魂,由此对革命先烈进行了深刻缅怀;《又一个欢乐颂》描写了开国大典的欢庆场面。

《时间开始了》歌咏的是领袖和英雄,更具体来说就是毛泽东和共产党。比如,胡风在诗中用饱满的激情大声歌唱道:

海
沸腾着
它涌着一个最高峰
毛泽东
他屹然地站在那最高峰上
好像他微微俯着身躯
好像他右手握紧着拳头
　　　　放在前面

第五章　中国当代诗歌的文体嬗变与文学创作

　　　　好像他双脚踩着一个
　　　　　　巨大的无形的舵盘
　　　　好像他在凝视着流到了这里的
　　　　　　各种各样的大小河流

　　通过以上诗句可以知道,胡风在《时间开始了》这首诗中,恰如其分地把毛泽东推上了历史巨人的高峰。如此一来,胡风也进一步阐释了其诗歌理论的核心,即诗人的声音是时代的声音,诗人的情绪是人民的情绪,诗人的感情因素必须与时代的精神特质紧紧地结合起来。只有这样,诗歌才能产生感人至深的真诚品格。

　　不过,这首诗歌也有一些不足之处,如诗的体制过于膨胀、行文不够简洁流畅、冗长的叙事阻断了诗情的流淌等。但是,这并不影响其对伟大祖国的热情歌颂。

二、闻捷的诗歌

　　闻捷(1923—1971),原名赵文节,江苏丹徒人。他在抗战爆发后,于武汉参加了抗日救亡运动。1944年,他到延安,任职于部队文工团。1949年,他随军赴新疆,先后任新华社西北分社采访部主任和新华社新疆分社社长。在此期间,边疆少数民族的新生活触发了他的诗情,写下了一些表现新疆各族人民生活风情的诗歌,他也因此被誉为中国当代诗坛一颗耀眼的新星。之后,闻捷一直在新疆工作,直至1971年去世。

　　闻捷的诗歌题材丰富,既有对劳动生活的赞美,也有对美好爱情的歌唱,还有对少数民族生活风貌的描绘。其中,《天山牧歌》和《复仇的火焰》最能反映他诗歌的风格特色。

　　《天山牧歌》包括《博斯腾湖畔》《吐鲁番情歌》《果子沟山谣》《天山牧歌》等四个组歌,《货郎送来春天》《哈兰村的使者》等九首散歌和叙事诗《哈萨克人夜送"千里驹"》等。其以清新的笔调、讴歌新生活的激情、朴素而优美的语言和浓郁的生活气息,把中华人民共和国成立初期新疆少数民族人民的幸福生活和他们的精神面貌表现在全国读者面前,并抒发了诗人对边疆各族人民的无限深情。比如,在《婚礼》一诗中,诗人突出表现了人们闹过洞房后,一对新婚夫妇脸对脸坐下时内心的无比喜悦和激动。从平等互爱的情景描写、深入细腻的心理刻画中,我们可以通过时代和风俗的变迁,看到人们生活质量的提高以及思想的变化。

　　在《天山牧歌》中,爱情诗是非常重要的一个类型。闻捷的爱情诗已蜕尽了传统情诗幽婉感伤的情调,而且并不停留在对情爱空泛、简单的描绘上,而是赋予了爱情全新的时代内涵和审美情趣,即爱情是与劳动、理想、未来的美好生活相联系的、健康向上的崇高爱情。比如,《苹果树下》把苹果的成熟与爱情的成熟联系起来,从而极其形象地描画出年轻人的初恋心理。一个小伙子热烈地追求一个姑娘,从春天到秋天坚持不懈,可是姑娘的心理与小伙子却不一样。春天,姑娘对小伙子的歌声并不动心,她说"别用歌声打扰我!"夏天,姑娘还是猜不透小伙子的心思,她说:"别像影子一样缠着我。"可到了秋天,当"淡红的果子压弯绿枝"的时候,姑娘已然懂得了小伙子的爱情,她开始用爱情回报小伙:"有句话你怎么不说?"通过对初恋的年轻人的心理世界的生动展示,诗歌也变得饶有情趣。又如,《婚期》中所描写的美丽多情的姑娘,她们所钟情的对象都是那些有建设自己家乡理想的牧民;《种瓜姑娘》中的那位姑娘,嫁给恋人的一个前提就是恋人的衣襟上要挂上一枚劳动奖章,等等。

总的来说,《天山牧歌》注重摄取具有浓厚生活情趣的恋爱场景,描摹情人间曲折微妙的内心活动。同时,《天山牧歌》标志着闻捷在中华人民共和国成立初期的一片新生活赞歌中,奏出了自己独特的爱情乐章,这在当时的时代背景下是极为可贵的。

除了《天山牧歌》,《复仇的火焰》也是闻捷不可忽视的一首诗作。这是一首具有史诗规模与气派的长篇叙事诗,被认为是中国当代诗歌史上的扛鼎之作。该诗在1949年人民解放军进军大西北的背景上展开,通过描写发生在巴里坤草原的一场乌斯满武装叛乱及人民解放军平叛的过程,既生动地展现了解放初期边疆各族人民由怀疑、反对到相信、拥护共产党的心灵历程,又形象地说明了少数民族的命运只有与祖国的命运联系在一起才能有光明的前途。

在《复仇的火焰》这首诗中,诗人还成功塑造了众多个性鲜明、生动鲜活的人物形象——从英武的青年牧民巴哈尔为了爱情而被居心叵测的部落头人阿尔布满金利用,到帝国主义分子麦克南用"美人计"诱惑首领忽斯满叛乱;从解放军排长高志明和战士沙尔拜在如何争取哈萨克群众的支持上的意见分歧,到哈萨克族老人布鲁巴对解放军的支持,还有后来忽斯满对麦克南渐渐不满、高志明慷慨就义感动巴哈尔、叛乱不堪一击、巴哈尔难舍故乡……所有这些都写得有条不紊、跌宕起伏、引人入胜,显示了诗人驾驭宏大题材、处理复杂线索、结撰史诗的才华。此外,这首诗歌采用了较为规整的四行一节的半自由体形式,语言轻快、优美、流畅,节奏徐疾相间,散韵结合,形成一种行云流水般的抒情格调。而且,诗中还穿插了对巴里坤草原美景和哈萨克浪漫民俗、纯洁爱情的精彩描绘,使整首诗作充满了浪漫特色。

例如：

> 落日的光辉渐渐暗淡，
> 晚霞的彩色正在变幻，
> 桔黄、桃红陡然变成了绛紫，
> 绛紫瞬息间又化为灰蓝。
> ……
> 沿河已燃起一溜篝火，
> 阿吾勒仿佛挂起金色的项链。
> 青色的流水载着满河火光，
> 喧哗着奔向遥远的天边。

总的来说，这首诗歌在节奏上张弛有度，散发出长久的文学魅力，受到了人们的喜爱。

三、艾青的诗歌

艾青在中华人民共和国成立之前已有不少的诗作，而且是中华人民共和国成立初期最早抒写颂歌的诗人之一，他的《国旗》《春姑娘》《我想念我的祖国》《双尖山》《新的年代冒着风雪来了》《黑鳗》等都是歌唱祖国、人民和新生活的诗篇。在这里，着重分析一下《我想念我的祖国》和《双尖山》这两首诗作。

《我想念我的祖国》是艾青在1950年创作的一首诗。这一年的7月底，艾青作为中共中央宣传工作代表团的成员，到苏联进行了为期4个月的访问。访问期间，艾青因为思念祖国和家乡，创作了《我想念我的祖国》这首诗作。

全诗共有九节，第一、二节写诗人身在异乡思念自己的家乡和祖国。异乡尽管很美好——"莫斯科多么好，/莫斯科多么美"，但诗人思念的是祖国和家乡，而且"离开她的日子愈久，/对她的想念愈深沉""初醒的第一个念头/就是远离了的家乡"。接下来，诗人描写了自己思念的具体内容。诗人想起南方的湖沼，北国的平原，"想起无数的河流和山峦""甚至一条小小的道路，/和一片杂乱的灌木林，/都清楚地浮现在我的眼前"。之后，诗人写了自己儿童时期的成长历程、感受到的忧郁，字里行间大堰河的形象隐约可见。接着，诗人细数了家乡苦难的生活，弱者备受凌辱，黑暗势力横行霸道，到处是欺诈，到处是黑暗，诗人想起了黑暗旧中国不公平的一切。十月革命一声炮响后，中国发生了翻天覆地的变化，诗人情不自禁对革命领袖进行歌颂：

> 一个劳动人民的儿子，
> 高举马克思列宁主义的火炬，
> 带领一切被压迫的人们，
> 向黑暗的世界进军，
> 他的名字叫毛泽东，
> 他是祖国希望的象征，
> 他是人民的大智大勇；
> 天下百川归大海，
> 天下英雄归毛泽东！
> 人民永远跟随他，
> 有了他就什么也不怕。

最终，在革命领袖的带领下，中华人民共和国成立了。对此，诗人热情地高呼：

> 一九四九年十月一日，
> 伟大的日子来临！
> 经历了一百年的斗争，
> 中国人民走进胜利的拱门，
> 五星红旗飘扬在北京上空，
> 下面激荡着欢呼的人民……
> 礼炮震动着整个地壳，
> 全世界都庆贺新中国的诞生！
> 从此我们和黑暗告别，
> 太阳在东方徐徐上升……

就在诗人的热情高呼中，其对祖国及家乡的挚爱得到了深入展现。总的来说，全诗感情真挚，赞美了家乡和祖国，着眼于当时现实，又有强烈的历史感。

《双尖山》以坐落于浙江中部的双尖山为中心意象，既写了诗人童年梦幻中的双尖山，也写了双尖山高大、险峻又有一点神秘的身影。诗作赋予这些描写对象以丰富的象征意义与人格内涵，寄托了诗人曾想做一个劫富济贫、横扫人间不平的"强盗"的童年梦想和他对富有原始野性的力感美的崇尚，同时表现出诗人对家乡美好未来的真诚愿望。

艾青在中华人民共和国成立初期创作的颂歌中,还有一类以国际题材为基础写就的诗作。比如,《南美洲的旅行》在展现殖民地人民的苦难生活的同时,歌颂了黑人兄弟坚强乐观的性格,鞭挞了资本主义和殖民主义的罪恶。

第二节 抒情叙事诗与政治抒情诗的创作

在 20 世纪 50—70 年代,由于受到政治环境的影响,诗歌创作都自觉地将政治功利性作为主要的价值取向,将服务于政治、与现实生活和人民群众相结合作为始终坚持的方向。于是,这一时期的诗歌创作逐渐僵化成两种基本模式:一种是对新时代、新人物进行表现,并注重在反映客观生活时融入诗人主观经验和情感的"抒情叙事诗",以李瑛、李季等为代表性诗人;另一种是直接取材于当代的政治事件或是提炼、表达某种政治观念、政治情感的"政治抒情诗",以郭小川、贺敬之等为代表性诗人。

一、抒情叙事诗

随着 20 世纪 50 年代大规模经济建设高潮的到来,诗人们纷纷将目光投向了火热、沸腾的新生活。举凡经济建设各条战线的劳动生产场景、先进人物和先进事迹、农村社会生活的新旧变迁、各民族各地区的山川风貌以及风土民情等,一时间在诗歌中得到了丰富的表现。诗人们以热情洋溢的浪漫主义笔调,对新生活的诗情画意进行书写,并表达了自己对新生活的强烈感受。而诗人们创作的这类诗作,被称为"抒情叙事诗"。李瑛、李季、严阵等都是抒情叙事诗的代表性诗人,下面对他们的诗作进行具体分析。

(一)李瑛的诗歌

李瑛(1926—2019),出身于河北丰润县的一个铁路员工家庭,幼年时随着父亲的工作调动而多次迁居。1945 年,李瑛考入北京大学文学院中国语言文学系,其间广泛阅读了古今中外的文学名著,进一步加强了自己的文学修养,并开始在报刊上发表诗作。1949 年春,李瑛怀着为人民解放事业贡献力量的决心,在大学毕业前夕,带笔从戎,参加了中国人民解放军,随军南下,成为新华社部队总分社的记者,在部队里从事新闻采访工作。这一时期的生活经历,对他日后的诗歌创作也产生了重要影响。1950 年冬,李瑛被调到解放军总部工作。不久,由于抗美援朝的需要,他又到朝鲜战场去采访。1951年,李瑛出版了第一部诗集《野战诗集》,记录了他在解放战争中的见闻与感受。1956年,李瑛加入了中国作家协会。之后,他陆续出版了《战场上的节日》《早晨》《寄自海防前线的诗》《难忘的一九七六》《静静的哨所》《红柳集》《献给火的年代》《我骄傲,我是一棵树》《颂歌》《红花满山》等诗集。2019年,李瑛去世。

李瑛是以"军旅诗人"的身份走上诗坛的,有"战士诗人"的美誉。中华人民共和国成立后,军旅诗歌创作题材逐步从战争生活转向了和平年代军人的精神风貌、部队建设以及战士日常生活情景等方面。军事训练、站岗放哨、边防巡逻、支援地方建设、战士情怀等部队生活的各个侧面,都在这一时期的军旅诗歌中得到了及时、充分的表现。

具体到李瑛的军旅诗歌来说,其主要题材和主题思想是反映军旅生活,歌颂爱国主义和革命英雄主义,歌颂军营内外的进取精神;善于塑造保卫祖国的战士形象,即他的诗往往能抓住对象的主要特点,写出战士的英姿豪情;善于在生活中发现诗意,善于在生活中捕捉富有特征意义的形象,通过大胆的想象和精细的艺术构思,创造出优美的意境;语言活泼,结构精巧,呈现出精致细腻、朴实自然、形象生动、清新奔放的特点。此外,李瑛的军旅诗歌多是内容新颖、形式精美的抒情短章。张光年就说过:"在《红柳集》里,给人印象最深的是歌唱战士生活、特别是歌唱海防前线战士生活的那些作品。可以看出,这是诗人曾经作为普通一兵深入生活的宝贵收获;同时,诗人也把自己对于战士们的性格与心理的长期揣摩,对于党、对于祖国、对于革命战士的全部热爱,一起融汇到这些抒情短章里面了。"[1]比如,《哨所鸡啼》便是一首借物言志、构思新颖的咏物诗。在云遮雾绕的港湾的高山哨所,黎明之际,当山上山下一片混沌之时,雄鸡开始报晓了,而且雄鸡的啼叫产生了很大的威力:

> 压住了千波万壑,
> 吐出了满腔欢喜;
> 啼!是我们哨所的雄鸡,
> 声声啼破宁静的港湾!

接下来,诗人渲染了雄鸡的健美形象,描画了一幅浓墨重彩、生意盎然的哨所鸡鸣图,浮雕式地突出了那立于群山之巅而引颈高唱的雄鸡的姿影。

---

[1] 李泱.李瑛诗歌论[M].北京:首都师范大学出版社,2016:94.

之后,诗人进一步扩展了雄鸡报晓的意义,别开生面地进行了由鸡及人的联想:

> 莫非是学习了战士的性格,
> 所以才如此豪迈、威严?
> 只因为它是战士的伙伴,
> 所以才唱出了士兵的情感!

如此一来,一个忠于职守、蓬勃奋发的战士形象便生动地展现在人们面前。而读者看到这一画面,心中也会涌起一阵阵骄傲。

李瑛在进行军旅诗歌创作时,还善于对意境进行营造,即通过对事物进行细致的观察和精心的揣摩,充分发挥想象来塑造生动的形象,以营造出令人感受深切的意境。例如,《边寨短歌》就借助月亮、高山等构成了一幅优美的夜景图,凸显出战士像山一般坚定、高大的形象,尤其是诗中拟人化的表述和"山高月小"的优美意境,使得全诗充满浪漫主义色彩以及浓郁的诗情画意。

自20世纪90年代以来,李瑛继续保持着旺盛的创作活力,但其诗歌的创作题材有了较大的拓展,创作风格也发生了明显的变化,诗中抒情形象的"军人"身份在淡化,代之以深沉细腻的生命感悟者的主体形象。

(二)李季的诗歌

李季(1922—1980),原名李振鹏,河南唐河人,出身农家。在抗日战争期间,他积极参与抗日救亡活动。1938年,他进入抗日军政大学,毕业后到太行山游击队任文书。1939年冬,他到八路军总司令部特务团任连指导员,后调入晋东南鲁迅艺术学校工作。从1943年起,他开始尝试文学创作。1945年,他写成了著名的长篇叙事诗《王贵与李香香》,引起了广泛注意。1952年,李季举家迁往甘肃省的玉门油田。从此,石油工业、石油工人的生活以及与此相关的人、事、大西北的地域风情,成为其诗歌的主要歌咏对象。1980年3月8日,李季与世长辞。

李季的诗歌创作,集中反映了中华人民共和国成立后的工业建设成就和石油工人的生活状态。其代表性的诗作有《玉门诗抄》《致以石油工人的敬礼》等5部短诗集和《生活之歌》《杨高传》《向昆仑》等8部长篇叙事诗。

李季与同期歌唱建设生活的其他诗人相比,其抒情叙事诗除了具有典型的"生活"写实倾向,还表现出基于自身诗歌传统的一些特殊品质,这主要体现在两个方面。一方面,主流意识形态对劳动和建设生活的正面理解和肯定,是李季诗作的主题。他怀着纯朴的"工人"情感,从石油工人的劳动生活场景中开掘"诗意",很少会将自己的主观想法掺入其中。比如,《客店答问》一诗借助于对话的方式,通过客店大娘和远道而来探望当石油工人的未婚夫的姑娘的问答,对石油工人一心扑在建设上的忘我精神和高尚情操进行了揭示。另一方面,李季的抒情叙事诗在艺术手法上,有着鲜明的民间性特征。具体来说,李季在创作抒情叙事诗时,注重从"陕北民歌""鼓词""曲子戏"等民间艺术中吸取有益成分,并经常运用来自民间的口语。这样的诗歌创作手法,使得李季真正做到了"诗与劳动人民结合",也使得他的诗作深受人民的喜爱。

在李季的抒情叙事诗中,长篇叙事诗是不容忽视的一个重要组成部分。其中,《杨高传》是李季的长篇叙事诗中写得最为精彩的诗作。

《杨高传》是李季全部诗作中规模最宏大的一部,也是当代长篇叙事诗创作的重要收获。长诗由《五月端阳》《当红军的哥哥回来了》《玉门儿女出征记》三部分组成,结构宏阔,内容、情节繁复。长诗描写了中华人民共和国成立后石油工业的壮丽画卷,并运用传统的评书形式,着重塑造了杨高这样一个工作在石油战线上的领导干部形象,展现了一个在党的培养下的革命者成长为社会主义建设者的光辉历程。

这首诗在艺术创作方面,特别是诗歌民族化方面,取得了十分重要的成就。一是长诗的情节具有传奇色彩,故事曲折婉转。诗人在对主人公的际遇进行描写时,既注重从历史生存环境和人物思想性格的真实出发,又刻意安排了一系列"巧合"的情节,从而使全诗的故事波澜起伏,呈现出鲜明的传奇特色。二是长诗巧妙地运用了民间艺术,包括擅长抒情的民歌、擅长叙事的鼓词等,从而在对社会现实生活进行客观再现的同时,抒发出强烈的主观感情。三是长诗的语言具有鲜明的民歌韵味,音调自然和谐,富有节奏感。

(三)严阵的诗歌

严阵(1930—),原名阎桂青,山东莱阳人。1953 年,他加入中国共产党,先后任《胶东日报》编辑、安徽省文艺创作研究室副主任、《诗歌报》主编、中国作协第四届理事等,现为中国作家协会名誉委员。

严阵是以一首颂扬治淮劳动模范的处女作《老张的手》而走上诗坛的,其后便将主要精力放在了表现江南农村新生活的诗情画意上,出版了诗集《淮河边上的姑娘》《乡村之歌》《江南曲》等。

在 20 世纪五六十年代,以轻松欢快的牧歌语调抒写大自然美景下工农兵的劳动和生活,几乎成为诗人们竞相追逐的写作时尚。严阵也不例外,他也主要采用牧歌笔法来表现农村新生活的"诗意",并着重对江南农村现实劳动生活的诸多场景、细节、主人公的生活感受进行细致入微的描绘。以

《采菱歌》一诗来说：

> 红色的菱盆悠悠地荡，
> 姑娘的双手就是船桨，
> 欢乐的眼睛映进了碧清的水，
> 江南采菱的季节呵实在是美。
>
> 轻巧的手指向水底一捞，
> 就提上了一串串红色的玛瑙，
> 对着那淡淡的初月一眉，
> 尝一尝新菱是什么滋味。
>
> 菱盆儿分开，菱盆儿靠拢，
> 采菱的歌儿忽西忽东，
> 那歌声好像向全世界说：
> 美不美羡我们这诗一样的生活？

在这首诗中，诗人描写的江南水乡俨然是一片生活的"乐土"，它看上去朴素自然、清新明朗、生动活泼、热烈健康，有时又显得秀丽、柔婉、浪漫，甚至充满传奇色彩。而在这样的"乐土"上劳动和生活，无疑是最幸福、最令人"羡慕"的。生活的本质和意义在于劳动，而劳动又进一步创造、美化了新生活。完全可以说，新生活与劳动是一回事，新生活之美也就是劳动之美。

总的来说，严阵所创作的抒情叙事诗生动地描绘了劳动人民现实生活中天人合一的理想境界，给后人留下了关于20世纪五六十年代整个社会生活风貌的记忆和想象。

二、政治抒情诗

自中华人民共和国成立起至20世纪70年代末，政治抒情诗是最为盛行的一种诗歌形态。这一类型的诗歌从精神内核到形式章法都较多地受到苏联诗人马雅可夫斯基的"楼梯式"诗歌的影响以及20世纪30年代中国左翼诗歌的启示；具有鲜明的政治倾向性，多把当代政治生活中的重大事件作为书写的对象，将热烈的感情与政治理念的诠释结合起来，高度重视"人民"之情、"时代"之情的抒发；诗中的主人公形象往往是以阶级和时代代言者姿态出现的"大我"，兼有"战士"与"诗人"的双重品格；常常借助哲理意味的警句发表议论，集中而突出地揭示生活中的斗争哲学和革命发展的规律性，使诗成为政论式的诗,等等。郭小川和贺敬之被认为是中国当代诗歌史上最为杰出的政治抒情诗人,下面具体分析一下他们的诗歌创作。

(一)郭小川的诗歌

郭小川(1919—1976),原名郭恩大,出身于河北省的一个教师家庭。1936年,他考入东北大学工学院补习班,并积极参加救亡运动。抗日战争爆发后,他奔赴延安,并开始在《文艺阵地》《诗创作》上发表一些诗作。抗日战争胜利后,郭小川回到自己的家乡丰宁县,担任县长,领导全县人民展开对敌斗争。后来,郭小川转到中南地区的新闻和宣传部门工作。在20世纪50年代初,郭小川和好友张铁夫、陈笑雨开始在《长江日报》上开辟"思想杂谈"专栏,起名马铁丁,开始发表短文,取得了不错的社会反响。1953年,郭小川调中宣部理论宣传处任副处长,1954年起又兼任文艺处副处长,主管电影工作,从此进入文艺战线。1955年,郭小川调入中国作家协会,历任中国作协党组副书记、作协书记处书记兼秘书长,并开始致力于政治抒情诗的写作。1976年,郭小川在从河南返回北京的途中不幸去世。

郭小川是中国当代最杰出的诗人之一,也是政治抒情诗的杰出探求者。他的第一首政治抒情诗是《投入火热的斗争》,这是他献给全国青年社会主义建设积极分子大会的一首诗作。之后,他在1955至1956年间又陆续创作了《向困难进军》《在社会主义高潮中》《闪耀吧,青春的火光》等诗歌,并将它们以《致青年公民》为总题发表。这些诗歌不仅在内容上充满了昂扬向上的革命朝气、艰苦创业的昂扬斗志与坚定的革命乐观主义精神,而且表现了诗人执着的理想追求和对人民的无限忠诚;在诗歌语言上是铿锵有力、抑扬顿挫的,充满了美韵和动感,像战鼓、像号角奏出了激昂的旋律,催人奋进;在形式上主要借鉴了马雅可夫斯基的"楼梯式"自由体,往往把一个长句依音韵疾徐轻重的变化,分拆数行作楼梯(或阶梯)式的排列,而将音调、顿数、强弱暗示给读者,这种诗体气势大、容量大,适于抒发奔放的激情,描绘宏伟的场面。此外,这些诗歌表现人生哲理、政治倾向时,并不是抽象的说教,而是将强烈的感情和深刻的说理寄寓在生动的形象之中,达到了诗与政论的结合、情与理的统一。

郭小川在1957—1959年间,先后创作了一系列以革命战争生活为题材的诗歌,包括《白雪的赞歌》《深深的山谷》《一个和八个》《将军三部曲》《严厉的爱》和《望星空》等。在这些诗作中,诗人逐渐克服了用鼓动性的政治语言去激动读者的直露式的抒情方式,而是从火热的生活中去提炼那种"不同凡响的、光灿灿的晶体",并通过巧妙而奇异的构思表现出来,给人以长久的回味和深思。同时,在这些诗作中,诗人相当真实地展示了一个革命者在成长

第五章　中国当代诗歌的文体嬗变与文学创作

过程中的内心矛盾、思索、困惑和对"自我"的战胜。但是,郭小川这一时期的诗作却遭到了无端的指责和不公平的批评。无奈之下,郭小川只能进一步转变创作道路,即用诗歌来唱赞歌。

进入20世纪60年代后,郭小川的政治抒情诗不论是在思想上还是在艺术上,都日臻成熟。《厦门风姿》《乡村大道》《林区三唱》《西出阳光》《昆仑行》《甘蔗林—青纱帐》《秋歌》(之一)、《春歌》《刻在北大荒的土地上》等都是其这一时期脍炙人口的诗作。这些诗作既保持了原有的激昂慷慨,又平添了汪洋恣肆的气势,以深刻新奇的主题思想、对现实生活的独特思考与见解,强烈地传达了时代的前进精神。

郭小川在20世纪70年代,仍不断有诗作问世。他在这一时期的诗歌创作,以刚直不阿的气概表达了革命战士不畏权势、不畏强暴的信念与誓言。而《团泊洼的秋天》和《秋歌》(之二)是他在这一时期创作的最辉煌的诗作。

纵观郭小川的政治抒情诗,可以发现其有着自身鲜明的特点。第一,郭小川是在中国革命环境中成长起来的诗人,他的修养与气质均与这个他视为神圣的事业有关。因此,郭小川的政治抒情诗善于选取时代中具有重大政治意义的题材,着力审视个人与集体、个人与时代的关系以及战士的道德情操、爱情观、人生观等重大课题,以战士的形象代言时代精神,表达革命者在新的历史条件下不断斗争的信念。同时,郭小川的诗饱含着对伟大的党和祖国、伟大的革命事业、伟大的人民军队真诚和挚爱的感情。无论是欢呼中华人民共和国的成立,还是描绘社会主义建设的欣欣向荣,他的诗都洋溢着真挚的革命激情,这是他的诗的灵魂所在。比如,《秋歌》(之一)一诗中,洋溢着中国人民满怀信心地建设社会主义强国的喜庆之情;《向困难进军》一诗中,充满了中华人民共和国的建设者们不怕困难、勇往直前的革命乐观主义精神:

　　让我们
　　以百倍的勇气和毅力
　　向困难进军!
　　不仅用言词
　　而且用行动
　　说明我们是真正的公民!
　　在我们的祖国中
　　困难减一分
　　幸福就增长几寸,

困难的背后
伟大的社会主义世界
正向我们飞奔。

第二,郭小川的政治抒情诗注重实现"大我"与"小我"的统一。凡是取得卓著成就的诗人都是站在人民的立场上进行创作,从而表现人民的意愿、推动社会的进步,实现"大我"与"小我"的统一。郭小川在创作政治抒情诗时,便站在人民的立场上,竭力将个体主体性与人民主体性、"小我"与"大我"完美地统一起来,但有时也表现出"小我"与"大我"的冲突,表现了诗人对个体生命与时代交融之间的矛盾与痛苦。比如,在《白雪的赞歌》一诗中,诗人表现出"人民群众的海洋的大波/一下子就把我自己吞没""在这妇女群中也有一个我/我总是跟她们一起焦急和欢乐"的感伤。此时的"我"的个体性,已经淡化在"大我"的群体性之中。又如,在《致大海》中,诗人大胆坦露了自己襟怀,表达了"我要像朝霞那样/去你的怀抱中沐浴;/而又以自己的血液/……把海水染得通红",以获得大海般"灿烂的人生"。如此一来,"小我"与"大我"便有机地统一在一起,互相依靠。

第三,郭小川的政治抒情诗有着深刻的哲理内涵。郭小川善于将对人生、对社会细致、敏锐的观察和理解凝炼为哲理性主题,这使他的许多诗立意深刻、发人深省。以《望星空》一诗来说,这是一首充满哲理内涵的长诗。诗中,诗人从个体的生命体验出发,深刻思考了人生与宇宙、人生与社会、现实与历史等诸多问题,表现了一个革命者的博大襟怀和坚定信念。诗的前两章表现了战斗者"我"面对浩瀚星空的瞩望中所展开的对人生、宇宙的深沉的思考:

在伟大的宇宙的空间,
人生不过是流星般的闪光。
在无限的时间的河流里,
人生仅仅是微小又微小的波浪。

后两章则转为对社会主义建设事业的歌颂和抒发投身这伟大事业的无比自豪之感:

当我怀着自豪的感情,
再向星空了望,
我的身子,
充溢着非凡的力量。

第五章　中国当代诗歌的文体嬗变与文学创作

……
　　我们要在地球与星空之间
　　修建一条走廊，
　　把大地上的楼台殿阁，
　　移往辽阔的天堂。
　　我们要在无限的高空，
　　架起一座桥梁，
　　把人间的山珍海味，
　　送往迢遥的上苍。

总的来说，《望星空》这首诗既显出了对现实社会风貌的客观描绘，也显出了对宇宙生态的灵性感悟。同时，这首诗也表现了"人（革命者）对自己的生命、意义、命运的重新思索、把握和追求，达到了当代文学史上前所未有的深度"。

第四，郭小川的政治抒情诗有着多样化的表现形式。郭小川对诗歌形式进行了不懈探索，对中外诗歌资源进行了艺术整合和创造。楼梯式、民歌体、新格律体和半自由体等，都是他经常尝试的诗体。其中，民歌体的运用最为广泛。他努力从民歌中汲取营养，择取鲜活生动的口语入诗，多样化地运用民歌的表现手法，采用民歌的句式和结构，灵活巧妙地运用富有成效的比兴、重叠、序列、对答等，进一步拓展了"民歌体"诗歌，使其"民歌体"诗较之传统的形式更加圆熟自然。此外，他还在吸收、借鉴传统的大赋、散曲、词等风格特征的基础上，创造出一种"新辞赋体"的形式，《甘蔗林—青纱帐》《厦门风姿》《团泊洼的秋天》等都尝试运用了这种体式。这种诗体继承了中国辞赋中的铺陈、排比、重叠、对偶等表现手法，与新的思想内容及现代汉语词汇熔于一炉；诗句较长，由几个短句合成"长廊体"的句式，节奏舒缓有力，正好适合传达"盛世"之音，也应和了他那种富于思辨色彩的浓烈诗情。可以说，郭小川在诗歌形式上的探索，大大地丰富了中国当代诗歌的诗体形式，为中国新诗的发展道路作出了卓越的贡献。

（二）贺敬之的诗歌

贺敬之（1924—　），别名贺进，山东峄县（今枣庄市）人。抗日战争爆发后，他流亡湖北，进入国立中学读书，后随校赴四川参加抗日救亡工作，并开始了文学创作。抗日战争胜利后，他随文艺工作团到华北地区工作，期间的大部分诗作收入诗集《朝阳花开》。中华人民共和国成立后，贺敬之一直担任文艺领导工作，因而诗歌创作的数量并不是很多，但取得了较高的艺术成就。

贺敬之是政治抒情诗的代表性诗人,他的政治抒情诗以歌颂祖国、党和人民为主题,并努力将政论、哲理和抒情紧密结合在一起。《回延安》《放声歌唱》《东风万里》《十年颂歌》《桂林山水歌》《雷锋之歌》《西去列车的窗口》《中国的十月》等,都是贺敬之政治抒情诗的代表作。

贺敬之的政治抒情诗,最鲜明的特点便是时政性题材和政治性主题的高度结合,并在此基础上产生了鲜明而现实的政治功能。贺敬之的诗歌大多配合了某一时期的政治任务,自觉将诗歌创作纳入政治宣传的轨道,其创作动力和题材来自于大大小小的政治事件,主题则直接搬用当时的重大政治命题,其艺术加工的工作则是如何将历史的或现实中的具体人物、事件、生活场景缝合到时代的宏大主题当中去。比如,1963年中共中央号召人们"向雷锋同志学习",贺敬之马上就写出了《雷锋之歌》。

除此之外,贺敬之的政治抒情诗还有着激烈的感情和阔大的意象。他的诗歌主题总是伴随着激烈的感情宣泄而被凸显出来,并且结合着众多政治寓意深远的意象,如井冈山、延安、长安街、长江、黄河、红旗、日出、苍松等,这些都形成了歌颂对象的固定象征符号。诗人对感情和意象进行集中的提纯处理,并辅以对比、回环、铺陈等修辞手法,极尽可能地扩张表达效果,形成了一种激越、壮丽、豪迈的"革命浪漫主义"风格。

在诗歌的语言形式方面,贺敬之的政治抒情诗也进行了一定的探索。他的政治抒情诗大多采用了"楼梯式"自由体,通过把一个长句拆分成几个短行,通过排比、对仗等方法,使作品具备更强的节奏性和一定的形式感。以《放声歌唱》一诗来说:

> 但是,
> 　　在我们心脏的
> 　　　　炉火中,
> 　　在我们血管的
> 　　　　激流里,
> 燃烧着、
> 　　沸腾着的,
> 却有一个共同的
> 　　最珍贵的
> 　　　　元素,
> 我们生命的
> 　　永恒的

> 活力——
> 这就是：
> 党！

在这首诗中,诗人将长句拆分为短句或词组,取得了节奏急促、气势磅礴的效果。贺敬之除了运用"楼梯式"自由体进行政治抒情诗创作,还运用了其他的一些诗歌形式。比如,在《西去列车的窗口》等诗中,他运用了信天游或爬山调的二行诗体以及古典诗歌的意境章法,但也进行了一定的改造,使其能更好地表达诗歌的情感。

当然,贺敬之的政治抒情诗也存在不少的缺点,如过于追求理想与豪情的表现、对生活的表现过于理想和空洞等,但从整体上来看仍取得了较高的艺术成就。

第三节 朦胧诗的崛起与退潮

在 20 世纪 70 年代末 80 年代初,中国诗歌史上出现了一个十分重要的诗歌流派,即朦胧诗。朦胧诗与同时代的其他作品相比,具有较深刻、更新锐的思想特征。具体来说,朦胧诗大都采取心灵独白和倾诉的表达方式,采用较为曲折、隐晦的象征暗示和隐喻寓意的表现方法,注重形象、意象的刻画和表现,形式和语言大都具有明显的"陌生化"效果;突破了所谓的"现实主义"审美范式,由写实转向写意、由具体转向抽象、由物象转到意象、由明晰转向模糊;不再侧重于一个场景、一个过程的描摹,一个政治情绪的表现或升华,而是着重于表现多变、曲折和丰富的主体世界,等等。可以说,朦胧诗既是继承中外现代诗歌优秀艺术经验而产生的,又是中国当代诗歌必然的变革与创新的表现,它是基本符合现代主义诗歌美学特征的,对独占当代诗坛的现实主义完成了超越与补正。但是,到了 1983 年前后,朦胧诗已呈现出退潮之势,不仅朦胧诗的"合法性"仍未得到肯定,而且不少朦胧诗人的诗作难以出版。不过,在中国当代诗歌的发展史上,朦胧诗仍是不容忽视的一个重要诗歌流派。北岛、顾城、舒婷、江河、杨炼等都是朦胧诗的代表性诗人,这里着重阐述一下北岛、顾城、舒婷的朦胧诗创作。

一、北岛的诗歌

北岛(1949—   ),原名赵振开,原籍浙江湖州,出生于北京。1978 年,他与芒克等人一起创办了《今天》杂志。北岛在 20 世纪 70 年代开始写诗，与当时所有的青年一样，经历了从狂热到失望、从失望到觉醒的心路历程。《陌生的海滩》《北岛诗选》《太阳城札记》《在天涯》《午夜歌手——北岛诗选 1972—1994》《零度以上的风景线》《北岛诗歌集》等，都是北岛的代表性诗集。

北岛是朦胧诗最重要的代表性诗人，其诗歌的历史意义在于，"在中国诗歌发展的最关键的蜕变期，以其富于开拓性的创作实践，带领'今天派'率先实现了新诗从白话自由体到广义现代诗、再到严格意义上的现代诗的整体性转换，掀起了一股迄今仍有重要影响的准现代主义诗风"①。

北岛在进行朦胧诗创作时，往往从自己恶劣的生存境遇和思想困境出发，借助自己的深刻体验和直觉思维，以批判意识和忧患意识为抒情内核的冷色调，代替以往诗歌的乐观热烈和慷慨激昂，突出表达了一个孤独的觉醒者对苟且生活、混乱迷惘年代的怀疑和坚决的拒绝。比如，他在《回答》一诗中宣言：

> 卑鄙是卑鄙者的通行证，
> 高尚是高尚者的墓志铭，
> 看吧，在那镀金的天空中，
> 飘满了死者弯曲的倒影。
> ……
> 告诉你吧，世界
> 我——不——相——信！
> 纵使你脚下有一千名挑战者，
> 那就把我算作第一千零一名。
> 我不相信天是蓝的；
> 我不相信雷的回声；
> 我不相信梦是假的；
> 我不相信死无报应。
> ……

北岛认为，他所生活的现代是一个"卑鄙者"畅通无阻的时代，而"高尚者"却只能走向坟墓。因此，他要揭开时代的面具，让世人认识到它可憎的真面目。他大声一呼："我——不——相——信！"震醒了在黑夜中昏睡的人

---

① 陈仲义.中国朦胧诗人论[M].南京:江苏文艺出版社,1996:57.

们,让大家清醒过来,戳穿这个世界的虚伪。诗人不相信这个世界上的一切,他以一名挑战者的姿态,要与时代做坚决的斗争。因此,这是一首具有鲜明反叛意识的诗作,对社会进行了强烈的批判。此外,诗作大量运用了象征、隐喻等艺术手法,其直接抒情和富有哲理的警句蕴含着悲愤至极的冷峻,呈现出极强的震撼力。

北岛的诗歌,也始终弥散着浓重的悲观情绪。悲情和愤懑构成了北岛朦胧诗抒情的内容与动力,赋予其作品以特殊的美感与品质,也使其具备了独有的哲思气质。这些使他对世界、对生存总是持有清醒而独特的理解。比如,在诗歌《一切》中,他诉说了人生的荒诞和恐怖,表达了迷惘、痛苦乃至绝望的感受。而正是这样的感受,加深了诗人对于现实反叛的决心,同时也增强了作品的感染力与震撼力。又如,在《走向冬天》一诗中,他以先知者的睿智,以沉稳的预言式语言,坚信地写道:"梦将降临大地/沉淀成早上的寒霜/代替那些疲倦不堪的星星/罪恶的时间将要中止。"这种在批判、否定中寻找个体和民族再生之路的英雄式悲壮情感,在当时的读者中产生了强烈的共鸣。

北岛的朦胧诗从艺术方面来看,也取得了重要成就。北岛受西方超现实主义和直觉主义美学的影响,多运用象征、暗示、夸张、蒙太奇、意象等手法进行创作,并与清醒的思辨意识相结合,从而有了更多的现代主义特征。以《峭壁上的窗户》一诗来说:

> 黄蜂用危险的姿势催开花朵
> 信已发出,一年中的一天
> 受潮的火柴不再照亮我
> 狼群穿过那些变成了树的人们
> 雪堆骤然融化,表盘上
> 冬天的沉默断断续续
> 凿穿岩石的并不是纯净的水
> 炊烟被利斧砍断
> 笔直地停留在空中
> ……

在这首诗中,诗人运用了繁复的意象,暗含了丰富的隐喻。同时,意象与意象的叠加扩展了诗歌的象征性题旨。可以说,北岛为中国当代新诗提供了一套极具美感和弹性的表意符号系统,他那些突兀的、陌生化的心理意象,加深了人们对现实世界和生活的理解,也对新时期诗歌的变革起到很好的艺术导引作用。

二、舒婷的诗歌

舒婷(1952—　)，原名龚佩瑜，出生于福建漳州，长于厦门。在20世纪70年代中期，舒婷开始尝试文学创作。1977年，她在北京与《今天》的同仁结识，开始在诗歌创作中受其影响。著有诗集《双桅船》《会唱歌的鸢尾花》等。

舒婷认为，诗歌既不是有限的自我表现，也不是现实的简单描述，应该超越困境，表现比现实本身更高的境界，甚至承担一种提升、激励的理想化使命，推动生命、世界的完善和进步。因此，她的诗作在内容上主要表现对历史正义和人性价值的坚守，对理想未来的追求和歌颂。在这方面，她的《祖国啊，我亲爱的祖国》可谓代表。这首诗歌将个人命运同民族命运紧紧联系在一起，唱出了忧伤中的希望和沉重中的希冀，充满了献身的理想精神。此外，表达对"人"的关切与对"爱"的呼唤，并以此来对现实和历史进行反思，也是舒婷诗歌的一个重要内容。她的这类诗作着意表现对人与人之间的理解、友爱、信任、关心、支持、尊重、爱护的渴望，将人性美理想化和诗化，并以此来对现实和历史进行反思。在《风暴过去之后》一诗中，诗人面对"官僚主义者"草菅人命所造成的沉船悲剧，发出了这样的质问："我爷爷的身价/曾是地主家的二升小米/父亲为了一个大写的'人'字/用胸膛堵住了敌人的火力/难道我仅仅比爷爷幸运些/值两个铆钉，一架机器。"这首诗歌所揭露的虽然是一起悲剧性事件，但思考的却是关于"人"的价值问题。

舒婷作为一位女诗人，在其诗作中还充分展示了女性曲折而复杂的内心世界，其中既充满了温柔和宁静，又充满了骚动和不安；既有委婉和忧伤，又贯注着欢乐和坚韧。这在《四月的黄昏》《路遇》《雨别》《无题》《神女峰》《致橡树》等诗中尤为突出。以《神女峰》一诗来说，它鲜明地体现了诗人坚决追求个体尤其是女性个体的人生价值和生命独立性的意识。巫山神女峰曾被世人神化为一个少女百代千年矢志不移地在山头盼等情人归来的传说，感动过无数在此游览的游客。而诗人却"紧紧捂住了自己的眼睛"，感到这个"美丽的梦"留下的只是一段"美丽的忧伤"，因为她无法认同让心变成石头，"为眺望远天的杳鹤/而错过无数次春江月明"，并因此在心里"煽动新的背叛"。这首诗表现了长期受压抑的女性的愤激和忧伤，让我们看到了一位人性觉醒者全新的价值标准，是一首不可多得的表现当代情爱观念的爱情诗。

舒婷的诗歌从创作手法来说，充分运用了现代主义手法，特别是象征主义手法。她用感觉、意象、暗示来说话，较少直白的表露。以《船》一诗来说，如果我们通过诗人的语言暗示"无垠的大海/纵有辽远的疆域/咫尺之内/却丧失了最后的力量""难道真挚的爱/将随着船板一起腐烂"来理解诗意的话,搁浅的"船"可以是一种搁浅的感情的象征,而这种搁浅的感情又呈现出非确指性,可以是特定环境压抑下扭曲的爱情、友情甚至亲情。但是,如果我们结合诗人创作的客观环境,循着诗人"感觉到现实和理想那不可超越的一步之遥"的思想轨迹去解读的话,"船"则是理想的象征,"大海"便象征着不可超越的现实。可以说,象征手法的运用,使舒婷诗歌的思想深度大大增加。

三、顾城的诗歌

顾城(1956—1993),祖籍上海,成长于北京、山东等地。他在少年时代即展露诗歌天赋,1979年开始公开发表作品。1987年,他前往新西兰,后在激流岛隐居。1993年,他与妻子谢烨发生冲突,最终他杀死妻子并随即自杀。

顾城被称为"当代仅有的唯灵浪漫主义诗人",他的诗较少关注社会历史,而是更多地专注于内心,因而其诗作充满了大量自然意象和其特有的纯稚风格、梦幻情绪。此外,顾城的诗歌以童年情结与童话世界为根基和生命,这也是滋养和支持着他的精神王国。因此,顾城又被人们称为"童话诗人"。

在顾城的诗歌中,写得最优美的当属献给大自然的恋歌。《生命幻想曲》《我赞美世界》《感觉》《我是一个任性的孩子》《我相信歌声》等都属于这类诗歌。在这些诗歌中,顾城为自己编织了一个新奇、晶莹、绚丽、洁净的世外桃源般的天国世界。照他的理解,写作无非是要守护自己的园地,"万物,生命,人,都有自己的梦。每个梦,都是一个世界。……我也有我的梦,遥远而清新,它不仅仅是一个世界,它是高于世界的天国。它,就是美,最纯净的美。当我打开安徒生的童话,浅浅的脑海里就充满光辉。……我要用心中的纯银,铸一把钥匙,去开启那天堂的门,向着人类"。比如,《生命幻想曲》活画出一个孩童对生命奇异的理解与向往。然而,顾城的梦又很容易在冷硬的现实面前破碎,所以其诗作中常流泻着寂寞、凄清、苦闷的情绪。以其代表作《一代人》来说:

> 黑夜给了我黑色的眼睛,
> 我却用它寻找光明。

这首诗写到黑暗要扼杀一个人明亮的眼睛,但黑暗却同时创造了"黑色的眼睛"，使一代人觉醒，产生更强烈的寻找光明的愿望与毅力。正是这坚毅的寻找，才使他们看到掩盖在生活表象之下的、使人难以接受的本质。因此，这首诗虽然只有两句，却集中地表现了年轻一代的生命历程与心灵觉醒。

顾城在进行诗歌创作时，还注重强调直觉感受、瞬间印象，并用一些并无确定意义的意象来表达这种感受和印象，给读者留下较大的想象空间和歧义可能。以《弧线》一诗来说：

> 鸟儿在风中
> 疾速转向
> 少年去捡拾
> 一枚分币
> 葡萄藤因幻想
> 而延伸的触丝
> 海浪因退缩
> 而耸起的背脊。

这首诗的各个意象和段落之间互不关联，造成感觉的陡转跳跃，给人以较强烈的瞬间印象。

总的来说，顾城的诗歌明净而单纯，想象丰富，意象新奇，并常常选取细小的自然物象，以生命体验为核心对纯净的境界进行表现。

第四节　新生代诗人对诗歌现代化的探索

"新生代诗人"又称"第三代诗人"，是相对于1949—1976年期间的第一代诗人以及以朦胧诗人为代表的第二代诗人所界定的概念，泛指朦胧诗以后到20世纪90年代这段时间出现的一批诗人。新生代诗人是作为朦胧诗反叛者的角色登上诗坛的，并对诗歌的现代化进行了深入探索。具体来说，他们拒绝"朦胧诗"精英化、理想化、意识形态化的倾向，而提倡平民化、世俗化、个人化；拒绝"朦胧诗"的意象、象征、隐喻等表现手段，而提倡口语化、强调"语感"的艺术效果；诗中充满反讽、调侃和黑色幽默。海子、韩东、于坚、王家新等都是代表性的新生代诗人，下面具体分析一下海子、韩东和于坚的诗歌创作。

一、海子的诗歌

海子(1964—1989),原名查海生,出生于安徽怀宁县,在农村长大。1979年,年仅15岁的海子便考入了北京大学法律系,并在大学期间开始诗歌写作。毕业后,海子进入中国政法大学任教。1989年,海子在河北山海关卧轨自杀,结束了自己年轻的生命。他在短短的几年间创作了200多首抒情短诗与《太阳·土地篇》《但是水,水》《太阳七部书》等10部长诗(史诗)作品,还留下了一些诗论。

海子是新生代诗人中的杰出代表,也是个"在写作和生活之间没有任何距离"[①]的诗人。海子从思想上,接近于一个存在主义者;从情感上,接近于一个浪漫主义者;从认知方式上,是一个充满神性体验色彩的理想主义者。因此,海子的诗歌世界是十分复杂的。

在海子的诗歌中,抒情短诗写得最有特色。他的这些抒情短诗写得很美,充满了神启式的灵悟意味,笔下的事物放射着不同凡响的灵性之光。同时,他的这些抒情短诗简洁、流畅,以大地、麦子、庄稼、月光等自然意象,构筑起他通往神性的途径,从而跨越了历史与现实、中西与古今,呈现出一片高远、深邃、独特的神性天空。比如《麦地》一诗:

> 吃麦子长大的
> 在月亮下端着大碗
> 碗内的月亮
> 和麦子
> 一直没有声响
> ……
> 看麦子时我睡在地里
> 月亮照我如照一口井
> 家乡的风
> 家乡的云
> 收聚翅膀
> 睡在我的双肩
> ……

---

① 西川. 死亡后记[J]. 诗探索,1994(3).

在这首诗中,诗人通过对麦地的描写,表达了自己对农事劳动的欢欣和激动,而生命和理想的崇高也显露无遗。诗人在看到麦子后,内心获得了前所未有的满足,以至于家乡的"风""云"都收翅"睡在我的双肩",这是诗人与家乡山川风云的交融,也是诗人劳作中的一种奇妙感受,显示了诗人的宁静、从容、安详和不带丝毫杂念,其生命也因此获得提升。诗的最后两节,诗意进一步扩大。场景由中国腹地黄河向尼罗河、巴比伦扩展,诗人遥想尼罗河、巴比伦的孩子"洗了手/准备吃饭",表现出四海一家,都依赖劳作为生;不论是穷人还是富人,不管是在现代化大都会纽约还是在古老的耶路撒冷,都因离不开养人性命的粮食而缩短了距离,都为"麦子"歌唱颂歌。在这里,充溢于诗人心灵的是对于粮食、劳作及与其相连的生命的素朴而强烈的感激之情。

海子的诗歌中,还充满着一种绝望的、执着地认同死亡的情感,但这种绝望并不显得颓废,而是显得非常壮美,这与他的内心气质和后来的命运是有关的。比如,在《春天,十个海子》一诗中,海子在面对大自然的杰作时,感到了自己的渺小、迷惘和缄默,并感到了死亡的降临。但是,他并未因此感到绝望,反而认为是死亡使人具有了神性和不朽的力量。

海子的长诗(史诗),写得也很有特色。海子的长诗,表达了一位年轻的天才诗人对历史、宇宙、生命与人心的神性的、哲学与艺术的理解,是一笔仍待深入研究与开掘的宝贵财富。此外,海子的长诗多以"太阳"为中心,并集结了许多邈远的燃烧意象。这表明,诗人对有限生命选择了燃烧的方式,生命不计后果地在精神的白热时空吹息放射,"我处于狂乱与风暴的中心,不希求任何的安慰和岛屿,我旋转犹如疯狂的日"(见海子1987年11月14日日记)。

以《太阳·七部书》来说,它是以诗剧形式创写的史诗。史诗写作之于海子,可以说是一场旷日持久的、十分壮烈的、没有胜利可言的战争,他说:"诗是情感的,不是智力的。"但是,他的史诗恰恰没有放弃对智力的依赖,他的激情语言则在短诗中显得灵光四射,他追求单纯,且保持秘密,这样直抵本质的诗性表达实在以短诗为宜。他曾经表白说:"我写长诗总是迫不得已。出于某种巨大的元素对我的召唤,也是因为有太多的话要说,这些元素和伟大材料的东西总会涨破我的诗歌外壳。"诗人的真诚是无可怀疑的,问题是,当他立誓以个人的抒情诗篇,天空般包容血腥的大地、包容民族的集体行动时,他是否已经获得了建构这一庞大系统的能力?他赞美尼采、荷尔德林、兰波、叶赛宁,崇拜的却是但丁、歌德和莎士比亚,他是否有能力把这样两种不同类型的诗人统合于一身?他重视元素,在评论荷尔德林时,特别强调元素、本质、生命;他敬畏原始的力量,在他的思维和行动中都常有一种极端性质,然而又迷恋于创造性合成,追求抽象性、普遍性、体系化,他要包罗万象。可是,在统一与分裂之间,他是否可以找到一种均衡的方式?马利坦指出,歌德和弥尔顿都未能避免如下致命的错误,就是:"诗的形体大于诗的灵魂。"就诗的本质而言,它是纯朴的,非概念、非系统的。诗人可以有他的哲学,但是他根本不可能把诗最终演变为哲学。诗不可以无限量地扩大,也不可以化约,这就是事实的质的规定性。海子受了创造的蛊惑,此间无疑也受了学院派的形式主义写作风气的鼓动,不承认主体以及精神形式的有限性,实际上这是诗人的僭越,其结果正如他笔下的太阳一样,注定是失败的、悲剧性的。海子和太阳是同一个王子,在这里,海子做了海子的先知。

海子诗歌的语言也很有特色,即诗歌中的语词具有一种神性色彩。按照卡西尔的观点,语词在神性的语境中会闪现出一种超乎其原有意义的"魔力",并使言说者得以汲取"神的存在和意志的力量"。海子的诗正是以此契入神性语境,而拥有了神启意味。因此,在海子的诗中,"王""祭司""太阳""女神""大地"等都是出现频率极高的语词。

总的来说,海子在进行诗歌创作时,总是坚持一种"反经验"的写作理想。因此,在对他的诗歌进行解读时,不能仅仅依据现有的传统诗歌经验。

二、韩东的诗歌

韩东(1961—),原籍湖南,出生于南京。1982年,从山东大学哲学系毕业的韩东,先后在西安陕西财经学院和南京审计学院任教。1985年,他与于坚等人创办"他们文学社",出版民刊《他们》。1992年,韩东辞职成为自由写作者。1990年,韩东加入中国作家协会。主要诗作有《山民》《我们的身体》《有关大雁塔》《你见过大海》《交叉跑动》《吉祥的老虎》等。

韩东的诗歌有着鲜明的后现代思想,表现了对传统文化中落后、保守、麻木的反思、批判与消解,但更多的是现实生活中个人的真实体验。因此,他善于将崇高神圣的事物还原成非常实在的生活,以冷漠简约的语言表达质朴真实的生活体验,并要求人们回到现实中来,回到日常生活状态中来。比如,在《山民》一诗中,他采用了"愚公移山"的隐形故事与结构,却构成一种反讽:愚公的人定胜天,到"山民"这里,是"山使他很疲倦";愚公的生生不息,到"山民"这里,是"儿子也使他疲倦"。又如《有关大雁塔》一诗:

> 有关大雁塔
> 我们又能知道些什么
> 有很多人从远方赶来

为了爬上去
做一次英雄
也有的还来做第二次
或者更多
那些不得意的人们
那些发福的人们
统统爬上去
做一做英雄
然后下来
走进这条大街
转眼不见了
也有有种的往下跳
在台阶上开一朵红花
那就真的成了英雄——
当代英雄
有关大雁塔
我们又能知道些什么
我们爬上去
看看四周的风景
然后再下来

　　大雁塔是什么？没有去过的在想象，去过了的在回味。无论是想象还是回味，大雁塔都不会是现实中原初的形象，都将夹带上文化的、历史的等多种意味。杨炼的诗歌《大雁塔》，便以一种文化寻根者的姿态营建了一个巨大的历史意象空间，把大雁塔塑造成民族生命的象征。但是，诗人韩东却告诉人们，这些对大雁塔的印象都是有问题的，大雁塔仅仅只是一座塔，一切从它们身上发散出的所谓历史与文化的东西都是人们人为附加上去的。作为平常人，我们有必要去想这些吗？在《有关大雁塔》这首诗歌中，诗人要表述的就是这样的观点。而诗人的这一观点，表明了他彻底剥除了附加在大雁塔上的种种文化内涵，从而将大雁塔还原为一种单纯平常的建筑物。

　　在《你见过大海》一诗中，韩东也表达了同样的思想。大海在传统文化中具有多种美学意味，如崇高、辽阔、雄伟、深沉等。在朦胧诗人的笔下，大海也是异常雄奇恢宏的，舒婷在《致大海》中歌咏道："大海的日出／引起多少英雄由衷的赞叹；／大海的夕阳／招惹多少诗人温柔的怀想。"但在韩东看来，大海并没有如此的神奇、壮美和蕴意丰富,大海就是大海,所以诗人反复说"你见过大海",大海也没什么特别,"就是这样""人人都这样"。如此一来,诗人便一下子扼杀了古往今来的大海给人们带来的所有美好印象,一下子把赤裸裸的生活境遇展示在读者眼前。这些感受都是具体可感的,因而能得到读者的认同。

韩东在进行诗歌创作时,虽然致力于抽空生活的文化意义,以便在传统的"诗意"当中发现空洞和平淡。但是,这并不意味着韩东的诗歌中没有任何感情色彩。事实上,韩东的诗歌也十分注重抒情。比如,《我们的朋友》:"我的好妻子/我们的朋友都会回来/朋友们还会带来更多没见过面的朋友/我们的小屋子连坐都坐不下……他们和我没碰三杯就醉了/在鸡汤面前痛哭流涕/然后摇摇晃晃去找多年不见的女友/说是连夜就要成亲/得到的却是一个痛快的大嘴巴……"在日常琐屑的生活中,诗人找到了"最温柔的部分",采用的是一种"冷抒情"。

此外,韩东的诗歌也特别强调自己本身的感觉和体验。他常以质朴明净的语言传达细腻醇厚的感觉,而这种感觉常常是隐微而复杂的,于习见中发现新鲜、感受到陌生。比如,他在《明月降临》一诗中写道:"你飞过来的时候有一种声音/有一种光线。"

三、于坚的诗歌

于坚(1954—),祖籍四川资阳,出生于昆明。他于1979年开始发表诗作,1984年从云南大学中文系毕业。1985年,他和韩东等人合办《他们》杂志。出版有诗集《诗六十首》《宝地》《对一只乌鸦的命名》以及长诗《零档案》等。

于坚也是第三代诗人中创作成就较突出的一位,其诗歌的典型特点是具有凡俗色彩,即以诗人的眼光对平凡人的普通生活和普通事件进行关照。正如他自己所言:"我只相信我个人置身于其中的世界,我说出我对我生存状况的感受。"于坚的诗,既是他自己的生存状况的感受,也是他作为一个诗人看到的平凡世界。他诗中的感受和世界恰恰是我们每个人都曾体验过、感受过的审美世界。在他的诗中,想找到一些闪光的语言、发光的思想、深邃的哲理是很难的,但你可以从他的诗中找到一些生活的回忆、情感的片断、美的发现,这些正是我们平常生活中时时体验、感悟到的。但生活的尘埃也会被我们忘记,消失在记忆的深处而无处寻觅。只要你读了于坚的诗歌,你就会重新回忆、重新拥有记忆深处的美好感情,它让你真切地产生一种共鸣,这正是于坚诗歌的独特魅力。

于坚诗歌中的凡俗色彩几乎体现在各个方面和每一首诗中。以爱情这样一个千百年来被文人墨客讴歌传诵的美好感情来说,其在于坚的笔下只被还原为一个普通的谈的过程。在他的《零档案·卷三恋爱史》中,"恋与爱/个人问题/这是一个谈的过程/一个一群人递减为两个人的过程/一个舌背接触硬腭的过程……当然是最好的那一套/最好的那一条/最好的那一种/当然是七点钟到/当然是公园门口/当然是眺望与姗姗来迟""当然是杨柳岸晓风残月"的浪漫情思,也"当然是两张纸垫着/两瓶汽水"的最实际的动作,"当然是志同道合心心相印"的美好情感,却也"当然是摸不透/推测/谜一样的笑容/当然是一块小手绢",也少不了"一群蚊子/一只毛毛虫/一株蒲公英/一朵白玫瑰",然后是"时间到了/请赶紧/再见"的日常生活情景。人一生中一段最优美的恋情,最富于表现力的情感主题,充满激情的一段恋爱生活,在于坚眼中仅还原为一个谈的过程。诗中描写的都是一些最平淡最普通的场景,我们发现的都是日常琐细的寻常事件。爱情的想象力、激情、希望等都不存在了,它在这里也不过是一堆最缺乏想象力的日常事件。

于坚在进行诗歌创作时,还拒绝隐喻,努力消解崇高的诗意。隐喻是文学不可缺少的艺术表达手段,它不仅是叙事文学的源头,从根本上说也是诗性的,诗歌更与隐喻有着天然的联系。但是,于坚却敏锐地指出,隐喻的诗性功能已经退化,隐喻现在在中国渐离诗性,成为一种最合法、最日常的东西。因此,他提出"拒绝隐喻",对传统的诗歌趣味和审美标准进行挑战:他努力让语言返回原初状态和本真状态。也就是说,诗人应关注的,就是这种由具体生活事相所呈现的"此在"。他认为"拒绝隐喻,就是对母语隐喻霸权的(所指)拒绝,对总体话语的拒绝。拒绝它强迫你接受的隐喻系统,诗人应当在对母语的天赋权力的怀疑和反抗中写作"。他的作品在消解事物本质和语言意义系统的神秘性方面有明显的体现,以《对一只乌鸦的命名》来说:

> 当一只乌鸦
> 栖留在我内心的旷野
> 我要说的不是它的象征
> 它的隐喻或神话
> 我要说的
> 只是一只乌鸦
> ……
> 它只是一只快乐的
> 大嘴巴的乌鸦

第五章　中国当代诗歌的文体嬗变与文学创作

在它的外面
世界只是臆造

在这首诗中，于坚层层深入地剥离、消解了乌鸦身上的各种所指意义及隐喻的内涵，让乌鸦又回到乌鸦本身。

总的来说，于坚的诗歌以平民的视角来观照人类普通的情感，表现个人化的当下真实体验，消解了意义的悬置。因此，读他的诗歌，我们就像看我们自己的生活，置身其中而又思考其意义，更加凡俗和真实。

第五节　世界之交的狂欢：新世纪诗歌

自20世纪90年代以来，诗歌虽然孕育着相对成熟的形式、日益精致的文本和较具经典化意义的诗人，但整个诗坛从总体上来说是较为沉寂和封闭的。直到1999年"盘峰论争"的出现，这一局面才有所改变。因此，"盘峰论争"通常被认为是"新世纪诗歌"的前奏。到目前为止，"新世纪诗歌"的发展已经过了二十年的时间，但它的概貌还缺少一个全面和有通约意义的阐述，而且并未出现较多的重大诗歌现象。因此，这里只大致阐述一下新世纪诗歌的轮廓。

一、新世纪诗歌的前奏——盘峰论争

北京市作家协会、中国社会科学院文学研究所当代室、《北京文学》杂志社、《诗探索》编辑部等单位，于1999年4月在北京平谷县盘峰宾馆联合举行了"世纪之交：中国诗歌创作态势与理论建设研讨会"。

会议就当前的诗歌状况，以诗人在20世纪90年代之后在价值观念和诗歌艺术观念方面的分化为中心，进行了激烈的讨论和交锋。来自"外省"的部分诗人和批评家首先"发难"，先后有伊沙、徐江、沈奇、于坚等人，对以北京诗人和批评家为主体的、占据主导话语权力的一派的"知识分子写作"倾向进行了批评。随后，以王家新、臧棣、西川、程光炜、陈超、唐晓渡为主，也先后进行了反驳，为"知识分子写作"进行了辩护。在争论的过程中，双方不得已地被各自命名为"知识分子写作"和"民间写作"。而且，双方的论争主要是围绕以下几个方面进行的：一是"谁的90年代"，到底是哪一种写作流向构成了20世纪90年代写作的主要方向和主要成就，这一点双方各执一词；二是何为诗歌写作的"正途"，是民间立场、口语表达、"说人话"（伊沙

语),写"日常生活",还是知识分子立场、"与时代的错位感"(王家新语)和"有难度的写作";三是应该怎样坚持和实现诗歌批评的公正性与个性。会后,双方诗人又将在会议上所表达的观点写成了文章并经过了系统的阐述,观点更加具有交锋和驳难的性质,也形成了更加明显的分野。而且,这些观点发表后,很快在社会上引起了轩然大波,并最终形成了"知识分子写作"和"民间写作"的对立之说。

事实上,"知识分子写作"和"民间写作"之间并不存在分明的界限,而且"知识分子写作"和"民间写作"的命名都具有不得已的性质。虽然这次论争也的确反映了20世纪90年代以来诗歌界在写作方式、审美趣味上的差异和分化,但这种分化并不是特例,而是常态。自古以来文学就有"雅"与"俗"之分、"文言"与"白话"之分、精神性与世俗化之分、书斋性与市井化之分……所以看起来是两伙诗人之间发生了对立,但实际上这种对立有故作姿态之嫌。无论是"知识分子"还是"民间",都表明了诗歌写作和文学领地中空前的变化,即"一体化"时代结束之后的更具体的内部裂变。这是20世纪90年代以后"大众文化"急剧发育所带来的文化格局之深刻变革的结果。

综合来看,盘峰论争的出现具有十分重要的意义。它打破了原来诗坛的一些圈子和秩序,为确立新世纪多元化的诗歌格局预备了内部的条件。具体来说,盘峰论争使得诗歌界沉寂已久的局面得以根本改变,诗歌重新成为社会和公众舆论所关注的对象;揭开了"写作平权运动"的序幕,给大量外省的无名诗人在"民间写作"的旗帜下登上诗坛创造了机会;促进了被称为"70后"的一代更年轻的诗人在诗坛逐渐崭露头角。因此,盘峰论争的出现使得诗坛呈现久违的热闹。除了网络新媒体带来的写作人群空前增加,以诗歌为名目或媒介的"公共诗歌活动"也大大增加了。

二、新世纪诗歌的特色

纵观新世纪诗歌的发展,可以发现其呈现以下几个鲜明的特色。

(一)经济对诗歌的影响明显增加

在20世纪90年代,经济力量对诗歌的影响被描述为负面的,而现在,经济实力特别是民间经济力量的日益强大,变成了诗歌更加自由和宽广的土壤。以广东为例,这个在最近十几年里经济发展一直处于首位的省份,现今已成为中国新的"诗歌大省",并且开始面向全国发出一种历史上未曾有过的强势话语,迅速地崛起当代中国诗坛,并产生了巨大影响。在这块

"热土"上不但聚集着最多的打工者,而且汇聚了中国当今数量最多的青年诗人。

(二)新媒体对诗歌的影响有所提高

自从1991年留学海外的王笑飞创办第一个海外中文诗歌通讯网,1995年3月诗阳、鲁鸣创办第一个中文诗刊《橄榄树》以来,诗歌网站的数量每年都呈几何级数增长。现在很多纸刊上的诗歌首先是在网络媒体上发表出来,然后才作为印刷品传播的。在网上活跃着数以万计的写手,他们兴之所至、随意涂抹的写作,极大地改变了诗歌写作主体的心态与价值观,也改变了诗歌的性质,使之变成了空前的语言游戏、精神的自娱自乐与蒙面的文化狂欢。由此可以知道,网络新媒体对诗歌的影响正不断加深。

(三)"70后诗人"逐渐崛起

在新世纪初的诗歌界,"70后诗人"集体登台亮相可以说是最壮观的风景了。2001年的民刊几乎成了"70后"一代的天下,这种情势酷似20世纪80年代中期"新生代"崛起时曾有过的场景。对于他们来说,这个时间似乎来得已经太晚,因为以20世纪五六十年代出生者为主体的"新生代诗人"所构造的秩序,控制诗坛已经太久。现在他们在"新生代诗人"的"内讧"中借机出场,是再便宜不过的事情了。

"70后诗人"的写作题材都十分"日常化",审美趣味都比较个人化、细节化,所表现的道德倾向都比较现世化、"底线化"。用朵渔的话来说即是"背景——生在红旗下,长在物欲中;风格——雅皮士面孔,嬉皮士精神;性爱——有经历,无感受;立场——以享乐为原则,以个性为准绳;作品——向世纪末集体逼近的突围表演"。此外,"70后诗人"从肉体到精神的生存都已经完全"江湖化",已废除了通过诗歌写作建立功勋进入权力(或精神)庙堂的传统"心理制度",这样的写作方式和心理以及他们的类似于"小生产者的每日每时的"日常化写作,无疑将构成一种"汪洋大海"般的存在。

"无学院背景"的一类写作者是"70后诗人"中特别值得专门提及的,如"诗江湖"群体中备受推崇的轩辕轼轲。他的诗歌写得鲜活又敏感,往往能够触及生活的"痒处",显示出较强的生命力。另外,这类诗人对网络新媒体的适应能力是惊人的,其作品大都具有明显的网络化写作的风格。比如,轩辕轼轲的《是××,总会××的》:

很久很久以前
我们敬爱的班主任

给我们上了第一堂课
他说:是××,总会××的
说得多好啊
顺理成章,铿锵有力
这句话像是火苗
直窜进我们青春的血液里

是金子总会发光的
是玫瑰总会开花的
是骏马总会奔驰的
是天才总会成材的
是龙种总会登基的
……

但是,在多年之后,学生们各奔东西,老师的"预言"句式不再用了,什么也没有变成期待中的现实,"金子已经变成了废铜/玫瑰已经变成了枯草",唯一证实了这一逻辑的"现实"的,是班主任老师的死。当大家都来参加老师的葬礼时,才又想起了当年的这个"公式",所以最后一句是学生的新归纳:"是活人,总会死掉的。"整首诗又严肃,又戏谑,让人玩味,还可任意添加删改。由此可以看出,网络世界这种"高科技的民间社会"对艺术的改变,要超过以往任何时代。

(四)注重现实精神的重新凸显

在新世纪初期的诗歌创作中,对现实的关注精神并没有因为写作风格的网络化、美学风格的粗鄙化而消失。事实上,反映转型时期社会问题的生存痛苦的诗歌作品一直没有间断。

2005年,名叫柳冬妩的人编选了一本《中国打工诗选》,引起了外界的关注。为此,《文艺争鸣》杂志特辟了专栏探讨这一现象,称之为"在生存中写作",代表了"真正的'中国化的人生'"。与被媒介炒得沸沸扬扬的"80后诗歌""中产阶级趣味"的写作相比,它奉献了诗歌写作者作为"'第一生存'体验对于'写作'所呈现的最直接的意义",并"体现了这种人生状况中人的那点子真正的基本精神"。这种特殊的写作现象被有的媒体戏称为"打工诗歌",因为它比较多地涉及了打工生活和打工人特殊的内心感受,所以似乎也不无道理。但将之命名为"打工诗歌"却是将其狭义化了,从更广泛的意义上,它应该是以特殊的作者群落的角色,以其特定的边缘化生存的挣扎体

第五章　中国当代诗歌的文体嬗变与文学创作

验,以其充满着艰辛与不公的文化际遇,来书写我们这个时代的弱势者的生活和心灵体验的作品,它们确能引起人们的心灵震颤与道德反思,会激发人们对这个社会的道义秩序与伦理合法性的质疑与渴望。比如,郁金的《为一块煤哭泣》是一首为河北省承德的暖水河煤矿矿难而写作的作品,充满了感人的悲悯情怀和追问良心的道德力量。

可以说,新世纪初期的诗歌注重现实精神的重新凸显,表明了在诗歌秩序的大变动中,在急剧的世俗化与肉体化的趋势与氛围里,仍然有诗人对时代良心的担承,对社会黑暗与不公的谴责。这些当然不是诗歌作为"艺术"之品质的完全保证,却是诗歌作为精神现象与文化产品的应有之义。

总的来说,新世纪初期的诗坛态势不是平面的,它更趋向于喜忧参半的立体化,平淡而喧嚣,沉寂又活跃,所有相生相克的因子构成了一种对立而互补的复杂格局,娱乐化和道义化均有,边缘化和深入化并存,粗鄙化和典雅化共生。而就在这充满张力的矛盾"乱象"中,诗人们频繁地涌现和被淘汰,评论者的研究标准不断起伏与调整,诗歌以曲折摇摆的方式日渐寻找着、接近着理想的境地。

第六章 中国当代散文的文体嬗变与文学创作

五四新文学运动让"个人的发现"成为中国现代散文的骄傲,但是,随着文学主潮迅速的政治化,从20世纪30年代开始,抒个人之情、表个人之志的现代抒情散文便开始面临被边缘化的威胁。中华人民共和国成立以后,散文的概念有了广义和狭义之分。广义的散文包括抒情散文、通讯报告、杂文杂感、人物传记以及文艺短论等,范围极为宽泛;狭义的散文则主要指抒情散文。而从当代散文的发展情况来看,散文界风行的散文概念基本指的是广义的散文。与此同时,"个人性"的情感、体悟和趣味等重新成为散文的内质,主观性抒写重新成为散文的资源。

第一节 歌颂时代的合唱与报告文学的崛起

中华人民共和国的成立,为散文创作表现新的时代和新的生活开辟了新的天地。比之其他文学体裁,散文可以更迅速、更直接地为新时代、新生活引吭高歌。无论是土地改革的蓬勃展开、抗美援朝的伟大胜利,还是第一个五年计划的顺利实施,都使我国古老的土地发生了急剧的、翻天覆地的变化,生活本身为散文创作提供了大量的生动新鲜的素材。很多散文作者怀着对新生活的极大喜悦和遏制不住的激情,以通讯报告的形式,去描述建设与斗争的壮丽图景,抒写人民群众战胜困难的社会主义热情和披荆斩棘的创业精神。集中到一点,散文作家们纯真而执着地抒唱亿万人民建设和保卫祖国的信念、智慧、力量与献身精神。因此,在中华人民共和国成立初期,出现了不少歌颂时代的散文。与此同时,抗美援朝战争爆发后,很多作家纷纷奔赴朝鲜战场,冒着熊熊燃烧的战火,实地进行考察和采访,写下了大量的战地通讯,也推动了报告文学的崛起。

一、歌颂时代的散文

中华人民共和国的成立,是值得歌颂的。在中华人民共和国成立初期,

第六章　中国当代散文的文体嬗变与文学创作

抗美援朝胜利,社会主义改造和社会主义建设蓬勃开展,人民群众乐观和忘我地投入工作和劳动中,对祖国的未来充满了信心,整个社会都处在蓬勃向上的状态之中。作家生活在人民群众之中,深受这种社会情绪的感染,也从心里热爱自己的国家和人民,因而写了大量的时代赞歌。因此,以正面赞颂为主的"颂歌"式散文,在20世纪五十年代大量涌现。这是当时时代的必然:它既是社会情绪的直接产物,也是传承延安散文风范的合乎逻辑的结果,同时又是为满足表现"新的人民时代"的题材与主题的必然选择。其内容包括相互联系的两个方面:一是充分表现社会生活的"光明面",赞颂工农兵及其英雄人物;二是歌颂中华人民共和国的缔造者和建设的领导者,即中国共产党及其领袖。这种"颂歌"式的散文,尤其是其中一些优秀的篇章,毫无疑问是有其自身的价值的,但也在发展中造成了严重的缺陷,即容易使散文的思维走向单一。针对文艺创作中存在的问题,党对文艺政策作了调整,尤其是制定了《关于当前文艺工作的意见》(即《文艺八条》),鼓励题材和风格的多样化,对散文的复苏与振兴起了积极的推动作用。与此同时,以杨朔、秦牧为代表的一批散文作家,注重散文创作的艺术规律,以他们的创作实践打破了浮夸说教的沉闷空气,积极推动散文走向繁荣。下面对杨朔的散文创作进行具体分析。

杨朔(1913—1968),原名杨毓瑨,山东蓬莱人。他出身于一个旧式家庭,但积极学习新文化,并于抗日战争爆发后积极参加革命,筹办文艺刊物以唤醒民众,后长期从事八路军文化宣传工作。中华人民共和国成立后,他调至中华铁路总工会任文艺部长,并先后发表了大量通讯、散文,还有一些小说,是当代文学领域重要的作家。

杨朔的散文是中华人民共和国的一曲颂歌,他善于"从生活的激流里抓取一个人物、一种思想,一个有意义的生活片断,迅速地反映出这个时代的侧影"。在朝鲜战场上,他以饱满的激情和生动的文字,歌颂中华儿女的崇高思想品德,歌颂中朝人民的战斗友谊。他把爱国主义和国际主义统一在战士们对人生观的深刻认识上,以强烈爱憎谱写了正义战争和人民英雄的壮美颂歌,如《不平常的人》记叙了一位立有战功的志愿军战士在朝鲜老大娘家养伤,面对老大娘无微不至的照料,战士深深感到朝鲜人民对志愿军的深情,在伤势尚未痊愈的情况下,志愿军战士悄然返回了前线。此外,《英雄时代》《万古青春》等都从平凡的一角描述了抗美援朝的时代气息和中朝人民的深厚友情;在中华人民共和国的伟大建设中,他从生活的激流中,撷取一朵朵小浪花,映现时代的伟大风貌。无论是侧重纪实的通讯特写如《戈壁滩上的春天》《石油城》《永定河纪行》《龙马赞》等,还是侧重于抒情的艺术性散文如《雪浪花》《荔枝蜜》《茶花赋》《香山红叶》等,作者都善于从小处着手,以优美的笔墨展示广大人民精神面貌的巨大变化及劳动人民改天换地的伟大斗争,生动地描绘了社会主义中国初期蓬勃的革命和建设,以及祖国日新月异的美好前景。

杨朔散文的追求有二:一是内容的时代感,二是形式的诗意性。这就让他陷入两难,欲以令个人感动的真情写非个人的时代画面,形成散文诗意画面美与个人情感假的悖反,给人强烈的作文感,这是他《荔枝蜜》"梦见了小蜜蜂"、《雪浪花》老泰山赞美浪花的模式规定的。其梦其赞,都在试图突出时代主题、意识形态主题,一篇可以,多篇如此,就让散文的美与个人的真情离得太远,显得勉强,从而构成模式上的泥塘与困境。为将诗核转化为可感的诗情,不论在谋篇布局上,还是在炼字炼意上,杨朔都着力于诗化手段的运用,努力向诗的意境靠拢。每当动笔,他从不因自己是写散文而放肆笔墨,而总要像写诗那样,再三剪裁材料,安排布局,推敲字句。既不放肆笔墨,又要有新鲜的意境、思想及情感,杨朔便以"曲"和"巧"为基本的结构思路。他善于从优美的事物和"小处"入手,通过开头设置悬念、而后欲扬先抑、再峰回路转、最终卒章显志的笔法,点明时代主题并予以升华。因此,其作品起笔总是比较平淡,看似漫不经心,但悬念就设置其中。例如,《荔枝蜜》开头先设置一个悬念,引人入胜,文章先写人人喜欢蜜蜂,我可不喜欢,因小时被蛰过。接着文章撇开蜜蜂不写,却大写山水景色,而后又集中写荔枝树、荔枝,反复渲染荔枝的鲜美可人,但"我偏偏来的不是时候",看来是等不及吃鲜荔枝了,这时作者笔锋突然一转,"吃鲜荔枝蜜倒是时候"。然后由吃蜜想到看蜜蜂,由看蜜蜂到爱上蜜蜂,最后梦见自己变成一只蜜蜂。这样一个由不爱到爱,甚至要变成一只蜜蜂的全过程,作者用转弯艺术把它写得曲曲折折,全文的意境也就在这精巧的布局中不断转深。

杨朔把这种转弯艺术作为他开拓和深化散文意境的一种手段,因此,他的许多散文都鲜明地表现出转弯的特点。例如,《香山红叶》开篇写道:"早听说香山红叶是北京最浓最浓的秋色,能去看看,自然乐意。"起笔并不出奇。接下来,作者对找老向导、上山、听香山传奇等的铺叙也显得不温不火,倒是一路上不见一片红叶的焦灼让叙事产生了内在的紧张。当作者终于见到了红叶,红叶却因伤了水而半红半黄。至此,文章的基调始终不够昂扬。而后,作者笔锋突转,写到红叶的香味,文章顿见亮色。接着,在老向导对自己当了40年的向导却不曾闻到此香的慨叹中,作品开始了对老向导身世的交代,并通过老向导在新时代命运的转变,借赞叹老向导是作者看到的最好的一片红叶来达到讴歌新社会的目的。

在散文的诗意构造方面,杨朔的作品力图以诗人气质营造意境美;想方设法地托物言志、借景抒情。《雪浪花》以海边浪花冲击礁石的执着,比喻

"老泰山"人老心不老、无私奉献生命的余热,结尾部分老泰山退场的画面,既描写了金光灿烂、映照西天的一抹晚霞,又故意渲染了老泰山带几分孩子气的天真,掐野菊花插到车上的细节,让他慢慢推着车,"一直走进火红的霞光里去"。自然景物的美、人物精神的美和作家抒情的美融汇在一幅画里。在形式美方面,杨朔的散文讲究结构和谋篇布局,运用显隐、疏密、抑扬、虚实、张弛等艺术辩证法,实施于文章布局,产生一种节奏、层次的美。

二、报告文学的崛起

抗美援朝期间,大批作家奔赴朝鲜前线,在血肉横飞、枪林弹雨中抒写了一曲曲美的赞歌。比如巴金的《生活在英雄们的中间》《我们会见了彭德怀司令员》,黄钢的《最后胜利的预告》《在杨根思牺牲的地方》《朝鲜——晨曦清亮的国家》,菡子的《从上甘岭来》《和黄继光班相处的日子里》,刘白羽的《对和平的宣誓》,杨朔的《平常的人》,华山的《清川江畔》,陆柱国的《中华男儿》,白艾的《鹰》,丁晓光的《飞虎山上的五昼夜》等都是传诵一时的名作。

其中,魏巍在抗美援朝战争爆发后,先后三次入朝,以通讯特写的形式,接连发表了《朝鲜人》《火与火》《战斗在汉江南岸》《谁是最可爱的人》《年轻人,让你的青春更美丽吧!》《依依惜别的深情》等十几篇作品,影响很大。

魏巍的报告文学有着很强的时代感,激情洋溢而又刚柔相济,富有很强的艺术感染力。而且,魏巍的报告文学"把众多勇士的壮举、强者的坚韧和英雄的献身熔铸为一个时代的形象——'最可爱的人',集中表现了作者和人民群众对战士的热爱敬仰之情,'最可爱的人'已普遍地成为人民对子弟兵的最亲切的称呼,且经久不衰"[1]。同时,他以极度浓缩的场景和人物的特写对"最可爱的人"的内在情思进行了深入开掘,"钻进了这些可尊敬的人民的灵魂里面,并且同自己的灵魂融合在一起,以无穷的感动与爱,娓娓地讲出这灵魂深处所包含的一切感觉"[2],因而其报告文学时至今日仍然有着很大的魅力。《谁是最可爱的人》是魏巍报告文学的代表作,描写了1950—1951年间抗美援朝战争最艰苦时,我们的志愿军战士英勇反击美国侵略者的故事。这篇报告文学不仅奠定了魏巍在中国当代报告文学史上的名家地位,而且显示了中华人民共和国成立初期报告文学最重要的创作成就。

---

[1] 金汉.中国当代文学发展史[M].上海:上海文艺出版社,2002:89.
[2] 丁玲.读魏巍的朝鲜通讯——《谁是最可爱的人》与《冬天和春天》[J].文艺报,1951(3).

1956年后,"干预生活"的报告文学产生了很大的社会影响。随着现实生活的变化和"双百"方针的提倡,作家剔除了内在的思想顾忌,激发了勇于探索的艺术活力,开始以理性的目光来审视现实中的矛盾和历史的积弊。再加之,苏联特写作家奥维契金提出的"干预生活"的创作主张的传入,其代表作《区里的日常生活》和《在一次会议上》所表现出的敢于、善于揭露自己的缺点的思想得到了正确的评价,这些都促进了"写真实""干预生活"的报告文学新潮的到来。部分年轻作家们开始勇敢地面对社会生活中的矛盾、阴暗,大胆地触及和揭露,一改单纯歌颂的单调局面。秦兆阳的《两个县委书记》、刘宾雁的《在桥梁工地上》《本报内部消息》、耿简的《爬在旗杆上的人》、李国文的《改选》、荔青的《马端的堕落》等,都是坚持报告文学的真实性和现实主义原则的探索性代表作。这些作品描写了社会新生力量与官僚主义、保守主义的斗争,沽名钓誉、弄虚作假、置群众疾苦于不顾的干部作风,经济凋敝背后的对政治症结的综合反思……20世纪50年代中后期的报告文学,作家敢于直面生活的勇气和良知值得钦佩。它恢复了报告文学所应有的对生活的揭露和批判的一面,但遗憾的是,这类"批评特写"仅仅在1956年至1957年上半年间"昙花一现"。

　　进入20世纪60年代以后,由于政治和文化的要求,报告文学集中在歌颂与推崇道德精神、时代楷模的内容上,并渐趋沉稳和冷静,文学的艺术性得到了加强,这时也出现了一批影响很大的优秀作品,如郁茹的《向秀丽》、郭光的《英雄列车》、王石与房树民的《为了六十一个阶级弟兄》、陈广生与崔家俊的《毛主席的好战士——雷锋》、郭小川的《无产阶级战士的高尚风格》、魏钢焰的《红桃是怎么开的?》、西虹的《大庆"王铁人"》、徐迟的《祁连山下》、黄宗英的《小丫扛大旗》等。这些作品以饱满的热情歌颂了祖国建设各条战线上的英雄模范人物,树立了一批工人的典型,粗犷的气势中不失细腻,真实地描摹出新思想、新道德、新风尚在中国大地的成长,对鼓舞建设者们努力创造社会主义新生活起到积极的作用。这一时期的报告文学创作在艺术质量上也有了明显的提高,如《红桃是怎么开的?》抓住典型细节,用诗一般的语言描绘人物纯洁美好的心灵世界,以情动人,增强了作品的艺术感染力。

　　其中,穆青的《县委书记的榜样——焦裕禄》是这一时期最著名的一篇文章。这篇报告文学为人们展现了一个堪称时代楷模的共产党人的光辉形象。他廉洁奉公、恪尽职守、务实奋进、体恤民情,"心里装着全体百姓,唯独没有他自己"的高贵品质和坚强隐忍的硬骨头精神,在20世纪60年代的中国大地上,曾扣动亿万人们的心灵。艺术上,作品善于渲染环境气氛,烘托人物内心世界;善于通过日常生活细节刻画人物顽强、无私和忘我的精神。

作家从三大生活层面,虚实结合、多方叠映地展开了对一位共产党人的抒写,具体表现为:焦裕禄与自然灾害的抗争、与自身病魔的斗争以及与少数干部思想的斗争。在兰考这片凄凉、贫瘠的土地上,我们看到了一个催人泪下的感人身影:在大雪封门的日子,他带着救济粮款看望孤寡老人;在洪水暴发的日子,他不顾个人安危,拄着棍子察看水情……在这些看似平凡但无时不在的、多侧面、多场景的描写中,一个光彩动人的形象诞生了。显然,作者采用的是一种多线复合的艺术手法,以俭省的笔墨,在不大的篇幅内,全面真实地展现了焦裕禄这位共产党员的高风亮节。

第二节 老作家散文的新收获与中青年作家群的崛起

思想解放的春风唤醒了新时期散文,1980年7月26日,《人民日报》发表社论,明确用"文艺为人民服务,为社会主义服务"取代了"文艺为政治服务"的口号,重新确立了社会主义文艺方针。1979年6月,《随笔》在广州创刊,1980年1月,《散文》在天津创办,开辟了散文创作的专门领地,在"当代散文发展史上,不能不说是一种创举"。1981年,全国散文创作会议在北京举行,这是中华人民共和国成立后第一次有关散文创作的盛会。政治文化背景的巨变,个性解放氛围的形成,促使作家们解放思想,更新观念,吹响了散文中兴与繁荣的号角。这一时期,因为报纸杂志与出版渠道迅猛发展,各种散文日趋活跃,渐成热潮,以新视角、新手法创作的新时期散文形成了与时代社会同步前进的多元化创作格局。同时,新时期散文突破了"杨朔模式"的拘囿,完成了从以"国家话语"为中心到以"个人话语"为中心的转换。突破首先从一批文化老人开始,他们根据自己的亲历,在文章中追忆往事,悼念故人,反思历史,"真"(表达真诚的情感、说真话)成为这时期散文创作最突出的标志。在老作家之外,一批中青年作家也辛勤笔耕,起了"继往开来"的承接作用,推动了新时期散文的快速发展。

一、老作家散文的新收获

新时期以来,散文创作进入了一个新的繁荣时期。一批老作家重新拿起笔来表达情怀,在创作上青春焕发,于新作中见深情,于平易中显深厚,创作了众多佳篇。其中比较突出的有巴金、冰心、孙犁等。

(一)巴金的散文

巴金是我国新文学史上跨时代的重要作家,他的当代文学创作的主要成就体现在散文方面。从20世纪70年代后期开始,他以回忆往事为主要内容,写了大量杂谈随笔式的散文。这些作品,或思考历史、探索人生,或回顾文学历程,或抒发强烈的怀念故人的感情,文笔质朴,情真意切,史料翔实,具有很高的文学价值和历史价值。巴金在新时期的作品已结集出版的主要有《爝火集》《巴金散文选》《愿作泥土》《随想录》(共五集)、《巴金近作》(共三集),以及《创作回忆录》《写作生涯的回顾》《巴金写作生涯》等。

巴金的五集《随想录》被认为是20世纪中国知识分子心灵史的真切写照。出于老作家高度的历史责任感与使命感,巴金通过对历史与自己的人生进行深刻的检视与理性的反思,发现"一切事物,一切人在我眼前都改换了面貌,我有一种大梦初醒的感觉"。"大梦初醒"之后的《随想录》正是一本"讲真话"的书,"自己想什么就讲什么,自己怎么想就怎么说——这就是真话"。而要说真话,就要把自己置于历史当中,对自己进行痛苦的"解剖",对历史和人生进行深刻的检视,"分是非,辨真伪",不能把责任完全推给别人,自己要深刻反思,不再受骗上当,在深入的自我解剖中重建知识分子的独立人格。由此可见,巴金是在经过了历史的风浪以后寻找到了理性的力量。理性的回归凸现出散文背后那个大写的人,也将散文推进到一个叩问灵魂的新时期。《随想录》以深刻的思想力量、真诚的人格魅力,成为散文创作的一座重要的里程碑,"讲真话"也成为知识分子人格复苏后的基本立场。

《随想录》的艺术价值在于文中的动人诗意,而这诗意来源于作者思想和感情的真实。尤其是《怀念萧珊》,作者的千种柔情、万缕哀思都倾注在对亡妻生前死后的具体描述中。文章主要叙述了在艰难困苦中萧珊对巴金的帮助,她在生命垂危之际的善良愿望和遗恨,真实地再现了他们最后相守时的痛苦与幸福。作者写了她去世后自己的悲痛、思念与歉疚,并缅怀了30年风雨同舟的夫妻情感。作者虽然写的是个人的遭遇,但又时时把这场遭遇与整个国家、民族的劫难过程联系在一起,使散文中所写的日常生活场景都超越了个人的意义,成为特殊的历史年代里的一个知识分子的见证。在这篇悼文中,巴金保持了那惯有的真挚、深切的感情和坦荡、晓畅的抒怀。比如,萧珊病重住院,巴金每天去陪她大半天,这段时间"既感痛苦又感幸福",再写从病房走回家里,"走进空空的、静静的房间……"言辞虽不激烈,但"辞愈缓而情愈切",正是通过朴实无华的词句,显示了作者深沉的感情。

第六章　中国当代散文的文体嬗变与文学创作

(二)冰心的散文

冰心在新时期虽已届耄耋高龄,但仍笔耕不停,时有新作问世,主要是回忆散文、随笔杂感等一类作品。比如,《我的故乡》《悼郭老》《追念振铎》《悼念茅公》等,写得深情而又细腻。在"想到就写"专题中写了不少杂感,如《七十年前的"五·四"》《真说出了我心里的话》《无士则如何》等,这类作品虽然没有过去散文佳作中那样多的情景交融的描写,但所发的感想议论真切动人、切中时弊、启迪人心。

总体来看,冰心在新时期的散文多是以回忆为主题的。她说,有时候"回忆的潮水,一层层地卷来,又一层层地退去",回忆"最深刻而清晰的就是童年时代的往事"。于是,她写了一系列回忆往事的自传性的散文。这些作品一以贯之的,仍是她的"爱的哲学",尤其处处流露出对儿童纯洁心灵和自己美好的童年时代的憧憬。像《我的童年》,描写父亲是个军人,"放了学他从营里回来,他就教我打枪、骑马、划船,夜里就指点我看星星。逢年过节,他也带我到烟台市去,参加天后宫里海军军人的聚会演戏,或到玉皇顶上去看梨花,到张裕酿酒公司的葡萄园里去吃葡萄,更多的时候,就是带我到军舰上去看朋友"。她在《童年杂忆》中说:"我的童年生活是快乐的,开朗的,首先是健康的。该得的爱,我都得到了,该爱的人,我也都爱了。"又说,"我希望这爱和健康的气息,不但在我们一家中间,还在每一个家庭中延续下去"。还有《我的故乡》《我到了北京》《我的中学时代》等,从日常生活的微细事物中,描写祖父、父亲、母亲对她的关爱,幸福家庭和大海风光对她儿童心灵的陶冶。信笔所至,如潺潺流水,舒卷自如,感情细腻而缠绵,这种写法最能表现作者的自我个性,也让我们看到早期"冰心体"的情致。

(三)孙犁的散文

孙犁是新时期散文文苑中一位重要的作家。他本以小说的独具风采见长,早期也写有不少散文。他在过去写的《黄鹂》《石子》等,标志着他散文创作的成熟。新时期以后,他专注于散文的写作,在艺术上达到了炉火纯青的地步。他的散文"不虚美,不掩恶",恢复了散文抒写"真情""真象"的优秀传统。《亡人逸事》《远的怀念》《服装的故事》《报纸的故事》等,是他这时期散文创作的代表作品。他还出版了《晚华集》《秀露集》《澹定集》《尺泽集》《远道集》《老荒集》《陋巷集》《无为集》以及《孙犁散文选》等散文集子。

对真善美的刻意追求,是新时期孙犁散文的主要特色,也是他一贯的美学追求。他认为"文学的职责是反映现实中的美和善的。古今中外的文学作品,都是这样"。这在其早期的创作中就有充分的体现。但是相对于荷花淀"单纯的明丽与温馨",晚年的孙犁对美的认识更加成熟和富有深度,对笔下所表现出来的美好的人事所倾注的情感也更加强烈,更加沉重,更多地给人以压抑和苍凉之感。比如在《亡人逸事》《保定旧事》《乡里旧闻》等文章里,虽然同早期作品一样回顾的仍是凡人小事,但透过如诗如画的叙述,很快就能感觉出这些作品所描写的人、事隐含着悲剧的气氛,作者所流露的感情亦不是早期的愉快与喜悦,而是深深的感伤与无奈。而且,作者描写的人物多是"平凡的人,普通的战士,并不是什么高大的形象,绝对化了的人"。因此,这类散文在真实地怀念友人的长处时,不夸饰、不溢美,种种感慨和情怀融化在看似轻描淡写的小事中,字里行间透出真切厚重、质朴纯真的特色。

孙犁散文的语言,不但能准确地表达出自己的思想感情,描绘出鲜明的生活图景,描画出生动的人物形象,而且能够使作品富有一种独特的诗情画意和艺术韵味。《亡人逸事》在叙述了"我"与亡妻生前的几件逸事之后,结尾写道:

> 我们结婚四十年,我有许多事情,对不起她,可以说她没有一件事情是对不起我的。在夫妻的情分上,我做得很差。正因为如此,她对我们之间的恩爱,记忆很深。我在北平当小职员时,曾经买过两丈花布,直接寄至她家。临终之前,她还向我提起这一件小事,问道:
> "你那时为什么把布寄到我娘家去啊?"
> 我说:
> "为的是叫你做衣服方便呀!"
> 她闭上眼睛,久病的脸上,展现了一丝幸福的笑容。

在这里,没有朱自清《给亡妇》那样的如泣如诉,也没有巴金《怀念萧珊》那样的寸肠欲断,只是把一件小事平平淡淡地道来,却把夫妻间深远绵长又令人神往的情意以及对爱情的眷恋与追求生动地表现出来了。

二、中青年作家群的崛起

在新时期散文园地中,涌现出一大批中青年作家,他们以真实自由的笔墨,广泛抒写性灵,表达生命体验,融世情事理于丰富隽永的文笔之中,使散文的艺术风格更加千姿百态。比较突出的代表作家有贾平凹、史铁生、周涛等。

(一)贾平凹的散文

贾平凹(1952—),原名贾平娃,陕西商洛人,1975 年毕业于西北大学

第六章　中国当代散文的文体嬗变与文学创作

中文系,现为中国作家协会主席团委员、陕西省作家协会主席、西安市文联主席、西安建筑科技大学文学院院长、《美文》杂志主编、中国海洋大学以及北京师范大学驻校作家等。

1980年前后,贾平凹以《丑石》《一棵小桃树》等走入散文领域,使人耳目一新;其后,又以《商州初录》《商州又录》和《商州再录》震撼文坛。他写诗、写小说、写散文,是一位极富悟性的高产作家。他写作的题材也十分广阔,但基本是以故乡陕西的山川风物、人情习俗为抒写对象,开掘陕西的地域文化和人文文化,表达自己对人生宇宙的感知,质朴、真诚,带着浑厚的大西北高原气息和原始野性。

贾平凹对于新时期散文的发展具有非常重要的意义,"他的出现,既标志了'工农兵'代言人时代的终结,又预示了'和而不同'的散文新局面即将出现"[1]。这个"重要的意义"是伴随着作家创作中的自我蜕变完成的。贾平凹曾经把自己的创作历程分为"单纯入世""复杂处世""单纯出世"三个阶段,这显示了作家逐步走上自由的心路历程。例如,《商州初录》中,他用"美丽、富饶而又充满着野情野味的神秘的地方"和"勤劳、勇敢而又多情多善的父老兄弟"来描述商州。贾平凹对商州的风土人情也即"古老的民族性的故事"有强烈的探究兴趣。在商州体验生活时,贾平凹为其丰富性"震惊",也为其复杂性"眩晕"。这种"感觉"意味着贾平凹对世界、人生的体验有所变化。而在《商州又录》中,贾平凹则以几近白描的手法,描写商州在工业文明的冲击下仍保持了自己特有的神秘,如同地下的文物一样而特意要保留下来的胜景:那坐在炕上,把粮食磨子搬上来,盘脚正坐,摇着磨拐又呼唤着儿子的妇女;那被关在门外等候婆娘生孩子等了一宿的男人……这些描写都使人想起沈从文20世纪30年代回到故乡时写的《湘西》《湘行散记》那些洋溢着浓郁乡土气息的篇章来。

贾平凹的散文虽然不作更多的理性分析,主要是凭着自己细致敏锐的艺术感觉来感悟世界、描情写景,因而在整体上呈现一种写意画般的神秘与朦胧。但是,就是在这种神秘与朦胧中,却蕴含着耐人寻味的哲理内容。贾平凹并没有把散文创作仅仅看作发泄自己情绪的一种方式,更没有迷失于个人的悲欢离合中,而是把它看作自己感悟宇宙人生的一种方式,他在创作中不断地超越自我、超越世俗人生,努力写出一种与人类相通的东西。比如《丑石》,文章写家门前那块谁都嫌弃的丑石,一日被天文学家发现是一块陨石,"是件了不起的东西",小心翼翼地将它运走了。是的,"丑到极处,便是美到极处。正因为它不是一般的顽石,当然不能去做墙,做台阶,不能去雕

---

[1] 范培松.中国散文史[M].南京:江苏教育出版社,2008:631.

刻,捶布。它不是做这些小玩意儿的,所以常常就遭到一般世俗的讥讽"。贾平凹曾说自己写这篇作品,是因为许多人才"常常不被人们发觉和理解,反而遭到热讽冷刺,但他们可贵的是并不懊丧和沉沦,愈是忍受着寂寞和委屈,自强不息"。它从一个独特的角度揭示了我国社会长期以来人才不被发觉和重视的状况,文章发表之后极有震撼力,以致被选入20世纪80年代初的中学语文教材。同时,这篇作品表现了贾平凹初期散文"托物寓理"的艺术追求。

(二)史铁生的散文

史铁生(1951—2010),祖籍河北涿县,出生于北京。1969年到陕西延安一带插队,后因双腿瘫痪于1972年回到北京进行治疗。1974年到北京北新桥地区街道工厂工作,后因病情加重而回家休养。曾任中国作家协会全国委员会委员、北京作家协会副主席、中国残疾人协会评议委员会委员。2010年12月31日,史铁生因突发脑溢血逝世于北京,终年59岁。

史铁生自生病后开始进行文学创作,他的散文是自己从生命困境突围的心路历程的真实记录,以其巨大的心灵震撼力和自由灵动的叙事风格成为当代文坛一道独特的风景。其中《我与地坛》最有典型性,它体现了史铁生散文的突出成就。

残疾困境带来的苦难感受和对生命意义的思辨是史铁生散文的母题,《我与地坛》就以其哲理思辨的深广度对这些问题做出了深刻的回答。史铁生在文章中以极朴素动人的语言讲述了自己的经历和所思,而全部讲述所围绕的核心是有关生命本身的问题:人该怎样来看待生命中的苦难。地坛古园中的中年情侣、热爱唱歌的小伙子、捕鸟的汉子、爱喝酒的老头、有天赋但被埋没了的长跑家以及弱智小姑娘,告诉他这个世界残缺和苦难的普遍存在,"看来差别永远是要有的。看来就只好接受苦难——人类的全部剧目需要它,存在的本身需要它"。他开始认识到残缺和苦难在这个世界存在的必然性,然后试着去接受它,从而热爱这个充满残缺和苦难的生命。

《我与地坛》的主旨是厚重的、沉郁的,文本几乎对自己一生的命运与艺术道路作了全面的回顾、思考和总结,主体的思维触角"上穷碧落下黄泉",穿透了前世、今生与来世,交织着形而下的痛楚与形而上的希冀,而其所吐露的对上帝、命运的矛盾态度:一方面希望皈依"上帝",另一方面现代科学理性又强烈地提醒着作家这种皈依之路是如何苍白贫弱,又道出了多少现代人万念俱灰之后企图走近上帝又无法靠拢上帝的灵魂折磨与尴尬处境!由此可见其思绪之庞大,而这也是吸引万千读者的重要原因。

(三)周涛的散文

周涛(1946—),山西榆社人,1969年毕业于新疆大学中文系,出版有散文集《稀世之鸟》《周涛自选集》《中华散文珍藏本·周涛卷》《周涛散文》《秋风旧雨集》《人生与幻想》《游牧长城》和《兀立荒原》等。

周涛由于长期在西部生活,他的散文常常描写西部风情,表现出独特的视角和特色。在周涛的笔下,所到之处充满勃勃生机:飞禽走兽、山川河流、山花野草、大漠深谷,无不跃动着原始的生命力。《稀世之鸟》中收录的散文作品,主要描写的是西部生活。这里有马,这西域的汗血神驹;依旧有河,这白雪绿树之间的水晶之流;依旧有山,山的方阵、山的集团,连绵蠕动的地之极;依旧有白沙小道、栽满果树的维吾尔族庭院和烈风中的猛禽……

可以说,长年的边地生活,远离汉文化中心的边缘地带,对边疆文化资源、特别是多民族杂居这样一种生存格局的耳濡目染,使周涛在文化观念、自我身份和思维方式等方面更加宽阔。在此影响下,一些农耕文化的"规定情节和判断"常常在他的散文中遭到豁然开朗、别开生面的颠覆。甚至在周涛的个性特点和生命方式中,那种智性的洒脱,那种天真的游戏态度,都像是立蹬挽缰、睥睨天下、驰骋天地间的牧人派头,这使他的作品中蕴含着夺人的气势和犷悍而劲健的"西部风骨",这是一种自觉的地域情怀和由此生发的文化反省。身处边地,周涛感受着它的荒凉和寂寞:"它意味着远离权力中心,在花柳繁华、六朝粉黛的江南名士传统外。"但是,边陲又是永恒的,"他的土地,他的人,总是在时髦之外提供某种不同的存在。这就是美"(《边陲》)。这种美并不取决于作者在文本中所呈示的大量的西部风光,而是取决于其在现代文明的参照之下由衷地敬畏、肯定并认同的一种游牧式的、劲气四射而精气内敛、既奔放热烈又坚韧沉默的生存方式,以及由这种生存方式所揭示的生命哲学:生命的价值与尊严就在于生命的野性、狼性和生命的自在、独立与静寂的完美结合。

作者在表达自己对生命的体悟、思考时,视野广阔,由物推及人、由人推及民族、由民族推及历史、由表层推及深层,把自己的体悟、思考提升到文化的层面。例如,《巩乃斯的马》,全文主要写了3个方面的内容:文章一开始就通过对比,表达了对丑陋畸形的骆驼的憎恶,对落后的牛和小丑一般的毛驴的不满,因为这些动物使他联想到愚昧、麻木、奴性和逆来顺受,认为马是"茫茫天地之间的一种尤物",虽然接受了文明的洗礼,却仍然保持了自由的生命力,与人类是朋友而不是奴隶关系,兼得文明与自然之长;接着通过对马的细致描绘,赞扬了马的精神和气韵;最后写马的历史与我们民族的历史紧密地关联着,马的筋骨、血脉、气韵及精神已经深深地融进了中华民族的历史。可以说,在作品中,"马"作为核心形象引起了作者对于世界的思考,通过马联想到人生不朽的壮美和潜藏在其深层的忧郁,联想到流淌于民族精神中的英雄豪气与进取精神,现实与想象、情感与理性交织在一起,呈现出崇高深邃的气韵与精神。作者借助对马的形象的描绘,表达了一种对不受束缚的生命力与进取精神的向往与渴求。

第三节 "大散文"概念的提出与"文化散文""学者散文"的发展

在20世纪90年代的散文界,有一个比较引人注目的现象,就是"大散文"概念的提出。"大散文"概念是由1993年创办的《美文》杂志提出来的,贾平凹是主办者。他认为,散文首先要有大境界,不应当把散文变成一种"小摆设";其次各类题材、各种形式都可以进入散文创作。从境界、题材、形式的范围内确定一个"大"字,其实也就包括了广义散文与狭义散文的概念。《美文》理智、坚定、沉着地践行着大散文的散文主义和散文理想,唤醒并承载着五四新文化运动以来的散文主张、散文精神的复苏和大散文理念。《美文》的倡导与实践,从某种意义上可以说是散文的又一次变革和革命,是划时代的,已超越其本身的价值和意义。

"大散文"概念拓展了散文创作的领域,开阔了作者的思路。一大批具有深厚学养和人生阅历的学者介入散文,加重了散文的知识品位和文化分量,使"文化散文"与"学者散文"成为20世纪90年代散文园地中的两朵奇葩。这两类散文的创作者主要有余秋雨、陈平原、赵园、季羡林、金克木、张中行等。他们追求人类精神的内在性,将理性思考和个人感受很好地融合在一起,努力走向宽阔与深沉,走向文化思考。以下主要对当代余秋雨、张中行和金克木的散文创作进行一定的阐述。

一、余秋雨的散文

余秋雨(1946—),浙江余姚人,是戏曲理论家和文化史学者。他曾在上海戏剧学院戏剧系学习,毕业后留校任教,主要论著有《戏剧理论史稿》《戏剧审美心理学》《中国戏剧文化史述》《艺术创造工程》,散文集有《文化苦旅》《山居笔记》《文明的碎片》《秋雨散文》《霜冷长河》《千年一叹》《行者无疆》等。

余秋雨从20世纪80年代中期开始进行散文创作,1985年、1993年、

第六章 中国当代散文的文体嬗变与文学创作

1998年分别在《收获》杂志上开设了"文化苦旅""山居笔记""霜灭话语"等专栏,在社会上产生了广泛的影响,并且引发了"大散文"或者"文化散文"热,促进了散文文体的变革。余秋雨的散文是对传统文明的思索与缅怀,对现代文明的拯救与"呼喊"。余秋雨特别钟情于庐山、西湖、天桂山、柳侯祠、都江堰、莫高窟、江南小镇等具有丰厚历史文化内涵的名胜古迹,总是借助这些名胜古迹,深入开掘山水风物之中尘封已久的文化内蕴。他往往通过分析和考证这些名胜古迹的历史背景和文化源流,描述活跃其中的人和事,将人、历史、自然交融在一起,使名胜古迹散发出独特的文化魅力和深邃的理性之美。同时,余秋雨是以真切的生命体验来承续中国文人的血脉,将自我心灵熔铸于山水之中,把自我生命交汇于古代文人身上,因而他的文化游记写得激越而又凝重,具有强烈的艺术感染力。

《文化苦旅》是余秋雨文化散文的代表作。他以记游的方式进行文化思考,该散文集渗入了作者的人文关怀和个人思考,是一种"感性体验"和理性思辨的结合。他的感性体验发自对帝王将相、才子佳人、典章经籍、山川风物、世俗人情的领略体悟。作为一位中西学养很深的大学教授、作为一位改革大潮当中的文化人,面对眼前的山水,他产生了一种文化的与哲学的焦虑、一种浸濡历史沧桑感的困扰,以及走出困扰的使命意识,也就是他所说的"文化苦旅"。

在这部散文集中,作者把审美的目光投向了幽远的中国历史,这里有历史沧桑折射的无边苍凉(《这里真安静》),有深切而悠远的哀伤(《家住龙华》),也有中国文化不甘沉沦的苏醒(《莫高窟》),有对如今上海文明的充分肯定(《上海人》)……透过余秋雨散文把祖国河山与中华文化融为一体的形式,我们会深切地感受到蕴含在其中的民族主义和爱国主义。

《文化苦旅》描述了一代代正直的文人不幸的命运,如柳宗元从长安贬往永州和柳州的人生价值观的失落与冲突(《柳侯祠》)、屈原的流放(《三峡》)……他以深沉的理性之光照见了传统文人的无奈与悲哀。

余秋雨对历史文化的"重温与反思"主要表现在两个方面:一方面是对中华文明衰落与断裂的感叹,如《道士塔》《阳关雪》《笔墨祭》《一个王朝的背影》等;另一方面是对知识分子的命运和使命的思考,如《柳侯祠》《风雨天一阁》《十万进士》《流放的土地》等。余秋雨散文的大部分篇章都是揭示中国传统知识分子的悲剧命运,探讨中国文人的人格结构,对"贬官文化""隐士文化""流人文化""废墟文化"等进行了重新的思考与定位。在《庭院深深》里,余秋雨一方面惊叹一批批的古代教育家能够历尽艰险、战胜苦难,将人类精神文明的薪火代代相传,另一方面又发现了这些先人安贫乐道的修养中隐含着对整体文明的消解作用。《苏东坡突围》记录狂放不羁、灵气勃发的艺术天才苏东坡的人生悲剧,描写苏东坡陷入"文化群小"包围之中的沉郁悲凉之情和突围抗争之中的悲壮之举,抨击了世俗机制对知识分子的文化良知和健全人格的"围困"。通过对一个个文化"个案"的分析、对一批批知识分子命运的解读,余秋雨为当代知识分子还原出一个深广的历史文化背景,也为现代文人确立了精神标高。

总的来说,余秋雨的散文表现出以下几个十分突出的艺术特色。第一,散文格局恢宏、篇幅较大,彻底打破了以往散文的短小框架,给人一种大气派的感觉。而且,他的散文情理交融,长于议论,表现出"大散文"的风范。第二,摒弃了传统的散文借景抒情、托物言志等单一主题表达的程式,以自己深刻的思想及独特的思路穿透现实与历史,对某一物象或是景观进行多侧面、多角度的透视,从而将所描写的对象的丰富而广阔的含义在一种多元开放的发散式中得到突出的显现,并大大增强了文章的议论色彩。第三,大胆借助想象艺术,在对传统正史所不记载的、在历史的阴影之中被淹没的历史瞬间和历史画卷进行描写的同时,将思想与形象、情与理进行有机的融合。第四,在散文中融入戏剧的表现手法,不再囿于"形散神聚,起承转合"的陈规,而是将焦点聚集到某一景观上,缩小场面,拉大景深,对时空进行转换和调度,去展现一个时代的概观,充分发挥了散文文体的"多边缘性"特征。第五,语言有着学者语言的严谨、凝练、深情多思之秀美,也有着小说家、诗人语言的流动、明快、辞采飞扬之品性。

二、张中行的散文

张中行(1909—2006),河北香河人。1936 年毕业于北京大学中文系,曾在中学、大学任教。1949 年后任人民教育出版社编辑,主要论著有《文言与白话》《文言津逮》《佛教与中国文学》《顺生论》,散文集有《负暄琐话》《负暄续话》《负暄三话》《流年碎影》《张中行小品》《说梦楼谈屑》《横议集》《说书集》等。作为学者的张中行,主要从事语言文字方面的研究工作,但他的人生兴趣极其广泛,经史子集、古今中外的知识都有所涉猎,是一个杂家。在诸多研究中,张中行对西方的罗素、培根和中国的孔孟、老庄、佛学的研究成就显著。对哲学的喜爱影响了他的文学创作,其散文既有西方哲学中对人性本体的追问,又有中国哲学对现实理性的顿悟,哲理意味浓厚,洋洋洒洒,顺畅通达。同时,由于一生生活在社会底层,亲历与目睹了世事沧桑变幻,张中行对人间悲凉体味极深,所以他能够以超然、冷静、平和的人生智慧对待人间困苦,这又使他的散文具有宁静、古朴、超脱、深沉的品格。

张中行的散文大致可分为记人、状物和言理三类,其中,记人散文是最出众的,许多篇目已成为人物散文的名篇。张中行是以"诗"的情怀和"史"的卓识来写人记事的,其所记之人一类为文化名人,且多为怪儒奇士,如《胡博士》《梁漱溟》《废名》《启功》《朱自清》等,这些人物身上流淌着中国文化的血脉,积淀着民族的文化心理。张中行以传神的笔墨勾画了他们的文化人格,并且将自己对于"人琴俱亡"的"文化之至美"的缅怀与挽悼之情寄寓其中。对学界名人,张中行注重叙述他们的品行而非学问,往往以各种生活琐事来凸显人物的品行。例如,记熊十力,张中行着重写他的怪异和超凡脱俗:

> 他是治学之外一切都不顾的人,所以住所求安静,常常是一个院子只他一个人住,30年代初期,他住在沙滩银闸路西一个小院子里,门总是关着的,门上贴一张大白纸:近来常常有人来此找某某人,某某人以前确是在此院住,现在确是不在此院住。我确是不知道某某人在何处住,请不要再敲此门。

张中行带着欣赏、理解的目光打量这些现代硕儒名士,但他绝不为贤者讳。在《梁漱溟》一文中,他将梁漱溟与熊十力、废名作比较,在突出他们追求真理的品格时,又犀利地剖析了他们的缺憾:

> 但这三位,我推想,是不会用民主的态度看待各有所见的别人的,因为他们坚信自己的所见,并由此推论,别人的不同所见必错。这样,他们的宽松刚移到承认人各有所见就搁了浅,自然就永远不会再移动到推想自己的所见也可能错的地方。

平常百姓也是张中行所记的一类人,如《汪大娘》《庆珍》《刘舅爷》等,写出了普通人的生命情态,情真意切。

张中行所写的状物类与言理类散文,最能体现他作为学者所特有的学识修养和人生智慧。诸如《信》《户外的树》《灯》《桥》《城》《星光》等状物类散文,采取的都是诗化哲学的笔法描物释理,而不是传统的写景绘物或感物抒怀,常常以所描绘的对象为贯穿线,任思绪在阔大的时空翻飞,上天入地,谈古论今,古今中外有关的典故、传说随手拈来,并且融入作家深邃的人生追问和浓重的自我反省,具有浓郁的哲理意味。

总的来说,张中行的散文文笔洒脱、幽默,语言平淡、朴实,总是用晓畅自然的大白话来表达,即使是谈及学术性的问题亦是如此,没有作为学者的书卷气。但是,在平淡的文字之下却是深厚凝重的内在,境界之高毋庸置疑。

三、金克木的散文

金克木(1912—2000),安徽寿县人。1933年开始在《现代》杂志上发表诗歌。1935年任职于北京大学图书馆。1944年赴印度,学习印地语、梵语及印度哲学和文学。1948年入北京大学东语系任教。他是梵文研究专家和翻译家,对印度宗教、哲学、文学和语言有深入的研究,论著有《梵语文学史》《印度文化论集》《比较文化论集》,译著有《古印度文艺理论文选》《印度古诗集》。他曾是"现代派"重要诗人之一,诗集有《蝙蝠集》《雨雪集》。20世纪80年代以来,他写下了大量的散文,主要有《天竺旧事》《文化的解说》《文化猎疑》《难忘的影子》《金克木小品》等集子。2000年8月5日,金克木因病在北京逝世。

作为一个学贯中西、融古通今的老学者,金克木充满着青春活力,不断探索各个新学科,涉猎新领域,敏锐地关注着当代学界和文坛,考察一切文化现象和文化问题。他不仅谈论西方学者名人如黑格尔、休谟、笛卡儿、弗洛伊德、拜伦,以及西方哲学美学新学科如符号学、诠释学、解构主义、实验美学,而且点评当今中国文坛的影视小说创作和学术界存在的问题。总之,他的散文所涉及的内容多与学术文化有关,有的是读书札记,有的是文化漫谈,有的是文献考证,大多可归入学术小品或思想随笔一类。

金克木的学术小品,大多从宏观着眼,从微观着手,主要针对一个论题,追根溯源,探隐索微,经史子集,天文地理,古今中外,广征博引,信笔展开,在"漫谈"与"闲话"中引出自己独到的见解。例如,《反思和沉思》一文,金克木在列举和分析了俄国著名小说家和批评家的作品之后,探讨了当前中国文坛的反思意识,指出中国文坛尽管已有反思意识出现,但是仍然缺乏对历史文化和人生现实的深思之作。《父子对话:八股文学》一文,对近百年来中国学界把传统文化的很大一部分都排除在研究视野之外的现象提出了质疑,认为这种偏激的做法不利于探究中国文化的真正秘密,指出了"读懂了八股,才能分别,才能不作八股",否则"你讨厌八股,可是你的想法全是照八股程式,自己不知道"。金克木思维活跃,联想丰富,但是他所引证的材料和所作出的结论都十分慎重严密,进退有据,大多数篇章只是问题的追索,而不是独断的结论,所以其文风既挥洒自如、机智幽默,又缜密严谨,具有学术风范。

金克木善于将自己独特的人生情趣与性灵融入文化和学术之中。尽管他的散文不轻易表露情感,但仍然投射出他对人生的深切理解和人性的清明洞察。例如,《笛卡儿的死》一文,金克木从笛卡儿这样一个思想叛逆者却因服从于现实权威而丧命的事实,展示了人性的复杂与矛盾。在《生死辞》中,金克木以"死"体验"生",以收回足迹回首人生的沧桑,构思独特,别有情趣,既写出了人生的苍凉与无奈,更表达了一种超越苦痛、沉静达观的生命态度。

总的来说,金克木的散文精细而立意宏远,微言大义,在漫不经心的叙述中,潜伏着一种严密而不可肢解的精神脉络,思想被整合在天马行空的文字中,自然、随意、顺理成章,没有硬要讲道理。同时,在他的散文中,他对新思想、新事物,对社会和时代的变革,都具有深入的了解与思考,对许多社会现象都有深刻绝妙的认识,能启发人们去思考。

第四节　杂文与报告文学的复兴

一、杂文的复兴

进入新时期后,在散文的全新发展过程中,杂文创作也逐步恢复了生机。新时期杂文创作的主要内容是针砭现实、抨击不正之风、批判民族文化中的劣根性。新时期杂文大多发表于各种报刊上,如《杂文报》《文学自由谈》《新观察》等。而20世纪五六十年代就已驰名文坛的一批杂文作家成为新时期杂文创作的中坚力量,如夏衍、林放、黄裳、严秀、宋振庭等。他们都纷纷重新执笔,再作新篇。由于他们大多具有丰厚的学识功底和优秀的写作才能,且经过了风雨的洗礼,所以他们的见识更为精辟,作品更为成熟。

新时期的杂文写作队伍中,也有一批在文学创作以及文艺研究各领域已有建树的作家、专家。比如,文艺评论家蓝翎就写了不少文笔犀利、见解深刻的杂文。孙犁也创作了一批杂文,如以"芸斋琐谈"为总题发表的一系列短文《谈妒》《谈才》《谈名》《谈诐》《谈谅》《谈慎》等,就是新时期杂文创作中的优秀作品。在这些杂文中,作家以自己的亲身感受为基础,结合文艺界的诸多现象,或褒或贬,既有历史的回顾,又有经验的总结,给人以治学方法、处世准则的教诲。它们于淡泊、质朴的文字中,含深邃的哲理,藏真挚的情怀,具有相当的艺术魅力。

新时期的杂文界还出现了一批中青年作家,如邵燕祥、朱铁志、鄢烈山、叶延滨、陈小川、李庚辰、金戈、冯并、陈四益、官伟勋、蒋元明、路滔、孙士杰、秦耕等。他们身处改革开放的年代,比较重视自身的观念变革,精力充沛,创作量大,体现出良好的创作势头。当然,与小说等其他文学领域相比,这批中青年杂文家的影响远不及时下的文坛新秀,但这既有文体自身的原因,也同文坛扶植与宣传不无关系。

以下对邵燕祥、朱铁志、鄢烈山的杂文创作进行简要阐述。

(一)邵燕祥的杂文

邵燕祥(1933—),出生于北京。1949年以后,曾任中央人民广播电台编辑、记者。1953年加入中国共产党。1978年至1993年在《诗刊》工作,先后担任编辑部主任、副主编。曾任中国作协第三、第四届理事,第四届主席团委员。著有诗集《到远方去》《在远方》《迟开的花》等。除了诗歌,邵燕祥的杂文也很出色。邵燕祥新时期的杂文创作不仅数量多,而且质量颇佳,出版了杂文集《蜜和刺》《晨昏随笔》《忧乐百篇》等。他的杂文直面人生,具有既尖锐深刻又不失分寸的"韧性"战斗精神。尤其在《切不可过望"好皇帝"》《鞭·马·人》等一批杂文中,一些为表面现象所惑而尚未认清的问题实质,在作者的笔下昭然若揭。

《鞭·马·人》一文针对风行一时甚至为社会大众所广泛认同的"伯乐相马"这一典故,作者别具慧识:"伯乐和千里马,两者在人格上是不平等的,用来比喻封建社会中某种人际关系还算恰如其分,用来比喻当代爱才识才的领导和老同志跟他们发现与扶持的人才就不恰当了。"这篇杂文实际上既指出了这一典故中所包含的封建政治意识,又针砭了我们现实生活中所普遍存在的且不为常人所察觉的一种传统落后心理。

《说影响》是邵燕祥的又一杂文代表作,文章选择人民最关心的热点问题,从如何注意影响、如何克服腐败现象着笔,将历史与现实对照,具有强烈的现实意义。文章活泼流畅,说理透辟,融理性思维与诗人的激情为一体,词锋犀利。

(二)朱铁志的杂文

朱铁志(1960—2016),吉林通化人,笔名夏平、艾山、艾水。1969年时跟随父母下乡,1978年考入北京大学哲学系,毕业后先后在《体育报》《求是》杂志任职。1998年加入中国作家协会。曾任《求是》杂志副总编、中国作家协会全国委员会委员、北京市杂文学会常务理事。朱铁志从1983年开始发表作品,著有《固守家园》《自己的嫁衣》《思想的芦苇》《被亵渎的善良》《精神的归宿》等多部杂文集。

朱铁志的杂文敢于实话实说,敢于书写个人的真情实感,也敢于揭露和批判丑恶的事物。他认为,写杂文"不敢指望揭示真理,但愿能够多说真话,少说废话,不说违背人民意志和自己良心的假话、官话、混账话"①。

朱铁志曾修习过哲学,哲学素养深厚,这使他的杂文也有着强烈的理性思辨色彩和理趣之美。在创作杂文时,他通常先对当今社会的丑恶事象进行抨击,然后逐步将个人的思考引向哲理的高度。例如,《智慧的喜悦》一文中,他写道:"唯有哲学,才是思想的主人,灵魂的归宿……哲学,使人成为心灵宁静、淡泊名利、内在富有的人。"我们可以从这些睿智的哲思中,感受到作家内在的诗情,感受到他理胜于辞的行文风格。

(三)鄢烈山的杂文

鄢烈山(1952—),湖北仙桃人,1982 年于北京师范大学中文系毕业,被分配在武汉市青山区政府办公室工作。1986 年离开政府机关进入《武汉晚报》作评论编辑,后进入《长江日报》评论理论部,曾任副主任。1995 年加盟南方报业传媒集团,现为高级编辑。鄢烈山从 1984 年起开始进行杂文创作,著有《假辫子·真辫子》《冷门话题》等杂文集。他的一些杂文作品还被收入《中国杂文鉴赏辞典》《当代杂文五十家》《全国中青年杂文选》等,产生了非常广泛的影响。

鄢烈山的杂文有着强烈的人格意识和社会责任感,他在《冷门话题》自序中说:"只有胸怀理想恪守信念的人,才会不苟且不妥协,遇事较真必欲辨明是非而心始安。只有宁折不弯骨头硬朗的人,才会眼见不平,拍案而起。"

鄢烈山善于也敢于思考,他往往能在人们司空见惯的事物、现象或世态中发掘出新的问题,进而发表个人的独特见解,并给人以深刻的启迪和警示。例如,在《哪朝哪代〈纤夫的爱〉》一文中,鄢烈山对当时深受人们的喜欢且被人们广泛传唱的歌曲《纤夫的爱》进行了批判,指出这首歌既脱离了劳动人民的日常生活,又宣扬了陈腐的女子是男子的附属品的婚恋观念,因而是对"独立人格的新女性"的一种"诗意"的"贬损"。

二、报告文学的复兴

报告文学在中华人民共和国成立初期,作为一种独立的文学样式,就曾出现过一批影响深远的优秀作品,然而受时代背景的影响,20 世纪 70 年代早期报告文学消沉了下去。不久后,报告文学开始复苏,徐迟、刘宾雁等重新拥有了创作的激情,在他们的带动下,出现了一批新的专业的报告文学作家,如黄宗英、鲁光、李延国、苏晓康等。

---

① 金汉.中国当代文学发展史[M].上海:上海文艺出版社,2002:348.

20世纪80年代末是报告文学的兴盛时期,从《热流》《励精图治》《中国的回声》《在大时代的弯弓上》《"蓝军司令"》等反映改革进程的报告文学到"中国潮"报告文学现象的出现,形成了蔚为壮观的报告文学热潮。这一时期以《在这片国土上》为开端的宏观全景式报告文学的崛起,带动了《唐山大地震》《中国农民大趋势》《强国梦》《西部大移民》《世界大串联》等一批优秀的综合性报告文学的繁盛。社会问题报告文学也在这一时期开始走向繁荣,《神圣忧思录》《中国的"小皇帝"》《丐帮漂流记》《东方大爆炸》等反映社会方方面面问题的报告文学曾轰动一时,而《海葬》《南京大屠杀》《志愿军战俘记事》等史志性报告文学的兴起也为报告文学的兴盛增添了一抹亮色。

20世纪90年代以后,商业性和功利性影响了报告文学的某些社会价值,但关注社会变革、时代进步,追踪社会热点,探求事实真相,反思民族积垢,关注国计民生仍然是报告文学的主要社会职责,《无极之路》《落泪是金》《历史沉思录》等诸多优秀作品显示着报告文学顽强而旺盛的生命力。

21世纪以来,随着数字化、信息化时代的全面到来,报告文学遇到了空前严峻的挑战,但它未停下前进的脚步,并以其内容的真实无虚,写作者的深邃思考,反映问题的尖锐,还原真相,揭示本质,给读者、给社会带来了丰厚的经验总结和深刻的思想启迪,展现了21世纪报告文学的特点。

总的来说,新时期报告文学创作由传统的以人物、事件为中心转向了宏观整体性的关照,多侧面、广视角、大信息量地描述社会生活成为报告文学的强势,这标志着报告文学超越了原有的创作规范,日趋获得能够为广大读者认同的新的创作思路和表达效果。以下对徐迟、黄宗英和邓贤的报告文学创作进行简要阐述。

(一)徐迟的报告文学

徐迟(1914—1996),浙江吴兴人,1983年加入中国共产党,20世纪30年代开始写诗。抗战爆发后,他曾与戴望舒、叶君健合编《中国作家》(英文版),协助郭沫若编辑《中原》(月刊)。中华人民共和国成立后,曾任《人民中国》编辑、《诗刊》副主编、《外国文学研究》主编。20世纪50年代,他就以《一桥飞架南北》等作品显出他是报告文学园地的大手笔;60年代又写出了《祁连山下》等名篇,展现了他绚丽的艺术风采。新时期以来,他进入了报告文学创作的爆发期,接连发表了《地质之光》《哥德巴赫猜想》《生命之树常绿》《在湍流的漩涡中》《刑天舞干戚》等作品。徐迟的这些报告文学作品,从题材上看,主要是写中国知识分子的劳动和斗争生活。在中国进入现代化

第六章　中国当代散文的文体嬗变与文学创作

建设的新时期,知识和知识分子的作用日益重要的时代条件下,作家把注意力集中在知识分子身上,这表现出他对历史进程的敏感和远见。

在塑造人物形象方面,徐迟善于把全景和特写相结合,在展示人物较长生活经历的同时,选择富有典型意义的生动事例或细节,使读者对人物有整体认识,又了解人物的鲜明个性,使作品更具生动性和形象性。例如,《地质之光》写了李四光的生活、思想道路和他最光辉时期的一些大事,作者特别注意突出那些典型情节,如写他冒着风险毅然从伦敦回到中国,写他谈到中国石油和天然气的远景时轻拨地球仪的神态、动作,这些都凸显了李四光炽热的情怀和宽阔的胸襟。又如,在《哥德巴赫猜想》一文中,徐迟略过了那些高深的数学论文,而反复渲染陈景润不畏困难的勇气和坚强的意志,展现他几十年如一日的执着追求:在通往数学高峰的崎岖山路上,他"餐霜饮雪,走上去一步就是一步",经历无数粉身碎骨的"可怕的滑坠",他终于登上了(1+2)的台阶。文学的情致增加了作品的审美感染力,陈景润的形象深深地刻在了普通读者的脑海中。

此外,徐迟还经常展开想象的翅膀,用美丽的比喻和象征等手法使描写具象化,并运用诗的语言抒发自己的激情,这使其作品呈现出典雅瑰丽、意境幽邃的风格。例如,《哥德巴赫猜想》中有这样一段文字:"他只知攀登,在千仞深渊之上;他只管攀登,在无限风光之间。一张又一张的运算稿纸,像漫天大雪似的飞舞,铺满了大地。数字、符号、引理、公式、逻辑、推理,积在楼板上,有三尺深,忽然化为膝下群山,雪莲万千。"这么浪漫的想象,让人心驰神往,而此处诗一般的语言,并不只是增添了文采,其中包蕴的诗情和哲理也给人带来遐想和深思的空间。

(二)黄宗英的报告文学

黄宗英(1925—),原籍浙江瑞安,出生于北京,当代女作家,擅长写报告文学。早在20世纪60年代初期,她就以《特别的姑娘》《小丫扛大旗》等报告文学作品闻名于当代文坛。进入新时期以来,她又创作发表了《大雁情》《美丽的眼睛》《橘》《小木屋》等作品,受到读者的广泛欢迎和好评。

黄宗英的报告文学大多写的是知识分子的生活。她思想深刻,目光敏锐,善于在人们司空见惯的生活现象中,发现一些带有普遍性的社会问题,及时地揭露和剖析,善于在那些默默无闻或颇有争议的人物身上,挖掘出我们时代所具有的闪光精神,热情地肯定和赞扬,表现了她对生活的关注、思考和深情。黄宗英的作品构思新颖,形式活泼多样,语言清新明丽且含蓄深沉。同时,她注重人物内心世界的探索和自己主观情感的抒发,注重作品氛围的渲染和意境的营造,形成了隽永而凝重的独特风格。

《大雁情》是黄宗英的代表作,该作品描写了西安植物园助理研究员秦官属痴情于科学事业的感人事迹。她有一股韧劲,别人说女同志搞林业受不了苦,她毅然选择了林学专业。她专心研究杨树树种优选,被诬为修正主义时,她偏不服气,有人要锯杨树,她大喊大叫:"谁敢锯,就先锯了我!"杨树选种课题被撤销了,她又把心扑在药材培植研究上,为洛南县药材生产作出了贡献。有人说她脾气暴、作风不大正派,有人说她不能正确对待群众的冲击,也有人认为她的成绩不算科研成果,单位梁书记的态度则是"为了团结一切可以团结的力量可以宣传她"。在这众说纷纭的迷雾之中,作者不着眼于秦官属做成了什么,而是着重写她是个什么样的人,即写她的外在表现和内在思想感情。通过洛南县干部、群众对主人公的反映和作者本人与她的心的交流,终于拨开了笼罩在主人公身上的层层迷雾,向读者打开了主人公的心灵之窗,揭示了一代知识分子为人民事业献身的崇高精神。

《橘》描写的是一位性格孤傲疏狂的柑橘老专家曾勉的落寞和不幸。在作者的多重理性光速的追踪下,曾勉出场了。他带来了科学被废置,知识被践踏的可悲事实。具有悠久柑橘种植历史的中国,十四个省的柑橘产量只合日本一个县的产量,柑橘人均占有量不及美国的百分之一。历史的辉煌与现实的可怜,更深化了曾勉的悲剧:作为世界知名的柑橘专家,他只因"不会绕弯儿"而失去了工作权利,被视为"精神不正常",虽然作者再三呼吁,曾勉的命运仍未见改观,依然困居在积满灰尘和蛛网的生活一隅。

(三)邓贤的报告文学

邓贤(1953—),出身于四川成都一个高级知识分子家庭,祖籍湖北武汉。1971年初中未毕业即响应号召前往云南生产建设兵团当知青。1978年考入云南大学中文系,毕业后留校任教。1988年调往四川教育学院中文系任教。1982年开始文学创作,著有长篇报告文学《大国之魂》《中国知青梦》,中篇小说10部,短篇小说、电视剧本数十余篇(集),另有文学批评、理论文章二十余篇。现为中国作家协会会员。

《大国之魂》反映的是第二次世界大战中滇缅印战区的历史。作者以当时全球反法西斯战局的大视角,鸟瞰这里的战事和人与人的纷争,在对历史生活多方面的扫描中,历史和现实地再现与报告了抗日战争史上那至今还为许多人所陌生的一页。由于邓贤把滇缅印战区作为第二次世界大战时反法西斯战争的一个部分,所以,他评判成败得失时,就能跳出狭隘的民族观念,在不少地方表现出历史的公正。将自己的作品题为《大国之魂》,也是有用意的,邓贤是想通过对滇缅印战区,特别是通过中国远征军在这场战事中的表现来透视中国之"魂",并从"魂"来加深对中国这个"大国"的认识与理解。中国是个大国,大而有分量,大而举足轻重。所以,当日军侵入缅甸,直接威胁仰光和滇缅公路,印缅部队又未能有效抵抗的时候,中国"出兵缅甸,与日寇决战",着实显示了大国的身份和大国的气魄。尽管这种行动的目的,很重要的原因在于维护中国自身的利益,可它毕竟有利于亚洲战场局势的好转和全球反法西斯战局的相对稳定。

第七章　中国当代小说的文体 嬗变与文学创作

小说是一种叙事性文体,因其虚构的自由、表达的灵活而备受作家重视,在中国新文学的总体格局中一直占据主要地位,而且各种题材、主题、风格、流派的小说都得到了充分的发展。由鲁迅先生开创的中国现代小说,发展到20世纪40年代,已进入一个相对成熟的时期,为此后小说的发展奠定了坚实的基础,开辟了广阔的道路。当代小说如果能沿着现代小说的道路前进,将会一步步走向阔大与辉煌。而从当代小说的文体演变情况来看,在中华人民共和国成立初的三十年中,小说主要遵循了现实主义的路子,这一时期确实也出现了一些优秀作品,但从文体上看,小说的形体样式基本相同,叙述角度、叙事的方式方法也大体一样,基本上是由传统话本、章回小说蜕变而来的"讲述"式的"再现"型小说。这种情况在改革开放以后有了很大转变,在现实主义传统恢复、发扬的同时,一批年轻的先锋派作家直接从西方借鉴了现代主义,创作了一大批我们中国自己的现代派作品。于是,小说的形体样式出现了前所未有的丰富多彩的变化:写实的、写意的、抒情的、浪漫的、哲理的、象征的、感觉的、印象的、变形的、荒诞的、魔幻的……五光十色、千姿百态,当代小说也呈现出愈加丰富、多元的面貌。

第一节　延安文艺精神的延续与推广

1942年,中共中央在延安召集了一次文艺工作者座谈会,毛泽东主持会议并发表了著名的《在延安文艺座谈会上的讲话》,提出了文艺应为人民大众服务的方向,要求文艺工作者"到唯一的最广大最丰富的源泉中去"。此后,延安文艺精神便成为解放区文艺工作的重要指导思想。中华人民共和国成立后,这一思想在文艺创作尤其是小说创作上得到了延续和推广。这一时期的很多小说基本上是对延安文艺精神的革命现实主义小说的延续,它们对党的领导和无产阶级的革命斗争进行歌颂,致力于展示新生活、新事物、新人物,突出了小说的政治教化功能。由于这类小说符合了现实的

第七章 中国当代小说的文体嬗变与文学创作

需要而得到空前的繁荣与发展,成为中华人民共和国成立初期现实主义小说创作的主流。具体来看,展现了延安文艺精神的现实主义小说主要包括以下两类。

一、革命历史题材小说

随着历史进入新的阶段,人民民主专政政权不但需要文学为它书写宏大的奋斗史来纪念其历史功绩,巩固其现实地位,而且需要文学为它提供对人民进行革命传统教育的范本,以支持探索中的社会主义革命事业,因此,革命历史题材小说的创作从一开始就获得了"经典"的价值定位。此外,经过了解放区时期的酝酿和中华人民共和国成立初期的准备,文学已经进入需要有厚度、有力量、有影响的长篇巨著来展现其成就、彰显其实力的阶段,而革命历史题材作为对历史的书写,往往在内容的深广、人物的数量、场面的宏大等方面有形成长篇的先天优势。再加上,很多作家都是历史事件的亲身经历者,他们本身就具备了还原这段"光荣历史"的必要条件和强烈愿望。在这些因素的推动下,反映艰苦卓绝的人民解放斗争的革命历史题材小说开始走向繁荣。这类小说多体现出宏大的叙事倾向,"史诗性""历史感"较重,而且都洋溢着强烈的政治情绪,体现出浓厚的革命功利主义色彩。但由于作家们的亲身经历不同,采用的艺术方法和叙述方式不同,作品还呈现出较为丰富的艺术形态和艺术个性,其中的大多数作品至今仍被奉为"经典",如刘知侠的《铁道游击队》、杜鹏程的《保卫延安》、高云览的《小城春秋》、袁静和孔厥的《新儿女英雄传》、吴强的《红日》、曲波的《林海雪原》、冯德英的《苦菜花》、雪克的《战斗的青春》、刘流的《烈火金刚》、李英儒的《野火春风斗古城》、冯志的《敌后武工队》、罗广斌和杨益言的《红岩》、欧阳山的《三家巷》《苦斗》等。除了以上长篇,也有不少短篇的革命历史题材小说,这些作品虽然不如长篇声势浩大,但也有不少佳作,孙犁、茹志鹃、刘真、峻青、王愿坚等作家都是这方面的创作"能手",虽然他们分属两种截然不同的写作风格。孙犁、茹志鹃、刘真属于这一题材创作中的"浪漫派"。孙犁的《吴召儿》《山地回忆》《秋千》《风云初记》等小说,茹志鹃的《高高的白杨树》《静静的产院》两个集子,刘真的《核桃的秘密》《我和小荣》《长长的流水》《英雄的乐章》等小说,都更多地表达个人的情感体验,带有浓郁的抒情色彩;而峻青的《黎明的河边》,王愿坚的《党费》《七根火柴》等小说则更具有集体意识,通过对战争的追述表现了革命战士的崇高品质,并具有一种"悲剧美"。这里主要介绍一下《红日》《保卫延安》《林海雪原》这三部作品。

《红日》是长篇小说创作高潮中涌现出的反映人民解放战争的军事题材

佳作。作者吴强(1910—1990),江苏涟水人,解放战争期间参加了孟良崮、淮海、渡江等著名战役,这些经历为他的文学创作积累了丰富的素材。小说以1947年山东战场的涟水、莱芜、孟良崮三个连贯的战役作为情节的发展主线,围绕敌我双方展开的军事斗争这条主线,真实再现了我军在涟水战役遭受挫折,莱芜战役取得大捷,最后在孟良崮一战中全歼国民党王牌军队七十四师的全过程,表现了我军由弱到强、从战略防御到战略反攻这一伟大历史性转折,显示了解放战争中人民军队的英雄气概和战斗伟力。小说结构紧凑,三个战役的描写主次分明,张弛自如。全篇既有对战争全貌的观照,又有对战时各个侧面的展示;既有对战争场面气势恢宏磅礴的表现,又有情趣盎然的生活画面的巧妙穿插,使得作品疏密相间、起伏跌宕,具有较强的节奏感。尤其是对战争场面虚实相间、点面结合的写法更是独具特色,为以后的军事题材创作积累了宝贵的经验。

此外,《红日》突破了以往战争小说将着墨重点放在"连队"上的写作手法,直接以共产党一支"常胜英雄军"与国民党的王牌军之间展开的大规模战役为叙述中心,全景式地展现了这场战争的独特魅力。为了更充分地把握战争的全过程,作者选择解放军高级指挥员作为小说的主要表现对象,以便从宏观上展示战争进程和全局。作品游刃有余地几乎涉及战争生活的各个方面,如军队和百姓、前线和后方、战争和爱情、我方和敌方等。同时,无论是前方和后方、我军和敌军、部队和人民、友谊和爱情,上至军师一级的高级指挥员,下至普通士兵,从战士们的平时训练和战前准备到紧张激烈、惊险曲折的战斗场面,都有条不紊地加以表现,视野开阔而层次分明,场面宏大而结构紧凑,情节穿插有张有弛,疏密相间。在三次战役中,解放军有败有胜,描写也有略有详,各有侧重,在历史的复杂叙述描写中,体现了作者在小说结构上的匠心,显示了较高的艺术驾驭能力。

《保卫延安》是当代战争文学的开山之作,作者为杜鹏程(1921—1991)。小说以1947年的延安保卫战为历史背景,通过主人公周大勇的成长故事,以高亢豪迈的气势描绘了这场战争取得胜利的全过程,歌颂了广大军民赴汤蹈火、浴血奋战的革命英雄主义精神。小说具有一种排山倒海的磅礴气势,极富艺术魅力。

《林海雪原》是中国当代文学史上著名的红色经典,由曲波(1923—2002)根据自身经历创作。小说描绘了1946年冬天我方英勇的解放军战士在林海雪原中剿灭国民党残匪座山雕的故事。作品自出版以来就引起极大的轰动,被多次改编为电影、电视剧、京剧等,其中"智取威虎山"一段更是脍炙人口,广为流传。

小说具有浓厚的浪漫主义和革命英雄主义色彩,这不仅体现在作者对

第七章 中国当代小说的文体嬗变与文学创作

惊心动魄的战斗故事和险峻奇崛的自然环境的描写上,也体现在作者对英雄人物的塑造上。小说中剿匪小分队的战士共36人,个个身怀绝技,而作者在小说中着力刻画的英雄人物是少剑波和杨子荣。少剑波奉命率领小分队到牡丹江地区的林海雪原剿匪,他以解放军青年指挥员特有的青春朝气和聪明才智,精心部署,从容指挥,英勇战斗,顺利完成了上级交付的任务,颇有古典小说中文武双全的"儒将"之风,而他与女卫生员白茹之间的爱情也为小说增添了浓郁的浪漫色彩。《林海雪原》中另一个深得人心的人物是侦察员杨子荣,小说描写了杨子荣一个又一个智勇双全的故事,特别是他假扮土匪到威虎山,在威虎山上临危不惧,与座山雕耐心周旋的故事,可谓惊心动魄、险象环生,把人物非凡的机智表现得淋漓尽致。

二、农村题材小说

我国是一个农业大国,因此,反映农村生活和农民生存状况的文学作品自"五四"以来就被很多作家所重视,也积累了丰富的创作经验。20世纪40年代初,在延安文艺精神和文艺的"工农兵方向"的指引下,写农村,为农民服务,成了解放区作家必须遵循的原则。中华人民共和国成立之后,我国农村的经济、政治发生了翻天覆地的变化,农民的物质生活和精神面貌也相继发生了变化。这些变化催生了作家表现新农村、新农民的创作愿望。作家们对社会主义中国理想蓝图的描绘首先从农村开始,政治的主导与作家的自觉在这里得到有效的结合,从"土改"到农村合作化运动,再到人民公社化……20世纪五六十年代中国农村开展的一系列重要的政治运动和事件都在小说中得到了反映,作家们积极地、动态地、不遗余力地展示着农村翻天覆地的变化。特别是1953年,社会主义改造在全国轰轰烈烈地展开,农村也开始进行大规模的农业合作化运动,目标是把以生产资料私有制为基础的农村个体经济改造为以公有制为基础的农业合作经济。这场声势浩大的运动,使整个农村的面貌和每个农民的命运都发生了变化。它引起了作家们的高度关注,也激起了他们极大的创作热情。可以说,农村题材小说从产生之初到之后的发展,都是与"现实斗争"紧密结合的。例如,马烽的《一架弹花机》和《结婚》、赵树理的《登记》、谷峪的《新事新办》等反映了翻身解放了的农民新的思想观和道德观。李准的《不能走那条路》、秦兆阳的《农村散记》、康濯的《春种秋收》、马烽的《三年早知道》、西戎的《宋老大进城》等真实地记录了农业合作化的历程,以及农业合作化过程中的新与旧、个人与集体、先进与落后等各种思想斗争。刘绍棠的《青枝绿叶》、吉学霈的《一面小白旗的风波》、骆宾基的《夜走黄泥岗》、方之的《在泉边》、王汶石的《风雪之夜》、浩然的《喜鹊登枝》等都反映了农村的新生活,歌颂了农民新的精神面貌和道德风尚。王汶石的《新结识的伙伴》、李准的《李双双小传》等在一定程度上反映了中国农村劳动妇女由家庭走上社会的夙愿,打破了几千年来"男主外女主内"的封建传统生活模式,表现了农村妇女在追求自我解放过程中的新的精神风貌和思想品质,具有很强的现实意义。此外,也有不少作家对农村中出现的一些问题进行了揭示,提出了批评。像马烽的《我的第一个上级》、茹志鹃的《静静的产院》、西戎的《赖大嫂》、赵树理的《"锻炼锻炼"》、张庆田的《"老坚决"外传》等作品,就讽刺了浮夸风、粉饰生活、弄虚作假等不良现象,弘扬了实事求是的精神。《三里湾》和《山乡巨变》是这一时期写得较好的农村题材小说,下面进行具体分析。

  《三里湾》是中华人民共和国成立后第一部反映农村合作化运动的长篇小说,通过描写三里湾由于秋收扩社、整社、开渠以及几对青年的恋爱婚姻所引起的错综复杂的矛盾,揭示了合作化运动的必要和合理。这样的主题在马烽等早些年的短篇小说里虽已有过表现,但作品中所刻画的人物和农村生活的画面要丰富、复杂得多。小说以大团圆的方式来表现当时农村生活中实际上并没有真正解决的社会矛盾,反映了作者思想和艺术上的局限。但就作品中的人物形象而言,无论是支部书记王金生和他的弟弟玉生,还是土改后因为"翻得高"而热衷于个人发家的村长范登高和新中农袁天成,憧憬社会主义明天的青年农民王玉梅、陈菊英、范灵芝、马有翼,都个性鲜明并刻画得有血有肉。赵树理喜欢把笔下人物性格的某一方面突出化,然后取一个恰当的绰号,这个绰号既是作品民间特色的体现,又是作者对民间人物生存状况的把握。"糊涂涂""常有理""惹不起""铁算盘"这四个绰号人物的共同特点是自私自利,这是中国长期封建制度下农民对物质财富渴望的反映,赵树理认为这是中国由传统社会向现代社会转型中必须要加以改造的农民缺陷。

  此外,小说在艺术风格上堪称是赵树理在中华人民共和国成立后的代表作,语言朴实、生动,充满机智的幽默和诙谐,叙事方式既吸收传统小说故事脉络清晰、情节起伏曲折、悬念强烈的特点,在人物心理刻画上又注意更细腻与深刻,因而它也就成为当代小说更好地实现学习众长、促进民族化大众化的形式新创的一个可贵成果。

  《山乡巨变》是周立波结合20世纪50年代中期发生在全国农村的合作化运动,以湖南省清溪乡农民组织农业生产合作社的过程为中心,创作的一部长篇小说。小说分正、续两篇,正篇出版于1958年,续篇出版于1960年,讲述的是湖南清溪乡建立初级社和发展高级社的故事,整个故事围绕着动员和吸收个体生产者加入合作社展开情节。和《暴风骤雨》一样,故事的开端是县团委副书记、共产党员邓秀梅进驻清溪乡来推行中央政策,领导乡里的合作化运动,而在此之前,农村已经出现了问题,互助组形同虚设,不能调动农民的生产积极性,劳力少的农民基本又回到了"土改"前的贫困状况,这一前提解释了农村展开合作化运动的迫切性。在副书记邓秀梅、乡支书李月辉细致的思想工作和身先士卒的无私精神的带领和感召下,陈先晋、王菊生等一个个固执的、心存顾虑的单干户相继入社,合作社最终建立起来并且得以巩固。《山乡巨变》当然是本着文艺为政治服务的目的写成的,但整个故事并不像《暴风骤雨》那样只有一条干净简单的情节线索,而是在主线旁边生出一些枝枝蔓蔓的小事件,比如盛淑君因爱情而产生的甜蜜和痛苦,桂满姑娘因妒忌而与丈夫大打出手,等等。这些小事件与发展农业合作社的主线并没有直接的联系,但它们在文本中出现却能够增强作品的生活气息。

在《山乡巨变》中,周立波所遵循的是主流的政治观念,但作家的艺术重心在于以细致优美的笔触来描写一幅幅洋溢着生活情趣的画面。作品中的人物和故事都溶化在这充满潇湘山水气息、令人心驰神往的画幅当中,开拓出一个与政治空间不同的审美空间。周立波将散文手法糅进小说之中,不以情节的惊心动魄取胜。作品显示了作家高超的语言功力,周立波自如地运用以方言为基础的农民语言,使小说充满洞庭农村的诗情画意,对如何克服几乎是左翼文学与生俱来的痼疾和顽症——公式化、概念化,做了非常成功的探索。整部小说意味隽永、趣味盎然,显得朴素、自然、明朗,有着"阴柔之美"。

第二节　长篇小说的史诗化

20世纪五六十年代,随着作家对生活认识的不断深化,以及小说艺术自身发展的需要,长篇小说创作不仅呈现出蓬勃繁荣的景象,而且出现了史诗化的趋向。这一时期的作品具有巨大的生活容纳量和艺术概括力,常常表现那些与国家、民族生死存亡关系重大的事件,在较大的时间跨度和广阔的空间背景上,描绘民族的历史或现实生活,塑造体现着民族性格、民族精神、民族意志和力量的英雄人物,代表性的作品有柳青的《创业史》、梁斌的《红旗谱》和姚雪垠的《李自成》。

一、柳青的小说

柳青(1916—1978),陕西省吴堡县人。他早在20世纪40年代就开始写农村题材小说,50年代以后,他又长期在农村体验生活,与农民一起生活。《创业史》是他创作的一部长篇小说,原计划写4部,但只写到第二部一小部分就因病去世。

《创业史》描写了20世纪50年代初中国农村的互助合作化运动以及在这一运动到来时中国农民的思想与心理变化过程。小说第一部的情节是通过一系列事件来组织的:度春荒、活跃借贷、买稻种和分稻种、进山割竹子、新法栽稻等。柳青将各种复杂的阶级力量分成两个基本的对立的阵营,一方是以梁生宝、高增富等贫雇农为代表的坚决走集体化道路的进步力量,另一方则代表落后乃至反动的力量,这里有走个人发家致富道路的村长郭振山,有从"土改"惊恐状态中恢复过来的富裕中农郭世富,有"土改"中被打倒、现在又企图重振声威并进行暗中破坏的富农姚士杰等。而处在双方夹缝中的,则是像梁三老汉这样摇摆不定的旧式农民。这种壁垒分明、二元对立的阶级斗争方式,奠定了当代小说中关于农村社会生活和阶级斗争的最基本的叙述模式。显然,这是在理论观念指导下的一种编排方式。

此外,小说中人物性格与立场的处理也是脸谱化和概念化的。其中,用力最多的人物形象是梁生宝。这是作者要着力刻画的一个优秀的社会主义新型农民的形象,在其身上既有勤劳节俭、朴实忠厚等中国农民的传统美德,又初步具备了共产主义的思想品质,胸怀开阔、大公无私、富于自我牺牲精神。小说虽然对梁生宝的形象在局部也有很细腻精彩的描写,如他到郭县买稻种时的节俭、进山割竹子时的干练、整顿互助组时的顾全大局、吸收白占魁入社时的放眼长远等,但这一形象总体上仍然比较苍白和平面化,缺乏内在的丰富性、深度和应有的艺术魅力。与梁生宝不同,梁三老汉是一个小私有者的农民的典型,一个性格极为复杂的两重性人物。他由留恋私有制、告别私有制,到接受公有制的思想转变过程写得十分真实、细腻、动人。一方面,他有劳动者的勤劳善良、朴实正直的美德,对党和新社会有着深厚感情;另一方面,他又背负着几千年私有制观念因袭的重担,狭隘自私、保守愚昧,因而梁三老汉的形象在作品中具有特殊的地位和意义。他梦想依靠个人力量创立家业,当上"三合头瓦房院长者",不赞成儿子领导的互助组,可又处处替儿子担心,十分关切合作化的命运。最后在事实的教育下,他从反对"梁伟人"到对儿子及其所从事的事业表示信服、支持。梁三老汉的转变,真实地反映了处于新旧社会交替时期的农民在告别私有制时心灵上所经历的艰难痛苦的斗争过程,同时说明在党的正确路线指引下,我国广大农民群众是能够走上社会主义道路的。至于小说中的其他几个人物,如奸猾的富裕中农郭世富、阴鸷的富农姚士杰、蜕变后只顾个人私利走回头路的共产党员郭振山,作家虽然也花费了大量笔墨,也有对其性格的细致描写,但总体上完全是按照"阶级属性"的脸谱来刻画的。郭世富们利用"合法身份"公开与集体道路作对;姚士杰们则躲在阴暗的角落煽风点火。这种描写在后来的农村题材小说中,几乎成了一种不可动摇的程式。

《创业史》既能统观全局,又作精细的布局安排,结构宏伟严谨,首尾呼应。从内部结构讲,一条红线(公有制战胜私有制)贯串五组矛盾,即梁生宝与梁三老汉、梁生宝与姚士杰、梁生宝与郭世富、梁生宝与郭振山、梁生宝与徐改霞之间的矛盾,五组矛盾有主有次,时隐时现,互相交错。从外部结构讲,开始有"题叙",回顾旧社会劳动人民的创业史实际是一部"劳苦史、饥饿史和耻辱史",从而写出了新社会创业的历史背景。中间三十章是正文,其中上卷十七章,以活跃贷款为中心,解决必须走互助合作道路的问题;下卷十三章,以进山割竹为中心,解决怎么走互助合作道路的问题。最后是"结局",斗争初步取得胜利,灯塔农业社成立,但又预示着新的矛盾斗争即将展开。这样第一部的"结局"又成为第二部的"题叙",故事从一个高潮过渡到另一个高潮,使作品具有内在连续性的多卷的史诗的性质。此外,小说中多种描写手法的灵活运用,如动作描写、肖像描写、语言描写、心态描写以及浓郁的抒情、精湛的议论、艺术对比等,都是十分成功的。

二、梁斌的小说

梁斌(1914—1996),河北省蠡县梁家庄人,早年便参加革命运动。他1953年开始创作多卷本长篇小说《红旗谱》,1958年出版第一部,被誉为反映中国农民革命斗争的史诗式作品,引起强烈反响,并被改编为话剧、电影。1996年,梁斌去世。

《红旗谱》描写的是冀中平原一个叫锁井镇的村庄上,两家三代农民同一家两代地主的斗争故事。小说主要描写了四场斗争,第一场是朱老巩"大闹柳树林"。作为全书的"楔子",它揭开了朱严两家农民与恶霸地主冯家的血海深仇,并为朱老忠被迫闯关东、25年后回乡复仇作了铺垫。第二场斗争是"脯红鸟事件",运涛抓到一只珍奇的脯红鸟,冯老兰欲买不成,派账房先生李德才威逼利诱,最后鸟儿不明不白竟然"给猫吃了"。第三场斗争是"反割头税运动",这是四场斗争中农民取得的唯一胜利,也是作品最为重要的部分,从江涛回乡发动群众,朱老忠和大贵在家门口安锅宰猪;刘二卯当街挑衅,冯老兰派儿子冯贵堂代表割头税包商向县衙门求救;反割头税大会召开并示威游行,朱老忠、严志和、大贵等举行入党仪式等,整个过程写得有声有色。第四场斗争是"保定二师学潮",是作品的压轴戏。斗争重点从农村转向城市,描写了在共产党领导下的青年学潮,学生与国民党军队面对面的激烈斗争等。

　　小说以恢弘的气势展示了三代农民的奋斗史，不仅塑造了革命农民的家族形象谱系，也成功地描绘了地主阶级的形象系列，反映出作家对小说史诗性风格的自觉追求和对中国社会进行整体把握的洞见力。小说着力探讨了农民在革命浪潮中探寻自身解放途径的曲折心理经历，按照时间顺序依次描写了三代农民不同的斗争道路，在比照中显现出农民斗争的历史继承性和变革性：老一辈农民朱老巩单枪匹马、赤手空拳与恶霸地主作斗争，结果家破人亡。朱老明采取状告的方式依然斗不过阴险的地主。朱老忠、严志和作为新旧交替时代的革命农民，他们吸取前辈斗争失败的教训，增强了斗争的自觉性，并且坚持党的领导，从而找到了正确的斗争方向。江涛为代表的青年农民是在党的关怀下成长起来的新一代革命农民代表，他们继承了祖辈、父辈的反抗传统和坚韧精神，同时彻底改变了老一代的斗争方式，在党的正确方针指引下逐渐成长为无产阶级先锋战士，农民终于走上了正确的革命道路。小说通过描写三代农民不同的斗争道路和结局，表现了中国农民在寻求自身解放过程中经历的艰辛曲折，从自发反抗到在党的领导下自觉进行武装斗争的成长历程，真实地反映了党对农民解放的重大指引意义，艺术地展现了大革命时期的社会历史画卷。

　　在艺术上，《红旗谱》表现出成熟的民族风格，在长篇小说的民族化探索方面做出了重要贡献。首先，在语言上，小说有朴实明快、浑厚粗犷的民族语言。作者在提炼和加工大众口头语言的基础上，创造出具有浓厚乡土气息和富于表现力的文学语言形式。无论是写景还是叙事，都具有口语化特征。比如朱老忠的语言就极富民族特色，他说："拉长线儿，古语说得好，大丈夫报仇，十年不晚。"这是非常农民化的口语，干净利落而又掷地有声，生动地传达出朱老忠豪爽坚韧的个性。其次，在结构布局上，小说采用不同于西方小说的手法，以中国古典小说艺术手段精心组织全篇，但没有完全模仿古典小说的章回体写法，而是保持了人物的集中和故事的独立。小说运用相对集中的短章节来结构故事，使大故事彼此相连，同时又套接着小故事，既连贯流畅又层次分明。小说以两家三代农民与一家两代地主的斗争为主线，同时又穿插了许多支线，主次安排详略得当、叙述灵活自如。这种结构比西方小说的多线交错结构更加单纯，又比中国古典小说的单线结构更为丰富。

三、姚雪垠的小说

　　姚雪垠（1910—1999），河南邓县人。他1938年发表短篇小说《差半车

第七章　中国当代小说的文体嬗变与文学创作

麦秸》,受到文艺界的重视,之后发表了多部作品。从 20 世纪 40 年代起,姚雪垠开始构思《李自成》的写作,在生前出版了前三卷,后两卷出版于他去世后。

《李自成》是姚雪垠以农民战争为题材的规模宏大的长篇巨著。这部作品问世以来,评述很多。大体说来,20 世纪 70 年代后期和 80 年代初期,以赞扬、肯定为主,好评如潮。80 年代后期起,多种批评包括严厉批评的声音陆续出现,散见于有关的报纸杂志。尤其是关于李自成等农民军将领形象的刻画是否确当,评论界争议最大。这也从一个侧面反映了人们在转型期多元共存的思想艺术观。

作为描写明末农民起义的长篇巨制,小说以李自成领导农民起义军抗击明王朝官兵的斗争为主要情节,同时辅之以崇祯皇帝指挥追剿"流贼",以及张献忠、罗汝才起事、洪承畴东征等次要情节,展示了明末农民起义摧枯拉朽的伟大力量和农民军艰苦卓绝、不屈不挠的抗争精神。小说也描绘了统治者的昏庸无能和官军从将领到士兵的骄惰本性,从而揭示了明王朝覆灭的历史必然性。当然,小说也揭示了李自成农民起义失败的重要原因,即不重视根据地的建设、流寇主义与轻敌思想严重等。

小说的突出成就在于作者以精湛的艺术,把历史人物塑造成生动、感人的艺术形象,大大丰富了我国当代文学的人物画廊。有人就前三卷作了统计,有名有姓的人物达 350 多个,囊括了当时社会各阶级、各阶层、各行各业的人物形象,自成一个艺术群体,在每个群体中,彼此的个性又迥然不同,相互关联,如网交错,从而构成了一个宏大的形象体系。

李自成是作者用浓墨重彩精心刻画的中心人物。小说中的李自成既是政治领袖,又是军事统帅。作为政治领袖,他具有宏伟的抱负和远见的卓识,他明确提出打倒明王朝,建立新政权的革命纲领,并且能根据具体的现实条件,灵活运用斗争策略;善于团结部下,注重民主作风,倾听各种意见,胸怀宽阔。作为军事统帅,他足智多谋,运筹帷幄,指挥若定,决胜沙场,骁勇善战,身先士卒,临危不惧,刚毅不屈,虽屡遭挫折,终能力挽狂澜,推翻明王朝。当然李自成也是当时的一个普通百姓,他和历史上的多数农民起义领袖一样,具有"帝王思想",有时也相信占卜之类的事,在革命策略上也有失误。阶级的局限和历史的局限,又使他成了悲剧人物。由于地位的变化,作为封建社会农民起义英雄的本身弱点有了较多的暴露。作品依托真实历史,写出了李自成奋斗→发展→鼎盛→衰落→失败的过程。

崇祯皇帝是当代文学史上难得的反面典型,小说以历史上的崇祯为原型进行了艺术再创造,让他具有了独特的个性。崇祯在大厦将倾之际,不是醉生梦死，而是励精图治，宵衣旰食，亲理朝政，期待自己成为"中兴之主"。他"果断，有魄力"，可是朱明王朝却在他手中灭亡，这是历史的必然，非个人力量所能挽救。作者把崇祯放在特定的历史背景以及紫禁城内具体的生活环境中，通过大量的细节，描写他性格的各个侧面：刚愎自信又悲观多疑，自作聪明又容易受蒙蔽，专断凶残又故作宽仁大度，自称圣明实则残忍卑怯等，交织成一个十分复杂的性格。这一形象深刻地概括了封建社会后期没落统治阶级垂死挣扎时的许多共同特点。

此外，小说融山川景物、风土人情、历史事件和历史人物于一炉，从皇帝、文武官员到义军将领、战士以至穷苦百姓，从北京城内一直到几个中原重镇，以至僻远的山村，无不被纳入作者的视野。刀光剑影之外，不乏对于特殊时期日常生活的描述，如义军休整、练兵、扩充、筹粮、赈济、医疗、食宿、婚嫁等。作品不仅对崇祯皇帝的宫廷生活细加描摹，如崇祯和文武百官的朝见、廷争、宴饮、游乐及其各种形式的明争暗斗等，而且对一般市民、手工业者的生活境遇作了逼真再现。甚至对一些历史细节也毫不懈怠，如明代宫廷的服饰、礼仪，崇祯皇帝案头摆放的器物，北京城戒严由哪个衙门出布告，崇祯年间北京何时发生过地震以及银价和制钱的比价变化，北京的灯市，米脂的乡俗，河南的婚礼，相国寺的风光，皇帝的抽签，百姓的朝山，术士的卖卜，骚人的诗酒，巫婆的下神……所有这些缤纷奇特的世相都一一详加描摹，展现了一幅幅雄浑壮丽而又鲜活跃动的生活图画。作者把读者带入真实的历史氛围之中，给人以身临其境的逼真感和亲切感，具有强烈的时代色彩和浓郁的生活气息。比如小说第二卷对开封相国寺风物的描绘，可谓百艺逞能，九流毕备，热闹非凡，真切鲜活，单是刘体纯和小伙计打拳时讲的那些江湖套语，就洋溢着一种家乡陈酿似的醇香，生动反映了明末社会的生活风貌。

第三节　文学创作对社会改革的呼吁与改革小说的兴起

党的十一届三中全会以后，全国工作的重点实现了以发展社会生产力、推进四个现代化建设进程为根本方针的大转移，与之相应的，社会兴奋点也发生了深刻的变化。凡是关心祖国前途、民族命运的人们，无不深切地意识到：只有大刀阔斧地兴利除弊，才能改造滋生各种陈规陋习的旧的社会土壤，根除历史悲剧重演的隐患；只有勇往直前地开拓前进，我们的国家才有摆脱贫穷与落后的希望，我们的民族才有可能立足于世界先进民族之林。

第七章　中国当代小说的文体嬗变与文学创作

在神州大地迅速崛起的改革大潮激励下,广大文艺工作者自觉地将文学创作的主镜头由回首往事、反思历史迅速地转向了新的时代格调、新的生活画面、新的人物风情。于是,"改革小说"迅速兴起。率先对社会变革题材进行开拓的作家是蒋子龙,他创造了"开拓者家族"。张洁的《沉重的翅膀》,以雄浑而又细腻的笔触,勾勒了呼啸翻腾的时代风云,通过社会变革大趋势下的重工业部门所面临的矛盾冲突,揭示了积习深重的社会背景下调整改革的艰难步伐,展现了现代化工业奋力挣脱历史重负而起飞的情景。此后,不少作家都加入改革小说的创作队伍中,高晓声的"陈奂生系列"以改革与保守的矛盾为主线,突出表现改革给社会带来的伦理道德、价值观念、文化心理等方面的变化,力争更为深入全面地对社会蜕变予以表现。张锲的《改革者》、柯云路的《新星》《三千万》,以及水运宪的《祸起萧墙》,都反映了现代化进程中的改革生活。与此相应,反映农村改革的小说也异彩纷呈,贾平凹的《小月前本》《鸡窝洼人家》《腊月·正月》、周克芹的《山月不知心里事》、张贤亮的《龙种》等都反映改革给中国农民带来的心灵阵痛,从而揭露了传统落后的文化是中国农村改革的巨大障碍。本节以蒋子龙、高晓声、张洁为代表,对他们的改革小说进行分析。

一、蒋子龙的小说

蒋子龙(1941—　),河北沧县人。曾在天津重型机械厂工作,对工厂生活的熟悉为他以后的创作奠定了生活基础。1976年发表短篇小说《机电局长的一天》,1979年发表成名作《乔厂长上任记》,开启"改革小说"的先河,并贡献了一大批作品,有《开拓者》《一个工厂秘书的日记》《锅碗瓢盆交响曲》《拜年》《蛇神》等。

蒋子龙的小说以描写工业改革为主,这些小说最突出的特色是其强烈的时代意识和现实关注。蒋子龙对现实工业改革具有强烈的敏感性,能够深切把握到改革的意义及其对社会生产全方位的促动。他将工业改革置于当代中国乃至国际社会的客观宏大背景中予以考察,既凸现出他的现实忧患感和对现实改革的迫切渴盼,又展示出现实社会发展的律动和人们生活文化变迁的纵深图画。深广的现实视野和对现实的热烈关切,使蒋子龙的创作充满理想和激情,表现出强烈的感染力。

《乔厂长上任记》是改革文学的发轫之作。它开了文学描写改革生活的先河,也奠定了蒋子龙在新时期文学创作上的地位。小说以犀利的笔锋和鲜明的形象刻画,深刻揭露了现代化建设中存在的问题和阻力,热情讴歌了新时期工业战线上的创业者。小说中,乔光朴是一个中年干部,他主动请缨到某电机厂任厂长。他一上任,就表现出高度的责任感和不屈不挠的工作精神。他采取了一系列大刀阔斧、雷厉风行的改革措施,对阻挠势力进行了坚决有力的斗争,使工厂在短时期内改变了面貌,并充满了发展的生机。乔光朴在工作上敢于开拓,在生活与爱情上也表现出相应的性格。在作品多角度的展示下,乔光朴的正直高尚、坚韧不拔的人格精神,果敢善断、不畏艰险的性格特征和杰出的企业管理才能等得到了充分的表现,其光彩照人的形象跃然纸上。这个形象是新时期工业改革题材中较早出现的改革者形象,因其人格魅力而博得了广泛的赞誉,成为当代工业改革家的代名词,也成为后来同类形象的难以超越的一个模式。

小说在对当时中国社会中具有一定普遍性的精神衰退现象加以剖析的同时,还以一种理想主义的激情,成功地塑造了乔光朴等人的形象,热情赞颂了开拓者们的积极进取、无私无畏的精神风貌。乔光朴是一个新时期现代化建设的创业者,他不仅有丰富的实践经验和较高的现代化管理水平,而且富于开拓精神,思想敏锐,作风泼辣,一身正气,敢于碰硬,在他的身上集中体现了历史的要求和人民群众的愿望。因此,这一形象一诞生就引起巨大的社会反响,"乔厂长"很快成为"开拓型干部"的共鸣。小说在塑造乔光朴形象的同时,还塑造了一个官僚主义者——原厂长冀申的形象。这是一个根本不懂得经济规律,只知道以军事会战和政治运动的方式组织生产的企业领导者,同时又是政治运动培养出来的官僚和政客,他虽然不知道如何抓生产,却知道如何搞政治,会利用自己多年织成的复杂的网,制造摩擦,破坏改革。通过对这个形象的塑造,小说形象地反映了改革的艰难和任重道远与我们企业管理的种种弊端。此外,小说中的其他人物也刻画得性格鲜明,各有特点,如机电局长霍大道的知人善任、尖锐直率,党委书记石敢的外冷内热、深沉淳朴,等等。这些人物的塑造都在不同程度上避免了一度流行的"模式化""脸谱化"倾向。

乔光朴之后,蒋子龙又塑造出车篷宽(《开拓者》)、高盛五(《人事厂长》)、牛宏(《锅碗瓢盆交响曲》)、宫开宇(《悲剧比没有剧要好》)等同类文学形象。这些形象虽然从总体而言未脱离乔光朴模式,但也各有性格、各有特点,他们与乔光朴一起共同构成了蒋子龙作品中被人们称为"开拓者家族"的人物形象系列。蒋子龙塑造上述"开拓者家族"人物形象时,主要是将人物置身于激烈矛盾的中心,通过人物同外部世界的冲突表现人物。但是,蒋子龙也注意展现人物生活的多侧面,并对人物内心世界也有一定挖掘,所以,尽管上述形象系列不同程度存在理性色彩过强、形象丰满性欠缺的不足,但人物的个性还是得到了一定表现,也显示出一定的形象魅力。

二、高晓声的小说

高晓声(1928—1999),江苏武进人,早年曾在苏南文联、江苏省文化局从事群众文化工作。20世纪50年代,高晓声开始尝试文学创作,并发表了《解约》、"陈奂生系列"等,成为当代文坛上重要的一位作家。1999年,高晓声因患肺性脑病在无锡逝世,享年71岁。

长期的农村生活让高晓声对农民的遭遇与命运有了深刻认识,他的作品总能够透过普通日常生活去揭示农民的思想与愿望、辛酸与苦难。但更为深刻的是,他能够从历史发展、民族性格、文化心理等方面去探索与反思苦难的根源,从而能站在历史高度认识到民族文化心理的弱点与弊病才是新的改革与进步的最为内在与艰巨的阻力。高晓声的这种视角让他有意或无意地延续了鲁迅所开创的"国民性"探讨的取向,也就把农村题材小说的创作推进到一个新的高度。

在高晓声的作品中,最有名的是由《"漏斗户"主》《陈奂生上城》《陈奂生转业》《陈奂生包产》《陈奂生出国》等组成的"陈奂生"小说系列。这些小说以朴素的生活与生动的人物反映了新时期农民物质生活与精神心理的变化与发展。

陈奂生是一个勤劳、憨实、质朴的农民,在《"漏斗户"主》中,并不懒惰的他长期被饥饿所纠缠着,无法摆脱困境,对现实失望却并不放弃努力。到了《陈奂生上城》中,陈奂生这个形象又获得了特殊的艺术生命。如果说在《"漏斗户"主》中,我们从陈奂生身上见到了农民那种善良忠厚、诚笃忍耐与怯懦苟且、拘谨奴性同在的状态,那么在《陈奂生上城》中则表现摘掉了"漏斗户"帽子的他在心理与性情上的新变。这时的陈奂生已不再为饥饿所累了,小说通过展现他进城卖油绳、买帽子、住招待所的经历及其微妙的心理变化,写出了背负历史重荷的农民在跨入新时期变革门槛时的精神状态。小说中,作者在一个层次的激发点上,发掘出好几倍的心理内涵,并充分运用喜剧风格,使陈奂生的形象达到了作者以前的作品中从未达到的高度。每一个层次的挖掘,都体现了特定人物在特定情景中的特殊心理,都体现了现实主义典型塑造的独特性。同时,它又以其独特性展示了20世纪七八十年代之交改革开放初期中国农民所共有的心理倾向,即作为小农生产者性格心理的两个侧面的并存交错:善良与软弱、纯朴与无知、憨直与愚昧、诚实与轻信、追求生活的韧性与容易满足的浅薄、讲究实际与狭隘自私等。《陈奂生出国》与《陈奂生上城》在生存空间的陌生化设置上较为相同,前者是城乡不同,后者则是域外空间。作为一个地道的中国农民,当他以传统农民的价值观念、思维方式、生活习俗进入美国这样一个极度发达的异域时空,自然也就会有一系列啼笑皆非的事件发生:去餐馆打工想赚美元,用教授家的文物铲草皮、挖地种菜,指责"日光浴"等,发笑时引人深思。农村的经济与社会从传统向现代转变是一项长期而艰巨的任务,摆脱旧的思想意识、价值观念、性情心理的因袭与重负,更是一项长期而艰巨的任务。

"陈奂生系列"悲喜交加地写出了处在社会变革时期的老一代农民如何背负着历史的重荷,步履艰难地迈向新的时代、新的生活,同时通过展示农村经济变革在农民心里引起的反应,形象地概括了社会生活富有戏剧意味的可喜变化。在陈奂生身上,不仅表现出中国农民质朴善良、吃苦耐劳的优良品质,也深深地体现出生活重负下的自卑狭隘、老实巴结。跟随时代的脚步,他虽然也在向着新生活迈进,但远远没有摆脱历史因袭的束缚。他既善良又软弱,既诚实又轻信,既淳朴憨厚又自私保守。他的性格中明显地缺乏主人翁意识,待人做事都自觉或不自觉地表现出奴性的心理;同时还有着浓重的盲目满足、自宽自解的"阿Q精神"的影子,而这种"阿Q精神"又具有了讲实际、求本分的新的社会内容。从鲁迅的《阿Q正传》到高晓声的"陈奂生系列",历史已经走过了一段漫长的路,可是我们农民的生活状况、精神面貌仍然停滞在陈旧落后的水平上,这是时代的悲剧还是命运的悲剧——这不能不让我们深思!小说以人物命运的沉浮,反映出历史风云的变幻,从哲理的高度剖析了生活的底蕴,从而具有一种强烈的思辨色彩。

三、张洁的小说

张洁(1937—　),原籍辽宁,曾在北京电影制片厂工作。20世纪70年代后期,张洁开始进行文学创作,并以小说《从森林里来的孩子》和《谁生活得更美好》先后获得全国优秀短篇小说奖,引起了人们的广泛关注。之后,张洁接连创作了多部作品,在当代文坛具有相当的声誉。

张洁的才能是多方面的,她的小说涉及多个方面,其中在改革小说的创作上,其荣获第二届茅盾文学奖的《沉重的翅膀》是新时期文坛上第一部反映经济体制改革的长篇小说。作品通过重工业部在体制改革中两种势力的尖锐矛盾斗争,以及几个家庭和人物的命运遭际,深刻揭示了改革中的各种问题,热情歌颂了改革者的积极进取精神,有力地鞭挞了思想僵化、因循守旧的保守势力,相当广泛地展示了当今社会的各种世态,并预示了时代之鹰将努力挣脱历史因袭的重负,在改革中艰难起飞的前景。如此大规模、全方位的艺术表现,显示了作家超人的艺术胆识和创造能力。

第七章　中国当代小说的文体嬗变与文学创作

小说的背景选在了20世纪70年代末,这时,经济体制改革与反改革的斗争拉开了帷幕。重工业部部长田守成私欲重重,因循守旧。副部长郑子云德才兼备,锐意进取。女处长何婷素质低下,自私贪婪,科长贺家彬是清高正派的知识分子,与何婷关系紧张,极不协调。好干部陈咏明被郑子云亲自点将去连年亏损的曙光汽车厂出任厂长,陈咏明接下了这个烂摊子。与此同时,部领导层的钩心斗角一刻也不曾停止,令陈咏明腹背"受敌",掣肘多多。女记者叶知秋与贺家彬是老同学,她对时代进步有着与年龄不符的敏感与热情。她与郑子云精神默契,可谓互为知音。叶知秋亲撰的关于陈咏明与曙光汽车厂改革成就的报告文学刊出,在部里引起轩然大波,郑子云予以支持。郑子云的妻子势利庸俗,两人格格不入,家庭在痛苦中维持。田守成等拿郑子云与叶知秋的交道乱做文章,践踏叶知秋的名誉,但这种手段并未能挫伤叶知秋的斗志。部里投票推选十二大代表,郑子云以绝对优势胜出。田守成用"无毒不丈夫"的心态玩弄阴谋,篡改中央关于党员代表的条件,想用某些硬杠使郑子云失去竞争资格,郑子云当场将田宇成质问得哑口无言。郑子云的女儿圆圆为爱情与母亲激烈冲突后决心离开家庭。积劳成疾加上内外压力,郑子云突发心梗。田守成万分得意,然而医生告诉他:郑子云能够闯过这一关。田守成顿时颓唐。

小说的成功之处在于作者把她的主要笔墨倾注于人物形象的刻画上,多角度地揭示和表现了人物的心灵,展示了人物性格的丰富性。小说不过20余万字,却写了50多个人物,其中郑子云和陈咏明是着力刻画的中心人物。郑子云作为一个知识分子出身的高级领导干部,不仅有着丰富的工作经验、高度的文化素养和精湛的业务水平,还有着特别宝贵的历史使命感和社会责任心。为了探索改革之路,经他提议,让陈咏明接替汽车厂厂长职务。由于陈咏明大胆改革,很快改变了工厂的局面。而在陈咏明遭人攻击时,又是他挺身而出,予以支持。在政治运动中发迹的风派人物田守信部长不断对他刁难打击,郑子云则毫不软弱屈服,体现出一个时代英雄的宝贵品格。然而这位身居高位的改革家,又是一个有着七情六欲的普通人。不幸的家庭生活常常搅得他心烦意乱,最终病倒在医院里。正是在这种纷纭的矛盾生活中,作品让我们更加深刻地理解了什么是改革,什么是改革者。陈咏明是作者心目中的中国真正的"脊梁骨",他是郑子云推荐的曙光汽车制造厂的新任厂长。比起郑子云来,他更有朝气,更有雷厉风行的魄力,在他身上有一种坚毅、果敢、忘我、实事求是的实干家和改革家的气质。他是一个有理想、有远见、有才干的社会主义企业家的形象,也是一个有血有肉、感情丰富的男子汉。

除了人物塑造,《沉重的翅膀》在艺术形式上也十分值得关注。小说不注重情节的完整与曲折,而以人物的内心感受和戏剧性场面作为全书的骨架,在大幅度的时空跨越中,连接起上至部长,下到普通工人;大到重大政治决策,小到日常家庭生活的人和事,最大限度地包容了广泛的社会生活内容和信息量,增强了作品的深广度和厚实感。

第四节 从个体意识到生命意识转移:先锋小说的崛起

改革开放以后,中国文化界引进了数量相当多的现代主义与后现代主义的文学作品,西方现代的哲学、艺术与社会思潮亦相伴而来。以文学领域来说,心理分析小说、意识流、魔幻现实主义、新小说派以及理论界的形式主义、叙述学、结构主义以及存在主义等成为人们所关注与争论的热点。在这种情况下,中国作家在 20 世纪 80 年代初便有意识地在自己的创作中移植西方文学中自现代主义以来的艺术手法与文学观念,这些作家以前卫的姿态探索存在的可能性以及与之相关的艺术的可能性,它以不避极端的态度对文学创作中传统的和流行的观念形成强烈的冲击,表现出很强的先锋精神,因此他们的小说也被称为先锋小说。先锋小说具有鲜明的特点:一是在文化上表现为对旧有意义模式的反叛与消解,作家的创作已不再具有明确的主题指向和社会责任感;二是在文学观念上颠覆了旧的真实观,一方面放弃对历史真实和历史本质的追寻,另一方面放弃对现实的真实反映,文本只具有自我指涉的功能;三是在文本特征上体现为叙述游戏,更加平面化,结构上更为散乱、破碎,文本意义的消解也导致了文本深度模式的消失,人物趋于符号化,性格没有深度,放弃象征等意义模式,通常使用戏拟、反讽等写作策略。先锋小说对小说叙述方式和语言形式的大胆探索为中国当代小说的创新和发展提供了新的可能,它对后来的小说创作有着一定的影响,但是它将"叙述"和"语言"视为小说写作活动的全部意义显然过于偏颇,它对意义的放逐也使自身丧失了广泛的交流基础,从它的历史发展来看,这都是导致其渐趋衰落的重要原因。先锋小说作家中,马原、莫言、残雪等人的崛起是其真正开端。稍晚于马原和莫言,也被人们看作是先锋小说家的有格非、孙甘露、苏童、余华、洪峰、北村等人。这里以他们其中的几位为例,分析先锋小说的崛起。

一、马原的小说

马原(1953—),辽宁人,曾下过乡,当过工人。1978 年考入辽宁大学

第七章　中国当代小说的文体嬗变与文学创作

中文系。毕业后进藏。任记者、编辑。1989年调回辽宁,成为专业作家。1982年开始发表作品,1984年问世的《拉萨河的女神》对中国当代小说的创作进行了叙事上的革命,被认为是先锋小说的扛旗人。

马原是叙事革命的代表人物,并因之被某些批评家称为"形式主义者"。在他创作的顶峰期,他写了许多在当时让人耳目一新的小说,如《冈底斯的诱惑》《虚构》等作品。这些小说中,元叙事手法的使用在打破小说的"似真幻觉"之后又进一步混淆现实与虚构的界限;作者及其朋友直接以自己的本名出现在小说中,并让多部小说互相指涉,进一步加强了这种效果;设置许多有头无尾的故事,并对之进行片断连缀,暗示了经验的片断性与现实的不可知性,产生了似真似幻的叙述效果。马原的这些小说探索以引人注目的方式消解了此前人们对所熟悉的现实主义手法所造成的真实幻觉,成为以后作家进行小说实验的起点。

《冈底斯的诱惑》是马原的先锋小说代表作,小说讲述了四个互不关联的故事:一是老作家的西藏经历,二是猎人穷布的猎熊故事,三是陆高和姚亮看天葬的过程,四是藏民顿珠、顿月兄弟的故事。四个故事共16节,各自独立却又交错叙述,制造了一个个悬念,形成了一个个圈套。通过这种叙事方法,马原使三种人称、三个叙事视角在穿插、回溯、评论、断裂等叙述方式中轮换交替,将没有结局的故事组成了一个又一个圈套,制造了一个又一个玄机,引诱读者往前走,走到最后的结果就是没有结果,只见一个个散落于文本的故事碎片。这些故事本身不封闭,也不唯一,故事与故事之间有巨大的空缺,也就是说,整个文本从结构到内容均是开放性的。比如穷布猎熊的故事可以换成猎其他动物的故事,顿珠和顿月的故事也可以换成别的西藏故事来填充,故事的独立性减轻了文本内在的关联性。可是这些故事一旦嵌进文本以后,拼贴的故事碎片会产生某种整体效果并呈现特殊意义。作品的全部意义都蕴涵在这个拼贴过程中。

作为先锋小说的经典文本,《冈底斯的诱惑》首先消解了小说的具体意义,不再把主题思想、人物形象、情节叙述和事件的真实性当作写作的中心内容,它不再关心小说应该写什么,而是关注小说应该怎么写,从而把怎么写当作绝对目标。这样马原就在叙事结构上精心打造,以形式为内容,以内容为形式;在他著名的"叙事圈套"里,小说的本体就是叙述,而不是故事,也不是生活的真实。生活的真实是混沌的,是不可描述的,所谓文学中的真实反映只是逻辑的筛选、弃除和编织而已。

马原先锋小说的重要特点首先在于他在小说中频频出现,"马原"的形象并以此来拆除真实与虚构之间的界线,使得小说呈现出既非虚构亦非写实的状态。在《虚构》中,"马原"成了马原的叙述对象,"马原在此不仅担负着第一叙事人的角色与职能,而且成了旁观者"。在《涂满古怪图案的墙壁》《战争故事》和《西海的无帆船》等小说中,"马原"甚至还被其所虚构的小说人物返身叙述,这样,似乎连"马原"也成了一个被虚构出来的形象。

《虚构》在开头部分便煞有介事地声称:作家是在根据自己在麻风村——玛曲村七天的经历和观察结果"编排一个耸人听闻的故事"。紧接着,作家便叙述了自己在玛曲村的怪异"经历",这些"经历"构成了小说《虚构》的故事主体。但是在小说结尾,作家又直接拆穿了上述"经历"的虚构性。一方面,他自陈自己的玛曲村经历是依据其西藏经历、妻子在麻风病院的工作经历、有关麻风病的书籍等虚构而成;另一方面,在其拆穿自己的虚构性经历之后,他又强行为上述"虚构"杜撰了一个"结尾",这便是为何小说所叙述其进入玛曲村的时间是 5 月 3 日,他在玛曲村度过了七天时间,然而其离开的日期却是 5 月 4 日,这也从时间上取消了他的"经历"。在先锋小说的颠覆旧有真实观、拆除真实与虚构界线、专注叙述游戏等方面,马原的《虚构》可谓达到了极致。

二、莫言的小说

莫言(1956—),原名管谟业,出生于山东高密。小学五年级辍学,回家务农近十年。18 岁时到县棉油厂干临时工。1976 年入伍,1981 年开始写作,发表处女作《春夜雨霏霏》,1984 年考入解放军艺术学院文学系。1985 年发表短篇小说《透明的红萝卜》,引起文坛注意。1986 年中篇小说《红高粱》发表于《人民文学》第 3 期,反响强烈,获 1985—1986 年全国优秀中篇小说奖,后来与《高粱酒》《狗道》《高粱殡》《狗皮》《奇死》组合成长篇小说《红高粱家族》,至今已被译成英、法、德、日等十几种文字。2011 年 8 月,莫言小说《蛙》获第八届茅盾文学奖。2012 年 10 月 11 日,莫言获得 2012 年诺贝尔文学奖,成为首位获得此奖项的中国籍作家。

莫言的成就是多方面的,他的小说形成了个人风格独特的神话世界与语象世界,并由于其感觉方式的独特性而对现代汉语进行了引人注目的扭曲与变形,形成一种独特的个人文体。尤其在小说创作中,他的作品深受魔幻现实主义思潮和手法的影响,这在他的小说《透明的红萝卜》和《红高粱》中表现得尤为明显。

《透明的红萝卜》讲述的是一个小黑孩在水利工地上的一段故事。小说并没有精心设计的情节和非常明确的环境,也没有对人物性格进行刻画,而是由黑孩这个形象贯通起乡村生活的记忆,其间既有物质的贫困、严酷的生存挣扎,也有情感的压抑、人性的扭曲。黑孩的外形又瘦又黑,看起来弱不禁风,常常承受着饥饿的袭击。但是,这个黑孩不畏严寒,不怕火烫,不觉疼痛,外表沉默寡言,内心却非常敏感,并且炽烈如火,执着而坚定,对菊子姑娘的体贴则不乏柔情的回报。黑孩身上表现出的这些特质,赋予他以浓烈的神秘色彩和超凡的精灵之气。作家李陀认为:"黑孩形象中的非现实色彩,使他在一定意义上成为一种抽象和象征。……黑孩却是中国农民那种能够在任何严酷的条件下都能生存发展的无限的生命力的抽象和象征。无论黑孩那种超自然的、神秘的承受苦难和忍耐痛苦的能力,还是那种在刚刚能活下去的恶劣条件下仍能保持那么多幻想,仍能顽强地去追求的炽烈感情,我们都不能把它们只看作是人物性格,而是应当作作者对中国农民的反思。其中有他的热爱、理解和信任,也有忧虑、怀疑和批评。因此,《透明的红萝卜》并不玄虚。作者想表现他对生活的一定感情和态度,但是他没有采用人们都十分熟悉的写实方法,而是借一种特定的表现形式,将现实因素和非现实因素融成一体,形成一种十分特殊的小说艺术形象。"[①]

《红高粱》是一部最能反映莫言小说风格的代表作。小说以"我"回忆的形式,讲述了"我爷爷"和"我奶奶"的爱情故事,以及爷爷的抗日斗争。"我"爷爷余占鳌本是奶奶戴凤莲出嫁时的轿夫,在送戴凤莲去婆家的路上,率众杀死了一个想劫花轿的土匪,随后他在戴凤莲回娘家时埋伏在路边,把她劫进高粱地里"野合"。接下来余占鳌杀死戴凤莲患麻风病的丈夫,做了土匪,与此同时,余占鳌还进行着顽强的抗日斗争。戴凤莲家的长工罗汉大爷被日本人剥皮而死,余占鳌愤怒至极,拉起队伍伏击日本汽车队,发动了一场由土匪和村民参加的民间抗日战争。从情节上看,小说里的抗日组织既不是共产党领导的军队,也不是国民党领导的军队,而是一支民间自发组织的土匪军队,连其中的爱情故事也是不符合传统道德规范的。作者全部的笔墨都用来描写高密东北乡的各种野性故事。无论是余占鳌杀死单家父子、劫走戴凤莲,还是他正式当土匪,都充满着原始的激情和自由的生命力,表现出乡野世界对性与暴力的迷恋。甚至连余占鳌的土匪武装队在胶平公路上对鬼子发起的一场伏击战,也被还原成一场为生存而自发反抗的战斗,这就淡化了对革命历史的传统叙述中惯有的政治色彩。

另外,从小说塑造的人物来看,《红高粱》重点描写的不是理想的英雄人物,而是农民、工匠、土匪这样的普通民众,尤其是余占鳌,他既是土匪,又是英雄,既粗野、狂暴,又多情、侠义。"我奶奶"戴凤莲也不是传统意义上的贤妻良母,不是安守妇道、三从四德的温柔女子。她美丽、能干,奔放而有活

---

① 李陀."妙在似与不似之间"——评中篇小说《透明的红萝卜》[N].文艺报,1985-7-6.

力,浑身上下洋溢着旺盛的情欲和野性。"什么事都敢干,只要她愿意。"她不屈服于命运,新婚之夜用一把剪刀来捍卫自己的尊严。当她喜欢的男人把她抢到高粱地里时,她没有半点的羞耻与恐惧,她把四肢张开成一个"大"字,痛痛快快地释放自己的激情和欲望,大胆地接受了这个强壮的男人带给她的欢爱;罗汉大爷被日本人剥了皮,残忍的景象让她痛恨不已,不杀日本鬼子她就无法安宁。她端出血酒让自己的男人喝,又让儿子跟着余占鳌去打仗,为罗汉大爷报仇。她甚至亲自上战场,为打仗的男人们送饼,最终死在战场上。她的生存状态完全违背传统道德对女性的要求,但却符合一个自然生命的需要。莫言在情节和人物上的大胆叙述超越了传统政治意识的制约,为读者打开了一个崭新的民间视野,显示了他对传统小说写作方式的叛逆。

在《红高粱》中,莫言打破了一般小说按照时空顺序或逻辑顺序来安排故事情节的传统,完全由自己的感觉来引导,让故事的叙述者"我"在现实与历史之间自由来往,使得原本完整的故事情节变得支离破碎,时空顺序完全被打乱。不过,虽然故事情节被淡化,叙述方式也显得自由散漫,却因为受到作者的感觉和情绪的引导而显出独特的生机,与作者想要展示的理想精神非常相符。《红高粱》的现代主义技巧还表现在大量象征和隐喻的运用上。像森林一样密布的野生红高粱就是一个鲜明的意象。小说的名称和第一章的标题都叫"红高粱",突出了作品中无处不在的红高粱的意象:"爷爷""奶奶"是在红高粱地里孕育了"我父亲",鬼子杀死罗汉大爷是在红高粱地里,"奶奶"家的酿酒厂造的也是高粱酒……到处都弥漫着红高粱的气息。这红高粱既是高密东北乡人赖以生存的物质食粮,又是他们活动生存的空间,更是他们精神的象征。红高粱那勃勃的生机和百折不挠的精神,就像生长在这片土地上的人们一样,强壮、挺拔、坚韧、无畏,充满野性和旺盛的生命力。

三、格非的小说

格非(1964—),江苏丹徒人。1981年进入上海华东师范大学中文系,毕业后留校任教。1989年由北京作家出版社出版小说集《迷舟》。主要作品有《迷舟》《褐色鸟群》《青黄》《嗯哨》等,其中《迷舟》《青黄》等已先后被译成英文。另著有长篇小说《敌人》和《边缘》。

格非的小说致力于叙事迷宫的构建,但他的方式与马原不同。马原是用一些并置的故事段落搭成一些近于"八阵图"的小说,在每一个路口他又加上一些让人误入歧途的指标;格非则主要以人物内在意识的无序性构筑出一团线圈式的迷宫——其中有缠绕、有冲撞,也有意识的弥散与短路,这种方法极大地丰富了"先锋小说"的语言文库,创造性地发挥了小说艺术的表现力,从而奠定了他在先锋小说中的地位,领一代之风骚。

格非常用的手法是在故事的关键处留下空缺来营造他的"语言迷宫"。他讲的故事一般都非常复杂,他喜欢在情节的发展中不断设置疑点,特别是在几条情节的交汇处留下空白。如在《迷舟》中,那个向萧报告其父死讯的老媒婆为何能找到严格保密的军事指挥所?那个老道为什么告诫萧要小心酒盅?萧的父亲临终前为何能未卜先知地断言儿子与其部队凶多吉少?特别是萧到榆关究竟干了些什么?这些环节在叙述中都被作者悄然抹去。这个空缺不仅断送了萧的性命,而且使整个故事的解释变得矛盾重重,陷入了解释的怪圈。小说非常强烈地暗示出这样的理念:历史中的人就像是河流上迷失的船,无法操控其方向和命运。在叙述方式上,作者故意采用了历史写真的策略,甚至还画有战役地形图,但效果却是更加凸显了小说的神秘感与寓言感。与此相似,作者在《青黄》中隐去了整个故事中至关重要的那个死去的外乡人与卖麦糖老人的关系;在《大年》中,则在关伯均与豹子之死的关系上留下了一个空缺。通过在情节的关键处设置空缺,故事失去了确定性,读者在不断地猜谜中找不到故事的最终所指,于是,这种阅读就从过去那种寻找故事的主题,变成了对作者叙事智慧的思考和欣赏。格非的这个追求和博尔赫斯如出一辙。

格非的另一个常用手法是用语言来瓦解"事实"。格非从"故事最终是被语言叙述出来的"和文学的虚构性原则出发,不断地用一个语言叙述出来的"事实"去否定另一个同样是用语言叙述出来的"事实",让文本中的"事实"互相否定,从而降低文学作品中那些"事实"的实证意义,努力突出叙述在文中的支配地位。《褐色鸟群》可以看作是格非叙事实验的范本。其中,"我"与女人"棋"的三次相遇如同梦境,"棋"仿佛一个幽灵,是同一人物的不同化身,并在不同的场合相互否定和拆解。小说借助主人公口是心非和言不由衷的叙述,传达了这样的哲学观念:叙述本身充满了虚构与随意性,记忆是靠不住的,历史和现实是无法呈现的,小说是可以"毁掉记忆"的。小说还借助了"镜子"与"画夹"的互换、叙述中似是而非的自我否定,展示了生活的无序和多种可能性,富有哲学的深意。

四、苏童的小说

苏童(1963—),原名童忠贵,出生于苏州,青年时就读于北京师范大学中文系,后任《钟山》杂志社编辑,1991 年成为专业作家,此后,他的作品就源源不断地发表在《上海文学》《北京文学》《解放军文艺》《收获》等引人注目的刊物上,其中中篇小说《妻妾成群》给他带来极高的声誉。

苏童在新潮作家中有着特殊的地位,他是一位富有本土气质的先锋作家,1987年因中篇小说《1934年的逃亡》而成名。他在早期虽也曾写过一些明显带有形式实验意味的作品,但就总体而言,他的小说比一般的先锋作品,更具有原创性。作家似乎更注意先锋精神在本土经验中的化用,他把动人的故事传说、自由无羁的想象、传统文学的神韵、颓废而唯美的意趣、对于人性的独到省察与富于变化的叙事成功地结合在一起,为先锋文学成就了一道亮丽而独特的风景。

从总体上讲,早期先锋小说相对于传统叙事,虽然表现出一定的极端倾向,作家叙事的"临界感觉""空缺""重复""语言暴力""冷漠叙述",包括对"苦难""死亡""逃亡""罪恶"等主题的呈现或象征化、寓言化,无不张扬着大肆铺陈、重构历史和现实的抒情性想象,字里行间渗透出激越的表达冲动和欲望。但苏童的写作在很大程度上却是先锋写作中的另类。苏童的写作理念和文本表现形态呈现出对传统叙述方式的超越性,而且早期作品的实验特征和"模仿"痕迹也显而易见,更主要的还在于苏童在二十几岁的年龄对于小说叙事的敏感,对于小说技巧的极度迷恋,确实影响到他日后独特美学风格和气质的形成,在"先锋时代"也呈现出一定的极端性、先锋性。其作品《1934年的逃亡》和《妻妾成群》就是这样的作品。

《1934年的逃亡》是一篇家族史小说,讲述了陈姓家族的历史故事,但是作家却并无理性地审视历史进而索解历史之谜的主体意向,而是"力求将其未经选择和误读的原生态呈现出来",小说的"历史背景与氛围以及所呈现的主题意蕴也更为多义和不确定",这样,历史仍然是浑茫和杂乱的。它以凄艳哀伤的笔调叙述了陈姓家族史上惊心动魄的悲剧性衰败,叙述了畸形、疯狂和充满肉欲的性爱与不可捉摸的灾变、狂暴和死亡。在小说之中,生命显得那样的苍白、沉重、脆弱而且无常,而由这一切所组成的家族历史又是极其晦暗与缭乱。

苏童在《1934年的逃亡》中选择了开放性的叙事结构,传统小说叙事的第一人称集中表现出了叙述(叙述人)的能动性、想象性和猜想与推断人物、情节发生的优势,叙述视点的"全知全能",又使"我"的回忆、追述被强调到极端的程度,人物的活动和故事情节依照叙述的能动性来展开,在叙述的层层推进中,"我"站在时间的另一端对家族旧事的逼视,不断地发掘出生存的种种情境和不可思议的多样性。令人惊异的是,这篇小说并不想彰显传统小说的寓言性力量或任何道德使命,而是有意利用叙述对故事结构中"时空统一性"的破解,切割事件、人物行为的可能性和直接因果关系,谋求对存在自身逻辑和规律的传达。这样,故事的发生和结局就成为没有任何特定历史动机和文化规约的历史、存在图景,存在情境的呈现在叙事中也没有任何理性依据,情境本身就构成故事的诗意内涵和美学风格,而且,作家的自我和自我的幻象很明显是在其中相互影响着的。

《妻妾成群》表面上是一个很古典的悲剧故事,女大学生颂莲嫁入陈家做了四姨太,慢慢地融入了陈家太太们争风吃醋的斗争中,亲眼看着这些女人一个一个的悲惨下场,最后自己也变成了疯子。但是跟一般反封建、反传统主题小说不同的是,颂莲跟她同时代的五四新青年相反,她几乎是自愿地进入这个旧式大家庭,甘心成为旧式婚姻的牺牲品。她所受的教育和她果断、好强的性格使她深得陈佐千的宠爱,也使她不可避免地加入女人之间的钩心斗角中。然而,她清纯的学生气质和文化修养却没有帮助她成功地战胜其他太太,而是最终把她拖向了一个无法挽回的悲剧结局。

作为先锋新潮小说作家,苏童的艺术营养似乎并不倾向于西方,相反他可能更受惠于中国文化和中国古典的小说传统,这同样使他构成了鲜明的个例。在这部作品中,苏童抛弃了一些语言习惯和形式圈套,拾起传统的旧衣裳,将其披盖在人物身上,或者说是试图让一个传统的故事、一个似曾相识的人物获得再生。在构思、寓意和叙述方面,《妻妾成群》可以说达到了近乎完美的程度,人物与矛盾一旦设置完毕,他们就几乎达到了"自动写作"的状态。"一个男人与两个女人的悲欢离合"或者"两个风尘女子与一个嫖客的恩恩怨怨",这样的结构让我们看到了那些在古典小说中似曾相识的人物与场景,仿佛看到《金瓶梅》《红楼梦》《今古奇观》中的那些古老故事的复活和再现。但这种相似并不是刻意的模仿,而是文化和历史中固有的"元素"在起作用,在一夫多妻制的封建婚姻结构中,在寄人篱下的生活境况中,相似的人物关系、心理活动、矛盾冲突、历史景观就会自然地显现出来,古老的文化与心理原型造成了它们的神似。

五、余华的小说

余华(1960—),出生于浙江杭州,长于海盐。1977年中学毕业后曾在镇上一家医院做过牙医。1983年开始创作,1987年余华发表短篇小说《十八岁出门远行》初登文坛,而后又发表《死亡的叙述》《爱情故事》《四月三日事件》《难逃劫数》及长篇小说《呼喊与细雨》《活着》《许三观卖血记》《兄弟》等多部作品,在"先锋小说"阵营中站稳了位置。

作为先锋小说的代表性作家,余华小说的先锋性特点首先体现在对隐匿的"非理性世界"的开掘上。在余华的视角中,世界是荒谬的,是非理性的,人同样也是非理性的,无法主宰自己,更无法主宰他所存在的世界。甚至,人本身也是这个非理性的世界的一部分,人不是在理性的支配下行动,而是在动物性的本能支配下行动,这一点在他的成名作《十八岁出门远行》中得到了展示。小说描写一个18岁的少年第一次出门远游。在路上,他搭上一辆拉苹果的卡车。可是,走到半路上,卡车司机和一群人合谋抢走了苹果,连少年的背包也被抢走。这个少年所要认识的"外面的世界"就是一个充满了阴谋和暴力的无序存在。这场抢劫好像预先布置好了似的,专门等着他进入圈套。这意味着人所构建的秩序也仅仅是一个表象而已,并不能成为人的行为规范。真正支配人的只是人本身的欲望,就像动物的本能欲望一样。那群人抢苹果就和一群蚂蚁搬运食物一样。这里,触及的是世界的荒谬、无序和人的暴力。

在叙事方法上,余华这一时期的作品也非常富有"元小说"的意味。如《鲜血梅花》就堪称是一个"讨论"和"戏仿"武侠小说套路的典型的叙事文本:一代武林宗师阮进武死于不明身份的武林人物的刺杀。十几年后,他的儿子阮海阔长大,被母亲委以"为父复仇"的重任,她自己则自焚而死,以断儿子的后路。不想阮海阔既无武功,也不愿意承担复仇的使命,他身背祖传的梅花宝剑开始了几无目的的漫游。先是错过了知情人白雨潇,后遇到两位武林人物胭脂女和黑针大侠,接受了分别为他们打听另外两个武林人物刘天和李东下落的任务。但当他终于遇见另一个知情人青云道长的时候,却只是询问了刘、李二人的下落,而完全忘记了询问杀父仇人是谁的问题。当他再次遇见胭脂女和黑针大侠,告知了答案,接着又漫游了三年之后,才从白雨潇处得知,杀害自己父亲的凶手就是刘天和李东,而这两人在三年前已分别死于胭脂女和黑针大侠之手。这样,无为的阮海阔竟然无意中借了他人之手杀掉了自己的仇人,了结了一段江湖恩怨。正所谓"无为而无不为"。小说宛如一部缩微的戏剧,把各种武林叙事烩于一勺,非常富有形式感。可谓早期余华小说在叙事上的一个代表。

余华早期的小说执迷于死亡和暴力的叙述。他以一系列的作品引导我们进入一个充满了暴力与疯狂的世界:在《四月三日事件》《河边的错误》《现实一种》等作品中,他细致地描写人与人之间的残杀。而且小说中的人物还有一种沉浸于这种残酷与仇杀的快意。他早期的这些小说中叙述者在表现这种冷漠与残酷时,刻意追求的冷峻风格使得作者的态度显得暧昧,事实上,余华的这种貌似超然而冷静的叙述风格来源于作家与现实之间的一种紧张关系,他要与他笔下的人物及其代表的人性的残暴与残酷的一面保持距离。不论善恶,他都要保持一种理解之后的超然,并且与之产生一种怜悯心,这也导致了他在进入20世纪90年代之后的作品《活着》《许三观卖血记》中的风格转变;这些小说在描写底层生活的血泪时仍然保持了冷静的笔触,但更为明显的是加入了悲天悯人的因素。

第五节 重建凡俗的人生世界:新写实小说

20世纪80年代中后期,小说创作开始改变一种模式独领风骚的格局,"共同性"逐渐消解。小说家在对原有的现实主义创作和先锋派小说的实验进行反思的过程中,寻找新的发展空间,从而推动了新写实小说的兴起。所谓新写实小说,简单地说,就是不同于历史上已有的现实主义,也不同于现代主义"先锋派"文学,而是近几年小说创作低谷中出现的一种新的文学倾向。这些新写实小说的创作方法仍是以写实为主要特征,但特别注重现实生活的原生形态的还原,真诚直面现实、直面人生。虽然从总体的文学精神来看新写实小说仍划归为现实主义的大范畴,但无疑具有了一种新的开放性和包容性,善于吸收、借鉴现代主义各种流派在艺术上的长处。被归入这一名目下的作家十分广泛,主要包括刘震云、方方、池莉、范小青、刘恒、王安忆、李晓、赵本夫、周梅森、叶兆言、朱苏进等。这里主要以刘震云、方方和池莉为代表进行分析。

一、刘震云的小说

刘震云(1958—),河南延津人,1973年参加中国人民解放军,1978年复员,在家乡当中学教师,同年考入北京大学中文系,1982年毕业后到《农民日报》工作。1988年入北京师范大学鲁迅文学院读研究生,现任中国作协委员。

刘震云的创作主要以中篇小说为主,他擅长以朴实的笔墨描写普通人的平常生活,从而透视出时代的深刻变动和人物内心的波澜。他还长于用细节营造与渲染环境,其小说的人物往往被动地依从环境的摆布,着力表现生存环境对人的不可抗拒的挤压力。《单位》和《一地鸡毛》都是对个体的生存困顿、理想坍塌以及确定性追求丧失的生存现象的还原。《单位》的主人公小林感到生活的无意义是因为他的存在理想、价值追寻受到了日益商品化、世俗化的社会现实尺度的嘲弄。庸俗的人际关系像一张巨网笼罩着小林,在一个高度官僚化的单位里,他不得不放弃自己的抱负和个性,因为"钱、房子、吃饭、睡觉、撒尿拉屎一切的一切都指望小林在单位混得如何……"刘震云借小林之口说出了自己对生存哲学和关系哲学的深刻体认。

《一地鸡毛》里,小林已不得不融入世俗的河流里,向现实妥协和认同。刘震云告诉我们:"在这个世界面前,任何人都是输者。"因此,小林唯有向环境投降,彻底放弃生存的浪漫和诗意。在小说冷静的叙述中我们看到小林搁置了对理想的执着和追求,搁置了对存在意义的探索和追问。

刘震云无疑是一位对现实生活感觉相当敏锐并持有批判态度的作家,但综观他的作品,作家似乎过于侧重描写今天的生存环境对于人的染化、扭伤、异变的作用,而对于人作为创造主体的能动性,对人不仅改造自身也能改造客观环境却注意不够。《故乡相处流传》就是这样一部作品,小说以戏谑化的方式揭示了历史的非人文、非理性、非人性的存在景观。历史的"宏大叙事"瓦解了,走上日常和庸俗。建立在历史理性之上、合乎逻辑、合乎必然性的历史场景已消失,刘震云对历史进行随意的涂抹。首先,历史人物的祛魅化。无论是曹操、袁绍,还是孬舅、猪蛋,文本中的人物一律丑化和俗化。历史上的大人物受到了空前的嘲弄和轻蔑:即便是文治武功的曹丞相也只是个"右脚第三到第四脚趾之间涌出黄水"的糟老头。其次,历史事件的戏谑化。历史上有名的官渡之战,起因是曹操和袁绍为了争夺一个长着漂亮虎牙的沈姓小寡妇;处理一个县大小事务的竟是脏人韩。在这里,历史是一出没完没了的游戏和闹剧。刘震云用反历史的戏谑化、荒诞化的处理方法揭示了历史存在的鄙俗、荒谬和人性的异化、扭曲。我们透过这些扑朔迷离的现代或后现代的技术迷宫,看到轻佻与戏耍背后的沉重。

二、方方的小说

方方(1955—),江西彭泽人,生于南京,1957年迁至武汉。1974年高中毕业,曾做过4年装卸工。1978年考入武汉大学中文系,毕业后到湖北电视台任编辑,1989年调作协湖北分会从事专业创作,现任湖北省作家协会主席、中国作协全委会委员。

方方最初的小说充满浓郁的理想主义和浪漫主义色彩,自20世纪80年代中期以后,她开始对社会转型期的现实生活做正面书写,解剖市民生存状态与人格形态,揭露底层社会的真相,风格也变得冷峻。1987年发表的《风景》因真实地再现了城市底层卑微、残酷的生存状况而成为"新写实小说"的代表作。《风景》写的是13平方米的"河南棚子"中窘迫的生存环境造就了粗鄙化的生存状态,小说正文之前的主题词是这样的:"在浩漫的生存布景后面,在深渊最黑暗的所在,我清楚地看见那些奇异世界。"小说创造性地以一个早逝的小八子为视点,见证了"河南棚子"一家生存的冷漠、贫困、残酷和畸形。作品中粗鄙丑陋、阴冷荒寒的生存景观是以一种客观化的笔触不动声色地写出来的。作家没有表现出明显的价值判断意向,只是以一种极端化的生存本相的展示书写了都市民间的生存状态。

方方较多关注的是人类性、社会性的普遍问题。在现代生活中,传统的道德在与个人私欲的相搏中,总是处在软弱、失利的境地,作者为此常常无奈。叙述技巧的巧妙运用,恰恰掩盖了作者不愿意或很难做出的道德、是非评判。《风景》的叙述就是用荒诞的形式,借一个死魂灵的眼光看活人的生活景观,逃避了判断和选择的责任。同时,由于叙述人是一个肉眼凡胎看不见、摸不着的魂灵,故而他又能超越时间空间走进每一个角落,深入每个人的隐秘处,窥见人们完全真实的所思所想、所作所为。从稍纵即逝的内心动态和行为所现的外在活动,透辟地写尽这个码头工人之家。

方方始终以悲悯的姿态书写着现实人生的种种荒诞与苦涩。在《祖父在父亲心中》这部描写知识分子的作品中,方方着重表现了在社会环境的挤压下知识分子精神上的痛苦和理想的失落,描写了他们想坚守自己的独立思想与独立人格,但又在社会现实中处处碰壁,陷入精神的迷惘。《定数》则对在市场经济大潮中知识分子的彷徨和困窘进行了深刻的反思。作品描写了知识分子在"义"与"利"之间的尴尬和徘徊,主人公最终舍"利"而取"义",逃避了世俗的浸染和诱惑。

三、池莉的小说

池莉(1957—),湖北仙桃人,毕业于武汉大学中文系,当代著名女作家,中国作家协会会员。她生活经历丰富,曾下过乡,当过小学教师,并从事医务工作多年。从 1987 年起,池莉因写作新写实小说而崭露头角,《烦恼人生》《不谈爱情》《冷也好热也好活着就好》《你是一条河》《预谋杀人》等一系列小说显示了她的创作实绩。20 世纪 90 年代中后期,新写实小说落潮以后,池莉仍然保持着旺盛的创作势头,创作了多部优秀作品。

在新写实的阵营里,池莉的作品可谓最适合民间趣味,并因此一直都能赢得大众的青睐。这正好说明"新写实小说"对市井小人物原汁原味生活的描写非常迎合 20 世纪 90 年代文化的基本趋向——世俗化。

池莉 20 世纪 80 年代末至 90 年代初的一系列"新写实小说"主要叙述的是芸芸众生世俗生活中的柴米油盐、家长里短、鸡毛蒜皮。在这些小说中,作家大多依据自然时间的时序来组织日常生活画面和细节,从容不迫地讲述市民日常生活中的矛盾、纷争、烦恼和苦闷。她的"人生三部曲"(《烦恼人生》《不谈爱情》《太阳出世》)亦被称为"新写实三部曲",是她"新写实小说"的代表作。《烦恼人生》是池莉的成名作。小说写的是工人印家厚平凡、琐碎而又烦恼的一天。排队洗脸、如厕,领着孩子跑月票,吃饭吃出虫子,评奖金遭人暗算,没钱买寿礼、囊中羞涩的尴尬,对妻子和孩子的承诺无法兑现的愧疚,报考电视大学的无端受阻……印家厚的生活就是在这样日常生存的烦恼和困窘中,耗费着生命的活力和希望。小说的结构也对应着一天烦恼的生活流程,似流水账一样,没有丝毫的波澜和突兀。《不谈爱情》中庄建非和吉玲的爱情则消解在日常生活的柴米油盐酱醋茶中,爱情已成为生活中的奢侈品甚至遥远的神话。要想维持生活就得彻底放逐爱情、浪漫和诗意。《冷也好热也好活着就好》本身就是对世俗精神的一种肯定,精英分子的启蒙立场在这里受到了无情的嘲弄。

不同于知识分子启蒙话语的艰涩、理性、优雅和超越意向,池莉偏爱"民间语体",她的语言都是大白话,且有浓郁的武汉地方风味。池莉小说的语言通俗化、市民化,风趣、幽默、自嘲,富有浓郁的生活气息,读来痛快淋漓。《来来往往》里,中年职业女性的刻薄话:"你们看她那干巴苦黄的老脸!还是中共党员,还想当书记,本身形象完全是个饥民,整个体现出对社会主义初级阶段的不满。""酷嘛,就是过瘾!来劲!这也还不够准确,就是一种感觉,像一流的职业杀手做活,懂了吗?"《不谈爱情》中吉玲的母亲说:"我的儿,不是做娘的没教导。你可是花楼街的女孩子。蛤蟆再俏,跳不到五尺高。"这些语言都生动地体现出了人物的社会身份与性格特征。

在20世纪90年代文学日益边缘化的过程中,池莉的小说因适合市民大众的口味而迅速走俏。她的小说被频频改编为影视剧,成为市民阶层的精神文化食粮。然而,仅仅以市民的标准、世俗的判断作为文学的标准,只能导致文学精神的退化。

第六节 写作空间的拓展:女性小说的飞跃

自古以来,女性主义在中国少有立足之地,20世纪初期的女作家,如冰心、庐隐、冯沅君、苏雪林等,她们以文学写作的形式来参与"个性解放""婚姻自主"等启蒙思潮中的社会运动,争取妇女与男性平等的人格权利。20世纪三四十年代的丁玲、萧红、张爱玲等人的创作也明确表现出女性对自由与平等的向往,并且其中也含有女性视角及修辞方式的自觉。然而在此后很长一段时间里,女性作家的写作没有走出男权文化的樊篱,在题材处理和风格表达上失去了自我意识,只有进入20世纪80年代才重新开始波澜泛起。80年代中期以后残雪的出现,可以说对女性小说的发展起到了特殊的启示意义,而后,王安忆、铁凝、迟子建、池莉、方方等这一代于80年代成长起来的女性作家群体,她们依然坚持现实主义的叙事规范,展示波澜壮阔的生活场景和宏远深邃的历史意识。她们以一种成熟的女性姿态投入写作,在小说创作中尝试着多种多样的努力,因而艺术风貌也是多姿多彩的。及至 90 年代,她们更与陈染、林白等人共同汇成了近年来日益高涨和引人注目的女性主义文学思潮,在中国文坛上掀起了一股股女性创作的浪潮。

一、王安忆的小说

王安忆(1954—   ),祖籍福建同安,出生于江苏南京,1955 年随母亲茹志鹃移居上海。20 世纪 70 年代末,王安忆开始进行文学创作,并凭借短篇小说《雨,沙沙沙》等系列小说在文坛崭露头角。此后,她接连发表了多部小说作品,其中《本次列车终点》获 1981 年全国优秀短篇小说奖,《流逝》和《小鲍庄》分别获 1981—1982 年、1985—1986 年全国优秀中篇小说奖,《长恨歌》获得了"第五届茅盾文学奖"。

王安忆在众多女作家中成绩显著,不仅创作数量巨大,而且创作风格多变。总体来说,其创作轨迹比较清晰,可以分为两个时期:一是 1979 年至 1983 年的"雯雯"时期,主要表现个人少女时代的经验和感受;二是 1984 年以后的多元探索时期。

王安忆最初的小说创作是从儿童文学开始的,代表作是发表于 1979 年的短篇小说《谁是未来的中队长》。自 1980 年起,她以自己的知青生活、文工团生活为素材发表了"雯雯系列小说",其中重要的一部就是《雨,沙沙沙》,这是王安忆一首关于一个女孩子的纯情之歌。小说主要写雯雯从农村回城后,没有像其他一些赶时髦的姑娘那样,打扮得花枝招展。她朴素自爱,喜欢思索,在自己内心的波涛里,追逐着美好的情感。一天深夜,春雨下个不停,雯雯下班后没能赶上末班车,心急如焚。就在这时,一个青年主动让她坐在他自行车的后架上,送她回家。临别时,青年人留下了温存友爱的话语:"只要你遇上难处,比如下雨了,没车了,一定会有个人出现在你面前。"这话像沙沙落下的春雨,滋润着雯雯曾经荒芜的心田。后来,她谢绝了车间主任给她介绍的大学生小严,天天用眼睛在阳台下的树影中寻找"他"。作品以抒情的笔调细腻地表现了主人公对理想、对爱情的执着追求。

进入 20 世纪 80 年代以后,王安忆曾陪同母亲去美国旅行了 4 个月,异域文化,使她的思想感情、世界观、审美观念等方面经历了较大冲击和变化,回国后,她的创作进入了多元探索的时期。这时她的小说创作特点,我们以《小鲍庄》为例进行说明。《小鲍庄》通过对一个远离政治漩涡的偏僻村庄——小鲍庄,从动乱到新时期农村经济变革开始的这段时间里世态众相的描绘,呈现了平凡而卑微、真实而丰富的人生。小说的主体由文化子和小翠的恋爱、拾来与二婶的结合、鲍秉德的婚姻及捞渣的故事构成,作者以逼真的描绘,展示了代代相传的信仰、习惯、伦理规范、生活和生产方式在这块封闭的土地上演播的人生活剧。作品既有个体命运、心态的刻画,又有群体生态和心理趋向的把握,尤其出色的是对小鲍庄稳定的生活情态背后超稳定性的伦理观念的揭示,显示了深沉厚重的文化底蕴。小说以反讽的手法,深刻地描绘了"仁义"的弥漫与堕落,对民族文化心理的开掘与透视进入哲学层面。小说中的小鲍庄是一个充满仁义之气的村庄,这个仁义之乡的精灵——捞渣,是个极具艺术魅力的象征。作者正是通过对这个仁义之子的仁义行为的描述,渐次呈现出了我们民族文化心理的风貌。捞渣死后把他偶像化的闹剧,让我们看到了仁义被亵渎的真实历程。小说在叙事体态上做了一些有益的尝试,以结构的方式代替情节的方式,人物和故事构成几个块面共时进行,经纬交织,意向纵横。小说采用客观的叙述语调,标志着创作主体由自我中心向非自我中心转变的完成,但强烈的主观情感和态度,仍在村民生存状态和生活状况的呈现过程中透露出来,作者对笔下的人物怀有复杂的感情。这种块状多元的叙述形态,客观上强化了作品的信息容量和象征蕴涵,提升了作品的审美价值。

20世纪90年代以后,王安忆的写作风格有了很大变化,比如《长恨歌》是王安忆最著名的作品,《叔叔的故事》《乌托邦诗篇》等用现实的材料来虚构故事,再用小说的精神来改造平凡俗常的世界。到了《长恨歌》里,她的语言风格变化更大,由简洁变得绵密繁复,极其细致地写出了上海的城市精神。《长恨歌》讲述了上海女子王琦瑶悲剧的一生,王安忆没有在小说中正面地叙述历史事件的发生,而是把40年的历史变迁切成了一块块的碎片,在王琦瑶的生活中一点一滴地体现出来。城市的命运融化在人物的命运里,人物的命运也就成了城市的命运。人生的苍凉,也透露出历史的苍凉。在《长恨歌》里,王安忆笔下的历史只是时间的代表,她极力描写的是带有不同阶段历史特点的氛围、气息和感觉,是特定阶段人们的生存面貌、精神状态、人生趣味。

《长恨歌》通过描写王琦瑶传奇的一生,刻画了一位生动鲜活的女性形象,显示了上海女性特有的品味和气质,王琦瑶不仅有着独特的个性,还具有上海女性某些群体性的共同特点。她是上海弄堂里走出来的既普通又典型的女孩,既聪明过人、精致美丽,又坚定地面对生活,这些都是上海女人的特点。从拎着荷叶边的花书包的女学生,到"沪上淑媛",再到"上海小姐",王琦瑶凭借的是上海女孩的聪慧与勤奋。李主任死后,王琦瑶不得不一个人跑到外婆家,她虽然没有出路,但顽强地生存了下来。等她再次回到上

第七章　中国当代小说的文体嬗变与文学创作

海,住进平安里二十九号,并在弄堂口挂起了护士牌子时,已经完全被上海的市井精神浸润,明显成熟了。在与康明逊艰难的爱情中,王琦瑶保持了上海女性的聪颖与精细,面对命运的打击,她再一次以世俗的智慧向俗世挑战,表现出坚定的勇气。而在20世纪80年代上海的舞会中,王琦瑶与摩登青年的忘年恋终于使她的聪慧与忍耐开始坍塌,并由失控带来最终的精神崩溃。王琦瑶的人生意义在于,她与几个男人的情义离合都是她细心经营、精心追求的,而上海的发展变化也在无情地改变着包括王琦瑶在内的每一个人的命运。就像小说里所说的那样:"上海弄堂里,每个门洞里,都有王琦瑶在读书,在绣花,在同小的姊妹窃窃私语,在和父母怄气掉泪。上海的弄堂总有着一股小女儿情态,这情态的名字就叫王琦瑶。"王琦瑶与上海这座城市是融为一体的,也正是在对这样的王琦瑶式的女子的刻画中,体现出了作家的深刻。

二、铁凝的小说

铁凝(1957—),祖籍河北赵县,出生于北京。父亲是一位美术工作者,母亲是一位声乐教师。铁凝1970年进入中学,并开始发表作品。主要作品有长篇小说《玫瑰门》《无雨之城》《河之女》和《大浴女》等,中短篇小说集《夜路》《没有纽扣的红衬衫》和《哦,香雪》等。其中,创作于20世纪90年代之后的最有代表性的作品是《玫瑰门》。

《玫瑰门》通过女主人公司猗纹的形象,揭示了被历史与文化扭曲了灵魂的女性人生。司猗纹曾是一位富家小姐,一生向往浪漫的人生而不甘于平庸,但是无情的现实却将她掷入生活的死角,使她成为在黑暗中与鬼蜮共舞的角色,司猗纹既不是党员也不是干部,却是中华人民共和国成立后一切政治运动的积极参与者。虽然她的参与、她从中所要得到和发泄的,同那运动本身完全风马牛不相及,但是她强烈的权力欲却还是从中找到了一线机缘。她对外部世界的积极参与,是为了巩固她在一个弱小者世界中的权力。于是,她也就越来越深地陷入那个封闭的、令人窒息的女性世界中不能自拔。这种现象构成一个耐人寻味的命题,司猗纹无疑在爱情与性的问题上受到压抑,但她对这种压抑进行报复和发泄的形式不仅隐晦,而且变态。她既是男性权力压迫的受害者,又将这种权力对象化为自我进行报复和发泄的手段,在另一个女人的世界里,向人的精神施以"酷刑"。作品深刻地揭示了在司猗纹积极参与历史、冠冕堂皇、轰轰烈烈的表层之下,还有一个未经正视,尚处封闭,因此也就谈不上解决的世界——这里充满自私、褊狭、忌妒、仇恨,是肆无忌惮地发泄人性阴暗面的场所,是蛛网般扯不清的纠葛,甚至使人对那种无意义的活法儿发出"生不如死"的感慨。历史中的女性,由此在铁凝的小说中得到更加浑厚、更加复杂的人性内容。

《大浴女》是铁凝的又一部长篇力作。小说叙述了女性精神忏悔、情爱救赎和生命成长的故事,表达了反思历史暴行和关注女性命运的两大主题。作品在动荡不安的历史背景下展开女性叙事。尹小荃的死是小说灵魂忏悔、人格尊严与历史隐痛等一系列叙事的开始。尽管尹小荃是母亲章妩在荒乱岁月里情感隐私的牺牲品,但她在三个女孩无声约定中的"自然死亡",却像一面镜子映出了人性的美丑善恶。亲历了尹小荃死亡的姐姐尹小跳、尹小帆和她们的朋友唐菲,在负罪与赎罪的双重心理作用下,在此之后无不以种种方式进行了不同程度的灵魂自审与精神拷问,以期重返人性之善。"浴"是"洗涤""荡净"的意思,只有洗净灵魂上的罪孽、污点,女人才能成为真正意义上的女人。作者在此表达了对女性世界与自我意识的拷问,以及对理想女性的省思。

三、迟子建的小说

迟子建(1964—),祖籍山东海阳,出生于黑龙江漠河北极村,黑龙江人,1984年毕业于大兴安岭师范学校,后就读于西北大学中文系作家班。1987年进入北京师范大学与鲁迅文学院合办的研究生院学习。1990年毕业后到黑龙江省作家协会工作,是当代中国具有广泛影响力的作家之一,曾荣获"鲁迅文学奖""冰心散文奖""茅盾文学奖"等文学大奖。从1983年起,她开始进行文学创作,主要作品有长篇小说《树下》《伪满洲国》《额尔古纳河右岸》《越过云层的晴朗》《白雪乌鸦》《晨钟响彻黄昏》等,中短篇小说集《白雪的墓园》《朋友们来看雪吧》《向着白夜旅行》《雾月牛栏》《逝川》《清水洗尘》《白银那》等,散文随笔集《听时光飞舞》《我的世界下雪了》《伤怀之美》等。

在日常生活中发现"风景"并赋予"风景"以"心灵"的意义,是迟子建小说的个人化方式。她创作至今,普普通通的生活和平凡的人生始终是她书写的主要对象,农夫村民、贩夫走卒和知识分子是她笔下的主角。她将小人物置于社会风俗画的场景之中,在人间烟火中取暖,从平常生活中发现诗意的光芒,这在《清水洗尘》《秧歌》《五丈寺庙会》《树下》《雾月牛栏》《白墙》《逝川》《旧时代的磨房》《一坛猪油》等小说中都有出色的表现。发现美好的愿望,使迟子建的小说弥漫着一种人性的温暖,而在表达温情的同时,迟子建并不忽视生活苍凉的一面,她对温情的渴望,恰恰是因为觉察到人生苍凉的底子如在其中篇小说《世界上所有的夜晚》中,小说以一位女性知识分子如何领悟、承受、消融、超越苦难的能力为主题,描写妻子日夜思念因车祸去世的魔术师丈夫,最终在生活的苦难中冲淡了哀伤。丈夫剃须刀里的毛发洒向河流,也最终化为蓝色的蝴蝶。对苦难的超越,让人性在忧伤中散发出温情的色泽。迟子建小说的抒情风格,常常使人想到东北的现代作家萧红。

迟子建小说创作处于一种开放的多元思维的状态。极少对其笔下的人物作非此即彼的评述,而是不动声色纯客观地叙述居多。这使其笔下的人物更贴近生活、贴切自然,绝少那种美丑善恶分明的对比描写,更多的是呈现一种复杂多样的交融状态。例如,中篇小说《岸上的美奴》中的女主人公美奴,作者既描写了她的单纯美丽,她对美好生活的向往,同时又表现了受传统道德观念的束缚过深,使她不堪忍受人们对其母亲与白老师之间交往的种种非议猜测,于是泯灭亲情将母亲推入江中,以求精神上的解脱,但她并未如愿,为此却陷进另一种外力的威胁之中。作者通过这个形象对边地人的封闭落后愚昧揭示得十分深刻。这个艺术形象无疑是作品深刻的思想性的体现,揭示了线性的简单的思想方式对于人们精神的戕害,而这种戕害又由于边地的封闭愚昧显得更加触目惊心。这个形象给予人们的思索是多元的。

四、陈染的小说

陈染(1962—),出生于北京。从 20 世纪 80 年代初发表诗、散文开始走向了文学创作之路,80 年代中期开始小说创作。她以强烈的女性意识,不懈的探索精神,成为中国当代文学史上的一位独特而重要的女性作家代表。

陈染从初登文坛至今,尤其在 20 世纪 90 年代,在创作中表现出一种明确的性别意识。她自己认为她一直以来都"在中国文学主流之外的边缘小道上吃力行走",以她凄美而坚韧的姿态书写着个人体验。她规避历史、社会、人群而直视女性自我,在以个体生存状态和精神体验为创作主题的世界中,展现出女性独特的生存断面。例如,其《巫女与她的梦中之门》是陈染通过对主人公恋父情结与弑父愿望的描述,将女性的矛盾心态和现实困境表现得最为典型的文本。小说中的父亲在"我"十六岁的时候给了"我"一个"无与伦比"的耳光,将我"连根拔起",成为一个创伤性的经验固着在"我"的内心,此后,对父亲的恋与恨让"我"把自己交给了"那个半裸着脊背有着我父亲一般年龄的男子",这个男人成了"我"心理上的替代性父亲,而"我"自己的父亲则成了一个"给我以生命、以毁灭、以安全以恐惧、以依恋以仇恨……"的复杂象征。这部小说表面上看是对一个少女反俄狄浦斯情结的指认,但其中所包含的女性欲望的故事要比反俄狄浦斯情结复杂许多。一方面,它含有"我"对无创伤的女性生活的渴望;另一方面它包含着弑父的想象,"我"曾无数次地想象让那个像父亲般苍老的男人死亡。女儿对父亲、替代性父亲/情人的复杂感受也交织在《空心人诞生》《与往事干杯》《私人生活》等小说文本中。

　　此外,陈染作品中具有强烈的自叙色彩,是女性心灵世界的自我表白、自我对话,也是一部女性成长史。这个成长史既包括身体的发育成熟,也包括心理的发展成熟,二者都具有同样重要的意义。作品中的女性主人公往往都具有强烈的幽闭意识、自恋意识与受伤意识。《私人生活》就是这样的作品,小说讲述了一位名叫倪拗拗的少女的人生经历和成长过程。小说是倪拗拗"个人历史的记录",不仅是对女性不为人知的隐秘生活的曝光,更是对女性不被理解的独特的思维方式的展示。倪拗拗是个患有"幽闭症"的精神病人,她所有的行为和思想都与世俗的伦理道德和行为规范不一致。在现实社会中,她是个畸形、倒错、变态的不正常的人。陈染无疑是借鉴了卡夫卡式的变形手法,通过倪拗拗这个非常态人对世界和自身的观照,在一个极端的境界里展现女性对自身的独特思索,这种思索具有形而上的特点,超越了感性而接近理念,突破了心理学而直逼哲学。可以说,倪拗拗是一个比黛二更为纯粹和执着的"精神贵族"。

　　可以说,陈染的出现是纯粹的女性写作的开始,她的创作一方面体现了鲜明的女性意识,体现了对男性文学话语的主动告别,独自漫步于自己的精神荒原,在没有依赖关系的诉说中确立了女性的独立身份;另一方面在获得女性独立身份的同时又表现出一种深刻的失望情绪,在漂泊无着的心路之旅中独自承受着巨大的孤独和缺失。陈染的作品序列从一开始便呈现了直视自我、背对历史、社会和人群的姿态,她作为一个女人而书写女人,作为一个都市的现代女性来书写现代都市女性的故事,几乎所有的重要作品都以第一人称的女性叙事人的方式,把那些极端的女性经验作为叙事的核心,不断地说着"自己的故事"。例如,《世纪病》《无处告别》《另一只耳朵的敲击声》等文本都涉及了女儿与母亲之间既相依为命又相互抵触的情感联系。她们的生活"几乎是在爱与恨的交叉中度过",单身母亲将女儿养大,便将女儿当作理所当然的专属品,希望将女儿永久地控制在自己的羽翼下;成年的女儿蒙受母亲的养育和庇护,虽觉温暖,却因时时处于母亲的监管之下而焦虑不安。当然,这种处理母女关系的方式在女作家的作品中并不少见。

第七节 个性各异的新生代小说

进入20世纪90年代以后,随着商品市场中心的确立和商业社会的到来,文学已不再具有20世纪80年代的那种轰动和喧腾,以娱乐和消遣为特征的商业文化日益弥漫,在经济和物质的挤压下严肃文学在一定程度上陷入一种由中心走向边缘的尴尬境地。这种边缘化境地一方面固然为文学的生存制造了许多困难,另一方面也为文学带来了轻装上阵的自由。在边缘处写作对于作家最大限度地释放自己的想象力,以及随心所欲地营构真正属于自己的话语空间,都无疑是十分有益的。在边缘化的语境中,文坛上出现了一批青年作家,如朱文、何顿、鲁羊、韩东、朱文、徐坤、邱华栋、刘继明、海男、述平、东西、毕飞宇等,他们以其独特的存在而引起人们的关注,因而被冠以"新生代作家"之名。新生代作家既不必以批判、否定的态度也不必以认同的态度来对待现实,而是能够以一种宽容、平和、同情、淡泊、超越的心态来观照、理解和表现生活,不妨说,边缘化正是文学的个人化得以实现的现实前提。

一、朱文的小说

朱文(1967—   ),福建泉州人,曾就读于东南大学动力系,后转行从事文学创作,现为自由作家。

在当代作家中,朱文留给我们的是恣意野性的背影。他1991年开始小说写作,1998年和韩东为首发起了年轻人的"断裂"运动,如今已经宛如一个遥远的回忆。"断裂"二字仍是理解朱文的起点,他发自本能地对他眼中的假道学充满了憎恶,他要和这些都断掉,回到自身,以及当下的现实生活。他的强烈的个性,包括他的作品中所展现的奇特的生活世界,都由此而来。

朱文的《我爱美元》堪称欲望化叙事的范本。小说情节并不复杂:父亲来到城里,要"我"一起去找学业荒废、成为流行歌手的"弟弟"。事实上,寻找的过程并非重点,而只是叙述的契机,借此展现"我"与父亲在城里转悠时所面对的两大问题,一是对金钱本身的看法,二是对"美元"所指涉的身体与欲望的体认。小说直接表达了对金钱的渴望与赞美,如"美元就是美丽的元,美好的元","我们都要向钱学习,向浪漫的美元学习,向坚挺的日元学习,向心平气和的瑞士法郎学习,学习它们那种不虚伪的实实在在的品质"等。另外,"我"把"性"直接放在父亲面前,带父亲到舞厅找妓女,跟父亲讨论性、女人、情妇。"事情本就如此,欲望本就应该像是每天从市场里拎回来的菜一样,放在你面前,只要你饿了,就应该去享用。"小说欲望化狂欢式的叙事与恣肆粗暴的文风,消解了传统的文化道德禁忌。

朱文的小说主要写两类人:一是小知识分子,一般为大学毕业生;一是南京粗俗、庸常的市民,有蓬勃的生命力,生活很盲目,具体的生活目标却又很明确。前者往往混迹于后者中,不分彼此地打成一片。作者也会写一个封闭的知识分子的圈子,对他们的描写也粗鄙不堪、玩世不恭,非常市民化,而一旦遇上一个粗俗的市民,这种封闭随时会打破。《街上的人们》就充分展现了朱文的这一写作特点,这篇小说率真地抨击了知识分子多愁善感的脾性,走在大街上的人高高兴兴、快乐无比,但神情阴暗的小丁走在阳光照耀的街上,内心则有挥之不去的阴影。他的生活糟透了,和别人的都不一样,他把爱比作垃圾,把生活看成腐烂,"他是一个注定被毁掉的人"。人群让他感到相对安全些,但无法真正抑制他内心的伤痛,"高高兴兴"是在别人脸上看到的,在他自己是故作姿态。对生活不安的热望,以及孤僻的癖性使他很难与他眼中的路人打成一片。向往无限地靠近人群,像他们一样快乐正常,却又躲躲闪闪,一半藏在阴影中。这一矛盾有种摇摆不定的犹豫的特质,如同一道深渊。

二、邱华栋的小说

邱华栋(1969—　),祖籍河南西峡,出生于新疆。邱华栋从 16 岁时开始发表文学作品,后被破格录取到武汉大学中文系。大学毕业后,邱华栋曾在《中华工尚时报》《青年文学》《人民文学》工作。现为中国作协会员。

邱华栋是"新生代"作家中书写都市经验比较突出的一位,他的小说写得最多的是外来者,一个都市的外来者,一种文明的外来者。读邱华栋的小说,总能觉出一种无奈的执着,一种执着中的无奈。仿佛是滑行于城市中,摄录的影像在一点点的变形中反射出城市的灯红酒绿,映出都市红男绿女的酸甜苦辣。邱华栋的小说,形成了一个社会人的系列,如广告人、模特……一群穿行在城市中挣扎在城市中的现代年轻人。邱华栋的都市小说几乎都有着类似的情节:主人公野心勃勃地从外省来到城市寻梦,然后被城市的繁华与上流社会的豪奢所震惊,内心深处潜藏的种种欲望被激发或唤醒,于是他们挣扎、奔突、受挫、妥协。小说当中充塞着鲜明的城市符号:酒店、商厦、俱乐部、迪厅、保龄球室、豪华轿车、美食、大菜、洋酒、大款、美女,等等,这些既构成人物活动的都市文化背景,更是人物强烈的世俗欲望的对象。人物形象多为时髦职业者:歌星、影星、画家、作家、制片人、公关人、时装人、直销人等,而叙述者"我"在大多数作品中都是些弱者形象;他们在冒险历程中追求成功,使小说的叙事真实而感性,迎合了当代读者的期待。

邱华栋的中篇小说《波浪·喷泉·弧线·花园》就是一群物质时代的外来者在抗争与认同的矛盾中的无奈。小说中的五位女性,其生命的轨迹充满了都市化的意味,除了张丽的职业是护士以外,其余四位分别是酒店领班、酒吧歌厅的歌者、公关公司的老板、服装设计师。这些随着都市发展而兴起的职业几乎可以说是当今都市化生活的代表性名词。现代都市文明在这些职业耀眼的外衣下逐渐成熟,而邱华栋笔下的这几位女性显然是被放置在了这种文明的成长时期。她们显然都面临着潜意识中的两种文明的冲突,两种体系的矛盾。以张丽为例,她有一个当银行行长的父亲。她因为不愿走父亲为她安排的道路而离家出走,在经历了玩乐队、同居的一系列叛逆行动之后,感觉了生活的无聊,于是她从新疆到了北京,最后成了一名管理血库的护士。在叛逆之后的回归可以看作是张丽人生中的一个波浪,也是一种对现实生活的认同和接受。但在这种接受和认同中又分明有着内心的挣扎和不愿就此妥协的抗争。小说最大的穿透力还在于从人性沉浮的都市欲望中演绎出的"城市美学"——城市的恐惧与城市的甜蜜交织,城市的生存艰难与城市的美丽繁荣同在,城市对人的异化作用与人对城市的巨大欲望并存。作者对城市的情感非常复杂,既恋恋不舍又深恶痛绝,一边享受着城市繁华的物质生活,一边感受着自我的失落,因此他往往将城市闯入者的自我迷惘与对城市的批判融合在一起。

三、毕飞宇的小说

毕飞宇(1964—),江苏兴化人,作品有《青衣》《平原》《慌乱的指头》《推拿》《雨天的棉花糖》《枸杞子》《生活边缘》《玉米》等。

毕飞宇的作品中没有一般意义上新生代小说的欲望化、表象化的叙事特征,他的小说所呈现的总体风格是感性与理性、抽象与具体、形而上与形而下、真实与梦幻的高度和谐与交融。他在小说中有着对历史、人生感性经验的关注,还有着更高更远地对形而上问题的关怀、对生存本质的探究。毕飞宇的语言精致又灵动,充满了智慧,能营构一种特殊的美感。《是谁在深夜说话》就是这样一部作品,小说中的"我",是南京城里的一位有着"明代情结"的怀古者,常于失眠的深夜漫步在明代的老城墙根下,一次次温习着自己对于明代的想象。现实中的"我"一直暗恋着自己的邻居小云,因为在"我"看来,她是一位颇具明代秦淮风韵的美人。直到一次"英雄救美"并且和她有了"苟且"之事以后,"我"才意外地看到了小云古典风韵下面的"俗态",不禁惘然若失。与此同时,明代破败的老城墙被建筑队修复了,而且修复得"比明代还完整"。但是失落的"我"却惊愕地发现,"历史恢复了原样"然而明代的老城砖却居然"盈余"了。小说以一种寓言化的方式告诉人们:真正的历史是既不可能恢复、也不可能修复的;我们今天所知道的"历史"实际上是可疑的、不确定的,它不过是我们对于历史的一种想象、一种叙事而已。

毕飞宇早年的乡村生活经历使他对正在逝去的乡村文明和淳朴健康的人性表现出眷念和伤感,社会转型期城乡的巨大差距造成了"乡下人进城"的事实,因此他的都市小说中常常体现了乡镇人性状态和都市与乡镇价值观念的冲突,以及现代生活方式和价值观念对传统的拒斥。他的小说因此具有一种"古典主义式的感伤气息"。例如《青衣》这部作品,小说中,20年前心高气傲的著名青衣筱燕秋因《嫦娥》一戏而大红大紫,但因向师傅李雪芬脸上泼了一杯"妒忌"的开水,从此被剥夺了登台的机会。20年后因烟花厂老板的"垂青"她又重新获得了登台的机会。对她来说,这是一次拯救,是困扰她20年的心理情结的释放。她必须像抓住救命稻草一样抓住这个机会。因此,拼命减肥、和老板睡觉、不要命地人流,甚至主动让徒弟春来演A角,在她这里都是必然的、必须的。但可悲的是她毕竟老了,正如20年前她没能胜过师傅李雪芬一样,今天她对自己的徒弟春来的"妒忌"也仍然只能是一个悲剧性的轮回。小说中,毕飞宇虽然很重视小说的叙述技巧,但他又能将其化入小说的肌体而不留痕迹,他总是采用一种举重若轻、从容不迫的叙述方法去展开故事情节、刻画人物形象,《青衣》的"简单""朴素"甚至有点"土里土气"便由此而来。那些现实的矛盾与历史的纠结,社会的纷乱与家庭的震动在小说中都变成了日常的生活场景和生活细节,我们看不到人为的设计和剑拔弩张的情节冲突,一切都仿佛水到渠成、自然而然;小说的叙述是隐藏的,作家没有主观的视角,而是把视点完全归附在主人公身上,整体上营构出一种朴素、客观的语言效果。

第八章 中国当代戏剧的文体嬗变与文学创作

中华人民共和国成立之后,新的时代风貌为文艺注入了新的活力。戏剧作为我国文学中不可或缺的重要组成部分,随着社会的变迁也在不断地发展变化,并和社会思潮的奔突流向趋于同步。新时期,中国戏剧大胆吸收了外来戏剧特别是西方现代主义戏剧的艺术成果,以广泛多样的形式表现深刻的主题,逐渐从审美的单一化走向了多元化。本章将围绕中国当代戏剧的文体嬗变与文学创作,对话剧的盛衰沉浮与民族歌剧的兴盛、从传统现实主义到新现实主义戏剧、探索剧与小剧场实验、新式戏剧的高品格追求、戏剧多元的艺术生态进行系统研究。

第一节 话剧的盛衰沉浮与民族歌剧的兴盛

在由话剧、戏曲和歌剧构成的当代戏剧格局中,话剧在反映生活方面具有现实性、迅捷性和尖锐性的特点,从而使它成为当代戏剧中发展最快、影响最大、产量最丰富的剧本。但由于话剧与政治的关系紧密,过去的话剧的教育功能发挥到极致,同时审美功能却在日渐衰微。在政治标准第一的时代里,话剧的艺术性被严重轻视。但是,在当代,话剧的发展浪潮层出不穷,艺术风格从多元走向单一。话剧思想的政治化和话剧艺术的一体化,构成了中国当代话剧的总体面貌。随着时代的发展,话剧经历了盛衰沉浮,民族歌剧渐渐兴盛。

一、话剧的盛衰沉浮

(一)独幕剧的兴盛

中华人民共和国建立之初,尤其是在1952年到1957年间,独幕剧的创作和演出在全国范围内出现了一个空前繁荣的局面。在这段时间,独幕剧作品众多，演出的场次也很多，除此之外，还涌现出了一大批优秀的剧作家，这股热潮被称为独幕剧运动。独幕剧热潮，是由当时我国的政治因素、社会因素和文化因素共同作用而形成的。当时我国百废待兴，人们对于新生活有很大的期待，但是社会很多方面尚处于空白状态，这种情况下，独幕剧产生了。独幕剧的特点是生产周期较短，成本也较低，而且不需要受众有很高的艺术修养，更没有文化水平的限制，因此，获得了当时广大人民群众的喜爱。

在这场全国范围内的独幕剧群众运动中，涌现出许多比较好的独幕剧，如《妇女代表》《人往高处走》《夫妻之间》《开会》《姐妹俩》《新局长到来之前》《归来》《家务事》《刘莲英》等。这些作品都或多或少地在社会上产生了影响，其中，以孙芋的《妇女代表》和崔德志的《刘莲英》影响最为广泛。下面我们将对这两部独幕剧展开论述。

孙芋的《妇女代表》曾获1953年独幕剧征稿评奖中唯一的一等奖。作品通过描写一个普通的东北农村人家的内部冲突，塑造了三个非常典型的个性人物：有封建残余思想的婆婆；有严重夫权思想的丈夫王江；要求彻底解放、充分表现自身价值的媳妇张桂蓉。土地革命之后，张桂蓉虽然分得了土地，可在家里仍然受着种种封建思想的束缚。她想走出家门、参加生产，不再围着锅台转，不仅受到婆婆的指责，还遭到丈夫的打骂。对此，张桂蓉的百般容忍，却换来了婆婆和丈夫变本加厉的欺负。终于，忍无可忍的张桂蓉爆发了。张桂蓉这一农村妇女形象说明：只有经济上的真正独立，才能真正获得人格的独立和尊严。

崔德志的《刘莲英》塑造了一个具有鲜明城市风格和丰富社会内容的新式青年女工的形象。刘莲英是一个12岁便开始当童工的苦孩子，共产党把她培养成了一个共产党员和细纱女工。她是一个坚持原则的共产党员，但同时又不失女性的柔情。在她的性格中，党性与人性并存，因而常有党性与人性的冲突。从人性出发，她需要爱情，为了维护她和男友刚刚萌芽的爱情，她极不忍心当面揭穿男友的错误。但是她又不愿为了爱情放弃原则和党性，于是她苦口婆心，希望男友能幡然猛醒。当看到男友在错误的道路上越滑越远、两人已无法和平共处时，她仍然希望能有个既不伤感情又不影响大局的两全之计。即使她和男友闹翻时，她于矛盾痛苦中仍迫切希望男友能回心转意主动回到她的身边。作者正是通过这些外在和内在的重重矛盾，如抽丝剥茧般层层深入而又细致入微地揭示出一个共产党员、同时又是一个青年女工内心深处党性和人性、原则与爱情的尖锐冲突，从而对刘莲英这一形象的内心世界做了真实动人而又深刻丰富的刻画。刘莲英这一形象虽不及张桂蓉那样具有深厚的历史内容，但作为一个艺术形象，她的生动性和丰富性是超过张桂蓉的。

这个时期的独幕剧塑造了一批张桂蓉、刘莲英式的人物形象,这些形象最宝贵之处就是真实。他们和当时的社会生活有着血肉相连的关系,是当时特定历史阶段活生生的人的典型化产物。这些真实生动的人物形象的出现显示了当代话剧现实主义的良好开端。

当然,这个时期的独幕剧也存在一些明显的缺陷。当时,为政治服务被当作文艺的唯一目的,独幕剧也不例外。独幕剧因为具有"短、平、快"特点,自然被当作配合运动、宣传政策最得心应手的工具。于是独幕剧创作"一窝蜂""赶浪头"的现象经常发生,导致独幕剧题材内容的狭窄和公式化、概念化现象严重。所以独幕剧运动作品虽然数量很多,但能留传下来的很少,能够作为艺术精品传世的更是凤毛麟角,这是值得后来者深思的地方。

(二)"第四种剧本"的昙花一现

1956年到1957年间,出现了一股敢于"干预生活"、揭露生活矛盾的剧作潮。当时较为宽松的创作环境鼓励了剧作家们,促使他们直面现实,创作出了无比贴合现实的"第四种剧本"。

"第四种剧本"这一名词是黎弘在评论杨履方的《布谷鸟又叫了》时提出来的。他认为当时话剧舞台上只有表现工农兵生活的三种剧本,每种剧本都有固定的"框子",《布谷鸟又叫了》剧不仅是一个具有独特风格的充满诗情画意的抒情喜剧,更是一个反映生活、刻画人物、打破戏剧创作陈规陋习的优秀作品,是忠实于"生活独特形态"的"第四种剧本"。"第四种剧本"的代表作品除了杨履方的《布谷鸟又叫了》,还有岳野的《同甘共苦》、海默的《洞箫横吹》。

《布谷鸟又叫了》以农村姑娘童亚男和农村青年王必好的爱情冲突为线索,充分展示了他们两人之间两种不同思想的对立和斗争。王必好作为社会主义时代的一个青年团员,在他的脑海里却隐藏着许多封建主义的残余。在他的观念中,爱人和妻子并不具有独立、平等的人格,而只是他个人的私有物。这种封建的夫权思想自然形成他自私、狭隘、多疑、嫉妒的心理和强烈的独占欲。王必好与那些封建老顽固所不同的是,他为这些陈腐的观念与思想装上了许多"社会主义"的修饰词。王必好一心想把"布谷鸟"(乡亲们给童亚男取的绰号)装进他的金丝笼,可是童亚男恰恰不是一个旧式的女性,她不仅活泼、开朗、纯情,而且还有着强烈的独立意识和人格自尊。她爱王必好,因此也信任他,甚至迁就他,可是当她发现王必好想把她当作一头牲口一样拴在自己的槽头的时候,她怒吼了。作者正是通过这一对恋人之间的冲突与破裂,反映了社会主义条件下封建残余在家庭、爱情和劳动关系上的种种表现,以及这种残余思想对社会生产和进步的妨碍,从而深刻地揭示了反封建的长期性、艰巨性和必要性。

岳野的《同甘共苦》是"第四种剧本"中出现得最早的一部,它一出现即在戏剧界产生了强烈的反响,全国相继有五十多个剧院(团、队)迅速将该剧搬上舞台,形成了一个争演的热潮。《同甘共苦》之所以受到戏剧界的热烈欢迎,是因为它是中华人民共和国成立以来思想性和艺术性结合得较好的剧作,它显示了当代"剧本创作的新生面"。它不仅是"第四种剧本"的代表作,也是中国当代话剧的代表作之一。

剧中的女主人公刘芳纹原是一个普通的农村妇女。她为了不伤害曾与她相依为命的婆婆的心,在与丈夫孟莳荆暗暗离婚后,仍然一如既往地侍奉着婆婆,抚养着孩子,充分显示其忍耐、大度、善良和舍己为人的高贵品质。更为感人的是,虽然她对孟莳荆旧情难忘,一往情深,但当孟莳荆对她又萌生了新的爱情时,她为了不让孟的第二位妻子华云再遭受她当年曾经遭受过的痛苦,断然拒绝了孟的求婚。刘芳纹正是在这种悲壮的痛苦中表现了她崇高的人格和美丽的人性。她是中国传统文化凝聚出来的人性美的典型。

《洞箫横吹》是由海默自己的中篇小说《洞箫横吹曲》改编而成的。1957年公演后,在各地引起热烈的反响。1958年拍摄成同名电影在全国放映,许多报刊相继发表文章赞扬该剧"展示了农民的社会主义积极性和农村走社会主义道路的美好远景",同时也赞扬它"能突破创作上的清规戒律、艺术地表现了生活冲突"。

《洞箫横吹》的特色和尖锐性主要表现在对县委书记安振邦的揭露。这不是一个普普通通的、仅仅是主观主义、教条主义造成的官僚主义者,而是一个怀有个人利欲的野心家。安振邦这个形象不仅反映了当时合作化运动中的具体问题,更揭示了我党在组织路线和干部路线上值得深思的问题。

海默以他特有的洞察力,在合作化高潮到来之前,就察觉到合作化运动中存在的一些严重问题,并以戏剧和电影的形式迅速及时地反映出来,表现出一个作家高度的社会责任感;特别是安振邦这个形象,在当代戏剧史上是前所未有的。海默突破了一个禁区,为戏剧创作开拓了一条宽阔的道路。正因如此,《洞箫横吹》受到了广大读者和观众的好评,它在中国当代戏剧史上的价值也是很高的。

(三)当代话剧的高度——《茶馆》

伴随着"第四种剧本"的这股戏剧潮流,当代话剧的创作到达了一个前所未有的高度,这个高度有一个非常重要的标志,那就是著名的作家老舍在这个时期创作的经典名剧——《茶馆》。

《茶馆》以北京的一个茶馆为视点,透过茶馆以及人物性格的升降沉浮的际遇,写出了中国社会从戊戌变法到抗战胜利后半个世纪的历史变迁,展示的是 19 世纪末到 20 世纪中叶近 50 年里中国的风云变幻史。这正是旧中国社会急剧动荡的时期,其历史特征:一方面帝国主义侵略日益加深,中国逐渐沦落为半殖民地半封建社会;另一方面人民不断觉醒、掀起反帝反封建斗争的滔天巨浪。要在小小的舞台上、极其有限的时空里表现如此波澜壮阔的历史场面,实在不是一桩易事。老舍匠心独运,分别选取了戊戌变法后的晚清末年、军阀混战的民国初年和抗战胜利后国民党统治时期这三个颇具典型性的时代,以点带面,窥一斑而见全豹,生动而深刻地揭示出旧中国必然灭亡的历史规律,其巨大而精湛的艺术概括力实不能不令人惊叹。

《茶馆》独特的艺术构思,主要体现在以下三个方面。第一,立足茶馆的特殊性,以小说笔法勾勒社会人生世相,点面结合,侧面透露时代的风云变幻。茶馆中富于对比色彩的"人像展览",生动地揭示出旧中国腐朽、罪恶、吃人的本质。第二,悲剧中穿插喜剧元素,充分展示特定时代社会的黑暗残酷与荒谬丑恶,从而有效地拓展戏剧内涵的历史容量。《茶馆》戏剧情节设计中悲喜剧因素相互穿插,造成对比相生的戏剧审美效果,让观众在讥讽的笑声中辨明反动势力的丑恶嘴脸,在同情的泪水中认清那个吃人的旧中国必然灭亡的历史大趋势。第三,《茶馆》神形兼备的戏剧对白充分显示了小说家老舍深厚的语言功力。话响人立,精彩的片段随处可见,这是茶馆成功的一个重要方面。

《茶馆》无论从思想内容上来看,还是从创造性的艺术表现手法上来看,都堪称话剧"极品",是我国戏剧文学的重要瑰宝。

(四)历史剧热潮

20 世纪 50 年代末到 60 年代初,反映现实生活的创作受到严厉的禁锢和束缚,使一些作家将目光从现实当中移开,转向了历史,把笔触深入历史人物和历史事件的内部,探究历史的经验教训,进而曲折地思考现实问题。由此,形成了历史剧创作的热潮。这个时期历史剧的代表作有郭沫若的《蔡文姬》《武则天》、田汉的《关汉卿》《文成公主》、曹禺的《胆剑篇》等,下面主要对《关汉卿》进行详细阐述。

《关汉卿》剧本的情节集中围绕关汉卿创作并演出《窦娥冤》展开。关汉卿一登场即目睹了朱小兰惨案。无辜柔弱的女子朱小兰含冤莫白,惨死在赃官的刀下。关汉卿拍案而起,决心要以笔为武器,创作《窦娥冤》。《窦娥冤》的上演,大大触怒了权臣阿合马,由此关汉卿和朱帘秀被关进牢房。但是,《窦娥冤》唤醒了民众,壮士王著在剧本"为万民除害"的呼声鼓舞下,刺杀了黑暗势力的代表人物——权臣阿合马。写作成了鼓舞人民、打击敌人的有力武器。

在剧中,朱帘秀"你拼着命写,我拼着命演"的真情剖白感动、激励着关汉卿,帮他克服了性格的弱点,顶住了叶和甫的威逼利诱,终将《窦娥冤》搬上了舞台,并激发了反抗统治恶势力的正义力量。剧中人物,不仅关汉卿顶天立地,朱帘秀光彩照人,而且一些次要角色如赛帘秀、王实甫等都刻画得生动鲜明,富有神采。

二、民族歌剧的兴盛

歌剧是综合音乐、诗歌、戏剧、舞蹈等艺术而以歌唱为主的一种戏剧样式,产生于16世纪欧洲文艺复兴运动的末期,1919年五四运动以后传入我国。歌剧在我国经历了复杂的发展过程,终于在1945年孕育出中国歌剧里程碑式的作品——《白毛女》。从此中国有了自己的民族歌剧,从1957年到1966年,中国歌剧进入了高潮期,新剧目层出不穷。这个时期的歌剧不仅数量多,艺术质量也很高,当代歌剧中家喻户晓的剧目《洪湖赤卫队》《刘三姐》和《江姐》等都产生在这个时期,这些歌剧以其空前的轰动效应和妇孺皆知的口碑形成了当代歌剧的高潮期,显示了中国歌剧发展的一段黄金时代。下面主要对《江姐》和《洪湖赤卫队》两部作品进行详细阐述。

(一)歌剧《江姐》

歌剧《江姐》是阎肃根据罗广斌、杨益言的长篇小说《红岩》改编的。它因结构严谨、冲突尖锐、性格鲜明和音乐浓郁的抒情性而受到广大观众的好评,成为20世纪60年代最优秀的新歌剧。

《江姐》虽改编自《红岩》,但并没有受原著的束缚。作者从江姐英雄形象的塑造需要出发,对原著进行了必要的改动。全剧围绕江姐的活动,设计了身负重任告别山城、城头突见老彭(江姐丈夫)遇难、华蓥山下智劫敌车、舍身掩护战友转移、渣滓洞中痛斥敌顽、黎明之前从容就义等场景,浓墨重彩地描写了江姐的英雄形象,歌颂了共产党人威武不能屈、富贵不能淫的革命气节和为革命理想视死如归的高贵品质。

《江姐》在音乐上最重要的成就是成功地塑造了江姐的音乐形象,使文学形象与音乐形象珠联璧合,相得益彰。《红梅赞》作为唱词多次在剧中出现,贯穿首尾,音韵协和,形象鲜明,是江姐形象诗意的象征。作曲家为这段唱词编配了极具旋律性和形象性的音乐,从而使江姐崇高优美的品格更为突出。作曲家在这段音乐中还使用了音程大幅度跳跃和一字多腔的手法,把江姐沉稳坚定的性格表现得淋漓尽致,使文学形象与音乐形象达到了完美的结合。

《江姐》在文学方面也有极大的成就。它的情节富有传奇性,但作者并不追求情节的曲折和热闹,而是从歌剧的要求出发,精心选择适合于人物抒情的场面加以淋漓酣畅地渲染,如渴望中突见老彭遇难、华蓥山与双枪老太婆相对难言、就义前赶绣红旗等,都是人物情思激荡、最能披露人物内心世界的精彩场面。《江姐》的文学成就还体现在语言上,许多脍炙人口的唱段中的唱词包含着浓郁的诗意,如《绣红旗》《红梅赞》等。

(二)歌剧《洪湖赤卫队》

《洪湖赤卫队》1958 年由湖北省实验歌剧团首演于武汉。该剧是中华人民共和国成立以来新歌剧创作的一个重大收获,是当代歌剧的代表作之一。它通过一支乡赤卫队同反动武装保安团"白极会"的斗争,从一个侧面描写了湘鄂西根据地火热而严酷的斗争,歌颂了洪湖人民坚持游击战争、建立革命根据地的丰功伟绩。

《洪湖赤卫队》情节惊险、曲折,具有浓郁的传奇色彩。赤卫队与"白极会"的斗争,艰苦卓绝,英勇悲壮;化装侦察,夜袭敌巢,既妙趣横生又使敌人闻风丧胆;韩英被捕,濒临绝境;母女相见,生离死别;牢房脱险,又化险为夷。整个情节起伏跌宕,惊心动魄,既充满惊险与悬念,又兼具紧张与抒情,具有很强的戏剧性。这种传奇性极富中国传统戏曲的特征,非常符合中国老百姓的欣赏习惯,所以对广大观众极富吸引力。

《洪湖赤卫队》成功地刻画了政委韩英的英雄形象,这是该剧又一个重要的成就。韩英这一形象是作者依据在洪湖人民中广泛流传的有关蔡大姑和贺英的传说创造的。她是一个英勇志坚、儿女情深的共产党人。她在与敌周旋中,临危不惧,镇定自若;被捕后,在敌人的威胁利诱面前"砍头只当风吹帽";对家乡故土和人民一往情深。这些表现了共产党人非凡的大智大勇和高风亮节,闪现出英雄性格的璀璨光芒。

《洪湖赤卫队》的音乐以湖北天沔花鼓戏和天沔一带的民间清唱小曲作为素材进行创作,使音乐浓郁的乡土气息与文学鲜明的地方色彩自然和谐地融合在一起,这是该歌剧民族化特征突出的重要原因。音乐对剧中主要人物形象的刻画起了很大的作用,这是歌剧取得成功的关键。例如,《看天下劳苦人民都解放》一曲,母女二人对唱,始而生离死别,如泣如诉,继而坚定乐观,如歌如慕,使韩英革命的豪情和柔情得到淋漓尽致的抒发,内心世界得到进一步的揭示,从而使这一形象在文学剧本的基础上变得更加壮美与崇高,也使整个歌剧的革命性与抒情性大大加强。

《洪湖赤卫队》歌词浅白易懂,诗意浓郁,曲调优美流畅,声情并茂,如主题歌《洪湖水,浪打浪》,以明白如话的语言,描绘了一种碧荷红莲、鱼跃稻香的优美意境。歌词朗朗上口,易记易唱,所以很快便在群众中流传开来,从而使该歌剧成为继《白毛女》之后流传最广、最富有生命力、最具群众性的歌剧。

第二节 从传统现实主义到新现实主义戏剧

20世纪70年代末,当代戏剧步入了现实主义的复兴之路,并从传统现实主义发展成新现实主义,也由此有了新现实主义戏剧。新现实主义首先认为,新现实主义仍然是现实主义,因而真实地反映社会本质仍然是新现实主义必须遵守的艺术准则,塑造典型形象仍然是新现实主义审美追求的重心。新现实主义还认为,现实生活是纷纭复杂的,因而生活于现实中的人就必然是多面的,人的心胸也自然是广阔而丰富的。新现实主义更认为,新现实主义应是开放性的现实主义,它与传统的现实主义相比较,"很重要的因素就是它吸收了当代诸多艺术流派的影响,从而扩大了现实主义的内容,这就是发展。"①于是,新时期现实主义话剧的表现形式和手法出现了前所未有的丰富和新颖。例如,新现实主义为了对人物内心世界进行深层开掘,不仅从民族戏曲美学中拿来了舞台的假定性原则,还大胆借鉴西方现代戏剧艺术中的象征、荒诞、意识流、间离等手法,并将二者有机地融合,从而突破传统现实主义戏剧的结构模式,使戏剧呈现出前所未有的新面貌。新现实主义的开放性戏剧美学观念,使新时期戏剧的剧场艺术也发生了巨大的变革。中西戏剧观念相互渗透,传统与现代各种手法兼容整合,于是,在舞台艺术上便出现了幻觉与间离的并用、再现与表现的交融、写实与写意的结合。这使演出不仅能反映生活的真实性,更能突破生活的表层切入生活的血脉、突出人物的深层心灵世界,发掘出生活的本质真实,使戏剧具有更加深刻的哲理内涵和丰富的艺术魅力。20世纪80年代现实主义话剧虽然失去了狂飙突进的气势,但仍然保持着它批判性和尖锐性的锋芒。进入90年代,新现实主义戏剧进一步发展,形成一股强劲有力的戏剧潮流。与80年代相比,90年代的新现实主义戏剧更加注重当下生活原生态的表现,同时

---

① 丁扬忠. 问题·创新·展望[J]. 人民戏剧,1982(9).

注重探讨我国历史和经济转型期人们的心路历程。新现实主义戏剧作家以白峰溪、何冀平、李龙云等为代表。

一、白峰溪的戏剧

白峰溪(1934—),生于河北省文安县,14岁考上华北人民革命大学,半年后参加华北人民革命大学文工团。1954年调到中国青年艺术剧院当演员。1977年开始创作,话剧作品有方言小诗剧《窑洞灯火照千家》《撩开你的面纱》(与人合作)、《明月初照人》《风雨故人来》《不知秋思在谁家》《月有阴晴圆缺》等。话剧小品有《老夫老妻》《走亲家》等。白峰溪一直追踪着女性的社会生活,思考着她们的人生价值。她以作家敏锐的眼光去观察社会、体验人生,通过人物的塑造展示自己的思考,使作品具有一种哲理的意蕴。1988年,中国戏剧出版社出版了《白峰溪剧作选》。

《明月初照人》《风雨故人来》《不知秋思在谁家》合称为"女性三部曲"。显然,这三部剧作是白峰溪基于明确的女性意识而创作的。三部剧作所探讨的都是在新的社会角色与旧的家庭角色之间,女性文化观念的转变及转变中的困顿问题。《明月初照人》选择了一个纯粹的女性家庭来展开戏剧冲突。作为省妇联主任的母亲方若明,在处理他人家庭纠葛与矛盾时,坚决捍卫女性权益、支持妇女解放,但在对待两个女儿择偶问题的态度上,又难以摆脱世俗观念的左右。当外语教师的二女儿方琳爱上了学校里的水暖工,已经很令方若明头痛;正在读研究生的大女儿方玮又爱上了自己的导师,而这位导师偏偏又是方若明年轻时的恋人,这给了她更大的打击。职业和年龄的差距成了方若明难以克服的心理障碍,为此,她冲女儿发火、与女儿争吵,双方僵持不下。虽然她最终向女儿们做出了让步,但这并不意味着她彻底冲破了世俗观念。激烈冲突后的妥协往往是无奈的选择,观念的改变绝非一朝一夕之事。从这个意义上说,剧作中双方冲突的结局并不重要,重要的是冲突本身所说明的传统婚恋观念的阴影对现代人生活的影响。

《风雨故人来》呈示的是知识女性事业与家庭难以两全的尴尬。妇产科医生夏之娴,早年在事业与家庭不能兼顾的情况下,毅然与丈夫分手,放弃了家庭。眼下,女儿银鸽也面临了相似的问题。新婚之日,银鸽接到了被推荐去国外攻博的通知,按说是喜上加喜,不想却与丈夫程康、婆婆莫谨发生了矛盾。当年,莫谨与夏之娴同是医学院的高材生,在事业与家庭的矛盾间,莫谨选择了家庭,婚后即安于"夫贵妻荣"的生活。她坚持认为"女比男强,好景不长",因此极力反对银鸽出国读书,并劝说银鸽将名额让给程康。然而,要强的银鸽不肯。陷入矛盾之中的夏之娴一方面理解女儿的追求;另一方面又担心女儿重蹈自己的覆辙。最后,她支持了女儿的选择。同时,银鸽的父亲也加入了声援女儿的行列,以自己痛苦的人生经验劝导程康理解和支持妻子的事业。剧作通过对母女两代人在事业与家庭间的两难抉择的展现,树立了自尊、自强的女性形象,在女性捍卫自我尊严、实现自我价值的表现上,具有典型意义。

《不知秋思在谁家》通过一个退休教师苏重远对自己四个儿女婚恋态度的转变过程,展现了一代青年在20世纪80年代改革开放后的新生活中斑斓多彩的情感追求,塑造了叶绯、叶纭、张伶俐这三个对生活和爱情有着自己的坚定抉择,对日新月异的新生活充满激情和挚爱的80年代青年女性形象。

"女性三部曲"以戏剧样式探讨妇女社会问题,以女性世界这个独特的视角来观照人生和社会。它成功地通过女性内心细微的变化来反映时代的变迁,精彩动人的戏剧冲突掀动着女性心灵深处的情感波澜,故事、人物都很有特色和个性。戏剧语言细腻而抒情,舞台情境诗化而迷人,具有古典诗词的优美意境,虽然都有深厚的悲剧因素,但绝无悲悲戚戚、哭哭啼啼的消极情绪,全剧自始至终笼罩着一种乐观而祥和的氛围。新思想、新观念总会获得胜利,两代女人的代沟总能得以弥合,"女性三部曲"充分显示了当代女性的信心和信念。通过对现实生活的全面把握、对女性心理的体察,现实主义美学在白峰溪剧作中显出其扎实、细致的优长。因此,"女性三部曲"成为80年代现实主义话剧写作中的重要一笔。

二、何冀平的戏剧

何冀平(1951—),生于北京,1982年从中央戏剧学院戏剧文学系毕业后,任北京人民艺术剧院编剧。她创作的话剧《好运大厦》,演出近百场;《天下第一楼》被誉为当代现实主义剧作精品。1989年移居香港从事电影电视创作,影视作品有《新龙门客栈》《新白娘子传奇》等。1997年任香港话剧团编剧,创作有《德龄与慈禧》《开市大吉》《烟雨红船》《明月何曾是两乡》。她的作品曾先后获得中国首届文华奖、北京市优秀剧作奖、中国戏剧曹禺奖、两度获得中国电视剧飞天奖。

何冀平的《天下第一楼》不但蜚声20世纪80年代末期的剧坛,至今仍是北京人民艺术剧院的保留剧目之一。剧作以北京烤鸭名店"全聚德"为原型,叙写了清末民初名噪京师的烤鸭店"福聚德"的兴衰史。对一个遥远时代的商业生活所做的历史复原尝试,以及对一家老店的兴衰变迁所做的文学化描述,使剧作本身富于传奇性,这是题材选择上最为吸引人之处。作为北京食文化最富特色的产品——烤鸭,其生产制作过程对一般的读者和观众而言,是一项颇具神秘性的内容,这是剧作的第二个卖点。烤鸭店,尤其是老字号烤鸭名店的经营策略,其中的斗智斗勇成分符合民间审美趣味,易于引起读者和观众的兴趣,这是剧作选材上的又一妙处。而伴随以上内容的展开,老北京的食文化、商业文化、民俗文化得到了复现。这几种文化类型所富含的生趣和活力,使《天下第一楼》在表层故事的传奇性之外,还具有了厚重的文化价值。

《天下第一楼》采用的是传统的冲突中心式结构。全剧因主要人物的活动始终处在矛盾冲突的中心而富于戏剧性。主人公卢孟实受命于"福聚德"危难之时,在重振"福聚德"的经营中,面临着来自债主索账及两位少东家巧取豪夺的内外压力,同时,又要解决罗大头和李小辫不合、罗大头仰仗自己的技艺有恃无恐、个别伙计行为不端等问题。围绕着这一切,全剧可谓波澜迭起、险情迭出,尤其债主上门时卢孟实表演的"空城计"以及玉雏儿应对不怀好意的食客的两场戏,充满戏剧性的紧张,收紧了观剧者的心。

《天下第一楼》的美学风格深受《茶馆》影响,较之于其他师承《茶馆》风格的"京味儿"话剧,最得《茶馆》的神韵。在故事环境的设定上,何冀平笔下的"饭馆"与老舍笔下的"茶馆"功能相似。二者都是旧北京各色人物出入、聚散之所;而"食文化"与"茶文化"又同属老北京传统的"饮食文化",从中皆可见旧京风习。在结构方法上,两剧都纵横交织、点面结合,但实际操作中又略有不同。相同处:两剧都以人物生活史中的几个横截面作为故事展开之"点",从而完成对具有一定时间跨度的生活内容、社会概貌、历史进程的"面"的表现;不同处:依剧情需要,在纵、横、点、面的用笔上,两剧各有所偏重,《茶馆》偏于横向展示,《天下第一楼》更多纵向延展。在主人公选择与塑造上,两剧也同中有异。相同点:两剧的主人公皆为店面经营者,皆聪明能干,善于变通,最终又都是悲剧结局;不同点:王利发是"顺民",他的浮沉更多被大时代所左右,卢孟实则是"英雄",他的命运更多为小环境所限制。当然,借鉴不等于模仿。在立足于"内耗"这一传统文化心理中的消极因素来把握人物命运等方面,《天下第一楼》具有独创性。

三、李龙云的戏剧

李龙云(1948—2012),祖籍河北省河间县,生于北京。中学毕业后,在北大荒生活了10年。1979年9月被南京大学中文系破格录取为研究生,从师于陈白尘教授。1981年获文学硕士学位。毕业后在北京人民艺术剧院任专职剧作家,2002年调入中国国家话剧院工作。因胰腺癌于2012年8月去世。

作为一个现实主义剧作家,李龙云的创作起步于对现实主义传统的精确把握。他的《有这样一个小院》《这里不远是圆明园》《小井胡同》等前期剧作,采用的都是纯正的写实手法,人物、情节、场景都获得了逼真化的呈现。然而,以1987年的《荒原与人》(又名《洒满月光的荒原》)为界,李龙云的剧作呈现出鲜明的象征色彩。由此,可以将李龙云的剧作分为两类:20世纪80年代初期以《有这样一个小院》《小井胡同》为代表的剧作以及21世纪之初的《万家灯火》,是第一种类型。这类作品以北京"南城帽"生活为题材,运用的是传统现实主义的手法。《荒原与人》以及21世纪之初的《叫我一声哥》,属于第二种类型。这类剧作以知青的"北大荒"记忆为题材,将想象、梦境、意识流等表现手段与写实手法相结合,创造性地尝试了一种开放的现实主义手法。这种开放的现实主义在剧情结构上以写实为主,但剧作思想的表达更多倚重于写意、象征手段的运用。从这两类剧作中,我们可以明确地看到李龙云的创作从单纯摹写现实到现实与象征互补的发展轨迹,从中也透视出20世纪80年代现实主义话剧艺术流变的发展趋向。

  《小井胡同》呈示了李龙云早期剧作对传统现实主义做出的艺术选择,也代表了他在传统现实主义手法的运用上所达到的高度。在《小井胡同》发表6年后,李龙云却突然放弃了传统现实主义手法,而在写实的剧作中注入象征意蕴,推出了另一部力作——《荒原与人》。为更有效地深入人的精神世界,《荒原与人》淡化了某些传统的现实主义美学要素,譬如时间、地点、时代语境等,而以具有象征意味的说明来代替。故事发生在"人的两次信仰之间的空间",这是一个缺乏直观性的、只能依靠接受者想象去填补的时间段落。它象征着群体精神无可皈依的特殊时代,或人类失去信仰后的生存状况,或仅属于个体的某个人生阶段。而故事展开的地点"落马湖王国",也因缺乏实证依据,而成为一种虚指。剧中所谓的"王国",是权欲世界的象征,是人的精神荒原。在这片荒原上,因失去信仰的支撑,人性被极度扭曲。"落马湖王国"的"国王"于常顺,淫恶、凶残,代表了人性的极恶;李天甜则纯真、善良,表现着人性的极善。极恶与极善构成人性的两极,在剧中对峙。剧作在刻画这两极人性时,完全依据传统现实主义的手法,以典型事件说明典型性格,因而人物显得真实、可信。在探讨荒原上人的精神出路问题时,剧作自由调度了内心独白、回忆、梦境等具有表现主义特征的艺术手段,增大了现实主义的表现空间。

  与写实的《小井胡同》相比,《荒原与人》不仅多了几重象征意义,而且还明显加强了抒情化和诗意化的倾向。剧中,雄壮的鼓声、忧郁的小号、悲怆的板胡、深情的笛音等相互补充,为写实的可信增添了写意的优美。应该说,《荒原与人》在现实与象征之间找到了接洽点,从而成为20世纪80年代中后期现实主义话剧不再故步自封的有力证明。

第三节 探索剧与小剧场实验

进入新时期之后,中国的话剧工作者们在"双百"方针的鼓舞下,结合中国话剧的现实状况进行了大胆的探索,创作出包容各种戏剧观念、各种戏剧形式和表现方法的不同风格的作品,使话剧舞台呈现出极为丰富多彩的景观。新时期话剧在艺术上的种种探索,有人把它归结为四个方面:第一,第四堵墙①的突破,造成了台上台下更直接的思想与情感交流;第二,"三一律"的否定,引起了叙事时空和艺术感受上的大幅度跳跃;第三,深层次心理的探讨,导致了舞台人物内心流动的形象化;第四,摆脱传统结构模式,形成了新的多样化结构模式。总之,凡是在戏剧观念、戏剧形式、戏剧结构、戏剧表现方法和表演方式等方面突破传统现实主义话剧模式的戏剧均称为探索剧。20世纪80年代话剧在探索艺术性方面虽然取得了一定的成绩,然而,随着人民群众接触艺术品类的机会日益增多,特别是由于其思想内容和艺术形式与广大群众存在较大的距离,致使话剧曲高和寡,逐渐走向低潮。在这种情况下,热衷于探索剧的青年话剧人不得不开始寻找新的出路,那就是回到1982年已经开始尝试的小剧场戏剧。所谓"小剧场戏剧",绝不仅仅是把剧场从大变小,使观众从多到少,因为它与大剧场相比,在空间意义上乃是一个可以变化观众和演区空间关系的场地,从而有助于建立一个恰好适合于某个具体的戏剧演出的空间。相对于传统的拥有镜框式舞台的大剧场而言,小剧场强调观众席与表演区的贴近,观、演关系的灵活多变。小剧场戏剧的出现,既对戏剧作为一种"舞台艺术"的观念构成挑战,也对演员与观众截然分离的观念构成挑战。新时期,在探索剧与小剧场戏剧方面取得瞩目成就的剧作家包括马中骏、沙叶新、刘树纲等。

一、马中骏的戏剧

马中骏(1957—),祖籍浙江东阳县,生于上海。1978年考入上海市工人文化宫创作组学习戏剧创作。1979年开始发表作品,这一年发表的四幕话剧《戴国徽的人》获全国大学生文艺汇演一等奖。1980年发表的独幕

---

① 第四堵墙是一个戏剧概念,其实是一个假设,在镜框式舞台上,让人们想象位于舞台台口的一道实际并不存在的"墙"。它由对舞台"三向度"空间实体联想而产生,是相对于布景的"三面墙"相联系而言的。

话剧《屋外有热流》（与贾鸿源、瞿新华合作），获文化部和全国总工会"勇于探索，敢于创新"奖以及文化部颁发的第一届全国优秀剧本奖。《路》（与贾鸿源合作）、《街上流行红裙子》（与贾鸿源合作）、《红房间，白房间，黑房间》（与秦培春合作）、《老风流镇》等多幕剧也是其有影响的创作。另有电影文学剧本《尊严不能等待》《海滩》等和电视剧《祖国的儿子》（与贾鸿源合作）。马中骏的艺术视野广阔，善于借鉴，勇于开拓创新；常"在极无诗意的生活中发掘出浓郁的诗意来；……诗意追求常常和哲理思考联系在一起"，形成了极富个性的艺术特点。

独幕剧《屋外有热流》是马中骏与贾鸿源、瞿新华共同创作的，1982年由上海工人文化宫业余话剧队演出。他们一改传统的写实派话剧风格，以象征性的方法和荒诞意味的手段，以及意识流的技巧，从人性的角度对当时国人的道德观念进行了讨论，表达"一个人如果逃避火热的斗争，龟缩于个人主义的小圈子，就必然抵挡不住脱离集体失去亲人的寒冷，他只有走出屋子才有热流才有生命"[①]主题，给观众以耳目一新的感觉。《屋外有热流》由死者的现身说法展开剧情。死者——哥哥赵长康，在北国下乡的知青，为送一包稻种，在冰雪中爬行两天一夜，最终冻死在冰天雪地中。但他的灵魂充满了热力，自由游动、穿梭于现实与梦境、现在与过去之间。留在城里当工人的弟弟和妹妹，受到物质主义的影响，正千方百计地为个人私欲而奋斗。弟弟认准写作赚钱，日日虚构离奇的故事；妹妹一心要出国，时时想通过婚嫁走出国门。他们还经常盗用哥哥的名义去申请补助，而当听说哥哥要病退回来时，又都不想照顾哥哥。直到从广播中听到哥哥已牺牲两个星期的消息，他们才有所悔悟。因为丢失了内心最宝贵的东西，他们虽然在温暖的屋内，却瑟瑟发抖。在似梦似幻又似真的时空中，哥哥的灵魂守护着他们，提醒着他们，"趁大雪还没有把最后一扇窗子封住，你们快去，把丢失的东西找回来，没有它，你们要冷的。"而屋外，虽然在"西伯利亚寒流南下"的威胁中，"气温达零下50度"，却因"马路上的嘈杂的人声；车间里汽锤的撞击声；汽笛高鸣；火车的疾驶声"，而构成了生活的"热流"。显然，剧作家意在说明这样一个主题：只有投身于创造性的社会生活中，人才会发出有价值的光与热。在这个主题下，所谓故事仅仅是生命象征的载体。并且这故事也不合常规，它仅仅是兄妹三人时断时续的语言或行动，并不具有完整性与连续性。剧作中，被赋予哲理意蕴的是冷与热、屋内与屋外等自然的或空间的意象，它们已成为意念化的象征语汇，在剧作中承担着阐释主题、升华哲理的功能。而透明或半透明的舞台装置、由灯光来分割的表演区等则进一步强

---

① 贾鸿源，马中骏. 写《屋外有热流》的探索与思考[J]. 剧本，1980(6).

化了剧作的写意色彩。

1981年,贾鸿源、马中骏合著的《路》,又为话剧展现心理空间开辟了一个新的实验领域。剧作以周大楚和他领导的青年修路队为城市筑路的工作与生活为主线,展现了他们不被人理解的苦闷以及最终获得社会尊重的过程。剧作形式上最大的突破在于运用一种"情绪演变为主"的结构方式,将人物的意识流动予以了直观化、具象化的表现。传统话剧在表现人物内心情感波动时,多借助于"独白""旁白"等叙述手段。《路》则通过增设"影子人物",以人物与自己心中那个"影子人物"对白的形式,使人物的意识流动"显影"化。借助并不真实存在的"影子人物",《路》完成了人物在想象中进行自我交流的过程,将人物的内心活动加以外化,从而更好地开掘了人物内心世界。

《屋外有热流》《路》等剧作在进行初步形式实验的同时,已经开始了对人的自我关注,当然,这种关注还是相当有限的,依然是以反映和解决某个社会问题为中心的。也就是说,关涉整体的社会问题依然是这些剧作探讨的核心,个体问题只是附带性质的。因此,新时期之初话剧实验的功绩主要在形式创新上。不过,随着实验的深入,个体价值越来越获得了尊重,作为个体的"我"对世界的认识和要求得到了越来越多的表现。

二、沙叶新的戏剧

沙叶新(1939—2018),江苏南京人,1961年毕业于华东师范大学中文系。1963年任上海剧院编剧。1965年创作出第一个独幕戏剧剧本《一分钱》。此后,他又创作出多部剧本,其中《假如我是真的》《大幕已经拉开》曾引起争议,因而产生了较大的影响;《宋庆龄》《寻找男子汉》获1986年第三届上海戏剧节创作演出奖。另外,他创作的电视剧《陈毅和刺客》,荣获第三届全国电视金鹰奖。2018年7月,沙叶新去世,享年79岁。

沙叶新是一直活跃在剧坛上的高产作家,从1978年的《假如我是真的》(与李守成、姚明德合作)到2002年的《总统套房》,他的剧作或在题材选择,或在艺术方法上常有新意。他的剧作总是保持着对社会热点问题的关注,并呈现出世俗喜剧的审美特征,让接受者在易于认同的世俗价值与意义中重新审视某些社会现象,从而获得由直觉到理性的思考。

在沙叶新的所有剧作中,最具开风气之先意义的是创作于1980年的《陈毅市长》。《陈毅市长》以上海解放初期的历史生活为背景,以陈毅严肃党风军纪、善待投诚的国民党官员、关心人民生活疾苦、尊重科学文化和知识分子、团结各界人士、致力于经济建设等事迹为中心,弘扬了以陈毅为代表的老一辈革命家公而忘私、实事求是、平易近人的工作作风和人格精神。全剧没有完整统一的中心事件,而代之以并置的、具有独立意义的十个事件:鼓舞士气、接受投诚、顾家赴宴、商店调查、夜访专家、开导亲人、教育下属、关心群众、训责骄将、剧场告别。它们皆围绕陈毅展开,由中心人物陈毅贯穿起来,从而形成一种"形散神不散"的散文化叙事结构。这种"冰糖葫芦"式的结构不仅为剧作容纳了更多的人物与事件,并且通过各个人物和事件,较为全面、立体地描画出了主人公的性格,使其性格更为鲜明与丰满。

在对陈毅性格的刻画中,作品没有拘泥于以往剧作在写英雄人物和领袖人物时的庄严化、神圣化笔法,而在歌颂陈毅伟人襟怀与风度的严肃主题下,还格外对陈毅性格进行了平民化与喜剧化的描述。剧作不但将陈毅还原为现实生活中的普通人,着力刻画其平易近人、幽默风趣的性格特征,而且运用误会、巧合、夸张、逗趣等喜剧手段,将人物富于喜剧色彩的性格特征置于特定的喜剧情境中加以表现。通过误会、逗趣等手段,《陈毅市长》改变了人们在正剧中仰望式地塑造领袖人物的习惯,从而在整体轻松愉快的氛围中,使领袖人物走下神坛,回归民间。

由《陈毅市长》的平民化与趣味化创新中,可见沙叶新对世俗喜剧的青睐。随后几年,其将伟人还原为普通人的《马克思秘史》、嘲讽人性萎缩的《寻找男子汉》以及反映不同文化背景下的不同价值观念的《耶稣·孔子·披头士列侬》等剧作,在对社会病相进行呈示的同时,无一不具有平民品性与喜剧趣味。其中,《耶稣·孔子·披头士列侬》属于具有闹剧性质的荒诞喜剧。就其题材、情节而言,无疑是一部具有荒诞性、实验性的剧作;就精神内涵而论,它又是一部呈示社会病相、以期治病救人的作品。剧作将耶稣、孔子、列侬这几个不同时代、不同国度、不同身份的人物组合在一起,让他们按照上帝拯救人灵魂的意志去考察人间。三人考察团到人间考察的第一站是金人国。金人国素以富有、自由、幸福著称。在这里,列侬捡到一袋金币,在耶稣的坚持下,他们将这袋金币交还给了失主——某市市长豪斯。豪斯断定他们疯了,因为在金人国,拾金不昧是要接受最严厉的刑罚的。豪斯本欲拿这三人示众,但得知三人来自天堂后,便又决定让他们做自己去天堂游玩的导游。豪斯的机器人女仆挺身阻止豪斯去将天堂变成第二个金人国,当即被扯断电路而死。在金人国里,反对金钱的魅力和物质的欲望是没有生路的,但豪斯家里的众电器还是愤然行动,抗议豪斯的暴行。豪斯一时惊惧,倒地而死。三人考察的第二站是紫人国。与拜金的金人国完全不同,紫人国认为金钱乃万恶之源,这里早已经取消了货币流通。因此,列侬捡到的巨款成为三人在紫人国破坏秩序的罪证。部长命令给这三人施行阉割手术。手术包括两项内容:一是阉割其身体,二是阉割三人的思想。后来多亏耶稣向上帝祷告,他们才得以脱险。

《耶稣·孔子·披头士列侬》以类比的方式引起人们对自身生存环境的思考。剧作以虚构的天堂、金人国、紫人国为摹本,借助荒诞的笔法,摹写的是光怪陆离的人间世相。然而,需要指出的是,《耶稣·孔子·披头士列侬》中闹剧成分的过多加入,虽然更符合世俗审美趣味,易于获得世俗认同,但同时也淡化了剧情的重要性,削弱了剧作所可能产生的更为深广的思考力量。

三、刘树纲的戏剧

刘树纲(1940—),河北南宫人,1962年毕业于中央戏剧学院表演系。曾任中央实验话剧院编剧、院长等职。1958年开始发表作品,1993年加入中国作家协会。20世纪七八十年代发表的话剧作品有《希望》(根据同名电影改编)、《南国行》《灵与肉》《十五桩离婚案的调查剖析》《一个死者对生者的访问》等。

同样关注社会病相,沙叶新以呈示、讽刺著称,刘树纲则以心理剖析、庄严追问见长。对社会问题背后的社会心理的深度剖析,以及实验手段的艺术运用,是刘树纲剧作引起瞩目的重要原因。1980年,根据美国同名电影改编的《灵与肉》可以说是刘树纲第一个具有实验色彩的剧作。该剧自由转换舞台时空,大胆加入歌舞形式,对当代话剧的演出形式做了较早的探索。1984年《十五桩离婚案的调查剖析》的发表,标志"社会伦理与心理剖析剧"类型及形式实验的真正开始。在思想内容方面,它通过主人公路野萍对15桩离婚案件的调查,涉及了80年代青年们在爱情、婚姻、道德、人生追求等方面的现实问题;在艺术形式方面,它不仅一反现实主义的舞美设计,在舞台上以长方体和正方体来体现戏剧的假定性,在天幕上挂满标有"婚姻、第二代、家庭、道德、法律、心灵、感情"等解说词的女性人体画板,而且在人物设置上也一反传统话剧"代言体"的观念,既安排了主人公及其他配角,还安排了一男一女两个叙事人。故事中的内容是相当复杂的,15桩离婚案"各有各的不幸"及合理或现实的离婚理由,从而使它们都成为对社会问题进行现实解剖的不同典型案例。而与这种复杂性相配合的是,戏剧的艺术形式也显得十分复杂:一方面是舞台的装置在观众进入剧场后才进行,使观众清楚地意识到这是在演戏;另一方面,男女叙事人在剧中都还要分别扮演七个角色,一会儿入戏,一会儿又出戏,从而调动观众对无定论的戏剧内容进行一定的思考。

1985年,刘树纲完成了《一个死者对生者的访问》,这部剧作既成为他最具代表性的作品,也成为实验话剧进入全面丰收期的证明之一。剧作通过一位见义勇为而死的英雄对目击自己与歹徒搏斗但袖手旁观的活着的人们的访问,拷问了人的道德与良知。公共汽车上,现场目击者们没有助主人公叶肖肖一臂之力的理由虽然多样,或怕丢了座位、或为防止两串糖葫芦被挤坏、或为护住自己口袋里的钱、或为保护篮子里的小兔儿,但皆出于对个人利益的守护。这让叶肖肖感到"有点寂寞,有点孤独""好闷得慌"。在其英雄行为被定性为"打群架"时,除了小学生"红领巾"和盲女明明保持了公正之心,人们都是观望热闹、传播流言、以此为谈资;而其被确认为英雄后,无数的荣誉纷至沓来,追认党员、追悼会等形式一应俱全。两相对比中,尽显人情冷暖、世态炎凉。就主题而言,《一个死者对生者的访问》极易流于对英雄人物的塑造,以及对善恶美丑的一般性探讨。然而,《一个死者对生者的访问》没有将笔力集中于叶肖肖的英雄行为上,而是以访问的形式剖析人们的心理,因此突破了一般社会问题剧仅仅反映问题的局限,而成为一部"社会伦理与心理剖析剧"。更具有创新意义的是,在剖析社会伦理与心理的过程中,剧作依据心理时空结构作品,采用了多种具有探索性的艺术表现形式。譬如死者与生者同台表演、歌舞剧的表演形式等,尤其值得注意的是面具的使用。这些艺术手段的运用增强了舞台表现力,也丰富了新时期实验话剧的实验手段。

2003年,在多年未有新作问世的情况下,刘树纲接续其20年前的创作思路与风格,借助《十五桩离婚案的调查剖析》和《一个死者对生者的访问》的成就,以"社会探索三部曲"之第三部曲的名义发表了《一场关于爱与罪的审判》。不过,除了情节结构的复杂、"戏中戏"手段的运用、破案审判的悬念等将剧作装点得热闹非凡,这部作品并没有在精神价值或艺术表现上完成对其20年前剧作的超越。

及时发现社会病相,将之一一展示以警醒世人,并为之做出精神诊断,这是沙叶新和刘树纲对20世纪80年代实验话剧题材和主题上的贡献。而剧情结构的创新、荒诞手法的运用、间离效果的凸显、歌舞艺术的融入等,则是他们在形式探索上的实绩。这两位剧作家的创新与实验无疑推动了20世纪80年代实验话剧的发展。

第四节　新式戏剧的高品格追求

20世纪80年代开始的话剧探索热潮,大大拓展了话剧表现形式、表现手法的领域,但是,探索过程中的矫枉过正,也给探索剧自身带来了新的危机。不少探索剧存在着重形式轻内容、重抽象哲理轻具象、重类型轻典型个性以及冲突过分淡化和结构过分散文化等弊病,不但脱离了观众,也不同程度地违背了话剧的艺术个性。戏剧家们很快意识到这一点,克服浮躁情绪,调整了创作偏向。他们通过反思戏剧的本质,找到了中国话剧失去多时的民族传统,开始注重将西方现代戏剧的象征、直喻、超现实等技巧与中国传统戏曲的"写意"手法相融合,创造真正属于中国的话剧艺术。1985年前后,出现了一些融创新与传统、写实与写意于一炉的较优秀的作家,如刘锦云、过士行等,他们都不同程度地采用了传统的写实、写意手法进行创作,其作品在上演后相当成功,并获得了高度的赞誉,显示出当代话剧发展的新的生机。

一、刘锦云的戏剧

刘锦云(1940—),河北人,1963年毕业于北京大学中文系,曾长期生活在农村,曾任职于北京人民艺术剧院。著有剧本《狗儿爷涅槃》《背碑人》《乡村轶事》《阮玲玉》《杀妃记》等,《狗儿爷涅槃》于1986年由北京人艺首演后,反响十分强烈,被认为是新时期戏剧的代表作之一。

作者熟悉农村生活,有深厚的生活基础和感情积累。《狗儿爷涅槃》一剧实际已酝酿近30年,剧作家是以"骨刺在喉,不吐不快"的激情进行创作的。

作者既立足于现实,又巧妙地避开了庸俗社会学。他在创作中不跟一时一事的政治跑,不用戏剧图解政策,而是始终从"文学是人学"的观念出发,坚持把写人放在创作的中心地位,塑造有血有肉的典型人物。这就使《狗儿爷涅槃》同过去那种浅薄地、机械地配合中心任务,写中心、演中心的"运动文学"从本质上区分了开来。从这个意义上来说,作者在新的历史时期恢复了我国"五四"以来优秀剧作的优良传统。

《狗儿爷涅槃》从农民与土地的关系入手描写中国农民的命运。主人公狗儿爷的父亲当年与人打赌,吞吃了一条小狗,赢得了一块土地,也为儿子赢得这个诨名。狗儿爷对土地的痴迷更甚于父亲,在战争的炮火中,他舍命抢收了地主田里的芝麻,成了土地的主人。其后,靠共产党的政策,狗儿爷有了自己的土地和牲口,还分得了地主的高门楼,娶了年轻漂亮的小寡妇金花,过上好日子;同时大量收购别人的土地,做起了地主梦。孰料,农村搞起了合作化,狗儿爷的土地、门楼、骡子菊花青等一应物品都"归了大队"。狗儿爷又迷失了自我,竟然抑郁成疾,精神错乱。到了十一届三中全会以后,农村实行家庭承包制,狗儿爷终于重新得到了土地,可是他的儿子蔑视父亲的地主梦,要推倒高门楼,修路开矿。狗儿爷这回彻底失落了,他划着火柴,把自己的土地梦连同高门楼,付诸一炬。《狗儿爷涅槃》将艺术触角探入老一代农民的心灵深处,从另一个角度揭示了中国社会的积弊。农民狗儿爷一生眷恋土地,为土地付出了毕生心血。但他的人生偶像不过是旧时代的地主而已,他的短视、狭隘与愚昧使他在新生活面前感到迷惘、哀伤甚至绝望,成为一个悲剧性人物。时代留给他的难以愈合的精神创伤和困境中的无奈又使人产生深深的同情。

在《狗儿爷涅槃》这部作品中,作者严峻地反思了过去几十年中国农村的变迁,以充满情感的笔触,塑造了一个背负中国封建经济及传统文化沉重包袱的普通农民的典型。

作者向人物心灵深处开掘,多侧面、立体化地创造了狗儿爷这一具有生动、独特而又复杂的个性的人物。他勤劳、善良、朴实、倔强,有正直、有幽默感的一面,同时又有保守、狭隘、自私的一面。他眷恋土地,梦想用自己的劳动来改变自己的生活。但是,他梦寐以求的不过是实现过去地主的生活而已。他既抵御不了无情的现实变革的打击,也摆脱不了狭隘自私旧观念的束缚,最终在新一代憧憬着崭新生活之时,在充满着新生活的音响——推土机的轰鸣中"涅槃"(再生)了。通过狗儿爷可笑可悲的思想意识,及一生中曲折的生活际遇,透视到与人物命运有关联的那个时代,使人追溯到千百年来中国的宗法社会和小农经济留下的种种社会基因。由于狗儿爷的陈旧观念与时代发展所造成的尖锐冲突,作者把狗儿爷这一典型推到了反照历史、认识社会发展的哲理高度。

全剧以狗儿爷的思想、观点来看待几十年农村事态的变迁,没有集中的事件和贯穿情节,主要以塑造狗儿爷这个人物为目的。它采用了一些手法:第一,比较自由的时空结构。第二,人物客观对象和主观意识交叉出现。祁永年、李万江常作为狗儿爷的外化形象出现。好几段主要戏(如哭坟、跪门楼、听墙角)基本上是狗儿爷自述内心世界、描述自己的思想意识。舞台上出现其他人物时,他不是和他们直接交流,而是进行意识与意识之间的交流。这种叙述体的特点使戏剧种类更加多样、丰富。

二、过士行的戏剧

过士行(1952—),北京人,做过记者,后从事戏剧创作。著有剧作集《坏话一条街》,其中《鱼人》《鸟人》《棋人》三部作品合称"闲人三部曲",产生了较大的影响。其中,创作于1994年的《棋人》是20世纪90年代以来影响较大的一部作品。

《棋人》以围棋国手何云清60岁大寿时的悔悟开篇,将老棋手以棋为生命形态的前半生浓缩于悔悟的一瞬,复现了他 30 年来埋首于黑白世界、未离开自己小屋一步的超凡生活。而当何云清在富于青春活力的媛媛的感召下,开始张望世俗幸福之际,旧日恋人之子司炎却以决绝的姿态走上了黑白棋坛。年轻时的何云清因沉迷于棋道,伤害了恋人司慧。20 多年后,司慧之子司炎也迷上了围棋。为阻止司炎重蹈何云清覆辙,司慧请求何云清与其比棋,并以司炎胜则可入何门为徒、负则永生不再下棋为盟。结果,小神童败给了老国手。不想因"不下棋,毋宁死"的执着,司炎选择了与人世的永久诀别,让棋与生命获得了同构。"老国手和小神童互为对方的影子",这两个人物形象构成了补充与互证关系。而通过这两个人物,过士行再次阐释了超凡脱俗之境与世俗人生的完满之间难以两全的困境,以及任何一种可能的获得总要以牺牲另外一种可能为代价的悖论。

《棋人》的主题意蕴明显带有哲理性的特点。作品没有停留在对市民生活表象化的简单描摹上,而是深入人物跃动着的生命感受中去拷问生命的意义。世俗追求与精神追求在这里构成了尖锐的矛盾。何云清在冰冷的黑白世界里寂寞地过了数十年之后,开始向往一种世俗的快乐与幸福。在充满感性生命活力的媛媛(司炎的女友)的感召下,他体悟到了这种不是靠智慧,而是用心、用情感才能体味到的幸福。然而对于司炎来说,陷入世俗生活是一种无法忍受的痛苦、一种对于精神的扼杀。他后来把下围棋当作自己生命的最后寄托,而正是这一点导致了他的死亡。世俗幸福和精神追求,究竟应当如何选择取舍? 这一问题的提出,不仅提升了作品在思想内容上的哲理性,而且也带来了主题阐释上的多义性。

《棋人》在描绘现实生活的同时,灵活地运用了象征、隐喻、黑色幽默、魔幻等多种现代创作手法,如剧中的围棋是理性和精神的象征,媛媛是感性生命活力的化身等。这些手法的广泛运用,引导读者和观众从一种形而上的高度来思考生命的本质及意义。总之,新时期的戏剧创作始终在追寻高品格的艺术创作之路上不断地向前发展。

第五节 戏剧多元的艺术生态

20 世纪 90 年代以来,中国的政治、经济、文化领域经历了一场无声但有力的变革。在政治民主化、经济市场化、文化世俗化等新的时代语境中,90 年代以来的话剧呈现出了多元发展的态势。主旋律话剧、通俗话剧、新历史话剧、先锋话剧等各种价值取向、各种审美标准的剧作以千姿百态之势,共同探寻着话剧艺术在当下及未来发展中的多种可能性。不同风格的创作实践在拓展了话剧表现空间的同时，也在不同程度上显示出了某些趋同的创作姿态，即在强劲的世俗化潮流的影响下，疏离宏大叙事，亲近市井生活，理解人的情感与欲望，组织欣赏群体等。在戏剧多元的艺术生态中，先锋剧具备较为明确的观念体系与"颠覆"性，从思想底蕴到艺术表现都具有了更为明显的前卫色彩。如果说，20世纪80年代的话剧实验侧重的是"探索"，尤其是形式上的"探索"，而先锋话剧最热衷的是"颠覆"，尽管这些"颠覆"未必都是彻底的。作为精神上的叛逆者、艺术上的创新者，90年代的先锋话剧在表达对既定世界秩序的不满、对现存美学传统的蔑视基础上，进行了富于想象力的大胆实践。在对主流艺术程式构成挑战和威胁的同时，就价值取向、戏剧观念、美学趣味而言，其内部也形式各异、姿态纷呈。其中，孟京辉、牟森、黄纪苏与张广天等人的作品，或思想内涵激进，或艺术表现惊人，都代表了先锋话剧的前沿性成果。将先锋话剧做得最为轰轰烈烈的，是孟京辉，而将先锋话剧的先锋性进行得最为彻底的，则是牟森。

一、孟京辉的戏剧

孟京辉（1964— ），生于北京，1986年毕业于首都师范大学中文系本科，接受分配成为教师，后于1988年考入中央戏剧学院导演系读研究生，兼任河北省传媒学院客座教授。1992年进入中央实验话剧院（现为中国国家话剧院）。孟京辉的创造力独具个性，艺术风格多元。以1997年秋去日本学习为界，孟京辉的话剧创作可分为前后两期：前期作品表现了非常明显的先锋性。1990年的《升降机》、1991年的《秃头歌女》《等待戈多》、1992年的《思凡》、1993年的《阳台》、1994年的《我爱×××》、1996年的《阿Q同志》以及1997年的《爱情蚂蚁》都是孟京辉反叛精神的体现。而从1998年回国后，孟京辉对"先锋"的理解有了变化，他改变了先锋的策略，尝试让自己的剧作走向观众并能控制观众和剧场。1998年他导演的《坏话一条街》《一个无政府主义者的意外死亡》、1999年的《恋爱的犀牛》《盗版浮士德》、2000年的《臭虫》及2002年的《关于爱情归宿的最新概念》等，反映的都是孟京辉对其作品先锋性的新定位，即更加注重叙事技巧上的趣味性和可欣赏性，以争取更多观众的认同。

作为孟京辉的成名作，《思凡》将中国明代传本《思凡·双下山》与意大利薄伽丘的《十日谈》的相关章节改编到一起，表达了鲜明的解构意图。孟京辉采取了一种近乎音乐剧的演出手法，舞台表演机智而充满青春气息，是一次实验和商业结合得颇为成功的演出。该剧先写一个小尼姑下山遇到了一个小和尚，两人相爱后分手。在戏剧进行的过程中间，穿插了《十日谈》中

第八章 中国当代戏剧的文体嬗变与文学创作

的两则故事(男女青年主人公由同一演员扮演),某男青年到一旅店借宿,阴差阳错与店主女儿偷情相爱;一马夫阴差阳错地爬上了王后的卧榻……最后,小尼姑和小和尚如愿以偿喜结良缘。全剧七个演员,除扮演小尼姑、小和尚的,其余五个人直接以"表演人"身份出现。他们既是故事的叙述者,又随时扮演故事中的角色,并在剧作中制造了各种音响,加强戏剧的间离效果。有人认为,"《思凡》是一部在游戏外表包装下有着思想批判锋芒的'先锋戏剧',它调侃、嘲笑不同民族在不同历史阶段'第一禁忌'的'性道德'"①。该剧从《十日谈》与《思凡·双下山》中撷取"偷情成功"与"思凡成真"的情节,赋予了破除禁忌的果敢、偷尝禁果的激情与男欢女爱的愉悦,在轻松的游戏、夸张的表演与幽默的调侃中,赢得了观众的会心微笑与热烈鼓掌。这是在剧场里对"性道德禁忌"的残破堡垒的一次轻松随意、游刃有余的成功瓦解。在演出说明中,创作者两次发出了"让我们一起下山"的呼唤。这里,"下山"是一种隐喻,是反叛秩序、自我解放的暗示。孟京辉有意选择了形而下的话题,摒弃了形而上的沉思和追问,以情色故事戏谑、嘲弄了规则和秩序,释放了人性的合理欲求。

《思凡》演到偷情的关键场面时,总有演员上前,随手展开一幅白布,上面写着"此处删减×××字",将一对情人遮住,这不仅对假道学家的幽默嘲讽,也令人们对文艺创作中情欲描写动辄被删产生嘲讽。《思凡》富有创造力的舞台呈现,自由活泼的艺术风格,喜剧化的讽刺效果,不仅使它在国内连演不衰,而且受到日本等地的观众的好评。

《思凡》是以拼贴、组合的结构,戏谑、调侃的方式表现人性与宗教的冲突、小人物与"权威者"的冲突。按说,《思凡》所拼贴与组接的是源自东西方两部有着不同人文背景,而且讽刺、针砭的锋芒和作品的体裁、风格都不完全契合的作品,但可以把它看作是一种天真的、错位的拼贴、组合,可能这恰恰构成和强化了演出的荒诞感,产生了多义性。新时期许多导演都着意在话剧创作中吸纳戏曲假定性的美学财富。在《思凡》中,戏曲假定性的运用被赋予了无拘无束的游戏性,因此它不仅使舞台戏剧情境虚拟化与舞台时空转换、组接自由,不仅使人物心态刻画得活泼与洒脱,而且传递出创作者对宗教、对权威的反讽、戏谑与调侃的鲜明的情感与态度。例如,剧中小和尚与小尼姑难抑青春冲动的心理展示:

〔骤静,两人难抑青春冲动。小尼姑以大幅度形体动作——倒卧于和尚身前幻化出内心的强烈的欲望。

---

① 吴戈. 当代中国的"先锋剧"[J]. 戏剧艺术,1996(4).

〔和尚凝望（幻觉中的）美人，慢慢俯身欲吻……
众人（喝戒——）
〔两人陡然分开。

又如，小和尚本无拍打蚊子又为蚊子超度的一段哑剧，由众人模拟蚊子飞逃及模拟蚊死坠地声等。还有，两青年接受主人安排，佯睡——演员立姿手托枕头垫于脑后发出带哨音的鼾声；众人或排列成庙里的菩萨，瞬息间又还原为行动着的人……这些表演方式既与导演的情感态度是契合的，又成为一种很好的间离效果，给演出增加了一种轻松、漫不经心的戏谑感，甚至诱发出编导者产生"此处删去一百六十六个字"引起观众大笑这样俏皮的构思。这种游戏性的、即兴性的表演原则，和戏的喜剧体裁很好地统一在了一起。

《思凡》的成功，一方面来自取材的大胆特异和内在精神的活力；另一方面则归功于其艺术表现上的创意。这些创意主要表现在以下几点：第一，采用了拼贴式结构。将同一题材但不同国度、不同文体的现成故事拼贴到一起，在"为我所用"原则下抽取共性内涵，进行新的阐释，是《思凡》富于新意的创举。拼贴式结构不但使原有的故事构成互证关系，而且生发出了新的意义。第二，戏仿手段的运用。剧作讲述了三段情色故事，如果处理不善，必定导致尴尬。作为与公众面对面交流的艺术，在话剧中为情色话语或情节找到适当的表达方式颇为困难。孟京辉不但找到了，而且恰当运用了戏仿手段，完成了《思凡》的情色叙事。无论是对京剧表演的戏仿，对有嘴无心的念经情形的戏仿，还是人物动作对样板戏人物动作造型的戏仿，都引得观众会心一笑，从而事半功倍地达到了解构、反讽的目的。第三，游戏色彩的加入。《思凡》中的游戏一方面出于发挥舞台假定性的需要，另一方面则服务于剧作的喜剧效果。按照剧情需要，剧中的"众人"不但要随时转换身份，而且还进行着拟声拟状的游戏。这些富于游戏色彩的动作一方面简洁、幽默、富于创意地充当了舞台说明，另一方面活现了人物的心理活动。第四，无处不在的间离。《思凡》不是引导观众"入境"的戏，剧作无处不在使用间离手法，提示观众他们眼前的只是一场戏剧行为。讲解人所讲解故事中的角色，由"众人"轮流担当，他们可自由出入于故事内外。这样看来，《思凡》更接近于一次讲述与模仿，而非人们观念中的约定俗成的戏剧。以上艺术实验，不但确定了《思凡》的先锋品性，而且确立了孟京辉剧作的基本风格。

应该说到，《思凡》演出的魅力在相当大的程度上得力于参加演出的演员们的出色创造。导演的美学追求，都得依靠演员活生生的创造，许多即兴性的闪烁着演员创造火花的生动的表演，大都产生于有丰富艺术想象力、有

第八章　中国当代戏剧的文体嬗变与文学创作

很好的戏剧体裁的敏感,既有很好交流适应,又有很好即兴创作能力的一批演员的创造。青年演员们才华飞扬、怀有极大创造热情的表演,使这台有着鲜明思想和美学追求的演出,张扬着朝气勃勃的青春气息与内在生命力,与这部作品的人文主义内涵,出色地契合在一起了。

孟京辉参与主创并导演的《我爱×××》是其最具先锋精神的作品。这部通篇以"我爱×××"句式倾诉、间以新闻播报作说明的作品,首先在形式上解构了传统话剧的对话体式、情节结构、角色设置;其次解构了由历史、政治、文学、教育等话语共同构筑的人们的通常认知,以极其主观的眼光对世界进行了新的评估。对话作为传统话剧的要素,是话剧区别于戏曲、歌剧等艺术形式的标志之一。《我爱×××》第一次在台词的形式上进行了革命,将对话变成了倾诉,一种自说自话、没有舞台交流的倾诉:

我爱一九〇〇这个美丽新世纪开始时那些大师们死了那些大师们都死了那些大师们全都死了
　　我爱德国哲学家弗里德里希·尼采死了
　　我爱法国作家爱弥尔·左拉死了
　　我爱俄国剧作家安东·契诃夫死了
　　……
　　我爱那些大师们死了那些大师们都死了那些大师们全都死了
而那些明星们出生了那些明星们都出生了那些明星们全都出生了
　　我爱这是一个大师们死去明星们出生的时代
　　……

这些没有停顿、没有交流的倾诉,不但瓦解了话剧的对话机制,而且表现出对话剧情节结构的漠视。以句群形式出现的倾诉甚至不包含任何故事情节或戏剧冲突,仅仅是个人认知的急切表白,语词的重复、语义的循环、语势的加强都仅仅为个人见解的表达所服务。

与《我爱×××》对待观众的态度截然不同,1999年,廖一梅编剧、孟京辉导演的《恋爱的犀牛》,是孟京辉"尊重观众"想法的最佳实践。虽然解构依然在进行,但暖暖的怀旧情绪与理想主义光芒在冷嘲与否定中若隐若现;虽然一如既往地表达着对异己世界的不认同,但贯穿孟京辉早期作品的愤怒已渐趋平和,浪漫抒情的大量加入,消解着反叛的力量。剧作在解构着现代社会技能化、实用化、荒漠化的爱情的同时,将马路塑造成一个"和他们不一样"的神圣爱情坚守者的形象,以其偏执的态度反对对世界秩序的屈从。作为马路的爱情对象,明明其实是马路的影像。她对马路的决然拒绝及对陈飞的九死不悔,与马路的行为、精神达成了呼应、获得了同构。同样是爱情的朝圣者,同样不肯认同"爱情跟喜剧、体育、流行音乐没什么不同"的新的爱情观,马路和明明各以极端的方式构建着自己的爱情神话。而马路饲养的犀牛图拉,在此也与马路构成了互文关系。图拉始终不肯进入为配合动物园迁址而为它准备的笼子里,不肯进入新的世界,就如同马路始终与黑子、牙刷、大仙、红红、莉莉等人的世界格格不入一样。而马路宁可毁坏世界和自我也不肯从俗的偏执,则恰如濒临绝种的犀牛,既稀奇罕见又弥足珍贵。在深层意义上,除捣毁的冲动,《恋爱的犀牛》还充满关于坚持与守候的想象,隐含着理想主义的温暖与明亮。正是由于这种温暖与明亮的调子,剧作反叛现实的力量被削弱。但事实上,孟京辉的先锋姿态并没有改变,改变的只是方法。他在抓住观众的同时,一直在暗示:个人的坚持就是对异己世界最有力量的反叛。

因为"尊重观众"理念的确立,孟京辉后期的先锋实践,既使先锋话剧与大众相疏离的局面有所改观,同时也存在走商业化道路之嫌。

总体看来,孟京辉导演或主创的作品既表达了一代人的集体记忆,又形成了风格化特征。首先,作为出生于20世纪60年代中后期与70年代前期人群的代表,孟京辉剧作充满了对历史的嘲弄、对现实的怀疑,年轻的躁动、无边的狂想、不安的等待等思想情绪要素。其次,孟京辉惯于运用拼贴、游戏、戏仿、调侃等新颖的戏剧手段,来完成他对历史和现实的解构意图。同时,他还偏爱浪漫的抒情,抒情式独白或歌唱段落在其作品中极为常见。因为以上两点,孟京辉作品赢得了年轻观众的喜爱。

二、牟森的戏剧

牟森(1963—),生于辽宁营口。1980年至1984年就读于北京师范大学中文系。他曾在西藏自治区话剧团担任了两年导演后,于1987在北京创立了中华人民共和国第一个独立剧团——"蛙实验剧团"。1993年,他建立了"戏剧车间",在另类的空间持续他的戏剧实验。1997年,他决定停止戏剧工作,后于2002年以文学顾问和剧目制作人的身份回归。

虽然牟森是活跃于20世纪八九十年代剧坛的举足轻重的人物之一,但他既不属于任何正式的话剧剧团,也没有受过专业的戏剧训练。正是这种民间和非专业的身份特征,赋予他的戏剧以彻底的解构性和反抗性,带给观众以极度的震惊体验。对于戏剧本身近乎宗教般的虔诚和对于戏剧常规的蔑视与颠覆,是牟森戏剧的鲜明特点。作为先锋话剧的代表人物,牟森的冒险性尝试在于"变演为做"。这使他的剧作与视觉艺术、装置艺术、行为艺术等天然相通,而与传统的"话"剧有着相当的距离,从而表现出轻视剧本、推

第八章　中国当代戏剧的文体嬗变与文学创作

崇即兴表演、注重表演训练等鲜明的"先锋"特征。在蛙实验剧团阶段,牟森对剧本还是有所依赖的。而从蛙实验剧团解散、"戏剧车间"创立开始,1993年至1996年间,他的几部代表作品《关于〈彼岸〉的汉语语法讨论》《零档案》《与艾滋有关》《红鲱鱼》等,以及后来的《倾述》,基本没有使用过一个文学剧本。《关于〈彼岸〉的汉语语法讨论》是牟森请于坚改编的作品。在电影学院的一个教室里,演员们沿空间的对角拉起一根粗绳及一些细绳,争抢着从绳子的一端爬到另一端。所有的动作都源自演员的即兴创造。就牟森只是展示训练方法的目的来说,这个剧更接近一次行为艺术。《零档案》是由于坚同名长诗直接转化而成的作品。该剧没有传统话剧中的人物性格、矛盾冲突,甚至没有故事、没有表演,有的只是对由干巴巴的名词、动词堆砌起来的一个人的成长史的展示。《零档案》原本是诗,其模仿平淡刻板的档案体例及语词风格记录了一个30岁男人的"出生史""成长史""恋爱史"和"日常生活",以一种独特的方式表达了个体生命被物化的生存体验。无论是就内容、诗体形式还是具体话语方式而言,《零档案》在当时都具有惊世骇俗的意义。牟森根据此诗改编的舞台作品同样是一场颠覆戏剧常规的全新创造。在演出中,常规戏剧的一切要素几乎都被抛弃了:没有故事情节,没有戏剧冲突,没有规定情境,甚至也没有"演员"的"表演",正如牟森一再强调的那样,"这是一出关于自己的戏剧,不是演员扮演别人的戏剧"[①]。也许强调"个人讲述"的生活质感与职业演员"扮演别人"的表演惯性之间存在冲突,三位排练了很长时间的职业演员最终退出了演出,正在拍摄剧作排练过程的纪录片导演吴文光偶然地变成了主演。整出戏就是在他的回忆性独白中展开并完成的。根据导演的要求,吴文光在独白的过程中使用了尽力低沉的叙述语调,并且这种叙述还被同台男女演员走路、放录音机、锯焊铁条、吹风机的嘈杂声不断打断,因而整体氛围更显沉重和压抑。演出接近尾声时,男女演员把锯好的铁条焊在一个铁架上,做成一棵形状奇特的"铁树","铁树"的末端又被临时戳上了苹果和西红柿。最后,男女演员取下苹果和西红柿,疯狂地投向高速运转的吹风机,果浆纷纷落下,溅在舞台活动空间里的所有人身上,似乎是在发泄一种被压抑的愤懑,但又似乎不是。习惯于在剧作中寻找意义的观众在看完戏后基本不知所云,而牟森给出的解释是:"我觉得我们喜欢给观众一种东西,这个东西并不代表特定的一种意思,而是各种各样的感悟……我们没有想赋予它什么,不同的观众可以赋予它不同的意思。"[②]就像诗无达诂一样。牟森的戏剧也不提供清晰的意义指向。在这

[①] 牟森. 写在戏剧节目单上[J]. 艺术世界,1997(3).
[②] 辰地. 怀旧·梦寻·咏唱——国际戏剧展神话[J]. 艺术广角,1995(5).

一点上,《与艾滋有关》比《零档案》走得更远。

《与艾滋有关》更为直接地置剧本于不顾,是一个以聊天的方式进行自我展示的戏。伴随绞肉馅、切菜、和面、配料、蒸包子,以及砌墙等现场操作,舞台上的演员在准备晚餐的过程中进行着"自由讲述"。他们讲述的是与艾滋关系并不密切、彼此之间也不产生交流的话题:个人的自卑、对特殊历史年代的感受、性意识等。这种"自由讲述"可以在任何一点开始,也可以在任何一点结束,每一次的讲述都不同于另一次。

"变演为做",将舞台还原为事件发生与进行的现场,将表演变为直接表达,是牟森对"戏剧有很多的可能性"①的认识的尝试。这种尝试实现了他所追求的"原创性",让戏剧成为以即兴表演为前提的、接近于"一次性"的舞台呈现,从而消解了那些可复制的戏剧元素,打破了垄断戏剧创作的一些法则,也确实拓展了戏剧艺术的可能性。但由于对戏剧传统规范的全面颠覆与瓦解、生活与艺术界限的不分明、自我言说的晦涩性等多种原因,牟森的戏剧在后来越发走向了"小众",成为孤独的"先锋"。

时至今日,中国先锋话剧已经走过了近30年的发展道路。为了能够影响更多的人,中国先锋话剧在发展中表现出了特殊性,即以孟京辉为代表的部分编导者采用了向世俗趣味妥协的策略,在"先锋"和"大众"之间寻找安身立命的缝隙。虽然这种倾向在一定程度上不符合"先锋"的标准,但基于20世纪90年代以来特定的历史、文化语境,我们依然将它们列入先锋的行列。对于中国话剧的历史发展而言,20世纪90年代以来的多元态势无疑应予充分的肯定。但是也要看到,在消费主义文化的影响下,话剧创作中展示多于表现、形而下遮蔽形而上、逍遥替代拯救的整体趋向,使得这一时期的大部分剧作缺乏超越性的精神价值。从总体上看,世俗化取向增强了话剧的娱乐性和可观赏性,同时也削弱了其哲学意蕴和追问力量。

---

① 魏力新.做戏——戏剧人说[M].北京:文化艺术出版社,2003:8.

参考文献

[1]高玉.中国现当代文学史(第2版)[M].杭州:浙江大学出版社,2017.

[2]关德福,曹阳,刘清虎.中国现当代文学[M].北京:中国传媒大学出版社,2017.

[3]王小曼.中国现当代文学[M].北京:北京大学出版社,2015.

[4]曹万生.中国现当代文学史:1898—2015(第3版)[M].北京:中国人民大学出版社,2016.

[5]罗振亚.与诗相约[M].成都:四川文艺出版社,2017.

[6]陈建功,吴义勤.中国现当代文学图典[M].北京:文化艺术出版社,2013.

[7]裴合作.中国现当代文学[M].长春:吉林大学出版社,2009.

[8]刘勇.中国现当代文学[M].北京:中国人民大学出版社,2006.

[9]王万森.新时期文学[M].北京:高等教育出版社,2006.

[10]雷达,赵学勇,程金城.中国现当代文学通史[M].兰州:甘肃人民出版社,2006.

[11]张钟,等.中国当代文学概观(第2版)[M].北京:北京大学出版社,2002.

[12]金肽频.海子纪念文集(评论卷)[M].合肥:合肥工业大学出版社,2009.

[13]张德明.百年新诗经典导读[M].广州:暨南大学出版社,2015.

[14]曾海津.内部的风景[M].广州:花城出版社,2015.

[15]张健.新中国文学史(上下卷)[M].北京:北京师范大学出版社,2008.

[16]李泱.李瑛诗歌论[M].北京:首都师范大学出版社,2016.

[17]刘扬烈.中国新诗发展史[M].重庆:重庆出版社,2000.

[18]杨立元.滦河作家论[M].长春:吉林大学出版社,2011.

[19]文学常识编委会.必须知道的2500个文学常识[M].重庆:重庆大学出版社,2012.

[20]张炯.文学史1[M].长沙:湖南大学出版社,2011.

[21]樊星.中国现当代文学史(下册)[M].武汉:武汉大学出版

社,2012.

[22]蒋淑娴,李赣,熊家良.中国当代文学史(修订版)[M].北京:科学出版社,2003.

[23]赵艳红.中国文学简史[M].北京:中国文史出版社,2014.

[24]李钧,蔡世连,杨新刚.现代中国文学史精编(1900—2000)[M].济南:山东教育出版社,2013.

[25]张鸿声.河南文学史·当代卷[M].郑州:郑州大学出版社,2011.

[26]赵树勤,李运抟.中国当代文学史:1949—2012[M].长沙:湖南师范大学出版社,2012.

[27]田中阳,赵树勤.中国当代文学史[M].海口:南海出版公司,2006.

[28]李新宇.现代中国文学:1949—2008[M].天津:南开大学出版社,2009.

[29]陈思和.新时期文学简史[M].桂林:广西师范大学出版社,2010.

[30]朱栋霖,丁帆,朱晓进.中国现代文学史:1917—1997(下册)[M].北京:高等教育出版社,1999.

[31]朱栋霖,朱晓进,龙泉明.中国现代文学史:1917—2000(下册)[M].北京:北京大学出版社,2007.

[32]李春雨.中国当代文学[M].北京:北京语言大学出版社,2016.

[33]王庆生.中国当代文学史[M].北京:高等教育出版社,2003.

[34]刘中树,张学昕.话语生活中的真相[M].长春:吉林出版集团有限责任公司,2009.

[35]易新鼎.二十世纪中国小说发展史[M].北京:首都师范大学出版社,1997.

[36]丁帆,朱晓进.中国现当代文学[M].南京:南京大学出版社,2000.

[37]傅修海.现代中国文学考察笔记[M].福州:海峡文艺出版社,2016.

[38]张振金.中国当代散文史[M].天津:百花文艺出版社,2012.

[39]李穆南,郄智毅,刘金玲.中国当代文学史[M].北京:中国环境科学出版社;学苑音像出版社,2006.

[40]《中国文学答问总汇》编委会.中国文学答问总汇[M].北京:北京十月文艺出版社,1994.

[41]李明军.中国现当代文学[M].西安:陕西师范大学出版总社有限公司,2010.

[42]陈世安,何冬梅.中国当代文学[M].南京:河海大学出版社,2005.

[43]金汉.中国当代文学发展史[M].上海:上海文艺出版社,2002.

[44]范培松.中国散文史[M].南京:江苏教育出版社,2008.
[45]田本相.中国近现代戏剧史[M].南京:江苏教育出版社,2008.
[46]黄修己.中国现代文学发展史(第3版)[M].北京:中国青年出版社,2008.
[47]程光炜,等.中国现代文学史(第2版)[M].北京:北京大学出版社,2011.
[48]石兴泽,隋清娥.中国现代文学[M].北京:中国社会科学出版社,2012.
[49]李怡,干天全.中国现当代文学[M].重庆:重庆大学出版社,2010.
[50]林非.散文的昨天和今天[M].广州:广东人民出版社,2016.
[51]曹树钧.戏剧鉴赏[M].上海:上海科学技术文献出版社,2015.
[52]吴秀明.当代中国文学六十年[M].杭州:浙江文艺出版社,2009.
[53]栾慧.中国现代新诗接受研究[M].成都:四川大学出版社,2014.
[54]李旦初.李旦初文集[M].北京:人民日报出版社,2004.
[55]周成华.图说中国文学史[M].郑州:中州古籍出版社,2011.
[56]庄叔炎.中国诗之最[M].北京:中国民主法制出版社,2016.
[57]祝凤鸣.安徽诗歌[M].合肥:安徽文艺出版社,2012.
[58]孙玉石.中国现代诗歌艺术[M].北京:北京大学出版社,2010.
[59]王玉树.迎水晚霞吟谈录[M].天津:天津人民出版社,2016.
[60]张贤明.百年新诗代表作(现代卷)[M].北京:现代出版社,2017.
[61]公木,等.袖珍新诗鉴赏辞典[M].上海:上海辞书出版社,2003.
[62]刘平.中国话剧百年图文志[M].武汉:武汉出版社,2007.
[63]邹红,王翠艳,黎萌.百年中国戏剧史(1900—2000)[M].长沙:湖南美术出版社;岳麓书社,2014.
[64]宋宝珍.暮合幕开:当代剧场的炫目风采(1)[M].沈阳:辽宁人民出版社,2014.
[65]张无为,赵国山.文学欣赏[M].北京:中国传媒大学出版社,2013.
[66]徐晓钟,谭需生.新时期戏剧艺术研究[M].北京:中国戏剧出版社,2009.
[67]魏力新.做戏——戏剧人说[M].北京:文化艺术出版社,2003.
[68]蒋淑娴,殷鉴.中国现代文学史[M].北京:科学出版社,2002.
[69]吴景明,韩晓芹.中国现代文学史[M].长春:东北师范大学出版社,2005.
[70]钱谷融.文学是人学[M].上海:上海人民出版社,2013.
[71]叶圣陶,等.大师教语文(上)[M].桂林:广西师范大学出版

社,2015.

[72]顾农.谈非常谈[M].广州:暨南大学出版社,2016.

[73]柳斌杰.灿烂中华文明(文学卷)[M].贵阳:贵州人民出版社,2006.

[74]王余光,徐雁.中国阅读大辞典[M].南京:南京大学出版社,2016.

[75]蒙树宏.蒙树宏文集(第2卷)[M].昆明:云南大学出版社,2016.

[76]张梦阳.鲁迅全传·苦魂三部曲之怀霜夜[M].北京:华文出版社,2016.

[77]严家炎.中国现代小说流派史[M].武汉:长江文艺出版社,2009.

[78]张用蓬.中国现代文学史[M].海口:南海出版公司,2003.

[79]赵杰,赵卜筠.中国人应该知道的文学之最[M].南宁:广西人民出版社,2014.

[80]王贵水.你一定要懂的文学知识[M].北京:北京工业大学出版社,2015.

[81]唐先田,陈友冰.安徽文学史(第3卷)[M].合肥:安徽文艺出版社,2013.

[82]程凯华,李婷.中国现代农村题材小说史(1917—1949)[M].北京:中国文史出版社,2015.

[83]傅子玖.中国新文学(上册)[M].上海:华东师范大学出版社,1993.

[84]陈世安.中国现代文学[M].南京:河海大学出版社,2005.

[85]熊依洪.中国历代文学大观·现代文学大观[M].北京:北京燕山出版社,2008.

[86]姚玳玫.中国现代小说细读[M].广州:广东高等教育出版社,2016.

[87]周晓明.现代中国文学史(修订版)[M].武汉:华中师范大学出版社,2011.

[88]李少林.中华文化大观·中国现代文化大观[M].呼和浩特:内蒙古人民出版社,2006.

[89]王福湘.悲壮的历程:中国革命现实主义文学思想史[M].广州:广东人民出版社,2002.

[90]蒋心焕.蒋心焕自选集[M].济南:山东人民出版社,2015.

[91]王家伦.中国现代女作家论稿[M].北京:中国妇女出版社,1992.

[92]王振军,宋向阳.中外文学精品导读[M].北京:中国广播影视出版社,2016.

[93]孙庆升.孙庆升文集(上卷)[M].北京:人民日报出版社,2014.

[94]翟德耀.茅盾论[M].济南:山东人民出版社,2014.

[95]当代北京编辑部.北京历史故事(二)[M].北京:当代中国出版社,2015.

[96]谢昭新.老舍与中外文化综论[M].合肥:安徽师范大学出版社,2014.

[97]王晓初.中国现代文学名家名著选讲[M].合肥:安徽师范大学出版社,2011.

[98]何永炎.梅林闲笔[M].南宁:广西师范大学出版社,2015.

[99]哈迎飞.中国现代文学经典导读[M].广州:广东高等教育出版社,2013.

[100]黄曼君,朱桐.中国现代文学史[M].武汉:武汉大学出版社,2012.

[101]陈捷延.过客吟·捷延咏史诗存(下)[M].北京:中国文史出版社,2012.

[102]张炯.张炯文存(第5卷)[M].长沙:湖南大学出版社,2011.

[103]唐弢.中国现代文学简编(增订版)[M].上海:复旦大学出版社,2008.

[104]王嘉良.王嘉良学术文集·萧乾传论[M].上海:上海文艺出版社,2011.

[105]余芳,谌华.中国现代文学史[M].北京:中国工商出版社,2013.

[106]朱文华,许道明.上海文学志稿[M].上海:上海社会科学院出版社,2014.

[107]叶雪芬,舒其惠.中国现当代文学教程[M].长沙:湖南师范大学出版社,1993.

[108]张志忠.中国现代文学专题研究[M].北京:中央广播电视大学出版社,2011.

[109]江锡铨,曹金林.中国现代文学实用教程(修订版)[M].南京:南京师范大学出版社,2007.

[110]白春香.赵树理小说的民间化叙事[M].太原:北岳文艺出版社,2016.

[111]魏建,吕周聚.中国现代文学新编[M].北京:高等教育出版社,2012.

[112]王庆生,王又平.中国当代文学(上)[M].武汉:华中师范大学出版社,2011.

[113]倪斯霆.还珠楼主前传[M].天津:天津古籍出版社,2014.

[114]丁玲.读魏巍的朝鲜通讯——《谁是最可爱的人》与《冬天和春天》[J].文艺报,1951(3).

[115]李陀."妙在似与不似之间"——评中篇小说《透明的红萝卜》[N].文艺报,1985-7-6.

[116]胡适.易卜生主义[J].新青年,1918(4).

[117]洪深.从中国的新戏说到话剧[J].现代戏剧,1929(1).

[118]朱自清.中国学术的大损失——悼闻一多先生[J].文艺复兴,1946(1).

[119]石灵.新月诗派[J].文学,1937(1).

[120]华林.烈火[J].美育,1928(1).

[121]丁扬忠.问题·创新·展望[J].人民戏剧,1982(9).

[122]贾鸿源,马中骏.写《屋外有热流》的探索与思考[J].剧本,1980(6).

[123]吴戈.当代中国的"先锋剧"[J].戏剧艺术,1996(4).

[124]牟森.写在戏剧节目单上[J].艺术世界,1997(3).

[125]辰地.怀旧·梦寻·咏唱——国际戏剧展神话[J].艺术广角,1995(5).